Emily Bold

Lichtblaue Sommernächte

Roman

Ullstein

Besuchen Sie uns im Internet:
www.ullstein-taschenbuch.de

MIX
Papier aus verantwortungsvollen Quellen
FSC® C083411

Originalausgabe im Ullstein Taschenbuch
1. Auflage August 2015

Umschlaggestaltung: ZERO Werbeagentur, München
Titelabbildung: © Elisabeth Ansley/Trevillion Images (Himmel/Frau)
© FinePic®, München (Illustration)
Satz: Pinkuin Satz und Datentechnik, Berlin
Gesetzt aus der Janson
Druck und Bindearbeiten: CPI books GmbH, Leck
Printed in Germany
ISBN 978-3-548-28706-5

PROLOG

Alyssas fünfter Geburtstag

Die Terrassentür stand weit offen, und milde Frühlingsluft strömte durch die Räume. Es war der erste warme Tag des Jahres. Der Duft der pinken Hyazinthen im Beet vor dem Fenster vermischte sich mit dem Geruch der frisch gebackenen Muffins für Alyssas Freunde. Blaubeermuffins. Alyssa liebte sie und hatte eigenhändig mitgeholfen, den Teig zu rühren und in die Papierförmchen zu füllen. Bei dieser Gelegenheit hatte sie schon gut die Hälfte der Beeren verdrückt, ehe der Teig fertig gewesen war. Satt, zufrieden und mit Blaubeerflecken auf dem Shirt, spielte die Kleine nun im Garten. Tim hörte sie lachen und sich über den Zaun mit der großmütterlichen Nachbarin Heather unterhalten. Auf Zehenspitzen streckte er sich nach der bunten Girlande, die er von der Deckenleuchte über dem großen Tisch in der Küche bis zur Lampe hinter dem Sofa im Wohnzimmer spannte. Er hätte gut zwei Hände mehr für diese Arbeit gebrauchen können, denn immer wieder rutschte ihm die Schnur herunter, und die Papierelfen sanken auf Bauchnabelhöhe. Würde jemand durchs Fenster hereinsehen, sähe es aus, als tanzten kleine, glitzernde Elfen auf dem Tisch herum.

»So ein Zeug!«, murmelte er, als er endlich den finalen Knoten band. Skeptisch beäugte er sein Werk, aber im Moment – und die Betonung lag ganz klar auf im Moment –

schwebten die rosa- und lilafarbenen Elfen filigran und kunstvoll über seinem Kopf – ganz so, wie sie es sollten.

Sein Blick glitt über den bunt gedeckten Geburtstagstisch. Die Muffins mit ihrer glänzenden Zuckerglasur stapelten sich auf zwei großen Tellern, einer an jedem Ende des Tisches. An jedem Platz stand ein farbiger Becher mit Strohhalm, eine kunterbunt getupfte Serviette und ein Elfen-Namensschild mit Glitzersteinen für jeden einzelnen Gast lagen daneben. In Alyssas Vorschule waren Elfen gerade voll im Trend. Die herzförmigen Luftballons schwebten unter der Decke und tanzten in der leichten Brise.

»Das ist doch gar nicht so schlecht«, lobte Tim sich selbst und wischte noch ein paar Krümel von der Tischplatte. Die Krümel und die Lücke auf einem der Teller mit den Muffins bewiesen, dass ein Langfinger hier schon etwas stibitzt hatte. Tim schüttelte mahnend den Kopf, auch wenn das niemand sah. Dann griff er sich seine Jeansjacke von der Garderobe neben der Eingangstür und rief die breite, gewundene Treppe hinauf:

»Mia! Kommst du? Wir wollen los.«

»Ich bin im Garten«, kam die Antwort aus der anderen Richtung, und Tim hob überrascht die Augenbrauen. Offensichtlich vermochte es das frühlingshafte Wetter, sogar Zombies aus ihrer Gruft zu locken. Entweder das, oder Alyssas Geburtstagsgeschenk machte auch bei der großen und megacoolen Schwester Eindruck.

Tim grinste in sich hinein. Das Geschenk war eine wundervolle Idee von Lauren gewesen. Er selbst wäre vermutlich nie darauf gekommen.

Er nahm seinen Schlüssel von dem Apothekerschrank, der im Eingangsbereich Mützen, Halstücher und allerlei

Kram wie Schnürsenkel und Fahrradhandschuhe barg, und ging durchs Wohnzimmer Richtung Garten. In der Terrassentür blieb er stehen. Sofort spürte er die angenehme Wärme der Frühlingssonne auf seinem Gesicht, und er schloss für einen kurzen Moment die Augen, damit das Gefühl der Behaglichkeit seinen Körper durchrieseln konnte. Endlich Frühling! Er atmete den intensiven Blütenduft ein und versuchte alle seine Sinne auf diesen Moment zu richten. Das Licht der Sonne, das hinter seinen Lidern ein rotglühendes Farbenspiel entfachte, den leichten Windhauch, der noch die Kälte des verblassenden Winters in sich trug, und das fröhliche Lachen von Alyssa, das von gelegentlichem Quieken unterbrochen wurde, wenn sie nach Luft schnappte.

Es war ein perfekter Moment. Das Atmen fiel ihm schwer, und er schluckte den Kloß hinunter, der sich in seinem Hals gebildet hatte. Es *hätte* ein perfekter Moment *sein können …*

Schnell schlug er die Augen wieder auf und versuchte die aufkeimende Beklemmung niederzuringen. Sich stattdessen auf die Schönheit des Augenblicks zu besinnen und, so gut es ging, Alyssas Geburtstag zu feiern.

Gemächlich ging er zu dem kleinen blonden Lockenkopf, der sich lachend im etwas zu hohen Gras wälzte. Er musste wohl bald den Mäher aus dem Schuppen holen, überlegte Tim, aber für heute war es gut so.

»Schau mal«, rief Alyssa fröhlich und rollte sich über die Wiese, klopfte dann auf den Boden neben sich und strahlte, als der kleine Hundewelpe sich auf den Rücken warf. »Er versucht es mir nachzumachen!«, jubelte sie und kullerte sich weiter. »Ist er nicht toll? Ich habe ihn erst einen halben Tag, und er kann schon so viel!«

Tim kraulte den hechelnden Vierbeiner liebevoll hinter den Schlappohren, der sofort über seine Hand schleckte.

»Das liegt sicher daran, dass du eine sehr gute Lehrerin bist, Alyssa«, lobte er seine Tochter und hob sie auf seinen Arm. Er küsste ihre Nasenspitze, und wie immer, wenn er das tat, machten ihn ihre Sommersprossen fröhlich. Sie war ein Sonnenkind. Von der Sonne geküsst und mit Sommersprossen beschenkt.

»So ein Quatsch! Vermutlich hat der Hund nur einen Floh auf dem Rücken und rollt sich deshalb herum«, rief Mia skeptisch von ihrem Platz auf der geklinkerten Gartenmauer aus, ohne von ihren dunkelblau lackierten Fingernägeln aufzuschauen.

Tim stellte Alyssa wieder ab und trat zu seiner dreizehnjährigen Tochter an die Mauer. Sein Blick glitt über den hageren Mädchenkörper seiner Erstgeborenen, der in der zerschlissenen schwarzen Skinnyjeans noch zerbrechlicher wirkte, die Bikerboots und ihre schwarzgefärbten Haare. Er erinnerte sich nur zu gerne daran, dass sie noch vor wenigen Monaten ebenfalls ein blonder Engel gewesen war. Doch darüber brauchten sie jetzt nicht mehr zu streiten. Er überlegte, ob er etwas zu dem Pulli sagen sollte, den sie für heute ausgewählt hatte, aber er ließ es bleiben. Ihr Statement war klar.

Behutsam griff er nach ihren Händen und sah ihr in die Augen. Sie lächelte scheu, und er verstand, was sie sagen wollte – auch wenn sie ihre dunkellila geschminkten Lippen fest zusammenpresste.

»Kann's losgehen?«, fragte er, und Mia nickte.

Alyssa sprang auf und legte Rowdy die neue und natürlich pinkfarbene Leine an.

»Bin bereit!«, rief sie und rannte aus dem Garten. »Mom wird vielleicht Augen machen, wenn sie Rowdy sieht!«

Tim schluckte hart, bemühte sich aber um ein Lächeln, als Mia nach seiner Hand fasste.

»Na komm. Lass uns gehen«, ermutigte sie ihn, und er legte seinen Arm um ihre schmalen Schultern.

Er wollte nach vorne blicken, aber er hatte ein Bild vor Augen. Eine Erinnerung, die so lebendig war, als wäre es gestern gewesen. Es war die Erinnerung an eine lichtblaue Sommernacht. Wenn er die Augen schloss, konnte er noch immer jedes Wort hören, jede Träne dieser Nacht schmecken …

ACHT MONATE ZUVOR IN EINER LICHTBLAUEN SOMMERNACHT

Das Feuer vor dem Haus loderte weit in den Nachthimmel. Es war spät, aber doch zu früh, den Abend zu beenden. Dies war ein Abend, der niemals enden sollte …

Die Kinder hatten die letzten Marshmallows von den Stöcken gegessen, und ihre klebrigen Münder glänzten vom Zucker.

Satt und zufrieden schmiegte sich die vierjährige Alyssa in die Arme ihrer Mutter und schloss müde die Augen. Ihre blonden Locken umspielten ihr zartes Gesicht, und Lauren glaubte, nie etwas Friedvolleres gesehen zu haben. Auch die dreizehnjährige Mia war müde – sie hatte in den letzten Nächten keinen Schlaf gefunden, das wusste Lauren. Und sie war damit nicht allein. Wenn Lauren in die Runde blickte, sah sie in viele erschöpfte Gesichter. Vertraute Gesichter – geliebte Gesichter.

Ihre besten Freunde und ihre Familie waren an diesem Abend zusammengekommen, um noch einmal alle miteinander glücklich zu sein. Um das Leben zu feiern und die Zeit, die ihnen geschenkt worden war. Aber sie waren auch hier, um Abschied zu nehmen. Einen Abschied, den keiner von ihnen wollte – und der doch freiwillig war. Ein Abschied, der sich richtig anfühlte und beruhigend war. Ein Abschied, der dennoch schmerzte.

»Ihr wisst nicht, was es mir bedeutet, diesen Tag, diese

Nacht, mit euch hier am Seehaus zu verbringen. Es ist mir der liebste Ort auf der Welt – der Ort, den ich gewählt habe, und es macht mich glücklich, euch heute hier alle noch einmal um mich zu haben. Ihr seid der Atem dieses Hauses – ihr seid mein Atem. Die Essenz meines Lebens.« Lauren grinste über die Wahl ihrer Worte. Sie schwang sonst nicht so poetische Reden, aber irgendwie kamen ihr die einfachsten Tatsachen in diesem Moment nur in so gewichtigen Formulierungen über die Lippen. »Im Grunde seid ihr – das Beste an mir!«, lachte sie und sah bewusst in jedes einzelne Gesicht. Ihr Blick wurde von allen erwidert. Lächelnd – so, wie sie es sich gewünscht hatte. Irgendwo zwischen ihrer besten Freundin Rachel und ihrem Mann Tim schloss sie einen Moment die Augen, um die Tränen zurückzudrängen, die sie sich heute selbst verboten hatte.

Keine Tränen an diesem Tag, hatte sie gebeten. Und bisher war es ihnen wirklich gelungen, nur positive Gedanken zuzulassen. Aber je weiter die Nacht fortschritt, umso klarer war Lauren, dass alles, was gesagt werden wollte, nun auch gesagt werden musste.

Tim spürte wohl die Veränderung ihrer Stimmung, denn er stand von seinem Platz am Lagerfeuer auf und kam zu ihr. Er setzte sich hinter sie auf die Bank und umfing sie und Alyssa mit seinen Armen.

»Ich liebe dich«, flüsterte er – obwohl es kein Geheimnis war.

Lauren lehnte sich glücklich an ihn. Was für ein wunderbarer Augenblick!

»Es gibt Momente im Leben, die sofort alles verändern. Momente, die einen entwurzeln und die alles zerstören, was einem wichtig erscheint«, sinnierte sie, und ihr Blick ruhte auf den tanzenden Flammen des Lagerfeuers. »Aber es gibt auch Momente, die auf den ersten Blick vollkommen unscheinbar sind und doch zu den wichtigsten des Lebens gehören.« Sie lächelte Tim kurz an. »Wir hatten solche Momente, Tim und ich. Gute, schlechte – von allem etwas. Und obwohl ich immer dachte, wir würden sie hüten wie Schätze, entgleiten sie uns nun.« Sie klang resigniert und fasste haltsuchend nach Tims Händen. »Und doch bleibt so vieles, an das wir uns klammern, weil loslassen die letzte Möglichkeit wäre. Wisst ihr noch, wie das mit Tim und mir anfing? Vor vierzehn Jahren …?«, fragte sie in die Runde und küsste ihren Mann sanft aufs Kinn. »Denn das war so ein Moment.«

Dieser eine Augenblick

»Was für ein Mistwetter!«, fluchte Lauren. Sie ließ den Motor noch ein wenig laufen, obwohl sie bereits in der Parklücke stand, damit das Gebläse weiterhin warme Luft ins Wageninnere beförderte. Die Scheibenwischer quietschten über die beschlagene Frontscheibe, kamen aber gegen die Wassermassen nicht an. Es schüttete wie aus Eimern, und Lauren verspürte keinen Drang, den Wagen zu verlassen und durch das Unwetter hinüber zum Diner zu rennen. Ob Rachel schon da war und auf sie wartete? Lauren kniff die Lippen zusammen und murmelte einen Fluch. Der trommelnde Regen übertönte sogar das Radio, und je länger sie wartete, umso schlimmer wurde es. Die Pfützen auf dem Schotterparkplatz wurden immer tiefer, und langsam kroch die Feuchtigkeit durchs Gebläse in den Wagen. Schließlich stellte sie den Motor ab und steckte den Schlüssel in die Jackentasche. Sie drehte den Rückspiegel zu sich und kramte einen Lippenstift aus dem Handschuhfach. Schnell zog sie die Lippen nach und rieb sie aufeinander. Der Lidstrich über ihren grünen und leicht getuschten Augen war noch okay, und sie war heute bis auf die Sommersprossen, die sich einfach nicht mit Puder abdecken ließen, alles in allem mit ihrem Äußeren zufrieden. Immerhin hatte sie in den letzten Wochen sechs Pfund abgespeckt. Außerdem war es ja nicht so, als würde sie hier ihrer großen Liebe begegnen! Wenn es die überhaupt gab. Bisher hatten feste Beziehungen sie höchstens gestreift wie ein Fahrzeug, das die Kontrolle verloren hatte. Die meisten Kerle waren einfach zu oberflächlich, fand Lauren, die immer Sorge hatte, dass sie zu füllig wäre. Inzwischen war sie relativ schlank – wenn sich auch jede kleine Sünde immer noch sofort auf ihre Hüften legte – nach einigen Jahren des Jo-Jo-Effekts. Jetzt, wo sie bibbernd in ihrem Wagen saß, wünschte sie sich fast die wärmenden sechs Pfund zurück.

Unschlüssig trommelte sie mit den Fingern aufs Lenkrad und zuckte schließlich die Schultern.

»Scheiß drauf!«

Sie band ihre rotblonden Locken zu einem lockeren Knoten und stopfte den unter die Kapuze ihres Sommermantels. Dann zählte sie im Geiste bis drei und riss die Tür auf. Sie hechtete aus dem Auto, rannte geduckt, so schnell sie konnte, über den Parkplatz und die vier rutschigen Stufen hinauf zum Diner. Mit aller Kraft stieß sie die Tür auf und rettete sich ins Innere. Warme Luft und der Duft von gebratenen Eiern, Speck und Kaffee empfingen sie, und sie ließ ihren Mantel los, den sie mit einer Hand zugehalten hatte.

Einige Köpfe wandten sich nach diesem schwungvollen Auftritt neugierig zu ihr um, aber als sie sich die tropfende Kapuze abgestreift und das Wasser aus dem Gesicht getupft hatte, verloren die Leute schon wieder das Interesse an ihr.

Etwas atemlos von dem Sprint, japste sie nach Luft, zog den nassen Mantel aus und riss sich den Haargummi aus den Locken. Frustriert registrierte sie, dass der Saum ihrer Bootcut-Cordhose sich voll Wasser gesogen hatte und ihr nun feucht an den Stiefeln klebte. Na toll!

Möglichst unauffällig bemühte sie sich, zumindest den

Schaden an ihrer Frisur mit den Fingern zu beheben, und suchte dabei die Nischen mit den rotlackierten Tischen nach Rachel ab. Am Tisch rechts hinter dem Tresen, der mit alten Blechwerbeplakaten gestaltet und von einer roten Halogenröhre beleuchtet war, konnte sie den schokobraunen Bob ihrer Freundin ausmachen. Rachel grinste sie breit an und rief ihr über den Song aus den Boxen hinweg ihr typisches »Huhu!« zu. Lauren winkte, wurde aber von der voluminösen Bedienung mit schwer beladenem Tablett aufgehalten. Sie balancierte auf einer Hand das Tablett mit Tellern voll Rührei und Pancakes und goss mit der anderen Hand einer hübschen Blondine Kaffee in die Tasse. Lauren lief das Wasser im Mund zusammen, als sie das Frühstück sah, das die Kellnerin vor der blonden Schönheit auf den Tisch stellte. Offensichtlich machte die gerade keine Diät. Und erst der Typ, der Blondie gegenübersaß und ihre Hand hielt! Stechend blaue Augen, ein Dreitagebart, der weich und gepflegt aussah, und dunkelblonde Strähnen, die ihm lässig in die Stirn fielen. Laurens Herzschlag kam ins Stolpern, als er diese eisblauen Augen auf sie richtete und schmunzelte.

Das Vollweib von Kellnerin trat einen Schritt zur Seite, um weitere Teller auf dem Tisch zu verteilen, und Lauren hatte genug Platz, um sich an den ausladenden Hüften der Frau vorbeizuquetschen. Was sie auch dringend tun sollte. Sie musste sich zwingen, sich vom Anblick dieses Traumprinzen loszureißen und einen Fuß vor den anderen zu setzen, sonst würde sich Blondie darüber wundern, dass sie mit offenem Mund ihren Freund anstarrte.

Sie drängte sich an der Kellnerin vorbei und hinterließ nasse Fußabdrücke quer durch den Laden bis zum Tisch, wo Rachel auf sie wartete.

»Was war denn das?«, fragte Rachel mit ihrer samtigen Bluesstimme, die fast ein wenig zu tief für eine Frau war.

»Was meinst du?« Lauren warf ihren Mantel auf das weiche Sitzpolster und schob sich neben Rachel auf die Sitzbank, anstatt ihr gegenüber Platz zu nehmen. Sie reckte den Hals, um den Mann ihrer Träume über die Köpfe der anderen Gäste hinweg im Auge zu behalten.

»Hallo? Lauren? Was wird das, wenn's fertig ist?«

»Hm?«, fragte Lauren und schenkte Rachel zum ersten Mal ihre Aufmerksamkeit. »Was hast du gesagt?«

»Ich habe gefragt, warum du dir den Hals verrenkst und dir dabei die Augen aus dem Kopf fallen.«

Verlegen griff sich Lauren die Speisekarte und schielte ihre Freundin nur grinsend über den Rand an.

»Siehst du den?« Sie neigte den Kopf in Richtung des attraktiven Paares.

»Hm, jaaa? Und seine Begleiterin seh ich auch!«

»Ja, ja, schon klar – die seh ich auch, aber wenn es nach mir ginge, sitzt dort mein zukünftiger Ehemann!«

Rachel lachte und schob Lauren von ihrer Bankseite, damit diese sich endlich ihr gegenübersetzte.

»Wenn ihr erst verheiratet seid, seht ihr euch noch oft genug – also setz dich jetzt da drüben hin, damit wir besser quatschen können!«

Lauren brummte und rutschte auf die gegenüberliegende Bank, damit Rachel zufrieden war. Sie zupfte ihre weite, kaschierende Bluse zurecht und wischte mit einer Serviette einen eingetrockneten Senffleck von der Tischplatte. »Wenn du so weitermachst, wirst du nicht meine Trauzeugin werden!«

»Ja und wenn *du* so weitermachst, wird dich die Blonde auf ihre Gabel aufspießen und zum Frühstück verputzen«, warnte Rachel lachend und fuhr sich elegant durchs Haar. Das war etwas, was Lauren bewunderte. Was immer Rachel tat, wirkte irgendwie erhaben und vornehm. Ob das an ihren langen, schlanken Fingern mit den dezent lackierten Nägeln lag oder an dem kinnlangen Bob, der an Jackie Onassis erinnerte? Vielleicht war es auch Rachels dunkle Stimme, die jedem Wort Ernsthaftigkeit verlieh, selbst wenn sie einen Scherz machte.

Lauren jedenfalls wirkte nie so erhaben. Auch dann nicht, wenn sie etwas Weltbewegenderes tat, als Senf wegzuwischen. Ihre rötliche Lockenmähne war im schlimmsten Fall unbändig und im besten Fall wallend zu nennen. Aber wenn es so wie heute aus Eimern goss, dann war auf ihrem Kopf nichts mehr zu retten. Sie stellte also für die magere Blondine mit den vollen Lippen kaum eine Bedrohung dar. Was wirklich bedauerlich war, wie ein weiterer Blick auf ihren Traummann deutlich machte. Wieder setzte ihr Herz aus, als seine blauen Augen ihren Blick kreuzten. Und wieder grinste er kurz zu ihr herüber.

Schnell drehte Lauren sich um und beugte sich über den Tisch zu Rachel.

»Nenn mich verrückt, aber da ist was zwischen uns!«

Rachel reckte nun ihrerseits den Kopf und nickte.

»Du hast recht! Du bist verrückt! Denn gerade schiebt er Barbie seine Zunge bis zum Ansatz in den Hals.«

»Was?« Lauren verrenkte sich fast, als sie über die Lehne schielte. »Verdammt! Aber du musst zugeben, dass es so aussieht, als könnte er wirklich gut küssen – was einer der Eckpfeiler einer guten Ehe wäre!«

Rachel zupfte Lauren an der Bluse, so dass sie zurück auf die Bank plumpste.

»Richtig, sicher werden die beiden eine tolle Ehe führen – mit der du leider überhaupt nichts zu tun haben wirst!«

Lauren funkelte böse über den Tisch und griff sich erneut die Speisekarte, denn die Kellnerin steuerte auf sie zu, und sie hatte vor lauter Traumprinz noch keine Ahnung, was sie essen wollte.

»Frühstück Nummer zwei mit Milchkaffee«, bestellte sie kurzerhand und wartete, bis auch Rachel ihre Bestellung aufgegeben hatte. Dabei verdrängte sie die Schuldgefühle, weil das Frühstück ziemlich gehaltvoll war. Schließlich wollte sie nicht weiter abnehmen. Sie wollte ihr Gewicht nur halten.

Als die Kellnerin mit schlurfendem Schritt davonging, wechselte Rachel das Thema.

»Wie läuft es denn eigentlich in Maine? Ist dein Kunsthochschullehrer immer noch verschossen in deine Zimmergenossin?«

Lauren verdrehte die Augen.

»Es ist unfassbar! Der Kerl ist mindestens fünfzig und Vicky ja genau wie wir erst dreiundzwanzig.« Lauren schüttelte den Kopf. »Neulich, als ich in unser Zimmer kam, stand er da – in Unterhosen! Und nach diesem gruseligen Anblick soll ich ihm dann im Unterricht noch folgen können? Ein Ding der Unmöglichkeit, das sag ich dir!«

Rachel kicherte. »Wenigstens erlebst du was! Ich hab keine so spannenden Sachen zu berichten. Mein Bruder hat mal wieder eine Neue, die Kleine von der Tankstelle. Und Mason – du weißt schon, der …«

»… der gutaussehende Zahnarzt?«

Die Kellnerin mit dem Frühstück unterbrach ihr Gespräch und servierte wie ein emotionsloser Zombie die beiden Portionen Pancakes mit Ahornsirup, den Kaffee und den frisch gepressten Orangensaft.

»Genau! Doktor Mason Howell! Er lässt sich gerade scheiden. Ich will unbedingt ein Date mit ihm! Ich habe mal vorsorglich einen Termin in seiner Praxis gemacht«, schwärmte Rachel. »Er sieht so super aus! Er ist so groß und so ... markant!«

Lauren hob die dampfende Tasse an die Lippen und schlürfte den Schaum von ihrem Kaffee. »Klingt doch super! Und du tust so, als wäre hier nichts los.«

»Ja, aber das letzte Mal, dass ich einen Mann in Unterhosen gesehen habe, liegt deutlich länger zurück als bei dir!«

»Glaub mir, auf diesen Anblick hätte ich gerne verzichtet!«, prustete Lauren und versuchte das Bild ihres halbnackten Lehrers zu verdrängen, während sie sich genussvoll den Pfannkuchen in den Mund schob. Sie liebte die klebrige Süße des Ahornsirups und den weichen, fluffigen Teig dazu, obgleich das bedeutete, dass sie ihren Speiseplan für den restlichen Tag überdenken musste. Auch Rachel vertilgte ihre Portion mit großem Appetit, und so schwiegen sie einen Moment und lauschten dem Klappern der Tassen im Diner und der Stimme von Mariah Carey, die aus den Boxen über ihren Köpfen kam.

»Wie lange bist du denn jetzt zu Hause?«, nahm Rachel das Gespräch mit vollem Mund wieder auf.

»Noch vier Wochen. Dann geht der Kurs weiter.«

»Dann haben wir ja genug Zeit, unsere Geburtstage zu feiern. Hast du schon eine Idee?«

Lauren schüttelte den Kopf und strich sich die Locken zurück. Sie und Rachel waren am selben Tag im selben Krankenhaus zur Welt gekommen und – so kam es ihnen vor – auch schon seit diesem Tag befreundet. Früher hatten sie oft darüber gescherzt, dass sie vielleicht bei der Geburt vertauscht worden waren und in Wirklichkeit zur Familie der jeweils anderen gehörten. Natürlich war dem nicht so, denn Lauren sah ihrer Mutter sehr ähnlich, aber wann immer sie Zoff mit den Eltern hatten, fanden sie diese Vorstellung irgendwie tröstlich. Vielleicht gehöre ich ja gar nicht zu diesen Spießern!, hatte Lauren während der heißen Phase ihrer Pubertät mehrfach gedacht. Und natürlich hatten sie schon als Kinder jeden Geburtstag zusammen gefeiert. Ihr dreiundzwanzigster lag zwar schon eine Woche zurück, sollte jedoch keine Ausnahme bilden.

»Wir sollten auf jeden Fall den Zahnarzt und …« Lauren drehte sich noch einmal um. Blondie war verschwunden, und nur der blauäugige Typ saß da und trank seinen Kaffee. »… und meinen Zukünftigen einladen!«

»Vergiss es! Das ist ja total peinlich, wildfremde Typen anzuquatschen«, wehrte Rachel ab.

»So peinlich ist das nicht. Doktor Howell wird dir im Mund herumfingern, und wenn du dir dann den Sabber von der Backe gewischt hast, wirfst du dich in Pose und lädst ihn ein. Wir werden doch in den Bars auch immer von wildfremden Typen angesprochen!«, verteidigte Lauren ihre Idee.

»Ja, aber die geben uns wenigstens einen Drink aus – und am Ende lassen wir sie trotzdem abblitzen! Und genau das droht mir nach deiner Ausführung von eben vermutlich auch.«

Dem konnte Lauren nichts entgegensetzen. Unauffällig drehte sie sich wieder zu ihrem Traummann um. Er wurde von Mal zu Mal attraktiver – oder bildete sie sich das nur ein? Jetzt zierte auch noch ein Grübchen sein Kinn, als er mit der plötzlich überhaupt nicht mehr zombiehaft teilnahmslosen Kellnerin scherzte und ihr die Tasse zum Nachschenken hinhielt. Sein Zauber wirkte also auch auf andere.

»Ich schlage vor, wir überlegen uns was wegen der Feier und telefonieren dann. Oder ich komm nach der Arbeit bei dir vorbei. Ich muss jetzt los, denn Mister Mathisons Verspannung in den Schultern löst sich nicht von selbst.«

Lauren sah aus dem Fenster in den grauen, wolkenverhangenen Himmel und auf die Regentropfen, die nach wie vor gegen die Scheiben prasselten.

»Du willst wirklich da raus?«, fragte sie skeptisch und griff nach dem heißen Kaffee, froh, noch eine Weile hier ausharren zu dürfen.

»Will ich nicht – aber ich muss!« Rachel erhob sich und grinste. »Aber du kennst mich, ich bin in meiner Genialität nicht zu übertreffen und habe mir einfach einen Regenschirm mitgebracht!«

Sie legte einen Geldschein auf den Tisch und hielt triumphierend den besagten Schirm hoch.

Lauren rollte die Augen, stand aber auf und umarmte Rachel zum Abschied. Nachdenklich sah sie ihr hinterher und war dankbar, dass ihre Eltern es ihr ermöglichten, ihrer Leidenschaft für Kunst auf der Kunsthochschule in Maine nachzugehen. Sie zwangen sie nicht zu einem Beruf, der sie nicht erfüllte. Und in dem sie Mister Mathisons Schultern anfassen musste, fügte sie im Geiste hinzu. Dafür half sie in den Ferien ihrem Vater in der Kanzlei. Peter Latham hätte es gerne gesehen, wenn sie in seine Fußstapfen getreten und Juristin geworden wäre. Stattdessen machte sie Dokumentenablage und vernichtete Akten von Fällen, die verjährt waren.

Das stand ihr in den nächsten Tagen auch wieder bevor,

darum beschloss sie, diesen einen Tag Auszeit zu genießen. Und als sie sich fragte, was den Tag nach dem guten Frühstück mit Rachel noch besser machen könnte, drängte sich ihr doch glatt das Gesicht des Fremden auf. Unauffällig spähte sie über die Schulter. Er saß noch immer da.

Wenn das kein Zeichen war!

Lauren versuchte ihr Spiegelbild in der nassen Scheibe zu prüfen, doch das war sinnlos. Sie war heute nicht in optischer Bestform, aber wenn ein Typ sich davon abhalten ließ, dann war er eh nicht der Richtige. Abgesehen davon, dass er schon deshalb nicht der Richtige sein konnte, weil er eine Freundin hatte, ermahnte sie sich stumm.

Trotzdem stand sie auf und schlenderte betont lässig zu seinem Tisch hinüber. Die verlorenen Pfunde gaben ihr das nötige Selbstbewusstsein, und sie wiegte sogar verführerisch mit den Hüften.

Dieser eine Augenblick, als sie ihn erwartungsvoll ansah und er überrascht, aber interessiert den Kopf hob und sie anlächelte …

Dieser eine Augenblick schien ewig zu dauern. Lauren atmete ein und wieder aus. Ihr Herz schlug schnell und nervös in ihrer Brust, und ihre Finger zitterten leicht, als sie sich verlegen durchs Haar fuhr – ohne ein Wort zu sagen.

»Hi«, sagte er, und sein Mundwinkel zuckte amüsiert. Laurens Kopf schien plötzlich angefüllt mit allen Gedanken dieser Welt – nur der eine, der sie quer durchs Diner geführt hatte, der war verschwunden.

Schuld daran war sein amüsierter Gesichtsausdruck, denn Lauren wusste, was das bedeutete: Dieser Kerl wurde oft von Frauen angesprochen. Vermutlich angemacht. Von Frauen wie ihr, die einfach ankamen und … und was? Ihn heiraten wollten? Die, genau wie sie, an seiner vollen Oberlippe mit der kleinen Narbe hingen und beinahe einen Orgasmus bekamen, nur weil er *hi* sagte? Aus welchem Grund auch immer ihn die Frauen anmachten – sie wollte sich nicht in diese Schlange schmachtender Weiber einreihen, die wahrscheinlich auch noch alle attraktiver waren als sie.

»Äh – entschuldigen Sie …«, murmelte sie und versuchte verzweifelt irgendeinen Grund dafür zu finden, dass sie aufgestanden war, das Lokal durchquert hatte und nun vor ihm stand. Es musste doch eine Erklärung geben! Lauren sah sich hilfesuchend um. Sah die Tasse in seinen wohlgeformten Händen. »War Ihr … Ihr Kaffee …« Himmel, selbst seine Hände waren attraktiv! »… Ihr Kaffee auch so heiß?«, presste sie das klägliche Resultat ihrer Bemühungen hervor und spürte, wie sie rot wurde. Das war echt dämlich! Aber gut – sie wollte sich ja ohnehin nicht in die Liste seiner Eroberungen einreihen, da war es dann auch nicht so tragisch, wenn er sie für bekloppt hielt.

»Heiß?« Er schien irritiert, seine wohlgeformten Brauen hoben sich fragend.

Lauren nickte möglichst ernsthaft und sah auf ihre Stiefelspitzen hinab. Ihre Hose war am Saum schon fast wieder trocken. Ein Käfer kroch über die Fuge von einer schwarzen in eine weiße Bodenfliese. Sie hielt Ausschau nach dem Riss, der sich auftun und sie hoffentlich verschlucken würde, um ihr die Peinlichkeit zu ersparen. Aber da war kein Riss. Sie musste das jetzt durchstehen.

»Ja, heiß«, erklärte sie möglichst selbstbewusst. »Ich frage nur, weil … weil ich mich an dem Kaffee verbrannt habe … und … und wenn das generell so ist … würde ich die … die Kellnerin darüber informieren. Nicht, dass … sich noch jemand ernsthaft verletzt.«

Puh! Das war eine schwere Geburt gewesen, aber hey – gar nicht so schlecht. Ziemlich zufrieden mit sich, drückte Lauren nun den Rücken durch und wandte sich an das ältere Paar am Tisch gegenüber.

»Und Ihr Kaffee? Wie war der?«

»Mann, war das peinlich!«, kicherte Lauren und kuschelte sich tiefer in Tims Arme. Obwohl das Feuer noch brannte, stieg vom Boden inzwischen eine nächtliche Kühle herauf.

»Das war doch nicht peinlich, das war … unterhaltsam«, sagte Tim grinsend.

Rachel, die auf der anderen Seite des Lagerfeuers saß, lachte und rückte kopfschüttelnd näher heran.

»Warum hat mir das in all den Jahren nie einer erzählt? Wenn ich das geahnt hätte, hätte ich den Termin mit dem alten Mister Mathison sausenlassen und mir diese Show angesehen!«

»Ach komm, so schlimm war es doch gar nicht. Ich fand dich lustig, damals, im Diner. Aber richtig wahrgenommen habe ich dich erst später – in der Kanzlei«, erzählte Tim.

»Und heute findest du mich nicht mehr lustig?«

Tim küsste Laurens Nacken und rieb liebevoll ihre Arme, um sie zu wärmen.

»Heute wünschte ich nur, wir könnten noch über so viel mehr lachen, Lauren.«

Aktenberge

Lauren summte den Song mit, der am Morgen im Radio gelaufen war, als sie mit ihrem Vater zusammen in die Kanzlei fuhr.

Wie er hieß, fiel ihr nicht mehr ein, aber die Melodie verfolgte sie schon den ganzen Tag. Dabei gefiel sie ihr noch nicht einmal.

Vorsichtig stieg sie auf die wackelige Trittstufe und angelte sich die nächsten Ordner aus dem Hochregal. Dabei verfluchte sie sich selbst, weil sie am Morgen den neuen kurzen Rock gewählt hatte. Sie hatte beschlossen, ihren Diäterfolg zu zeigen – als Motivation zum Durchhalten. Doch diese Trittleiter hätte sich in Jeans viel einfacher nehmen lassen. Reihe an Reihe standen die Akten der Klienten, Gerichtsprotokolle, Verfahrensakten und Klageschriften im Regal. Alles, was älter war als zehn Jahre, musste regelmäßig vernichtet werden. Und das war ihr anspruchsvoller Zeitvertreib für die Ferien. Sie nahm gleich fünf Ordner auf einmal heraus und hievte sie auf den großen Schreibtisch in der Ecke des spärlich beleuchteten Kellerraumes. Im fahlen Licht der Neonröhre flackerte der Computermonitor vor ihr, und sie tippte mit staubigen Fingern die Registernummern der Ordner ins System ein. Jedes Blatt, mit dem sie den Aktenvernichter füttern würde, musste dokumentiert sein.

Nachdem sie das gemacht und die Nummern noch einmal geprüft hatte, schnappte sie sich die Ordner und machte sich auf den Weg in den Kopierraum, wo der Schredder stand. Lauren hatte schon vor Jahren vorgeschlagen, einen zusätzlichen Aktenvernichter für das Archiv anzuschaffen, damit sie nicht immer sämtliche Ordner aus dem Keller bis in den dritten Stock schleppen musste. Aber das war abgelehnt worden. Das Risiko einer zufälligen Vernichtung von Akten wäre zu hoch. Klar! Lauren sah es direkt vor sich, wie eine der Sekretärinnen einen höchst wichtigen Ordner aus dem Regal zog, dabei strauchelte, von der Leiter stürzte, im Fallen den Schredder einschaltete, in dessen häckselnden Zähnen der Ordner dann landen würde. Das war wirklich sehr wahrscheinlich und passierte genau so vermutlich tagtäglich in vielen Unternehmen.

Darum balancierte sie den Stapel Ordner auf ihren Armen und bog sich dabei nach hinten, damit die Akten gegen ihre Brust, ihren Hals und ihr Kinn lehnten und keine herunterfiel. Denn wenn eine fiel, würden die anderen folgen. Nach dem ersten Meter bemerkte sie, dass sich eine Strähne ihres Haars in einer Büroklammer verheddert hatte. Ihr Versuch, die Strähne durch Halsrecken wieder zu befreien, scheiterte. So ziepte es ihr bei jedem Schritt an der Schläfe, und sie legte einen Gang zu, um ihre Last endlich loszuwerden. Mit dem Ellbogen drückte sie den abgegriffenen Fahrstuhlknopf, und lehnte sich stöhnend gegen die Wand, bis das leise Surren den Lift ankündigte. Leise öffneten sich die Türen, angenehm warmes Licht und leise Musik empfingen sie. Als könnte das die staubigen Ordner leichter machen! Sie balancierte sie vorsichtig in den Fahrstuhl und streckte ihrem gestressten Spiegelbild die Zunge heraus. Dann sah sie, dass der Knopf der ersten Etage leuchtete.

»War ja klar!«, flüsterte sie und verdrehte genervt die Augen. Sie hob sich hier einen Bruch, und der Lift würde vermutlich in jedem einzelnen Stockwerk einen Zwischenstopp einlegen.

Ihre Arme zitterten schon unter der Last der Ordner, und sie versuchte noch einmal, ihr Haar zu befreien. Die Tür öffnete sich, und ihr Aktenstapel wackelte gefährlich.

»Verdammt!«, murmelte sie, presste ihr Kinn auf den Ordner und schielte zu dem Mann hinüber, der gerade den Knopf für den zweiten Stock drückte. Natürlich, was sonst!

Sie schnaubte leise, aber er musste es gehört haben, denn er drehte sich zu ihr um. Lauren erstarrte, als sein eisblauer Blick sie traf.

Erstaunt hoben sich seine Brauen, er fuhr sich durchs Haar.

»Hi«, grüßte er grinsend und musterte ihren Ordnerstapel. »Das sind doch wohl nicht alles Beweise und Schriftstücke zu Ihrer Klage wegen des heißen Kaffees im Diner? Ich hoffe nicht, denn ich gehe da eigentlich recht gerne hin.«

»Was?« Lauren riss ihren Kopf hoch, die Haare ziepten, lösten sich und hingen ihr jetzt über dem Auge. Sie pustete sich die Strähne aus dem Gesicht, aber das klappte nicht.

Ihr blauäugiger Traumprinz grinste und strich ihr die Locke hinters Ohr.

»Besser?«

»Was?« Laurens Haut kribbelte dort, wo er sie berührt hatte, und das vertrieb jeden vernünftigen Gedanken. Sie kam sich vor wie ein Papagei, aber sie konnte seinen Worten einfach nicht folgen. Welcher Kaffee? Welche Klage? Und besser als was?

Verständnisvoll, als müsste er einem kleinen Kind den Schulweg erklären, neigte er sich in ihre Richtung.

»Wer vertritt Sie denn?« Nach einem Blick in ihr verwirrtes Gesicht fügte er an: »Welcher Anwalt? Zu wem wollen Sie? Vielleicht kann ich helfen …«

»Helfen? Mir?« Lauren versuchte aus dem schlau zu werden, was der attraktive Fremde zu ihr sagte. »Wer sind Sie denn?«, fragte sie und keuchte unter der Last der Ordner.

»Entschuldigung, mein Fehler. Tim Parker – Prozessanwalt. Und Sie sind …?«

Er reckte ihr die Hand entgegen, ließ sie aber schnell wieder sinken, als er sich ihrer Akten bewusst wurde. Hilfsbereit nahm er ihr einen Großteil der Ordner ab.

»Sie arbeiten hier?«, fragte Lauren überrascht, klemmte sich den letzten verbliebenen Ordner unter den Arm und strich sich über den Pulli. Zum Glück brachte der ihren Busen gut zur Geltung. »Ich habe Sie ja noch nie hier gesehen.«

Nun war der Anwalt wohl ebenfalls überrascht. Die Fahrstuhltür öffnete sich, ohne dass jemand ein- oder ausstieg.

»Was meinen Sie damit? Was tun Sie denn hier?«

»Ihr Stockwerk«, erinnerte ihn Lauren, als sich die Türen wieder leise schlossen.

»Ja. Nein. Also, ja – eigentlich schon, aber«, er deutete auf die Ordner, »wohin müssen die?«

»Noch eins höher. Ich …«

»Sind Sie neu hier? Eigentlich kenne ich alle Anwälte in der Kanzlei.«

Lauren biss die Zähne zusammen. Uff! Anwältin! Klar, dann hätte sie seine Kragenweite. Stattdessen musste sie ihm jetzt klarmachen, dass sie vermutlich die unqualifizierteste Person im ganzen Haus war.

»Nein, ich … ich jobbe während der Semesterferien hier. Ich bin Lauren.«

Sie versuchte sich an einem Lächeln, aber sie kam sich dumm vor und wünschte fast, die Stahlseile des Fahrstuhls würden reißen, damit diese furchtbare Fahrt endlich ein Ende fände. Tim Parker, der Mann, der ihr vergangene Nacht den Schlaf geraubt hatte, war so aus der Nähe betrachtet noch attraktiver als auf den ersten Blick im Diner. Diese kleine Narbe an seiner Lippe fesselte ihre Aufmerksamkeit und gab ihr Rätsel auf. Sie war ein Makel in einem ansonsten perfekten Gesicht. Ein Makel, der irgendwie sinnlich wirkte. Er sah sie noch immer fragend an und schmeichelte ihr dadurch – er war an ihr interessiert, wenn auch nur, weil er vermutlich überlegte, ob er nicht besser den Sicherheitsdienst rufen sollte.

In seinem dunklen Anzug und dem blassblauen Hemd, das die Farbe seiner Augen betonte, sah er etwas älter aus als gestern. Das Jackett verbarg seine sportliche Figur, was gut war, weil Lauren sonst zu überhaupt keinem klaren Gedanken mehr fähig gewesen wäre.

»Lauren … freut mich. Sie studieren also noch? Was ist Ihr Hauptfach? Verkehrsrecht? Wirtschaftsrecht?«

Lauren spürte, wie ihr das Blut in die Wangen schoss.

»Kunst«, presste sie heraus und war froh, dass das Lämpchen zum dritten Stock aufleuchtete. Sie trat durch die Tür, sobald diese aufging, und hielt den Kopf gesenkt. »Danke, ab hier schaff ich das schon.« Sie wollte nach ihren Ordnern greifen, aber Tim trat einfach neben sie in den Flur. Plötzlich kam ihr der schmale Gang mit dem weichen grauen Teppich und den bis auf halbe Höhe petrolfarben gestrichenen Wänden erdrückend vor. Die Nähe dieses Mannes machte sie unsicher. Das gefiel ihr – und zugleich hasste sie es. So hatte sie sich noch nie gefühlt. Irgendwie verwirrend. Doch sie musste sich in Erinnerung rufen, dass dieser Tim Parker eine Freundin hatte – also sollte ihr verdammtes Herz sich langsam wieder einkriegen, seinen Job machen und das Blut zur Abwechslung mal wieder in ihr Gehirn pumpen.

»Quatsch! Die sind viel zu schwer. Also wohin damit?« Er blickte den Gang entlang, und Lauren zuckte mit den Schultern. Sie würde ihn am schnellsten los, wenn sie ihn machen ließ. Wortlos ging sie ihm voran in den Kopierraum. Ihr neuer Rock engte sie plötzlich ein, und sie glaubte seinen Blick auf ihrem Hintern zu spüren. Verlegen deutete sie auf einen Tisch, auf dem Locher und Tacker für die fleißigen Sekretärinnen bereitstanden.

»Einfach hier abstellen. Danke!«

Klang ihre Stimme irgendwie unsicher? Sie leckte sich die Lippen und räusperte sich unauffällig.

Tim tat, wie ihn geheißen, und wischte sich dann die Hände an den Oberschenkeln ab.

Er sah sich in dem Kämmerchen um und nickte.

»Kunst also. Und wie … wie lässt sich das hiermit vereinbaren?«

Wollte er denn nicht endlich gehen? Sie musste sich ja schon so zusammenreißen, ihm ihren Heiratsantrag nicht einfach entgegenzuschleudern.

»Ja, Kunst«, sagte sie knapp. »Mein Vater ist Peter Latham. Er zwingt mich hierzu.« Der Scherz ließ Tim schmunzeln, und er neigte ehrfürchtig den Kopf.

»Oha.« Er sah Lauren an, als überlegte er, ob er ihr den Status als Tochter des obersten Chefs der Kanzlei hätte ansehen müssen. »Ich würde Ihnen ja raten, sich rechtlichen Beistand zu holen, wenn Nötigung vorliegt, aber … aber in dem Fall … also, wenn ich damit meinen Job riskiere …« Er zwinkerte ihr zu, und die Grübchen meldeten sich zurück. »Dann verzichte ich darauf und biete Ihnen stattdessen einfach an, Ihnen – wann immer nötig – mit den Ordnern behilflich zu sein.«

Lauren lachte. Sie schob die Akten beiseite und lehnte sich seitlich gegen die Tischplatte, um noch schlanker zu wirken. Dieser Tim war wirklich der Hit! Nicht nur, dass er so gut aussah. Er war auch wirklich angenehm. Seine Stimme war toll, so männlich und selbstbewusst, und der frische Hauch seines Parfums ließ in ihrem Kopf Bilder von ihm unter der Dusche entstehen.

»So ist das also! Wo sind die Männer geblieben, die für eine Frau in Nöten durchs Feuer gehen? Die jeder Gefahr trotzen und jeden Preis zahlen würden, um in den Augen des holden Geschlechts gut dazustehen?«

»Von der Sorte hab ich lange keinen gesehen!«, gab Tim grinsend zu und wandte sich zur Tür. »Aber Lauren, da Sie ja nun das Diner nicht verklagen – könnten wir irgendwann, als Entschädigung für das Fehlen meiner männlichen Heldenhaftigkeit, einen Kaffee zusammen trinken?«

Er lehnte in der Tür, wartete auf ihre Antwort, und sein eisblauer Blick hielt sie gefangen. Er hüllte sie ein, mit seinem Lächeln, mit seinem Duft und seinen lockeren, unverbindlichen Worten. Was würde es schon ausmachen, sich mit ihm auf einen Kaffee zu treffen?

»Und was werden Sie Ihrer Freundin sagen?«, wagte sie sich aus der Deckung.

Tim atmete hörbar durch und strich sich über die Krawatte. Erst dann sah er sie wieder an. »Sie meinen Caroline? Aus dem Diner?« Er zögerte. »Sie ist nicht meine Freundin. Wir …«

»Ihr habt nur Sex?«

Er verzog den Mund und hob in einer hilflosen Geste die Hände.

»So könnte man es sagen, ja.«

»Sie … ist sehr hübsch.«

Tim grinste. »Du auch.«

Lauren spürte die Wärme in ihren Wangen und das Flattern in ihrer Magengrube. Es war ihr nicht entgangen, dass er einfach zum vertraulichen Du gewechselt hatte. »Sie hätte also kein Problem damit, falls wir uns gelegentlich sehen?«

Jetzt rieb er sich etwas verlegen das Kinn. »Exklusivität ist keine Bedingung in unserer … *Beziehung*.« Er zwinkerte ihr zu. »Wir können uns sehen – wenn du magst.«

Lauren wusste nicht recht, was sie sagen sollte. Sie wollte sich nicht in eine Beziehung drängen und mit einer anderen Frau in Konkurrenz treten, aber Tim war toll, und sie fühlte sich zu ihm hingezogen. Andererseits wollte sie nichts mit einem Kerl anfangen, der irgendwie an jemandem hing.

»Lauren?«, hakte er nach und schielte zur Tür hinaus. Grüßte jemanden, der offensichtlich vorbeiging. »Was ist nun? Nimmst du meine Einladung an?«

»Schön!«, gab sie nach und stieß sich vom Tisch ab. »Aber wenn der Kaffee wieder zu heiß ist, machen wir eine Sammelklage draus. Kunst wirft ja leider nicht viel ab.«

Ein Schmunzeln umspielte seine Lippen, und mit einem Zwinkern verschwand er im Flur.

»Lauren Latham«, ermahnte sie sich selbst, nachdem sie einige Augenblicke lang nichts getan hatte, außer den Fleck anzustarren, an dem Tim gerade noch gestanden hatte.

»Du wirst doch nicht so dumm sein und dich in einen Kerl verlieben, der offensichtlich ein Womanizer ist!«

Gedankenversunken öffnete sie den ersten Ordner und entnahm einen Stapel Blätter. Dann startete sie den Schredder und häckselte mehrere Stunden lang alte Verhandlungsprotokolle zu Lametta. In Gedanken jedoch war sie noch immer mit Tim Parker im Fahrstuhl. Und je mehr Akten als Papierwürste aus dem Schredder gespuckt wurden, umso klarer wurde Lauren, dass Tim auf jeden Fall zu ihrer Geburtstagsparty kommen musste. Und wenn sie die gesamte Kanzlei einladen müsste, um ihn dazu zu kriegen, dann würde sie das eben machen.

»Du warst schon immer der Typ, der sich nimmt, was er will. Und du ahnst nicht, wie froh ich war, dass du die Initiative ergriffen hast«, gestand Tim mit einem Blick in die Runde. Die Menschen um ihn herum waren schon sehr viel länger Bestandteil von Laurens Leben als er selbst. Darum verspürte er eine tiefe Dankbarkeit, weil er zu ihnen gehörte. Rachel, ihr Bruder Chris und Laurens Familie waren heute auch seine Familie. Und er wusste, was auch kommen würde – sie wären für ihn da. Er wusste, er würde sie brauchen. Bald. Und er wusste auch, sie würden ihm Halt geben, wenn es so weit war.

»Wir Mädels sind halt so«, erklärte Rachel selbstbewusst. »Wenn ihr Typen nicht in die Puschen kommt, nehmen wir unser Glück eben selbst in die Hand.«

Sie stand auf, bückte sich und warf im Vorbeigehen einige Holzscheite in die züngelnden Flammen. Niemand hier wollte, dass das Feuer erlosch, das sie alle zusammenhielt. Dann setzte sie sich neben Lauren.

»So sind wir eben. Wir bestimmen selbst, was wir wollen.« Sie hatte Tränen in den Augen, aber ihr Lächeln war warm und voller Liebe. Sie sprach nicht mehr von damals. Sie sprach von dem, was kam. Sie verstand es – und das war Lauren so unendlich wichtig.

Vorsichtig, um Alyssa auf ihrem Schoß nicht zu wecken, neigte Lauren sich vor und umarmte ihre beste Freundin.

»Keine Tränen heute«, erinnerte sie sie und spürte selbst einen harten Kloß in ihrer Kehle.

Rachel nickte und betupfte sich mit einem Taschentuch die Augen. Schwarze Mascara blieb daran zurück.

»Na schön, dann lenk mich ab. Erzähl, wie es weiterging«, bat Rachel.

»Oh Gott, das ist doch schon so lange her! Ich weiß nicht, ob ich das noch alles zusammenbringe«, gestand Lauren und runzelte konzentriert die Stirn. Sie rang um Fassung, denn der Abend war noch jung. Sie wollte nicht, dass die Stimmung kippte. »Ihr wart doch alle dabei, helft mir mal. Wie ging es dann weiter?«

»Na das ist doch einfach«, kam ihr Tim grinsend zu Hilfe. »Du warst mir verfallen.«

Lauren lächelte. Unter dem nachtblauen Firmament, im romantischen Schein des Lagerfeuers fiel es ihr leicht, ihm zuzustimmen und ein Bekenntnis abzulegen.

»Ja, ich war verliebt – richtig verschossen«, gestand sie, und unter dem jubelnden Ruf ihres Bruders Ben zog Tim Lauren nach hinten und beugte sich über sie. Kichernd gab sie sich dem leidenschaftlichen Kuss ihres Mannes hin.

Mit einem Mal war die Nacht nicht mehr kalt. Für einen Moment waren die pochenden Schmerzen in ihrem Kopf vergessen. Ein warmes Glücksgefühl durchströmte sie und ließ ihr Herz schneller schlagen. Ein Gefühl, das sie in den letzten Monaten viel zu selten empfunden hatte.

»Jaja, die Party! Ich erinnere mich gut daran. Deine Mutter hat hier am Strand ganz schön wilde Partys gefeiert, Mia«, erklärte Peter Latham seiner dreizehnjährigen Enkelin grinsend.

»Ach echt?«, hakte die sofort nach. Lauren konnte beinahe sehen, wie sie sich ausrechnete, ob diese Info für sie irgendwelche Vorteile bringen würde.

»Na so wild ja wohl auch wieder nicht!«, widersprach Lauren daher ihrem Vater, aber der grinste nur in seinen silbern schimmernden Bart.

»Na schön, so wild waren die Partys nicht«, räumte er schließlich amüsiert ein. »Sonst hätte ich dir gar nicht erlaubt, deine ganze Sippe immer wieder zu uns einzuladen.« Sein Blick glitt über die Gesichter ums Feuer. Alle wussten, dass er die Freunde seiner Tochter zur Familie zählte.

»Weißt du noch, was du damals zu uns gesagt hast?«, fragte Rachel an Peter gewandt. Ihr dunkles Haar glänzte beinahe bläulich im Mondlicht, und mit ihrer rauchigen Stimme klang sie ein bisschen wie eine Wahrsagerin. Sie winkte Mason und schenkte ihm ein dankbares Lächeln, als er zu ihr kam. »Es waren wahre Worte, Peter. Wir hätten sie uns schon damals zu Herzen nehmen sollen«, erinnerte sich Rachel und griff nach der Hand ihres Liebsten.

Die Party

Die Sonne stand schon tief am Himmel, und die Wolkenschleier leuchteten violett vor dem sinkenden Glutball. Die tanzende Oberfläche des Lake Champlain spiegelte das Farbenspiel wider, und die Enten nahe dem Ufer sahen aus, als tauchten sie ihre Köpfe in flüssiges Gold.

Nur ein leichter Windhauch wehte vom See herüber und ließ die Fackeln flackern, die bis zur weitläufigen Terrasse vor dem Haus reichten. Trotzdem rieb sich Lauren fröstelnd die Arme. Der dünne Satin ihres saphirgrünen Shirts mit dem Wasserfallausschnitt wärmte kein bisschen, und sie war froh, die Jeans anstatt des kurzen Rockes gewählt zu haben. Außerdem sah ihr Hintern darin wirklich toll aus. Es war eben schon Ende September – auch wenn die sommerliche Brise der letzten Tage einen das hätte vergessen lassen können.

»Hol dir doch eine Jacke, Liebes«, riet Laurens Mutter Celeste und wischte dabei einen der Gartenstühle mit einem feuchten Lappen ab.

»Quatsch, wenn die Party erst losgeht, wird mir schon warm.« Lauren hatte sich ja nicht zum Spaß so herausgeputzt. Sie wollte Tim gefallen. Schließlich hatte sie all ihren Mut zusammengenommen und ihn eingeladen. Doch trotz ihrer Bemühungen, sich chic zu machen, wirkte sie gegen Rachel immer noch wie eine welke Blume. Die trug einen dunkelroten Catsuit mit schwarzen, kniehohen Stiefeln und sah darin wirklich verdammt sexy aus. Aber schließlich ging einem so ein Zahnarzt nicht von selbst ins Netz.

Laurens Vater Peter kam durch die große Flügeltür nach draußen und reichte Lauren und Rachel einen Martini.

»Auf euch, Mädchen! Mögen alle eure Wünsche in Erfüllung gehen!«, prostete er und stibitzte seiner Tochter die Olive aus dem Drink.

Lauren grinste, denn sie mochte Oliven nicht.

»Danke, Dad. Aber wenn sich schon in diesem Jahr alle unsere Wünsche erfüllen – was machen wir denn dann mit dem Rest unseres langweiligen Lebens?«

»Du wirst sehen – bis nächstes Jahr fallen dir schon wieder genug neue Wünsche ein. Und wenn du erst so alt bist wie ich … dann hast du so einen Haufen Wünsche angesammelt, dass du genau weißt, die Zeit, die dir bleibt, reicht dafür nicht. Darum fangt früh an, eure Träume wahr zu machen.«

Rachel nickte.

»Weise Worte, Peter. Und wenn ich da rüberschiele, dann sehe ich den Mann, der mir hoffentlich in Zukunft süße Träume beschert.« Sie hob die Hand und ging Mason entgegen, der den Kiesweg ums Haus entlangkam.

»Und du, Schatz? Was macht dich im kommenden Jahr glücklich?«, fragte Peter und legte Lauren den Arm um die Schultern. Wie früher lehnte sie ihren Kopf gegen die kräftige Brust ihres Vaters und erwiderte seine Umarmung. Man merkte Peter seine fünfzig Jahre nicht an, obwohl er durch seine jahrelange sitzende Tätigkeit an Fülle zugelegt hatte. Sein graues Haar wies aber noch einige rötliche Strähnen auf, und sein Lachen war genauso frisch und strahlend wie immer. Nur die Fältchen um seine

Augen waren in den letzten Jahren tiefer geworden, aber das machte ihn umso sympathischer. Die karottenähnliche Haarfarbe und die Gewichtsprobleme sowie ihre Liebe zu Süßigkeiten hatte Lauren von ihm, die feinen Gesichtszüge hingegen von ihrer Mutter.

Lauren überlegte, was ihr Vater wohl davon halten würde, wenn sie sich mit einem seiner Anwälte einließe. Um sich langsam an das Thema heranzutasten, fragte sie: »Kennst du eigentlich Tim Parker? Er ist ...«

»Ein hervorragender Anwalt. Ich überlege, ob er hier in Vermont nicht sein Talent vergeudet. Er wäre ein passender Kandidat für die Kanzlei in New York. Allerdings würde ich mit seiner Versetzung einige deutlich ältere und erfahrenere Kollegen übergehen. Das möchte ich eigentlich nicht. Warum fragst du? Kennst du ihn?«

Lauren leerte den Martini und schlenderte neben ihrem Vater durch den Garten bis hinunter ans Wasser. Ihr gefiel die Vorstellung nicht, dass Tim nach New York versetzt werden könnte. Nicht, wo sie gerade dabei war, sich in ihn zu verlieben.

»Ich habe ihn für heute eingeladen. Er scheint nett zu sein.«

Peter sah sie eine Weile an, als versuchte er ihre Gedanken zu lesen. Wahrscheinlich überlegte er, ob er sie irgendwie beschützen sollte, aber nach kurzem Zögern nickte er.

»Wenn du das sagst, wird es schon stimmen.« Er grub die Hände in die Taschen seiner Anzughose. Nur der karierte Pullunder über seinem Hemd zeigte, dass Wochenende war. Den Rest hätte er so auch in der Kanzlei tragen können. »Du hast ja schon immer gewusst, was am besten für dich ist.«

Sie schlenderten am Ufer entlang. Das erste Herbstlaub leuchtete schon in flammenden Farben im warmen Abendlicht, und Lauren konnte sich nicht vorstellen, dass es einen schöneren Ort geben sollte als ihr Zuhause. Das Anwesen ihrer Familie umfasste neben dem Haupthaus, das sie bewohnten, noch ein kleineres Seehaus, von dem sie immer hoffte, es einmal für sich herrichten zu können. Wenn sie wie jetzt ihren Blick über die weiße, mit geschliffenen Brettern verkleidete Fassade und die großen Sprossenfenster schweifen ließ, hätte sie direkt dort einziehen können. Aber zuerst musste sie die Kunsthochschule abschließen und sich darüber klarwerden, womit sie in Zukunft ihr Geld verdienen wollte. Was immer es wäre, sie hoffte, es würde sie nicht aus dem Schoß ihrer Familie reißen.

»Wir sollten zurückgehen, deine Gäste kommen. Und ich werde deine Mom besser zum Essen ausführen, sonst putzt sie euch den ganzen Abend hinterher.«

»Sie soll sich nicht so eine Mühe machen. Wir feiern nur ein wenig.«

»Du weißt doch, wie sie ist.«

Ja, das wusste Lauren. Celeste Latham ging ganz in ihrer Rolle als Hausfrau und Mutter auf und mochte es penibel sauber. Seit Laurens drei Jahre älterer Bruder Benjamin wegen seiner Baseballprofi-Karriere nicht mehr zu Hause wohnte, hatte Celeste nicht einmal seine Sportklamotten zu waschen, und man konnte den Eindruck bekommen, sie würde sich langweilen.

Mit einem letzten Blick zum Häuschen ihrer Träume folgte Lauren ihrem Vater zurück auf die Terrasse. Rachel hatte schon Sekt ausgeschenkt und ihren Bruder Chris, dessen neue Flamme Blake und ihre Kollegin aus der Praxis für Physiotherapie begrüßt. Hauptsächlich war sie jedoch damit beschäftigt, ihrem attraktiven Zahnarzt schmachtende Blicke zuzuwerfen.

Lauren freute sich, dass sich Rachels kühner Körpereinsatz so bezahlt machte. Ein beunruhigter Blick auf die Uhr zeigte ihr, dass ihr eigenes Date Tim inzwischen eine Stunde zu spät dran war – wenn er denn überhaupt noch kommen würde. Warum hatte sie das eigentlich angenommen? Sie war lange nicht so sexy wie diese Caroline.

»Hi, Lorelei!«, trällerte Chris und umarmte sie stürmisch von hinten. Niemand außer Rachels zwei Jahre älterem Bruder nannte sie so, aber er ließ sich einfach nicht davon abbringen. Genauso wenig wie davon, ihr unwillkommene, feuchte Küsse in den Nacken zu drücken, wann immer sich ihm die Möglichkeit bot. Dieser tätowierte Kindskopf!

»Hi, Chris!« Lauren entwand sich ihm und deutete auf seine Begleiterin, die ihr vernichtende, eifersüchtige Blicke zuwarf. »Vergiss mal nicht, dass du nicht allein gekommen bist!« Lauren neigte sich näher an sein Ohr, so dass seine dunklen, schulterlangen Haare ihr Dekolleté streiften. »Ich glaube, sie will mich töten – behalt sie also im Auge, ja!«

Chris grinste frech und schlug sich die Faust in die Handfläche. »Keine Sorge, Lorelei, wer es wagt, sich mit dir anzulegen, bekommt es mit mir zu tun! Ich werde dich beschützen. Immer! Aber erst mal besorge ich meiner Flamme einen Martini.«

Lauren lachte und stupste ihm in die Rippen. Aus seinem Ausschnitt ragte ein neues Tattoo. Er musste inzwischen Dutzende davon am ganzen Körper haben.

»Ich weiß! Du bist mein Held! Dafür besorge ich dir den Martini. Und jetzt geh und amüsier dich mit … mit der Mörderbraut, deren Name mir schon wieder entfallen ist.«

Chris zwinkerte und flüsterte: »Das ist mir gestern früh

auch passiert – aber glaub mir, da war es doch etwas peinlicher!«

»Lass ihn dir doch zur Sicherheit eintätowieren«, schlug Lauren heiter vor.

»Dann wär ja bald kein Platz mehr für die wichtigen Dinge«, scherzte Chris und zupfte sich stolz das Shirt zur Seite, um Lauren seine neueste Körperkunst zu zeigen. Es war ein Drache, dessen Flügel sich quer über seine Brust spannten.

Lauren schlug nach ihm, als er sich abwandte und kichernd zu Blake, der Mörderbraut, zurückschlenderte. Wieder sah sie auf die Uhr. Tim kam deutlich zu spät.

»Blöder Kerl!«, murrte sie und presste missmutig ihre Lippen aufeinander. Na schön, dann eben nicht! Sie ging ins Haus, um Blake und sich einen Martini zu mixen. Sie drehte die Anlage etwas lauter und löste ihren Pferdeschwanz. Das hier war eine Party, und auch wenn der Ehrengast sie versetzte, würde sie sich davon nicht den Spaß verderben lassen.

Mit einem Drink in jeder Hand verließ sie die Küche wenig später wieder und erstarrte.

In der Tür zur Terrasse stand Tim.

Er trug eine Jeans, ein einfaches, weißes Shirt und eine schwarze Lederjacke. Das Haar hing ihm lässig in die Stirn. Nichts erinnerte an den Anwalt aus dem Fahrstuhl, und doch fühlte sie sich ihm sofort wieder nahe.

Freude vermischte sich mit Wut, weil er viel zu spät kam, aber als er näher trat und sein Blick langsam wie eine Berührung über ihre Figur wanderte, verflog ihre Wut.

»Hi!«

Himmel, wie er das immer sagte!

»Ich hatte schon gedacht, du hast es vergessen?«

Tim kam näher und sah sich um. Das Haus war stilvoll eingerichtet. Erlesene Möbel und dazu passende Vorhänge, Lampen und Gemälde. Hier wohnten keine armen Leute – aber das hatte er sicher auch nicht erwartet, schließlich arbeitete er für ihren Vater. Doch sein Blick ließ keinerlei Bewunderung für die Einrichtung erkennen. Mit großen Schritten durchquerte er den Raum und blieb nur wenige Zentimeter vor ihr stehen.

»Ich habe dich nicht vergessen. Ich habe nur lange überlegt, was dir zum Geburtstag eine Freude machen würde.«

Lauren wünschte, sie könnte sich verlegen das Haar aus der Stirn streichen, aber sie hielt ja noch immer die beiden Martinis.

»Du hast mir ein Geschenk gekauft?«, fragte sie überrascht, weil er nichts in Händen hielt.

Er grinste frech und wandte sich zu den großen Fenstern um. Niemand schenkte ihnen Beachtung. Kühn hakte er seine Finger in die Gürtelschnallen ihrer Jeans und zog sie in einen schattigen Winkel. Er drängte sie an die Wand, dann neigte er den Kopf. Sein Atem strich über die Haut an ihrem Schlüsselbein, und sie spürte seine Lippen an ihrem Ohr.

»Es ist ein ziemlich eigennütziges Geschenk«, flüsterte er und umfasste ihre Taille. Aus alter Gewohnheit zog sie den Bauch ein und hielt die Luft an. Das Herz hämmerte in ihrer Brust, und die Spannung zwischen ihnen steigerte sich mit jedem Atemzug. Langsam hob er ihre eine Hand mitsamt dem Glas an. Führte den Drink an seinen Mund und leerte ihn. Sein Blick ruhte unaufhörlich auf ihrem Gesicht. Sie wusste, er konnte ihre Erregung sehen – so wie sie die seine. Ihr Atem beschleunigte sich, als sie sich erwartungsvoll näher an ihn lehnte.

»Happy Birthday, Lauren«, flüsterte er, und seine Lippen wanderten von ihrem Schlüsselbein ihren Hals hinauf, bis sie ihre Lippen fanden. Der Geschmack des Gins auf seiner Zunge machte sie trunken, als sie den Kuss erwiderte. Kühn hob sie sich auf die Zehenspitzen und legte den Kopf in den Nacken, um den Kuss zu vertiefen. Erst jetzt, wo sie ihm so nah war, fiel ihr auf, wie groß er war. Er hätte sein Kinn auf ihren Scheitel legen können. Er streichelte ihren Rücken, ihre Wirbelsäule, bis sie sich ihm entgegenwölbte.

»Also wirklich, Lorelei!«, rief Chris gespielt entrüstet und schlenderte gelassen an ihnen vorbei Richtung Küche. »Das Dessert nur einem einzigen Gast anzubieten, ist schon etwas unhöflich, oder nicht?«

Lauren fuhr zusammen, und Tim trat grinsend ein Stück zur Seite. Ganz der Gentleman, zupfte er ihr das Shirt wieder zurecht und lachte, als sie ihm verlegen den Ellbogen in die Seite rammte.

»Du bist das Dessert? Was für eine Party ist das denn?«, fragte er amüsiert, und Lauren warf ihm einen bösen Blick zu.

»Halt die Klappe, Chris! Und was willst du überhaupt hier drinnen?«, fragte Lauren und eilte dem Störenfried in die Küche hinterher.

»Blake will endlich ihren Drink«, erklärte er und öffnete den Eisschrank mit den vorgekühlten Martinigläsern.

»Hier, gib ihr den«, bot Lauren das Glas an, das sie in der Hand hielt, aber Chris rümpfte die Nase.

»So heiß, wie es hier drinnen gerade zugegangen ist, ist der Alkohol darin doch längst verdampft. Dabei sind betrunkene Mädels doch immer viel … leichter zu erobern.«

Er zwinkerte verschmitzt und goss eine großzügige Portion Gin in den Mixbecher mit Eis.

»Idiot!«, murmelte Lauren und zuckte zusammen, als Tim hinter sie trat und seine Hand besitzergreifend auf ihre Hüfte legte.

»Funktioniert das so? Mit den Mädchen aus Vermont?«, fragte er Chris und musterte die Gastgeberin mit einem verwegenen Grinsen.

»Ach«, gab Chris lachend zurück. Er maß den Wermut ab und fügte ihn hinzu. Dann rührte er das Ganze mit dem Löffel um. »Das funktioniert doch immer, ganz egal, woher die Frauen kommen.«

»Ihr seid echt doof! Gib mir den Wermut, und geh zu deiner Killerbraut!«, verlangte Lauren und riss Chris die Flasche aus der Hand. Der ging noch einmal zum Kühlschrank und nahm zwei Flaschen Bier heraus. Eine davon reichte er Tim, der sich nun gemütlich gegen die Kochinsel in der Mitte des Raumes lehnte.

»Ihr habt eine Killerbraut eingeladen? Muss ich mir Sorgen machen?«, fragte er und nahm einen Schluck aus der Flasche. Lauren hing an seinen Lippen und wünschte sich nichts mehr, als dass Chris endlich Leine zog und Tim und sie dort weitermachen würden, wo sie aufgehört hatten.

»Nein, *du* nicht. Sie will nur Lauren erdolchen«, gab Chris gleichmütig zu.

»Wirklich? Warum denn das?«

»Ihr hat nicht gefallen, wie ich Lauren den Hals geküsst habe«, erklärte Chris mit Unschuldsmiene und zuckte die Schultern. Lauren ballte die Hände zu Fäusten. Das machte dieser Idiot doch mit Absicht!

»Wirklich?«, widerholte Tim seine Frage, nun sehr interessiert, und musterte Lauren mit schiefgelegtem Kopf.

»Ich hätte doch besser pünktlich kommen sollen, wie mir scheint.«

»Gib nichts auf diesen Vollidioten! Er macht nur Spaß!« Zornig schob sie Chris aus der Küche und wandte sich dann zu Tim um. Sie strich sich das Haar über die Schultern zurück und lächelte entschuldigend. »Sorry, er …«

»Schon okay – ich hab auch Freunde … die gerne mal Vollidioten sind.« Etwas verunsichert, sah Tim dem dunkelhaarigen Mann mit den tätowierten Armen hinterher.

»Gut zu wissen.«

»Aber das mit den Küssen und dem Hals – das interessiert mich trotzdem.«

Lauren errötete.

»Glaub mir, Tim, das ist weniger spektakulär, als es sich anhört.«

Er nickte. Sie standen sich schweigend gegenüber, und Lauren wünschte, er käme noch einmal auf sie zu, aber er hielt höflichen Abstand.

»Wir sollten …« Sie deutete nach draußen, und er stieß sich von der Kochinsel ab.

»… deine Gäste nicht länger sich selbst überlassen«, beendete er ihren Satz. Als sie an ihm vorbeiging, streifte sie seinen Arm, und ein wohliger Schauer durchrieselte sie.

Federleicht legte er seine Hand an ihre Taille und begleitete sie in den Garten.

Dort war die Stimmung ausgelassen. Unter einem mit funkelnden Lichterketten beleuchteten Pavillon wurde getanzt, und noch mehr Gäste hatten sich inzwischen eingefunden. Lauren grüßte einen alten Schulkameraden und dessen Freundin im Vorbeigehen und winkte einer Bekannten von Rachel zu, die mit Chris und Blake im Gespräch war.

»Willst du tanzen?«, fragte Tim, und seine Finger auf ihrem hauchdünnen Shirt setzten ihre Haut in Flammen. Sein Blick ließ keine Zweifel, dass er die Nähe eines Tanzes durchaus genießen würde.

Sie zögerte keine Sekunde, ergriff seine Hand, die sich warm und stark um ihre schloss, und zog ihn mit sich unter den glitzernden Lichterhimmel.

Als würde es das Universum gut mit ihr meinen, wechselte die Musikanlage zu Whitney und einer ihrer einfühlsamen Balladen. Die Klänge der Musik hüllten sie ein, als Tim sie durch die erste Drehung führte. Sie war keine begnadete Tänzerin, also überließ sie ihm die Führung. Seine Hände lagen auf ihren Hüften, und er lächelte sie zärtlich an.

»Nette Party«, flüsterte er. »Danke für die Einladung.« Sein Blick glitt über ihren tiefen Wasserfallausschnitt, und er zog sie noch ein wenig enger an sich.

Jede Faser von Laurens Körper war gespannt. Sie genoss seine Berührung und seine Nähe. Er war besser gebaut, als sie gedacht hatte. Im Diner hatte er ihr erzählt, dass er gerne Hockey spielte – sie hatte gar nicht gewusst, dass man davon so eine gute Figur bekam. Bisher waren ihr seine muskulösen Arme und seine kräftige Brust nicht so sehr aufgefallen, aber jetzt, wo sie ihre Fingerspitzen über seinen Nacken gleiten ließ und bei jeder Drehung seinen Körper streifte, drängte es sie zu erfahren, wie er wohl nackt aussehen mochte.

»Und wenn … wenn ich dich jetzt …«

Lauren biss sich verlegen auf die Lippe und lehnte kurz die Stirn an seine Schulter.

»Wenn was?« Er küsste ihren Hals.

Sie sah ihm in die blauen Augen, und sein Blick schien wie ein Pfeil ihr Herz zu durchstoßen.

»Wenn ich dich bitten würde … nach der Party noch zu bleiben?«

Tim umfasste ihren Hintern, und Lauren schauderte wohlig. Dieser Typ war wirklich heiß, und verdammt, sie wollte mehr von ihm. Sie war nicht leichtfertig, aber sie hatte sich noch nie so stark zu jemandem hingezogen gefühlt.

Sie konnte kaum atmen, so sehr fürchtete sie seine Antwort.

»Vielleicht *würde* ich bleiben … wenn du mich bitten *würdest*«, gab er herausfordernd zurück.

Laurens Magen flatterte. Der Sternenhimmel schien nur für sie beide sein glitzerndes Kleid angelegt zu haben, und die Kühle der Nacht hatte in Tims Armen keine Bedeutung. Sein Duft hüllte sie ein, und während sie sich in seinem Blick verlor, stand die Welt um sie herum still.

»Bleib heute Nacht bei mir«, hauchte sie und stellte sich auf die Zehenspitzen, um ihn zu küssen. Er erwiderte ihren Kuss leidenschaftlich.

»Ich hoffe nur, dein Vater bringt dir nicht das Frühstück ans Bett«, flüsterte er an ihren Lippen, dann hob er sie hoch, um sie bei der nächsten Drehung ganz an seinen Körper zu ziehen.

Lauren schloss die Augen und gab sich seinem Kuss hin. Ein einziger Gedanke beherrschte sie:

Wann würden die Gäste endlich gehen?

Am Lagerfeuer lauschten alle gespannt den Erzählungen von früher. Es war beinahe, als erlebten sie das Vergangene in dieser Nacht noch einmal. Jedes Gefühl wurde verstärkt durch das Wissen, was am Morgen kommen würde. Die Erinnerung schuf Bilder vor ihrem geistigen Auge, so lebendig wie das Leben selbst. Es war niemand unter ihnen, der keine Gänsehaut hatte. Nicht wegen der Kälte – sondern weil der Morgen immer näher rückte. Der Morgen, der den Abschied bringen würde.

»Du hast mir total den Kopf verdreht, Lauren. Ich wollte dir nur noch nahe sein. Und es wird auch keinen Tag in meinem Leben geben, an dem ich nicht bei dir sein will«, flüsterte Tim mit gebrochener Stimme.

Der Schmerz in seinen blauen Augen ließ auch die anderen um Fassung ringen. Es war schwer, das Versprechen zu halten und in dieser Nacht keine Tränen zu vergießen.

»Sag das nicht. Du machst es uns nur schwer damit«, mahnte Lauren und legte die Hand tröstend an seine Wange.

Er schluckte hart und wandte den Blick zum sternenklaren Nachthimmel. Der einsame Ruf einer Eule war wie der verzweifelte Schrei seines Herzens nach einem Wunder. Im Knacken der brennenden Holzscheite glaubte er das Brechen seines Herzens zu hören, und er fühlte sein Glück mit dem Rauch in den Himmel entschwinden.

»Ganz egal, was ich sage, ich könnte es uns doch nicht noch schwerer machen, als es schon ist«, murmelte er gequält.

Die Nacht im Seehaus

Lauren fühlte sich ein wenig befangen, als sie Hand in Hand mit Tim über den Ufersand zum Seehaus spazierte. Ohne die Fackeln, die den Garten in ihre flackernde Wärme getaucht hatten, zitterte Lauren. Sie war sonst nicht so kühn, aber sie war entschlossen, ihr Glück diesmal selbst in die Hand zu nehmen.

»Geht es dir gut?«, fragte Tim, der ihr Zittern wohl bemerkt hatte, und blieb stehen. »Wenn du denkst, ich sollte besser gehen …«

»Nein!« Lauren erschrak beinahe über die Heftigkeit ihres Widerspruchs. »Nein, ich will nicht, dass du gehst. Ich weiß nur nicht, ob du das Seehaus mögen wirst«, gestand sie unsicher. »Es ist nicht in allerbestem Zustand, aber … aber ich schlafe oft hier. Es hat einen besonderen Zauber … und wir sind ungestört.«

Sie konnte Tims sinnliches Lächeln selbst im schwachen Dämmerlicht erkennen und hörte ihn leise lachen.

Er zog sie in seine Arme.

»Ungestört? Dann werde ich es lieben!«, versicherte er ihr und hob sie hoch, als würde sie nichts wiegen, die Hände unter ihrem Po. Sie schlang ihm die Beine um die Hüften und klammerte sich an seine starken Schultern, als er sie die letzten Meter zum Haus trug.

Dunkles Geißblatt rankte sich um die Verandapfeiler bis

hinauf zu den Giebelfenstern des Obergeschosses und lud sie unter sein grünes Blätterdach ein.

»Und ich dachte, du wirst *mich* lieben«, kicherte Lauren und duckte sich unter die herabhängenden Zweige.

»Keine Sorge, Lauren. Das habe ich vor!« Er kniff ihr in den Po, ehe er sie an seinem Körper hinabgleiten ließ. Er gab sie nur widerwillig frei, damit sie den Schlüssel unter der Fußmatte hervorholen konnte.

»Geheimversteck«, flüsterte sie, sperrte auf und trat ein. Ein breiter Streifen Mondlicht fiel durch die Sprossenfenster und verlieh dem alten Mobiliar, den mit breiten Blütenbordüren verzierten Wänden und dem weißlasierten Holzboden einen silbernen Glanz. Sie stellte sich genau in den Lichtstreifen. Mit pochendem Herzen warf sie alle Selbstzweifel über Bord. Er würde sie eben so nehmen müssen, wie sie war: nicht ganz perfekt. Kühn zog sie sich ihr Shirt über den Kopf und ließ es achtlos zu Boden fallen. Sie fühlte sich dabei verrucht und sexy. Hoffentlich schreckte ihn die Deutlichkeit ihres Angebots nicht ab.

Ihre Sorge schien unbegründet. Langsam trat Tim ein. Er schloss die Tür hinter sich und kam auf sie zu. Er nahm ihr Gesicht in seine Hände und küsste sie zart. Dann ließ er seine Finger ihren Hals entlanggleiten, strich über ihre Schultern und ihre Arme hinab. Seine Berührung hinterließ eine Gänsehaut. Sie lehnte sich an ihn und schob ihre Hände unter sein Shirt. Sein Bauch war straff, und seine Haut strahlte eine Hitze aus, die sich sogleich auf Lauren übertrug.

»Komm«, flüsterte sie und führte ihn die schmale Treppe ins Obergeschoss hinauf. Sie spürte seinen Blick in ihrem Rücken, der jeder ihrer Bewegungen folgte. Ihr Herz hämmerte. Sie hatte noch nie einen Mann mit hier heraufgebracht. Es war ihr Reich – aber obwohl sie Tim kaum kannte, wusste sie, er gehörte hierher. Sie hielt seine Hand und deutete auf die von Mondlicht durchflutete Galerie. Stolz wartete sie darauf, dass er die Schönheit ihres Seehäuschens erkannte.

Der großzügige Raum erstreckte sich bis zu den weißgestrichenen Dachbalken, und in der Mitte des Giebels gab ein großes Oberlicht den Blick auf den Sternenhimmel frei. Direkt darunter stand ein ausladendes Bett mit weißen Kissen und flauschigen Decken, in dem Lauren sich zu gerne vor der Welt verkroch. Dann kuschelte sie sich ein und verträumte den Tag. Zwei dicke runde Teppiche dämpften ihre Schritte, als sie die Kerzen entzündete, die auf den Möbeln rings um das Bett auf Glastellern in erkalteten Wachslachen standen. Große Stumpenkerzen in Dreier- und Vierergrüppchen spendeten sanftes Licht, und der schwefelige Duft von Streichhölzern zog durch die kühle Luft. Tim schwieg, ließ sie aber nicht aus den Augen. Er folgte ihr zum Plattenspieler und umfasste sie von hinten, als sie mit einem leisen Kratzen die Nadel auf das Vinyl setzte.

»Platten? Keine CDs?«

»Ich bin etwas altmodisch«, gestand sie und fragte sich, ob er sie wohl für schrullig hielt. Das Haus, der Plattenspieler, die klassische Musik, die leise aus den Boxen drang …

»Spürst du den Zauber?«, fragte sie daher und hoffte, er würde sich davon nicht abschrecken lassen. Sie lehnte den Kopf an seine Brust.

Seine Lippen wanderten ihren Hals hinab, und seine Hände umfassten ihre Brüste.

»Ja, ich bin vollkommen verzaubert – von dir.«

Er strich über den glänzenden Stoff ihres BHs, und Lauren schloss die Augen. Sie überließ sich ganz seiner zarten Liebkosung und schauderte unter seiner Berührung.

Er drehte sie in seinen Armen um und küsste sie, während er geschickt ihren BH öffnete. Als er ihre vollen Brüste in seine Hände nahm, schob Lauren ihm das Shirt nach oben, um ebenfalls mehr von ihm zu bekommen. Seine Brust war glatt, und sie spürte seinen Herzschlag unter ihren Fingern. Anders als ihr eigener rasender Puls schlug Tims Herz in einem ruhigen Tempo.

Das silberne Mondlicht ließ seine Augen glänzen. Er half ihr, indem er sich das Shirt über den Kopf zog. Seine Haut wirkte in dieser Spätsommernacht wie Marmor. Wie lebendiger Marmor. Sie musste mehr von ihm haben. Sie wollte ihn fühlen.

Später kuschelte sich Lauren in Tims Armbeuge und genoss das Gefühl seines Körpers so nahe an ihrem. Er hielt sie von hinten umschlungen, sein Atem strich über ihren Nacken und bereitete ihr eine wohlige Gänsehaut. Die Bettdecke raschelte, als sie sich an ihn schmiegte und sich für einen Kuss zu ihm umdrehte.

Es war beinahe finster. Die meisten Kerzen waren heruntergebrannt, und eine Wolkendecke hatte sich vor die Sterne geschoben und den Himmel verdunkelt.

Trotzdem konnte sie die helle Narbe an seiner Lippe sehen. Zaghaft fuhr sie mit der Fingerspitze darüber, und Tim schlug die Augen auf.

»Woher hast du die?«, fragte sie scheu, denn ihr wurde klar, dass sie beinahe nichts über den Mann wusste, mit dem sie gerade so intime Dinge geteilt hatte.

Tim fasste sich an die Lippe, nahm ihre Hand und hauchte einen Kuss auf ihre Fingerspitzen.

»Ich hab als Kind gerne eine dicke Lippe riskiert«, gestand er. Dabei wirkte er alles andere als reuig, denn er grinste so breit, dass die Grübchen in seinen Wangen auftauchten. »Ich war ein Wildfang – und ein echtes Großmaul.«

»So siehst du gar nicht aus.«

Er lachte leise, und seine Hand wanderte auf ihre Hüfte. Er streichelte sie, während er weitersprach.

»Ich war ja nicht immer so groß, sondern hab erst recht spät einen Wachstumsschub bekommen. Und besonders kräftig bin ich ja auch heute nicht. Also blieb mir nur meine große Klappe. Und mit der habe ich mir recht oft Ärger eingehandelt.«

Lauren widersprach ihm im Geiste. Er war durchaus kräftig. Nur eben nicht so prollig mit Muskeln bepackt, die aussahen, als würden sie jeden Moment aus der Haut herausplatzen. Er besaß eine stille Kraft, die Lauren glauben machte, ein Mann wie er könnte sie vor jedem Unheil bewahren, das es nur gab.

Sie atmete seinen warmen Duft ein und schloss verträumt die Augen. Ja, er wäre in der Lage, die, die er liebte, zu beschützen.

»Und da bist du irgendwann an den Falschen geraten?«, fragte sie beinahe schnurrend, so wohlig machte sie seine Nähe.

»Nein – nicht an den Falschen. An genau den Richtigen!«

Lauren sah ihn fragend an, und er schmunzelte.

»Joey McKimmey – er war ein Jahr älter als ich. Wir spielten alle zusammen auf der Straße Hockey, und ich regte mich über ein Foul auf, das keines war. Ich bemerkte gar nicht, dass ich das ganze gegnerische Team gegen mich aufbrachte. Allen voran Joey.«

Tim rieb sich die Bartstoppeln, und die Erinnerung entlockte ihm ein Grinsen.

»Ich beschimpfte ihn. Mit jedem schmutzigen Wort, das ich kannte. Ich sah, wie er die Augen zusammenkniff vor Zorn, aber ich war zu sehr von mir überzeugt, um aufzuhören.«

Lauren ahnte Schlimmes. Sie presste die Lippen zusammen, um nicht zu lachen, denn wie er das so erzählte, schien er einen Denkzettel durchaus nötig gehabt zu haben.

»Joey packte mich am Kragen – was ihm keine Schwierigkeiten machte, denn er war gute zwei Kopf größer als ich und doppelt so breit. Er stieß mich über die Straße, bis an die Gartenmauer der Wilsons, das war so ein älteres Ehepaar.«

»Und dann hat er dich vermöbelt?«

Tim grinste, schüttelte aber den Kopf.

»Nein, er hielt mich so fest am Kragen, dass ich Angst hatte, er würde mich erwürgen. Aber er drückte nicht zu. Er kam ganz nahe und sah mir direkt in die Augen. Ich hätte mich fast angepinkelt, so ging mir plötzlich die Muffe.«

Lauren versteckte ihr Kichern in seiner Armbeuge.

»Ja, ja, lach du nur. Mir ging jedenfalls der Arsch auf Grundeis. Sein Atem roch nach Cola – das weiß ich heute noch.«

»Du meine Güte, dieser Joey hat wohl echt Eindruck auf dich gemacht.«

»Klar – und er hat mich gewarnt. Er hat gesagt, er würde mir jetzt nur deshalb nicht die Beine brechen, weil ich verdammt gut Hockey spiele. Aber das würde er ganz schnell vergessen, sollte ich mich weiterhin so aufführen. Er rammte mich so fest gegen die Gartenmauer, dass mir schon ganz schlecht war. Dann grinste er so ein richtig fieses Grinsen und erklärte mir ganz cool, dass ich nicht glauben sollte, ich käme ungestraft davon, denn sonst würden sich bald alle wie Affen aufführen. Er ließ mich los, und ich sackte zu Boden. Dann verpasste er mir eine mit dem Hockeyschläger.«

»Mit dem Schläger?« Lauren sah vor sich, wie das Holz auf seine Lippe traf.

»Jep. Hat geblutet wie Sau, und ich hab mich damit fast nicht nach Hause getraut, weil mein Vater mir immer prophezeit hatte, dass mir genau so was mal passieren würde.«

»Mein Vater hätte diesen Joey ganz sicher angezeigt!«

Tim neigte sich zu Lauren und küsste sie. Dabei spürte sie die Narbe.

»Mein Vater war Joey sehr dankbar, und ich im Grunde auch. Wer weiß, was passiert wäre, wenn ich mit meinem Großmaul wirklich an den Falschen geraten wäre. Joey ist heute mein bester Freund.«

»Du spinnst! Wie kannst du mit so einem befreundet sein, nach dieser Sache?«

Tim lachte und rollte sich auf Lauren. Seine Brust streifte ihre, und sofort reagierten ihre Brustwarzen auf diese Berührung.

»Er spielte gut Hockey – und ich auch. Wir einigten uns darauf, dass das eine vernünftige Basis war.«

Lauren ließ ihre Hände über seinen Rücken wandern und genoss die Wärme seiner Haut unter ihren Fingern. Das Spiel seiner Muskeln und die Gänsehaut, die sie ihm bereitete.

»Und was für eine Basis haben wir?«, fragte sie.

Er küsste sie. Dann lächelte er sie an.

»Ich denke, es ist alles möglich, solange du mir keinen Hockeyschläger überziehst.«

»Den Hockeyschläger hatte ich schon fast vergessen«, lachte Tim und gab Lauren einen weiteren Kuss, ehe er sich erhob. Auf der Veranda des Seehäuschens lagen Decken auf einer altmodischen Hollywoodschaukel bereit, und er griff sich ein paar davon. Eine reichte er Rachel, eine drückte er Mia in den Arm, die daraufhin aufstand und es sich neben Lauren bequem machte, und eine breitete er über Alyssa aus, die noch immer in den Armen ihrer Mutter schlief. Seine drei Mädels so friedlich auf einem Haufen – das gab es nicht oft, und er versuchte sich das Bild seiner Familie im goldenen Licht der Flammen für immer einzuprägen.

»Ich glaube, du warst abgelenkt, Tim«, witzelte Lauren über den Hockeyschläger. Sie zog die Decke zurecht und war froh, als Tim sich wieder hinter sie setzte.

»Das war ich. Du warst aber auch eine Ablenkung der besonderen Art. Ich war gar nicht auf dich vorbereitet.«

»Vielleicht haben wir deshalb so viele Fehler gemacht«, sinnierte Lauren.

Ihre Freunde schwiegen. Ein jeder hing seinen Erinnerungen nach. Erinnerungen aus ihrer gemeinsamen Zeit.

Das Feuer war schon weit heruntergebrannt, und die Wellen am Ufer des Lake Champlain übertönten inzwischen das Geräusch der prasselnden Flammen.

»Lorelei, soll ich noch mal nachlegen?«, fragte Chris und bückte sich auch schon nach den Scheiten.

Lauren war müde. Und erschöpft. Ihr Kopf schmerzte furchtbar, aber sie war noch nicht bereit zu gehen. Es war noch nicht so weit – das sagte ihr Herz.

»Ja, bitte leg noch Holz nach. Und vielleicht möchte noch jemand ein Glas Wein?«

»Warte, ich schenke allen nach«, erbot sich Peter und griff sich die Flasche. Für den heutigen Abend hatte er nur die besten Flaschen aus seinem Weinkeller geholt.

Auch Lauren ließ ihn ihr Glas füllen. Sie merkte, wie die Hände ihres Vaters zitterten, sah den Schmerz in seinen Augen und kam ihm dankbar entgegen, als er sich zu ihr herunterbeugte und sie auf die Stirn küsste. Von dem gefürchteten Anwalt, als den ihn alle Welt kannte, war heute nichts zu sehen. Vor ihr stand ein unglücklicher Mann, der trauerte. Um alles, was nie sein würde.

»Hier, mein Schatz«, murmelte er und reichte ihr den Wein.

»Worauf trinken wir?«, fragte Lauren und hob ihr Glas.

»Auf die gemeinsame Zeit!«, schlug Tim vor. »Wir hatten so eine schöne Zeit. Ich verstehe heute überhaupt nicht mehr, warum wir zuerst so blind waren. So dumm und ängstlich, wo wir doch nichts zu verlieren hatten.«

Alle, die ums Feuer saßen, sahen sich an. Sie wussten, was Tim meinte. Im Schein des neu auflebenden Feuers war es fast unmöglich zu glauben, wie schwer der Anfang gewesen war.

»Es sind nicht die Fehler, die ich bereue, Tim. Es ist die Zeit, die wir verloren haben – und die uns nun fehlt«, sagte Lauren nachdenklich.

Goldener Herbst

Das goldene Herbstlaub raschelte im Wind und regnete über Tims und Laurens Köpfen zu Boden. Lauren lag auf der Seite, auf ihren Ellbogen gestützt, und angelte sich ein leuchtendrotes Ahornblatt von der Picknickdecke. Der Duft von Moos, Laub und feuchter Erde umhüllte sie, und es war, als wären sie eins mit der Natur.

Tim hatte die Hände hinter dem Kopf verschränkt und die Augen geschlossen. Ein buntes Blatt war auf seinem graumelierten Strickpulli gelandet, aber er bemerkte es nicht. Es zitterte unter jedem von Tims Atemzügen, bis Lauren es ebenfalls aufnahm. Sie drehte die beiden Blätter zwischen ihren Fingern und bewunderte ihre Farben.

»Morgen musst du zurück nach Maine?«, fragte Tim noch einmal, obwohl sie das schon mehrfach besprochen hatten. Der Kurs auf der Kunsthochschule ging weiter, und Lauren würde erst zu Weihnachten wieder heimkommen.

»Hmm, ja«, murmelte sie, warf das Laub in die Luft und kuschelte sich wieder in Tims Armbeuge. »Aber ich will nicht gehen. Es ist so schön mit dir.«

Er lachte. »So sind Sommerlieben immer.«

»Siehst du uns so? Als Paar für einen Sommer?«

Er küsste ihren Scheitel und zuckte mit den Schultern. »Ich mag dich, Lauren. Sehr sogar. Aber wir kennen uns jetzt seit gerade mal vier Wochen, und du gehst für Monate nach Maine«, erklärte er, als wäre damit alles gesagt.

Lauren wurde ganz flau im Magen. Sie wollte nicht, dass das, was sie und Tim miteinander hatten, aufhörte. Sie wollte keinen Schlussstrich darunter ziehen. Dazu bedeutete es ihr zu viel. Tim bedeutete ihr zu viel.

»Wir könnten doch versuchen …«

Tim schlug die Augen auf und rollte sich auf den Bauch. Sein Blick war warm, aber entschlossen.

»Ach komm, Lauren! Du schlägst doch nicht wirklich eine Fernbeziehung vor? So was geht nie gut – und am Ende hassen wir uns.«

Sie verzog den Mund, denn eigentlich wollte auch sie keine Fernbeziehung führen. Aber die Alternativen gefielen ihr ebenso wenig.

»Was willst du denn?«, fragte sie und hörte selbst ihren schmollenden Unterton.

»Dich!« Er beugte sich über sie und küsste sie, aber Laurens verkniffene Lippen blieben verschlossen. Er sah ihr in die Augen und strich ihr zärtlich eine Locke aus dem Gesicht.

»Ja, heute – und morgen tröstest du dich wieder mit dieser Caroline?«

Er schüttelte den Kopf.

»Morgen noch nicht – erst übermorgen.«

»Idiot!« Lauren ärgerte sich darüber, wie weh ihr diese Vorstellung tat, auch wenn sie wusste, dass er nur Spaß machte. Die letzten Wochen mit Tim waren wundervoll gewesen. Sie hatte sich Hals über Kopf in ihn verliebt. Und er … nun, er schlief mit ihr. Blieb über Nacht … und verbrachte seine knappe Freizeit mit ihr, wenn er nicht gerade auf dem Hockeyfeld zu finden war. Zwar hatte er nie von

Liebe gesprochen, aber … aber sicher empfand er auch etwas für sie. Oder nicht?

»Lauren«, versuchte er sie zu beschwichtigen, doch sie stemmte ihre Hände gegen seine Brust.

»Nein, Tim! Du hältst das für lustig! Ich … ich … ich will nicht, dass du …«

»Ich hab dich auch sehr gern, Lauren, und das weißt du auch! Aber mach die Dinge doch nicht so kompliziert. Lass uns sehen, was passiert, wenn wir einander nicht mehr jeden Tag sehen. Ich will dir keine Versprechen machen und auch dir keine abringen. Ist es nicht genug, abzuwarten, ob unsere Gefühle auch in einem Vierteljahr noch so sind wie jetzt? Dann, wenn wir uns wiedersehen?«

Lauren setzte sich auf und versuchte die Tränen zurückzuhalten, die schon hinter ihren Lidern brannten. Sie wollte nicht streiten, aber Tims Antwort klang wie ein kläglicher Versuch, sich aus der Sache herauszuwinden. Ihr Hals schmerzte von dem dicken Kloß in ihrer Kehle, sie konnte kaum sprechen.

»Sicher! Klar! Leg dich nur nicht fest!« Sie funkelte ihn böse an, war aber mindestens genauso wütend auf sich selbst. Sie hätte es wissen müssen! Ein Typ, der so gut aussah – und eine nichtexklusive Sexbeziehung zu einer blonden Bohnenstange unterhielt –, war nicht auf der Suche nach einer Ehefrau oder einer festen Bindung. Vermutlich hatte er sich auch nur deshalb auf sie eingelassen, weil er wusste, dass sie nicht lange bleiben würde. Lange genug, um Spaß miteinander zu haben, aber nicht lange genug, um irgendwelche Verpflichtungen eingehen zu müssen.

Tim fasste nach ihrem Arm, aber sie entwand sich ihm. Wahrscheinlich wollte er ihr gar nicht weh tun, doch das machte es umso schlimmer. Er musste ihr ja nicht weh tun.

Niemand zwang ihn, das, was sie hatten, hier und jetzt kaputtzumachen.

»Das hat doch nichts mit festlegen zu tun«, verteidigte er sich, aber Lauren war schon aufgestanden und klopfte sich das Laub von der Jeans.

»Lass gut sein, Tim. Mach den guten Sex, den wir hatten, jetzt nicht durch reden kaputt! Kann ich bitte meine Decke haben?«

Tim schüttelte verständnislos den Kopf und strich sich das Haar aus der Stirn, dann stand er ebenfalls auf. Noch ehe er sich nach der Decke bücken konnte, hatte Lauren sie schon an sich gerissen und hielt sie nun wie einen Schutzschild vor sich.

»Lauren, bitte. Zwischen uns ist mehr als nur Sex. Das weißt du.« Er streckte seine Hände nach ihr aus, und sie wünschte sich nichts mehr, als sich ihm in die Arme zu werfen und ihn festzuhalten.

»Ich muss noch packen, also wird es wohl besser sein, wenn du jetzt gehst«, erklärte sie kühl und trat einen Schritt zurück, um Distanz zwischen sich und ihn zu bringen. Sie wollte nicht, dass der inzwischen so vertraute Duft seines Rasierwassers ihre Entschlossenheit ins Wanken brachte. So schwer es ihr fiel, aber jede weitere Minute in seiner Nähe würde den Schmerz und die Enttäuschung nur vergrößern.

Tims eisblauer Blick ruhte traurig auf ihrem Gesicht, und sie musste sich umdrehen, um nicht schwach zu werden. Sie ließ ihn stehen und ging mit gemessenen Schritten davon, obwohl sie am liebsten gerannt wäre. Das Herbstlaub unter ihren Füßen raschelte bei jedem Schritt.

»Soll ich dem Scheißkerl die Zähne ausschlagen?«

Benjamin Latham legte den Arm um die Schultern seiner Schwester, die sich zornig die Tränen aus dem Gesicht wischte. Das Kissen, das sie sich an die Brust drückte, wies schon verräterische Flecken auf, und Lauren schämte sich nicht, ihre Gefühle vor Ben zu offenbaren. Sie hatten immer über alles reden können.

Darum hatte der überraschende Besuch ihres Bruders sie auch ihre Abfahrt nach Maine auf den kommenden Morgen verschieben lassen. Sie hatte Ben seit Monaten nicht mehr gesehen. Seit ihn ein Talentscout während seiner Collegezeit auf dem Baseball-Feld entdeckt hatte, spielte er bei den Phillies in der Minor League und kam nur noch selten oder, wie jetzt, außerhalb der Saison für einen kurzen Besuch nach Hause. So war das eben, wenn man zu den ganz Großen in diesem Sport gehören wollte. Um es irgendwann in die Major League zu schaffen, musste er diesen Preis bezahlen.

»Ach nein …« Es klang nicht überzeugend, das hörte Lauren selbst. Sie war wirklich enttäuscht von Tim, und Bens blutrünstiger Vorschlag hatte tatsächlich etwas für sich. »Das macht sich nicht gut in der Presse. Und erst in deiner Strafakte! Was würde Paps sagen?«

»Ha! Ich kenne da jemanden, mit dem geh ich gelegentlich einen trinken, der kann mir mein Strafregister wieder aufpolieren!«

»Was für eine korrupte Welt!« Lauren spielte Bens Harte-Kerle-Nummer mit, obwohl sie genau wusste, dass er nur prahlte. Ben war ein Saubermann, außer auf dem Baseballfeld.

»Du hast ja keine Ahnung, Kleines! Also sag's mir, dann reiß ich diese Ratte in Stücke.«

Lauren lächelte schief und schüttelte den Kopf.

»Lass gut sein. Ich bin ja selber schuld. Was hab ich denn erwartet?«

Ben kratzte sich das kurzgeschorene karottenrote Haar und zuckte mit den Schultern.

»Es ist nicht zu viel verlangt, Lauren, dass ein Kerl … mit dem …«

»Mit dem man schläft?«, half sie ihm auf die Sprünge, als er etwas verlegen nach den rechten Worten suchte.

»Ja, das meinte ich wohl … dass also so ein Kerl einen nicht gleich abserviert, sobald es mal etwas haarig wird.«

»Haarig?«

»Na komm schon! Schwierig, kompliziert … willst du jetzt meinen Rat oder nicht?«

Lauren lehnte sich an Bens Schulter und trank ihren Wein aus. Sie sah aus dem Oberlicht in den wolkenverhangenen Nachthimmel. Sie musste langsam schlafen, oder sie würde morgen vollkommen erledigt in Maine ankommen. Zum Glück nahmen die Lehrer den ersten Tag nach den Ferien noch nicht wirklich ernst.

»Im Grunde will ich wohl überhaupt keinen Rat. Ich hab mich da blind in etwas verrannt, nur, weil es sich so gut angefühlt hat. Und jetzt … hab ich den Salat.«

»Na, zumindest ist das der beste Grund, sich blind in etwas zu verrennen.«

Er zwinkerte ihr zu und streckte seine langen Beine auf den Holzdielen aus. Sie saßen auf dem Boden und lehnten am Bett, weil Lauren es nicht über sich brachte, sich auf das Bett zu setzen, in dem sie in den letzten Wochen so viel Zeit mit Tim verbracht hatte.

»Finde ich auch. Weißt du«, gestand sie leise, »ich hab wirklich gedacht, das könnte was Ernstes werden.«

Ben griff nach der Weinflasche und füllte ihr Glas noch einmal.

»Hast du dich in den Typen verliebt?«

»Vielleicht …«

Er sah sie an und küsste ihre Schläfe.

»Dummerle!«, murmelte er, drückte ihr das volle Glas in die Hand und nahm sein leeres an sich, um sich ebenfalls nachzuschenken. »Kaum ist dein Bruder mal einen Sommer nicht da, um deinen Verehrern frühzeitig Prügel anzudrohen, schon passiert dir so was!«

Lauren grinste und nahm einen großen Schluck.

»Du hast recht! Im Grunde ist das Ganze einzig und allein deine Schuld!«

Ben nickte und prostete ihr zu.

»Okay, okay, schuldig im Sinne der Anklage. Wie hoch wird meine Strafe ausfallen?«

Lauren lachte und schlug ihm das Kissen um die Ohren.

»Du kommst Weihnachten nach Hause, damit ich nicht allein mit Mom und Dad um den Baum sitzen und Kinderfotos ansehen muss. Versprich mir das!«

Ben schob sie von sich, machte ein gequältes Gesicht und stand auf.

»Na komm! Das ist schon eine harte Strafe, Lauren! Mom, Dad und Weihnachten … du weißt, was das bedeutet! Wie kannst du das von mir verlangen?«

Er klopfte sich den Staub von der Hose und lehnte sich breitbeinig gegen ein Sideboard.

»Bitte, Ben – lass mich nicht wieder mit diesen Irren allein! Letztes Jahr musste ich verhindern, dass Mom Dad mit dem Tranchiermesser attackiert!«

»Ich hab's gehört – es muss ein wahrhaft feierliches,

schweigsames und zornfunkelndes Weihnachtsessen gewesen sein!«

»Richtig! Die tote Gans auf unseren Tellern war am glücklichsten mit dem Verlauf des Abends, das versichere ich dir!«

Ben lachte und half Lauren auf die Füße. Er schaute sie an, und es kam Lauren komisch vor, dass sie wirklich schon erwachsen waren. Wann war das passiert? Und doch sah sie sich jetzt einem muskulösen Mann von sechsundzwanzig Jahren gegenüber, anstatt des leicht übergewichtigen Teenagers, der heimlich mit ihr hinter der Bushaltestelle Zigaretten geraucht hatte.

Mit seinen breiten Schultern und den buschigen Augenbrauen hatte er immer noch Ähnlichkeit mit diesem Burschen. Und auch sein Grinsen hatte sich in all den Jahren nicht verändert. Sie war stolz auf ihn. Und darauf, dass dieses Grinsen nun vielleicht bald eine Sammelkarte der Baseball Major League zierte. Er war gut, und sein Trainer glaubte an einen baldigen Wechsel ins Spitzenteam.

»Na gut, Lauren, na gut. Ich geb mich geschlagen. Ich stehe dir an Weihnachten bei, aber dafür besorgst du mir ein Geschenk. Und zwar ein ordentliches. Nicht so was Selbstgebasteltes! Und ja nichts von der Tankstelle!«

»Bist du noch wach, Ben?«, rief Lauren hinter das Feuer, denn zuletzt hatte ihr Bruder genau dort gesessen.

»Jep. Bin ich. Wie könnte ich heute Nacht Schlaf finden?«

Lauren bereute ihren Scherz. Vorsichtig wand sie sich unter Alyssa hervor, und Tim nahm ihren Platz ein.

»Entschuldige«, murmelte sie, nachdem sie zu ihrem Bruder hinübergegangen war. »Du bist nur so still.«

»Keine Sorge, Schwesterherz. Ich bin hier – und wach. Ich höre euch zu und bereue, dass ich so vieles verpasst habe.«

Lauren setzte sich neben ihn und lehnte sich an seine Schulter.

»Quatsch! Du musstest das machen. Sieh dich doch an – du bist ein Star!«

Ben lachte. »Von wegen! Ich bin nicht halb so stark wie du, und das weißt du.«

»Das bin ich nicht, sonst hättest du mir ja damals nicht vorgeschlagen, Tim für mich zu verprügeln. Dann hätte ich das ja selbst machen können«, scherzte Lauren und bot Ben einen Schluck aus ihrem Weinglas an.

Ben grinste und wandte sich an Tim.

»Damals war ich echt wütend auf dich, Schwager! Du

hattest Glück, dass ich dich nicht in die Finger bekommen habe«, rief er. »Ich kannte dich ja noch nicht. Du warst nur der Typ, der meiner Schwester das Herz gebrochen hat.«

Schock in Maine

Die blau-grau gesprenkelten Fliesen zwischen Laurens Füßen schienen sich zu verflüssigen und in Wellen immer näher zu kommen. Zugleich stieg ihr die Magensäure in den Rachen, und sie musste würgen.

»Heilige Scheiße!«, keuchte Lauren, stützte sich schwach aufs Waschbecken und schloss die Augen. Sie lehnte ihre Stirn gegen die kalte Keramik und atmete tief durch, aber das half nichts. Ihrem Gehirn war der Stecker gezogen worden. Sie brachte nicht einen einzigen klaren Gedanken zustande.

Zu allem Übel hämmerte ihre Mitbewohnerin Vicky schon wieder gegen die verschlossene Badezimmertür.

»Lauren? Mach auf! Ich muss zur Vorlesung! Und du übrigens auch!«

Drei weitere Schläge gegen die Tür verstärkten die Panik, die Lauren zu übermannen drohte.

»Mach auf, verdammt! Was treibst du so lange da drin? Ich brauche mein Deo!«

Lauren wusste, sie sollte etwas antworten. Aber was? Sie spuckte den bitteren Schwall Magensäure aus, der ihr hochkam, und drehte den Wasserhahn auf.

»Lauren!«

Das Rauschen des Wassers übertönte beinahe Vickys Gezeter vor der Tür, und Lauren hielt ihre Hände unter den Strahl. Schmerzhaft kalt rann das Wasser über ihre Handgelenke. Es kam ohne den Umweg durch den Boiler fast in Eiswürfeln aus der Leitung. In den vergangenen Nächten hatte es zum ersten Mal Minusgrade gegeben, und sofort verwandelte sich das Studentenwohnheim in ein Kühlhaus.

»Dann eben nicht! Doofe Kuh!« Lauren hörte die Tür ihres gemeinsamen Zimmers mit einem lauten Knall zufallen, und Vickys zornige Schritte entfernten sich auf dem Flur. Lauren atmete erleichtert aus, ohne dass sie sich bewusst gewesen wäre, überhaupt die Luft angehalten zu haben. Eine eisige Klaue hatte sie fest in ihrem Griff und drohte, sie zu erdrücken.

Langsam öffnete sie die Augen und sah dem gurgelnden Wasser zu, wie es in Kreisen im Abfluss verschwand.

»Scheiße!«, wiederholte sie und ließ sich nach hinten auf den Klodeckel sinken. Sie wischte sich die nassen Finger an dem Shirt ab, das sie zum Schlafen trug, und rieb sich dann über die Gänsehaut, die ihren ganzen Körper bedeckte. Es kostete sie beinahe unmenschliche Kraft, ihren Blick noch einmal auf das blassblaue Teststäbchen zu lenken, das auf dem Rand der Badewanne lag.

Das musste ein Irrtum sein! Ein *riesiger* Irrtum.

Positiv. Das Ergebnis des Schwangerschaftstests war positiv. Und dabei fühlte es sich doch absolut nicht positiv an!

Tests konnten falsche Ergebnisse liefern. Das geschah immer wieder, redete Lauren sich ein und wusste dabei, dass sie sich etwas vormachte. Ihre Regelblutung war ausgeblieben. Ihre Brüste schmerzten, und ihr war jeden Morgen übel. Mehrere Wochen hatte sie das verdrängt. Es auf den Stress an der Kunsthochschule geschoben. Und doch hatte es sie unterbewusst jeden Tag beschäftigt. Nun musste sie akzeptieren, dass sich ihr schlimmster Verdacht bestätigt hatte.

»Heilige, verfluchte Scheiße!« Sie riss den Test vom Wannenrand und feuerte ihn in den Mülleimer, in dem schon ein anderes Teststäbchen mit dem gleichen Ergebnis lag.

Ein Test konnte ein falsches Ergebnis liefern – aber nicht zwei!

Mit wackeligen Beinen stand sie auf und sah in den Spiegel. Das verheulte Häuflein Elend, das sie da vor sich hatte, war wirklich zu bemitleiden. Das rote Haar hing ihr wirr in die Augen, und ihre Haut war aschfahl, die Lippen blutleer. Sie hob ihre Finger und hinterließ einen feuchten Handabdruck auf ihrem erschreckenden Spiegelbild. Die dunklen Augenringe verwischten.

»Du dumme Gans!«, beschimpfte sie sich selbst. »Und was jetzt? War es das wert? Für ein bisschen rummachen?«

Sie ertrug den vorwurfsvollen Blick nicht, mit dem sie sich selbst bedachte, also ließ sie sich wieder auf den Klodeckel sinken. Sie fror. Anziehen würde helfen, aber dazu fehlte ihr die Kraft. Ja, es schien schon ein Ding der Unmöglichkeit, genug Luft in ihre Lunge zu bekommen. Ihr wurde schwindelig, und sie steckte vorsorglich den Kopf zwischen die Knie.

Was sollte sie jetzt nur tun? Was würden ihre Eltern sagen?

Ängstlich legte sie die Hand auf ihren Bauch und breitete schützend die Finger darüber aus. Sie sah aus wie immer – es war kein flacher Bauch, aber von einer Schwangerschaft war nichts zu sehen. Natürlich nicht. Dafür war es viel zu früh, aber irgendeine optische Veränderung hatte sie schon erwartet. Konnte etwas so Lebensveränderndes so still und heimlich vor sich gehen? Sie legte die Hände auf ihre schmerzenden und vollen Brüste. Die hatten sich verändert. War es das? War das der Beweis, den sie zu den beiden Tests noch brauchte?

Ein Kind! Ein Baby … das war verrückt!

Scheiße, sie bekam ein Kind von Tim Parker – dem Mann, der seit den wenigen leidenschaftlichen Nächten keinerlei Interesse mehr an ihr gezeigt hatte. Seit ihrem Abschied im Herbst hatte sie ihn weder gesehen noch gesprochen. Es war vorbei. Geschichte. Ein kurzes Kapitel von Sommerliebe, so hatte er es gesehen. Und jetzt, wo der Frost vor der Tür stand, trug sie das Ergebnis dieser bedeutungslosen Sommerliebe unter dem Herzen.

Was würde er wohl dazu sagen?

Eine geschlagene Stunde verharrte Lauren in ihrer Schockstarre. Der Wasserhahn tropfte vor sich hin, und ihre kleine Zehe war schon blau vor Kälte, aber sie fand keine Antwort auf die Frage. Was würde er dazu sagen? Und … wie sollte sie es ihm sagen?

»Hi, Tim – erinnerst du dich noch daran, dass du deinen Penis in meine Vagina gesteckt hast? Und wusstest du, dass Kondome auch keinen hundertprozentigen Schutz vor einer Schwangerschaft bieten?«

Lieber nicht.

Lauren massierte sich die Kopfhaut und stand auf. Was Tim dazu sagen würde, war ja wohl nicht ihr dringlichstes Problem.

Mit bleischweren Gliedern kämpfte sich Lauren über den Haufen Schmutzwäsche vor ihrem Bett und angelte sich die angebrochene Tafel Vollmilchschokolade aus ihrer Nachttischschublade. Dann verkroch sie sich schwermütig in ihrem Bett, zog sich die Decke bis zur Nasenspitze hoch und biss in die Schokolade. Das Fallen des ersten Schnees vor ihrem Fenster nahm sie kaum wahr, und das Rauschen der Heizung verschwamm mit dem Dröhnen in ihrem Kopf. Die Schokolade in ihrem Mund schmeckte nach nichts und brachte auch keinen Trost. Trotzdem aß sie die ganze Tafel. Jetzt war es ohnehin egal – sie würde schon bald dick und rund durch die Gegend watscheln.

Matt schloss Lauren die Augen. Der heutige Tag war verloren. Sie würde keine vernünftige Entscheidung treffen können und fühlte sich nicht in der Lage, mit irgendwem darüber zu sprechen. Und so wie es aussah, war sie ja auch morgen noch schwanger. Es bestand also keine Eile.

Eine Träne rann über ihre Wange und fiel auf das Kopfkissen.

Lauren wusste, warum sie weinte. Nicht, weil sie schwanger war. Nicht, weil ein Kind all ihre überhaupt nicht vorhandenen Pläne durcheinanderbrachte. Und auch nicht, weil Tim der Vater war.

Sie weinte, weil sie verliebt war. Verliebt in Tim, der sie inzwischen bestimmt längst vergessen hatte. Und weil es schon schwer genug gewesen war, ihn zu vergessen. Es hatte weh getan, aber Lauren hatte sich den Stachel entschieden aus dem Fleisch gezogen – nur um jetzt zu erkennen, dass der Stachel eine viel tiefere Wunde hinterlassen hatte als gedacht.

Es würde nicht einfach werden, Tim Parker zu vergessen, wenn sie sein Kind bekam.

Aus einer Träne wurden viele, und der harte Klumpen in ihrem Magen wollte auch nicht weichen.

Warum war eigentlich niemand da, der ihr einen Tee machte? Warum war sie allein? Gehörten zu einem Kind nicht immer zwei? Und warum zum Teufel hatte Tim sich nicht in sie verliebt? Was stimmte mit ihr nicht, dass er sich so leicht von ihr hatte abwenden können?

Sie rieb ihre vor Kälte tauben Füße aneinander und atmete erleichtert durch, als wenigstens diese kribbelnd wieder zum Leben erwachten. Von einem komischen Gefühl der Fremdheit in ihrem eigenen Körper begleitet, fiel sie schließlich in einen unruhigen Schlaf.

Vier Tage, drei weitere Tests und einen Arztbesuch später gab es keinen Zweifel mehr.

Sie war schwanger.

Der monotone Vortrag ihres Professors hallte von den hohen Hörsaalwänden wider und bildete einen weichen akustischen Hintergrund für Laurens dahintreibende Gedanken. Sie hatte keine Ahnung, wovon er sprach, selbst als sie den Blick hob und das an die Wand projizierte Foto der Präsidentenköpfe am Mount Rushmore betrachtete. Offensichtlich ging es um Bildhauerei oder Steinmetzarbeiten.

Lauren nahm das Ende ihres Bleistifts aus dem Mund und rümpfte die Nase, als sie ihre Zahnabdrücke in dem weichen Holz sah. Sie schaute auf die Uhr und atmete genervt aus. Noch eine Stunde.

Die anderen Studenten hingen ebenfalls ziemlich begeisterungslos auf ihren Plätzen, und jeglicher Sauerstoff schien seit langem aufgebraucht.

Warum tat sie sich das überhaupt noch an?

Schließlich war sie schwanger! Was auch immer das für ihre Zukunft bedeuten mochte.

Während der Hochschullehrer vorne mit einem Zeigestock den Präsidenten unabsichtlich in der Nase bohrte, spielte Lauren in Gedanken verschiedene Szenarien durch.

Am besten gefiel ihr die Vorstellung einer gelassenen, coolen Mutter, die alleinerziehend an der Küste in Maine von ihrer Kunst lebte. Allerdings war das eine ziemlich weit hergeholte Idee, denn obwohl sie Kunst studierte, hatte sie kein Händchen dafür. Weder für die Malerei noch für die Bildhauerei. Sie würde mit ihrem Abschluss allerdings Kunst unterrichten dürfen ... was jedoch deutlich weniger hermachte als ihre Phantasie von der großen Künstlerin.

Schon wanderte der Bleistift wieder zwischen ihre Zähne. Sie würde genauso gelangweilt vor einer Horde Studenten oder Schüler stehen wie ihr Professor. Dann wieder sah sie sich sämtliche Berufspläne über den Haufen werfen und ihre Zeit einzig und allein ihrem Kind widmen. Auch keine schlechte Idee, aber im Grunde passte es nicht zu ihrer Vorstellung eines selbstbestimmten Lebens, so eine passive Rolle einzunehmen.

Die einzige Option, die sie von vornherein ausschloss, war ein Schwangerschaftsabbruch. Warum? Lauren wusste nicht einmal vor sich selbst eine Antwort darauf, aber es kam einfach nicht in Frage. Das Leben war wertvoll. Immer. Jedes Leben. Und damit war im Grunde das Wichtigste schon entschieden – egal, wie der Rest aussehen würde.

Gedankenversunken zeichnete sie einzelne Kreise auf ihren Notizblock und schraffierte sie in verschiedenen Schattierungen. Ihr war übel. War das eine Schwangerschaftsbegleiterscheinung oder das Resultat ihrer Entscheidung?

Sie raffte ihre Haare zu einem losen Knoten im Nacken zusammen und bemerkte das Zittern ihrer Hände. Scheiße, warum musste nur alles so kompliziert sein?

Eine Weile versuchte sie dem Vortrag ihres Lehrers noch zu folgen. Dann stand sie auf, griff sich ihre Unterlagen, stopfte alles achtlos in die Tasche und verließ den Hörsaal.

Als die schwere Tür hinter ihr ins Schloss fiel und ihre Schritte laut durch den leeren Flur hallten, fühlte sie sich besser. Sie schloss die oberen Knöpfe ihres Mantels und trat hinaus in das Schneetreiben auf dem Campus. Dick wie Wattebäusche schwebten die Flocken herab. Die Welt versank unter einer weichen Decke aus funkelnden Schneekristallen. Es knirschte unter Laurens Schritten, und sie setzte ihre Füße absichtlich nur dorthin, wo die Schneedecke jungfräulich unberührt war.

Obwohl es noch gut eine Woche bis zu den Weihnachtsferien hin war, beschloss Lauren, sofort nach Vermont zu fahren. Sie hatte einiges zu klären. Die Präsidenten am Mount Rushmore würden das verstehen.

Ihr Atem bildete weiße Wölkchen in der kalten Luft, und sie fühlte sich merkwürdig leicht dafür, dass ihr so eine Last auf der Seele lag. Als sie ihr Auto erreicht hatte, hingen Schneeflocken in ihren Haaren, und ihre Wangen waren gerötet. Die Sommersprossen glühten auf ihrem Nasenrücken. Sie setzte sich hinters Lenkrad und bog auf die verlassene Campusstraße. Die Räder fanden kaum Halt auf der rutschigen Schneedecke, aber bis zu ihrem Wohnheim war es nicht weit.

Sie brauchte nicht einmal lange genug, um sich zu überlegen, was sie ihren Eltern und vor allem Tim sagen würde. Sie hatte Angst vor den Gesprächen, aber zugleich spürte sie die Hoffnung aufkommen, Tim könnte sich vielleicht freuen.

»Sehr unwahrscheinlich!«, ermahnte sie sich selbst. Trotzdem ließ sich der Gedanke nicht ganz vertreiben.

»Ich war damals ganz schön überfordert mit der Situation«, gestand Lauren. Sie bemerkte, wie Mia die Ohren spitzte, und winkte ihre Große zu sich und Ben auf die andere Seite des Feuers. Ihre Große sah müde aus. Schatten lagen unter ihren Augen, und sie gähnte immer wieder. »Ich war überfordert, weil ich Angst davor hatte, Mutter zu sein«, erklärte Lauren ihrer Tochter und schloss sie fest in die Arme. »Angst, es vielleicht nicht so gut zu machen wie meine eigene Mutter.«

Celeste schnalzte mit der Zunge, sichtlich gerührt über dieses überraschende Kompliment.

»Du hast das doch gut gemacht«, gab Celeste das Lob zurück.

»Danke, Mom. Aber ich bin mir da nicht so sicher. Gerade in den letzten Monaten habe ich oft an diese Zeit zurückgedacht. Damals hat mir die Aussicht auf ein Kind Angst gemacht. Heute empfinde ich nur Dankbarkeit.«

Lauren küsste Mia auf die schwarzgefärbten Haare.

»Dankbarkeit für jeden Augenblick als Mutter.« Sie lächelte Mia liebevoll an und hoffte, ihre Kinder würden ihr irgendwann vergeben. Sie empfand große Wehmut, denn es war einfach nicht genug. Es würde wohl nie genug sein.

Einsame Entscheidung

Mit einem lauten Donnern ging das Schneebrett vom Dach des Seehäuschens ab, und endlich kam wieder Licht durchs Oberlicht herein. Drinnen herrschte warme Gemütlichkeit, denn im Holzofen bollerte ein Feuer, und aus den Tassen am Tisch stieg der Kaffeedampf auf.

»Lorelei, reich mir mal den Schraubenschlüssel«, bat Chris und wischte sich mit schmutzigen Fingern über die Stirn. Er hantierte hochkonzentriert am dritten der vier Stühle, die sich Lauren für den neuen Esstisch gekauft hatte. Langsam hatte er den Dreh raus, und der Zusammenbau verlief jetzt ohne große Zwischenfälle.

»Magst du mir noch mal erklären, warum ausgerechnet ich das machen muss?«, fragte er, als Lauren ihm das geforderte Werkzeug reichte.

»Du bist der Einzige, der technisches Geschick vorzuweisen hat.«

Chris zog die Schraube fest, strich sich das lange Haar aus dem Gesicht und setzte sich verkehrt herum auf den nun fertigen Stuhl.

»Also echt, Lorelei! Ich bin Automechaniker – kein Schreiner oder Innenarchitekt oder wer eben sonst so was macht.«

Sie lachte und reichte ihm den Kaffeebecher. Dabei bemerkte sie das neue Tattoo auf seinem Handrücken.

»Du weißt zumindest, wie diese Werkzeuge heißen, Chris. Damit bist du besser geeignet als irgendwer sonst.«

»Pff, da sieht man mal wieder, was so ein Baseballprofi mit seiner Millionengage wirklich taugt!« Er spielte auf Ben an, der am Vortag in Ermangelung des passenden Schraubenschlüssels aufgegeben hatte. Ben war über die Weihnachtstage nach Hause gekommen, und das hatte alle so gefreut, dass es überraschenderweise sogar die Familienkrise wieder beruhigt hatte, die Laurens Neuigkeit ausgelöst hatte. Sie schüttelte den Kopf, um diese Erinnerung zu vertreiben.

Chris nippte an seinem Kaffee und blickte selbstgefällig auf die Stühle, die schon um den Tisch standen.

»Außerdem hast du gesagt, du wärst mein Held und immer für mich da. Also jammere jetzt nicht«, kam Lauren aufs Thema zurück.

Chris grinste.

»Willst du mir dann vielleicht wenigstens verraten, warum ich das hier mache? Ben hat so geheimnisvoll getan und nur erzählt, dass du die Kunsthochschule sausenlässt ...«

Sie zuckte mit den Schultern. Darauf hatte sie sich mit ihren Eltern nach dem wenig erfreulichen Gespräch zumindest geeinigt. Sie würde stattdessen im Büro der Kanzlei aushelfen, bis das Baby da wäre – und dann würde sie eben weitersehen.

»Hältst es wohl doch nicht aus, so lange von mir getrennt zu sein, was, Lorelei?«

Chris musste immer flirten. Das war sein Wesen, und Lauren gefiel es. Es nahm jedem Gespräch den Ernst, und sie wusste ja, wie er es meinte. Sie waren wie Geschwister und zogen sich gerne auf. Doch heute schaffte es selbst Chris nicht, sie vergessen zu lassen, was eigentlich los war.

»Ich wünschte, es läge an dir, Chris, aber ...«

Sie faltete ihre Hände im Schoß und presste verlegen die Lippen zusammen.

»Was ist los? Ist etwas passiert?« Sorge sprach aus seinem Blick.

Lauren versuchte sich an einem Lächeln.

»Ich … ich bin schwanger. Darum komme ich zurück.«

Chris schnappte überrascht nach Luft, und sein Blick glitt zu ihrem Bauch, der jetzt, am Ende des dritten Schwangerschaftsmonats, noch ziemlich unauffällig daherkam.

Lauren hätte fast gelacht, so geschockt wirkte ihr Freund. Er war unter seinen Tattoos weiß wie der Schnee, der vom Wind gegen die Fenster geweht wurde.

»Keine Sorge, Liebster – es ist nicht von dir«, erklärte sie belustigt.

»Haha, sehr witzig, Lorelei! Als hättest du mich jemals rangelassen.«

»Sei nicht traurig, Chris – du weißt, dass ich dich immer geliebt habe, aber du siehst einfach so gut aus, dass es zu viel für mich ist«, witzelte sie, und Chris nahm endlich wieder eine gesunde Hautfarbe an.

»Ist es von diesem Tim?«, fragte er behutsam.

Sie nickte.

»Und was sagt er dazu?«

Lauren atmete tief ein. Sie hielt sich an ihrer warmen Tasse fest, um nicht die Fassung zu verlieren.

»Lauren – was sagt er dazu?«, hakte Chris nach, als sie nicht antwortete.

»Er …«

»Er steht doch zu dir? Er unterstützt dich, oder nicht?«

Lauren fasste nach seiner Hand, denn er schien aufgebracht.

»Er weiß es nicht, okay?!«, sagte sie schnell und sah ihn

eindringlich an. »Niemand weiß es. Nur ich, Ben und meine Eltern.«

»Und Rachel?«

»Noch nicht. Ich sehe sie erst morgen, weil sie doch mit Mason Ski fahren ist.«

»Du musst es ihm sagen!« Chris runzelte die Stirn und nahm den Schraubenschlüssel in die Hand. »Er muss es wissen«, wiederholte er, ehe er sich den letzten Stuhl vornahm. Lauren beobachtete ihn eine Weile schweigend, dann setzte sie sich zu ihm auf den Boden.

»Aber wir sind nicht zusammen«, erklärte sie leise.

Chris drückte ihr einen Dübel in die Hand und griff sich die nächste Strebe.

»Er hat ein Recht, es zu wissen.«

Wütend presste sie die Lippen zusammen.

»Er trifft eine andere! Meinst du, da kann ich einfach zu ihm gehen und ihm sagen, dass er Vater wird?«

Chris hielt inne und überlegte. Dann sah er sie an.

»Ich würde es wissen wollen.«

Lauren stöhnte und schüttelte den Kopf.

»Ich wollte es ihm ja sagen!«, erklärte sie und blinzelte die Tränen weg, die plötzlich in ihren Augen schwammen. »Ich bin am Weihnachtsmorgen bei ihm vorbeigefahren«, erzählte sie und sah dabei alles wieder vor sich. »Ich bin seine Straße entlanggefahren, und da stand er – zusammen mit seiner blonden Barbie Caroline. Er hat gelacht, sie umarmt und nicht gerade so gewirkt, als würde er mich sonderlich vermissen, Chris. Also bin ich einfach weitergefahren.«

»Ich verstehe, dass dir das weh tut, aber trotzdem: Rede mit ihm!«

Zwei Wochen später hatte die Neuigkeit ihre Runde gemacht, und nach den anfänglichen Schwierigkeiten ihrer Eltern und nach Rachels erstem Schock hatten alle akzeptiert, dass Lauren das Baby bekommen würde.

Die Tatsache, dass nur Tim nichts von seinem Kind wusste, schob Lauren einfach auf stressige Weihnachtstage, den Jahreswechsel und überhaupt alles, was irgendwie als Grund herhalten konnte.

Sie blätterte durch einen Ratgeber für Schwangerschaft und Babypflege und versuchte die nagende Unruhe zu verdrängen. So ganz gelang ihr das aber nicht, deshalb ließ sie das Buch sinken und schaute aus dem Fenster.

Der Schnee hatte ganz Vermont unter sich begraben. Es schien Lauren, als wäre die Welt nie so still gewesen wie in den letzten Tagen. Der Winter schuf Frieden.

Sie hatte sich inzwischen fest im Seehäuschen einquartiert und genoss diese Veränderung. Es würde zwar im Frühjahr noch einiges zu tun geben, aber nicht, solange es so kalt war. Lauren wollte frische Farbe an den Wänden und die Böden abschleifen lassen, aber vorerst würden einige weitere Möbel und ein neuer Duschkopf ausreichen. Ben und Chris waren gerade in den Baumarkt gefahren, um das Nötigste zu besorgen. Sie wäre gerne mitgekommen, aber ihre Übelkeit hielt sich heute hartnäckig.

Selbst die zwei Tassen Ingwertee hatten ihr nicht geholfen. Um ihren Kreislauf etwas anzuregen, beschloss sie, einen kleinen Spaziergang am Ufer zu unternehmen. Sie wickelte sich in ihren Mantel, schlüpfte in die Stiefel und schnappte sich ihre Mütze. Vielleicht würde die frische Luft ihr ja guttun.

Insgeheim ahnte Lauren, dass ihre Übelkeit auch damit zusammenhing, dass sie das lästige Gespräch mit Tim immer weiter vor sich herschob. Sie musste es ihm sagen, und zwar bald – am besten noch ehe ein Blick auf ihren Bauch ihm zeigen würde, was Sache war. Doch je länger sie wartete, umso schwieriger wurde es.

Ein eisiger Luftzug trieb ihr Schnee in die Augen, und sie zog sich die Mütze tiefer in die Stirn. Am Ufer war der See zugefroren, aber in der Mitte kräuselte sich die Oberfläche. Die Sonne war nur ein blasser Fleck, der selten hinter der dicken Wolkendecke auszumachen war. Für die nächsten Tage war mehr Schnee angekündigt, und Lauren war froh, dass sie nirgendwohin musste. Wobei das nicht ganz zutraf – ihr Vater hatte sie gebeten, in der kommenden Woche ihre Stelle im Büro anzutreten. Die Weihnachtszeit war vorüber, und es hagelte Klagen. Die Familienstreitigkeiten der Feiertage und etliche Unfälle wegen des Wetters verschafften der Kanzlei einen ertragreichen Start ins neue Geschäftsjahr. Da Peters Urlaub nun endete, musste auch Lauren in den sauren Apfel beißen. Dabei hätte sie sich viel lieber weiterhin die Bettdecke über den Kopf gezogen und die Tage verschlafen. In der Kanzlei würde sie unweigerlich Tim über den Weg laufen. Wenn sie eine Szene in der Öffentlichkeit verhindern wollte, musste sie also vorher aktiv werden.

Laurens Blick glitt über den glänzenden See bis zu den blattlosen Wäldern am anderen Ufer.

»Lauren!« Der Ruf riss sie aus ihrer Betrachtung, und ihr Puls hämmerte, noch ehe sie sich umdrehte.

Im Stechschritt kam Tim Parker auf sie zu. Er trug nur eine Jeans und einen blaugemusterten Norwegerpulli, seine Wangen waren rot vor Kälte, aber das schien ihm nichts auszumachen.

Lauren sah sich hilfesuchend um, aber weit und breit war alles still. Scheiße! Es gab kein Entkommen.

Mit zitternden Knien ging sie ihm ein Stück entgegen, die Schultern gestrafft, den Blick aber leicht gesenkt. Sie konnte ihm nicht in die Augen sehen.

»Hallo, Tim.«

»›Hallo, Tim‹? Ist das alles, Lauren?« Er blieb vor ihr stehen und packte grob ihren Arm. »Ist das alles?«, rief er zornig. Eine Ader an seiner Schläfe pochte. Er wusste, was los war. »Mehr hast du mir nicht zu sagen?«

»Lass mich los!« Sie entriss sich ihm und verschränkte die Arme schützend vor ihrer Brust. »Du hast kein Recht, dich so aufzuregen!«

»Ich habe jedes verdammte Recht, mich aufzuregen! Ich will wissen, ob es wahr ist!«

Lauren wich seinem fordernden Blick aus und betrachtete ihre Füße im Schnee.

»Lauren! Stimmt es? Bist du schwanger?«

Sein Ton war etwas ruhiger geworden, aber noch immer schwang Wut darin mit.

Die Angst vor Tims Reaktion brachte ihr Blut zum Erstarren und verursachte ein Zittern tief in ihrem Innersten. Warum war nur alles so schwierig? Und warum hatte sie gewartet, bis er ihr die Pistole auf die Brust setzte?

Unter Aufbringung all ihrer Kraft hob sie den Kopf und sah ihm in die Augen. Sie erkannte die Unsicherheit darin, und das traf sie. Chris hatte recht gehabt. Sie hätte es Tim schon längst sagen müssen.

»Willst du mit mir einen Tee trinken? Dann können wir reden?«

Einen Moment fürchtete sie, Tim würde ablehnen, so unversöhnlich stand er ihr gegenüber. Er warf einen Blick zum Haus, dann schien etwas von seiner Starre abzufallen, und er nickte.

»Dann haben wir also einen Grund … um zu reden?«

Lauren kniff die Lippen zusammen. Er tat ihr leid. Sie erinnerte sich zu gut an ihren eigenen Schock, als sie von ihrer Schwangerschaft erfahren hatte. Zärtlichkeit überkam sie, und sie griff nach seiner eiskalten Hand.

»Du erfrierst.«

Sie drehte sich um und führte ihn zum Haus. Es war ein merkwürdiges Gefühl, seine Hand zu halten. Und es war noch merkwürdiger, als er die Tür hinter ihnen schloss. Verlegen strich Lauren über seine kalten Finger und gab seine Hand dann frei. Es war, als hinge das Echo ihrer gemeinsamen Nächte in den Wänden, und zugleich stand so viel Unausgesprochenes zwischen ihnen.

Tim sah sich die neuen Möbel an. Den Tisch mit den Stühlen drum herum, die Bilder, die nun an den Wänden hingen, und die hellen Vorhänge, die den Schnee vor dem Fenster verbargen.

Im Ofen strahlte die letzte Glut noch Wärme ab, und der Schnee an ihren Schuhen schmolz.

Lauren schlüpfte aus ihrem Mantel und den Stiefeln. Nach kurzem Zögern zog auch Tim seine Schuhe aus.

»Du musst nicht …«, bedeutete Lauren ihm, sich keine Mühe zu machen, aber er schüttelte den Kopf.

»Schon gut. Du hast es dir ja nett hier gemacht. Da will ich keine Wasserflecken hinterlassen.«

»Unsinn, Chris trampelt später eh wieder mit seinen Schuhen durchs Haus.«

Eine Falte bildete sich auf Tims Stirn.

»Chris? Der Chris, der deinen Hals küsst?«

Lauren wurde rot, denn sie hörte den Vorwurf in seiner Stimme, aber sie würde sich nicht vor ihm rechtfertigen. Schließlich fragte sie ja auch nicht nach seiner Barbie.

»Genau der. Willst du Pfefferminz- oder Früchtetee?«

»Was?«

Sie hob den Wasserkessel an und deutete auf den Herd. »Welcher Tee darf es sein?«

Tim schüttelte den Kopf und ließ sich matt auf einen der Stühle sinken. Die Strähnen hingen ihm in die Stirn, und er strich sie achtlos beiseite.

»Vergiss den Tee, Lauren. Ich bin nicht hier, um … Ich will jetzt wissen, was eigentlich los ist. In der Stadt höre ich, du bekommst ein Kind, und jetzt will ich nur wissen …«

»Ob es von dir ist?«, beendete sie den Satz für ihn und setzte sich ihm gegenüber. Sie legte die Hände auf ihren Bauch – dorthin, wo sein Blick ruhte.

»Ja.« Er zuckte mit den Schultern. »Ist doch eine berechtigte Frage, also …?«

»Du hast recht. Ich … ich wollte es dir sagen, aber … ich wusste nicht, wie.«

»Dann stimmt es also? Bist du dir sicher? Und ist es von mir?«

Sie legte den Kopf schief und lachte bitter.

»Ja, Tim. Es ist von dir, und ja, da bin ich mir sicher. Genau genommen gibt es keine Alternativen.«

Er schüttelte ungläubig den Kopf.

»Du warst mit niemand anderem zusammen?«, hakte er nach, und Lauren wusste, dass er nach einem rettenden Strohhalm greifen wollte. Trotzdem kränkte er sie mit seiner Frage.

»Nein. Aber danke, dass du mich für ein leichtfertiges Flittchen hältst. Wenn du dann keine weiteren Fragen mehr hast …«

Sie wollte aufstehen, doch Tim fasste nach ihrer Hand.

»Warte. Das war … nicht fair. Sorry!« Seine Schultern

sackten nach vorne, und er sah ziemlich erledigt aus. »Es ist nur … wir waren doch vorsichtig … das kommt einfach sehr überraschend.«

»Ja. Aber du musst nicht denken, dass ich irgendwelche Ansprüche an dich stelle. Ich … habe mich entschieden, das Baby zu bekommen, Tim, aber das … bedeutet nicht …« Sie suchte nach den richtigen Worten. Als sie die Entscheidung getroffen hatte, war ihr klar gewesen, dass das bedeuten konnte, das Kind ohne seinen Vater aufzuziehen. Sie hatte es akzeptiert. Jetzt, wo ihr Tim gegenübersaß und sie erkannte, dass ihre Gefühle für ihn noch lange nicht abgekühlt waren, wünschte sie sich trotzdem mehr. Das war dumm, das wusste sie.

»Lauren, ich …« Er erhob sich und ging auf und ab. Er sah sie nicht an. »Ich will mich nicht aus meiner Verantwortung stehlen … wirklich, aber … aber wie hast du dir das vorgestellt? Wir kennen uns kaum und …«

»Wir kennen uns immerhin gut genug, um ein Kind auf den Weg gebracht zu haben!«, warf Lauren ein, denn sooo einfach war es schließlich auch nicht.

Er wurde rot. »Richtig, aber du wusstest, dass ich nicht bereit war, mein Leben für eine Beziehung auf den Kopf zu stellen. Ich bin nach Vermont gekommen, um Karriere zu machen. Und kurz vor Weihnachten hat dein Vater mir einen Posten in der Kanzlei in New York angeboten.«

Davon hatte Lauren gehört. Sie vermutete, dass ihr Vater Tim aus dem Weg schaffen wollte, um ihr Kummer zu ersparen, aber natürlich behauptete er, die Arbeit in der Kanzlei hätte nicht das Geringste mit ihren persönlichen Angelegenheiten zu tun.

»Ich weiß. Und ich möchte auch nicht, dass du meinetwegen deine Pläne änderst.«

Tim schnaubte.

»Und wie soll das dann werden?« Er klang resigniert. Lauren wäre es lieber gewesen, er wäre wütend, damit hätte sie besser umgehen können. So hingegen öffnete sich ihr Herz, und sie wollte nur eines, zu ihm gehen und ihn in den Arm nehmen.

»Ich weiß es nicht, Tim. Ich weiß nur, dass ich dieses Baby bekommen werde. Der Rest wird sich schon finden.«

»Aber du hast das entschieden, ohne auch nur mit mir darüber zu sprechen.«

»Ja, weil nichts, was du gesagt hättest, etwas an meinem Entschluss geändert hätte.«

Tim schwieg. Er trat ans Fenster und sah hinaus. Dichte Flocken wirbelten durch die Luft, und der Nachmittag wich dem Abend. Der Himmel nahm einen finsteren Blauton an, und der schneebedeckte See hob sich hell von der Dunkelheit ab.

»Verstehe. Dann … dann gehe ich jetzt besser.«

Er wandte sich zur Tür, aber Lauren verstellte ihm den Weg.

»Tim, warte …«

Er schüttelte den Kopf und sah sie traurig an. Dann nahm er ihr Gesicht in seine Hände und hauchte ihr einen Kuss auf die Lippen.

»Offensichtlich triffst du deine Entscheidungen lieber allein. Dann darfst du dich aber auch nicht wundern, wenn es einsame Entscheidungen sind, Lauren.«

Er strich über ihre Arme und fasste sie an den Händen. Sein Blick lag auf ihrem Bauch.

»Wenn du etwas brauchst, Lauren …«

»Nein, keine Sorge. Ich komme klar!«

Sie errichtete eine Mauer um ihr Herz, denn seine warmen Hände weckten Erinnerungen an all die Zärtlichkeit, die zwischen ihnen gewesen war. Doch das war vorbei.

Sie hatte ihre Entscheidung getroffen.

Ihre einsame Entscheidung.

Der Wind vom See frischte auf, und die Funken des Lagerfeuers stoben wie leuchtende Rubine in die Luft. Alle rückten etwas enger zusammen.

»Du bist so still, Tim«, stellte Rachel fest und blickte zwischen ihm und Lauren hin und her.

»Ich denke nach«, erklärte Tim sein Schweigen. »Ich … habe den Eindruck, heute, an diesem Abend, genauso hilflos zu sein wie damals. Lauren trifft ihre Entscheidungen, und mir bleibt nur, mit ihnen zu leben – auch wenn ich weiß, dass es richtig ist, ist es nicht einfach. Damals nicht und heute erst recht nicht.«

Raus aus New York

»Der Vergleich ist das Beste, was wir erwarten können. Bei einem Urteil der Jury ist alles möglich. Wir haben den Richter auf unserer Seite, aber der Staatsanwalt hat die Geschworenen verunsichert.«

Tim schüttelte seinem Mandanten die Hand und erhob sich. Die Jury hatte sich zur Urteilsfindung zurückgezogen, und es blieb nicht viel Zeit, den Vergleich der Anklage anzunehmen. Tims Mandant hatte sich zu seiner Frau umgewandt, und sie diskutierten die Möglichkeiten. Tim hatte alles in seiner Macht Stehende getan, die Schuld seines Mandanten anzuzweifeln, um zumindest das Strafmaß zu reduzieren.

Mit schnellen Schritten durchquerte er den leeren Gerichtssaal und schaltete sein Handy ein, sobald er sich unter der großen Glaskuppel des von Marmorsäulen gesäumten Atriums befand.

Sieben Anrufe in den letzten zwei Stunden?! Aus Peter Lathams Büro.

Er wählte die Rückruftaste. Schon nach dem ersten Klingeln hatte er die rauchige Stimme der Sekretärin Florance im Ohr.

»Hallo, Florance, Tim Parker hier. Ich sehe gerade, dass Sie mehrfach …«

»Richtig, Mister Parker. Wie gut, dass Sie sich melden.

Mister Latham will, dass ich Sie sofort zu ihm durchstelle. Moment bitte …«

Schon hing er in der mit Klaviermusik unterlegten Warteschleife. Er trommelte nervös mit der Schuhspitze auf den Boden.

Die Tür des Gerichtssaals wurde geöffnet, und ein Gerichtsdiener bat ihn herein.

Vermutlich hatte sein Mandant den Vergleich unterzeichnet. Dann war es jetzt an ihm, der Staatsanwaltschaft dies mitzuteilen, ehe die Geschworenen zu einem Urteil kamen. Er fluchte leise und sah auf seine Uhr.

»Tim?«, scholl Lathams Stimme aus seinem Handy.

»Mister Latham, ich …«, setzte er an, aber Peter schnitt ihm das Wort ab.

»Setzen Sie sich sofort in ein Flugzeug, und kommen Sie her!«, verlangte er.

»Wie bitte?« Tim wäre beinahe gestolpert. Er drängelte sich an einem Gerichtsschreiber vorbei in den Saal, auf seinen Mandanten zu, der bereits mit dem unterzeichneten Vergleich in der Hand wedelte.

»Lauren hatte einen Autounfall. Und ich möchte, dass Sie herkommen.«

Tim blieb stehen. Der Gerichtssaal verschwamm vor seinen Augen. Obwohl er jetzt seit vier Monaten in New York lebte, war kein Tag vergangen, an dem er nicht an Lauren und das Baby gedacht hatte. Zumeist verspürte er dabei Wut auf sich selbst, weil es ihm nicht gelungen war, sich auf seine Gefühle einzulassen. Er wünschte, die Zeit ließe sich zurückdrehen und er hätte die Möglichkeit, es irgendwie besser zu machen. Wie das aussehen sollte, wusste er allerdings nicht.

»Ich bin bei Gericht, Sir«, erwiderte Tim verwirrt.

»Übergeben Sie den Fall an Maxwell, und kommen Sie her.«

Tim war überfordert. Die Ansage von Peter Latham war deutlich, aber sein Fall so gut wie abgeschlossen. Sein Mandant an dem einen Tisch und der Staatsanwalt auf der anderen Seite sahen ihn fragend an.

Er zwang sich weiterzugehen und nahm dem Klienten das unterzeichnete Dokument aus der Hand. Mit einem Nicken, das um etwas Geduld bat, übergab er es wortlos dem Staatsanwalt. Der verstand und schlug schon mal die ledergebundene Mappe mit den Anträgen auf.

»Sir, ich …«

»Jetzt hören Sie mir mal zu. Ich habe geschwiegen, als Sie sich mit meiner Tochter eingelassen haben. Ich habe geschwiegen und mich aus allem herausgehalten, als … nun, als Lauren sagte, sie würde ein Kind von Ihnen erwarten. Ich habe sogar noch geschwiegen, als Sie beschlossen haben, Lauren damit alleinzulassen. Aber jetzt möchte ich, dass Sie ihr versichern, dass schon irgendwie alles gut werden wird, denn ehrlich gesagt glaube ich nicht so ganz daran! Haben Sie mich verstanden, Tim?«

Tim raufte sich die Haare, und der Staatsanwalt schmunzelte. Tim wandte sich ab und senkte seine Stimme.

»Ja, Sir, ich verstehe. Ich möchte nur klarstellen, dass ich nicht beschlossen habe, Lauren damit alleinzulassen. Sie war es, die mich in keiner Weise in ihre Entscheidungen einbezogen hat.«

»Ein Grund mehr, herzukommen.«

»Sir?«, sagte Tim schnell, bevor Latham das Gespräch beenden konnte.

»Was ist denn noch?«

Tim räusperte sich und atmete erleichtert durch, als er

sah, wie der Staatsanwalt seine Unterschrift neben die des Mandanten setzte. Der Vergleich war nun rechtskräftig und musste nur noch dem Richter vorgelegt werden.

»Sie sagten, Lauren hätte einen Autounfall gehabt … geht es ihr gut? Und dem Baby?«

Tim hörte Latham durchs Telefon atmen.

»Ja, es geht ihnen so weit ganz gut. Lauren wird aber wohl zur Beobachtung noch einige Tage im Krankenhaus verbringen.«

»Danke, Sir.«

Nach dem Ende des Gesprächs schaffte Tim es gerade so, den Prozess abzuschließen. Seine Knie waren weich wie Butter, und sein Puls raste beunruhigend.

Er hatte angenommen, Latham hätte ihn vor allem deshalb nach New York geschickt, um Distanz zwischen ihn und seine Tochter zu bringen. Dass er ihm den Umzug nun als feige Flucht vorhielt, gefiel ihm nicht. Hätte Lauren doch nur einmal zugehört, nur einmal mit ihm über alles gesprochen … er wäre niemals von ihr fortgegangen. Aber sie hatte ihm keine Hoffnung auf eine Beziehung, geschweige denn auf eine gemeinsame Zukunft gemacht. Darum hatte er sich in die Arbeit gestürzt und versucht, nicht daran zu denken, dass er sich in die Tochter seines Chefs verliebt hatte. Er war kein Beziehungsmensch. Grundsätzlich war er sehr zufrieden mit seinem Leben ohne Verpflichtungen. Aber Lauren hatte ihn dazu gebracht, diese Lebensweise in Frage zu stellen. Er wachte normalerweise nicht gerne in fremden Betten auf, doch mit Lauren im Arm den Tag zu beginnen hatte sich richtig angefühlt. Unter anderen Umständen hätte sich daraus sicher mehr entwickeln können.

Zwei Tage später wischte er sich die verschwitzten Hände an der Jeans ab und klopfte an die Tür. Das Geißblatt verströmte einen intensiven Duft, und gelbe Blüten leuchteten zu Hunderten an den Verandapfosten. Er war nicht scharf darauf, Lauren im Seehäuschen zu besuchen, aber im Krankenhaus hatte man ihm mitgeteilt, dass sie am Morgen entlassen worden war.

Es war Chris, der ihm öffnete, und obwohl Tim bisher nie eifersüchtig auf irgendwen gewesen war, störte es ihn, dass dieser Kerl offensichtlich viel Zeit mit Lauren verbrachte.

»Hi! Komm rein«, bat Chris und überspielte seine Überraschung mit einem Husten. »Ist ja eine Weile her, seit …«

»Ich war sehr beschäftigt!«, fuhr Tim dazwischen. »Nicht, dass dich das was angehen würde.«

Chris rollte mit den Augen und zuckte mit den Schultern.

»Wie du meinst, Alter! Aber was du jetzt hier willst, geht mich denke ich schon was an.«

Tim funkelte sein Gegenüber böse an. Dieser Typ ging ihm echt auf die Nerven! Lange Haare, Tattoos und das schwarze Motorrad in der Auffahrt – was fand Lauren nur an ihm?

»Ich will zu Lauren, nicht zu dir.«

Chris packte Tims Arm, und Tim erhaschte einen Blick auf den Schlangenkörper, der sich auf Chris' Hals wand. Sollte wohl gefährlich wirken, aber ihn schüchterte das nicht ein.

»Wenn du ihr noch mal weh tust, Freundchen, dann schmeiß ich dich in einen Kofferraum und lass dich elendig darin verrecken!«

»Ist das eine Drohung?«

Chris grinste, was eher einem Zähnefletschen ähnelte.

»Darauf kannst du Gift nehmen.«

»Wie reizend!« Tim riss sich los. Er würde ihm zu gerne eine verpassen, aber das würde wohl Laurens Wiedersehensfreude noch weiter dämpfen. »Ist sie oben?«, fragte er schroff und strich sich das Shirt glatt. Das schwache Nicken von Chris zeigte deutlich, dass er ihn lieber rausgeschmissen hätte, als ihn zu Lauren zu lassen.

Trotzdem ließ er ihn vorbei, und Tim stieg die Stufen in das Dachstudio hinauf.

Die Fenster waren geöffnet, und eine leichte Brise trug den Geruch des Sommers herein. Die Sonne warf goldene Streifen auf den Boden und verlieh den Möbeln ein helles Strahlen. Staubpartikel tanzten im hereinfallenden Licht über dem Bett. Offensichtlich hatte Lauren ihn und Chris gehört, denn sie sah Tim unsicher entgegen. Sie saß mit einem Buch auf dem Schoß im Bett, eine leichte Decke über den Beinen. Ihr Babybauch war nun deutlich zu sehen, und Tim zögerte einen Moment. Ihre Schwangerschaft war zwar eines der wesentlichen Dinge gewesen, die ihn in den letzten Monaten beschäftigt hatten, aber sie jetzt so zu sehen, erschreckte ihn trotzdem.

Sie sah wunderschön aus. Die Sommersprossen verliehen ihrer hellen Haut einen warmen Schimmer, und die Locken fielen weich um ihr Gesicht. Sie hatte einen Bluterguss an der Wange, der dunkel unter den Locken hervorschimmerte.

»Hi«, murmelte er und trat langsam näher, da sie ihn nur schweigend ansah. Vorsichtig setzte er sich zu ihr auf die Bettkante, und erst jetzt bemerkte er den Gipsfuß.

»Hallo, Tim«, grüßte Lauren und rückte etwas beiseite, damit er sich bequemer hinsetzen konnte.

Sein Blick glitt über sie, und er fühlte die vertraute

Zärtlichkeit, die ihn in ihrer Nähe jedes Mal überkam. Sie war etwas rundlicher, aber er hatte ja ihre Kurven immer gemocht. Es war verrückt, dass sich in ihrem Bauch sein Baby befinden sollte. Er konnte sich einfach nicht vorstellen, dass ein kleiner Mensch in ihr heranwuchs. Trotzdem zog ihn ihr Bauch magisch an, und er musste sich zwingen, nicht die Hand danach auszustrecken.

»Wie geht's?«, fragte er, um das Schweigen zu brechen.

»Es ging schon besser.« Sie lächelte, und er atmete erleichtert auf. Er wusste nicht, was er erwartet hatte. Vorwürfe? Einen Streit? Wut? Vielleicht Enttäuschung? Er würde es verstehen, wenn Lauren so empfinden würde. Trotzdem hatte sie ein Lächeln für ihn übrig, das war ein gutes Zeichen.

»Dein Vater hat mir gesagt, du hattest einen Unfall.«

Lauren nickte und umfasste ihren Babybauch.

»Ja. Bist du deshalb hier? Hat er dich geschickt?«

Tim zögerte. Die Antwort auf diese Frage war nicht einfach. Natürlich hatte Peter ihn geschickt, aber … aber vielleicht wäre er auch von sich aus gekommen, wenn man ihm nur die Wahl gelassen hätte.

»Ich bin hier, weil ich wissen will, wie es dir geht. Dir … und dem Baby«, antwortete er schlicht.

Lauren sah ihn an, als zweifelte sie an seinen Worten, ließ es aber auf sich beruhen.

»Dem Baby geht es gut. Nur mein Bein … ich werde wohl einige Zeit das Bett hüten müssen.«

»Brauchst du etwas? Kann ich … kann ich dir irgendwie helfen?« Er zuckte ratlos die Schultern und überlegte, wie er die kühle Distanz zwischen ihnen überwinden sollte. Er wollte für sie da sein, bis es ihr besserging.

»Danke für das Angebot, aber ich komme schon klar.

Chris bleibt bis heute Abend … und am Wochenende kommt mein Bruder her. Meine Eltern sind ja in der Nähe, also …«

»Bist du jetzt mit diesem Chris zusammen?«, fragte er schroff und hätte sich im selben Moment für diese Frage ohrfeigen können.

Lauren hob überrascht die Augenbrauen, und er spürte, wie sie sich zurückzog.

»Entschuldige … das … das geht mich nichts an.«

»Stimmt genau!«

Tim wartete darauf, dass sie ihm trotzdem eine Antwort gab. Ein einfaches »Wir sind nur Freunde« hätte ihm genügt, doch Lauren kniff nur die Lippen zusammen.

»Ich wollte mich nicht in deine Angelegenheiten einmischen, sondern nur meine Hilfe anbieten.«

»Jetzt plötzlich? Wo du dich doch bisher so deutlich gegen jede Art der Verpflichtung ausgesprochen hast?«, fragte Lauren zornig.

»Das ist nicht wahr, Lauren! Du hast mir nie eine Gelegenheit gegeben, mich einzubringen!«

Laurens Augen funkelten vor Wut, und Tim musste schlucken. Er fasste nach ihrer Hand, um die Kluft zwischen ihnen zu überwinden.

»Du willst mir Vorwürfe machen, Lauren? Dann sei wenigstens ehrlich! Du hast mich mit deiner Entscheidung für das Baby konfrontiert und mich dann von dir gestoßen, ohne mir auch nur eine Minute Zeit zu geben, mich an die Vorstellung zu gewöhnen.«

Sie wollte ihm ihre Hand entreißen, aber er gab sie nicht frei.

»Das stimmt nicht! Du hast doch von Anfang an klargemacht, dass du weder Lust auf eine ernsthafte Beziehung hast noch darauf, deine Karriere für so etwas Lästiges wie ein Kind aufzugeben!«

»Das ist Bullshit! Okay, ich gebe zu, ich habe mir wenig Gedanken um eine gemeinsame Zukunft gemacht, als wir uns nähergekommen sind. Willst du mir das vorwerfen? Du warst doch genauso scharf auf mich wie ich auf dich. Willst du mir da erzählen, du wärst schon in dieser ersten Nacht in mich verliebt gewesen? Nach gerade mal drei Gesprächen, die wir bis dahin geführt hatten? Du bist eine Heuchlerin, wenn du mir das weismachen willst.«

Er sah, dass er ins Schwarze getroffen hatte, denn Laurens Wangen röteten sich, und sie hörte auf, sich gegen seinen Griff zu wehren.

»Und weißt du was, Lauren – das ist okay! Weil wir erwachsen sind. Wir dürfen uns in ein Abenteuer stürzen, ohne zu wissen, wohin es führt. Wir dürfen miteinander ins Bett steigen, wenn wir damit niemanden verletzen. Wir haben uns keine ewige Liebe geschworen, ehe …«

»Schon gut! Du kannst aufhören! Ich verstehe schon. Du musst ja auch keine Beziehung mit mir führen. Das verlangt niemand. Also was willst du hier?«

»Ich weiß es nicht, Lauren! Ich weiß es nicht. Ich will, dass du aufhörst, nur Schwarz oder Weiß zuzulassen. Wir sind kein Paar, also muss ich verschwinden? Das ist doch scheiße!«

Lauren schwieg, und er gab zögerlich ihre Hand frei.

»Ich will dir helfen, Lauren. Und ich bin froh, dass du das Baby bekommst – was immer das für uns bedeuten wird. Ich bin wirklich froh darüber.«

Laurens Lippen bebten, und er hätte sie zu gerne geküsst und ihr eine Sicherheit versprochen, die er ihr nicht garantieren konnte.

Ein Räuspern hinter Tim ersparte Lauren eine Antwort. Es war Chris, der die Treppe heraufgekommen war und sie nun übers Geländer gelehnt beobachtete.

»Ich muss weg. Ein Kunde ist auf dem Highway liegengeblieben. Ich muss den Wagen in die Werkstatt schleppen.« Er warf einen fragenden Blick auf Tim. »Soll ich später wiederkommen, oder …«

Tim stand auf und stellte sich ans Kopfende des Bettes. Er stemmte die Hände in die Hüften und gab sich entschlossen.

»Sie kommt klar. Ich kann bleiben.«

Chris hob zweifelnd die Augenbrauen.

»Lorelei?«, wandte er sich unsicher an die Patientin.

Widersprüchliche Gefühle zeigten sich auf ihrem Gesicht, ehe sie schließlich zaghaft nickte.

»Ist schon okay, Chris. Ich … wir werden uns schon nicht an die Gurgel gehen.«

Tim lachte. Das war ja mal Optimismus vom Feinsten.

Tim warf Chris einen bösen Blick zu. Damals hatte ihm Chris' enge Beziehung zu Lauren nicht gefallen. Heute wusste er, wie wichtig er für Lauren war. Er war ein Freund, wie man ihn sich nur wünschen konnte. Aber es hatte gedauert, bis Tim das erkannt hatte.

Tim legte seinen Arm auf Laurens Oberschenkel und streichelte sie.

»Das war ein guter Tag«, murmelte er mit einem Blick in den sternenklaren Nachthimmel.

»Bitte? Ein guter Tag? Ich hatte gebrochene Knochen …«, rief Lauren, und alle lachten. Tim neigte abwägend den Kopf.

»Na schön, das war natürlich nicht so gut. Und das meinte ich auch nicht, das weißt du. Trotzdem war es für mich ein guter Tag, denn ich konnte dir endlich wieder nahe sein.«

Der Weg zueinander

Nachdem Chris gegangen war, wurde sich Lauren Tims Nähe nur allzu bewusst. Es herrschte eine Art verlegene Waffenruhe zwischen ihnen. Seit Monaten war sie sauer auf Tim gewesen, aber jetzt, wo er hier war, schien ihr das vollkommen unwichtig. Stattdessen konnte sie nicht aufhören, daran zu denken, was sie in diesem Bett alles miteinander getan hatten.

»Soll ich uns mal einen Kaffee kochen?«, fragte Tim unschlüssig.

»Wenn es dir nichts ausmacht?«

»Überhaupt nicht. Ich könnte gut eine Tasse gebrauchen.«

Tim verschwand nach unten, und Lauren atmete erleichtert auf. Ihr Herz hämmerte in ihrer Brust, und sie spürte das vertraute Flattern im Magen, das Tim immer wachrief. Es war zum Verrücktwerden! Trotz allem, was geschehen war, war sie in ihn verschossen. Sie strich über die Falte in der Decke, wo er gerade noch gesessen hatte. Sie wünschte, die Dinge zwischen ihnen stünden anders.

Tim werkelte in der Küche, und Lauren fuhr sich nachdenklich über den Bauch. So müsste es immer sein. Sie und Tim – und das Baby – und sonst niemand. Wenn es doch nur eine Chance auf eine Zukunft gäbe, dann würde sie um diesen Mann kämpfen.

Aber gab es diese Chance?

Es dauerte nicht lange, dann kam Tim mit zwei Tassen Kaffee zurück. Er stellte Laurens Tasse auf dem Tischchen neben dem Bett ab, ging zum Fenster und lehnte sich gegen das Fensterbrett. Die tief am Himmel stehende Sonne vergoldete seine Silhouette und ließ seine blonden Strähnen schimmern.

Sie sahen sich an und grinsten.

»Es ist komisch, oder?«, fragte Lauren und angelte sich ihre Tasse.

»Ja. Wir können uns kaum in die Augen sehen, ohne dass es sich merkwürdig anfühlt«, gestand Tim und schlürfte seinen Kaffee. »Sei vorsichtig – er ist heiß. Nicht, dass du mich verklagen musst.«

Lauren lachte. Die Klage wegen des Kaffees im Diner hatte sie schon ganz vergessen.

»Dass du dich daran noch erinnerst.«

»Ich erinnere mich an alles, Lauren.« Da war kein spaßiger Unterton mehr in seiner Stimme. Im Gegenteil. Sie war ernst und rau. »An jede Kleinigkeit. Jedes Detail.«

Ein einziger Blick in Tims blaue Augen ließ ihr Herz schneller schlagen. Seine Worte machten ihr eine wohlige Gänsehaut am gesamten Körper, doch Lauren war nicht gewillt, sich darauf einzulassen.

»Bist du dir sicher, dass du das nicht mit einer Erinnerung an Caroline verwechselst? Oder mit einer Flamme aus New York?«

Sie wusste, sie klang wie eine eifersüchtige Ehefrau, aber das war ihr egal. Sie musste sich schließlich vor Augen halten, dass Tim mit vielen Frauen zusammen war. Egal, was er sagte, sie bedeutete ihm nichts.

»Ich bin mir ziemlich sicher, Lauren«, gab er gutgelaunt

zurück und schlenderte zum Bett herüber. »Weil ich seit dem Herbst mit keiner Frau mehr zusammen war.«

»Du lügst!« Da hatte sie es! Er war ein Lügner. »Ich habe dich an Weihnachten mit Caroline gesehen, also erzähl keinen Mist!« Es wunderte Lauren, wie weh es ihr tat, darüber zu sprechen. Und wie weh seine Lüge tat.

»Was? Wovon sprichst du? Ich lüge nicht! Die letzte Frau, mit der ich geschlafen habe, warst du! Im Herbst des letzten Jahres!«

»Pah! Spar dir das! Ich hab euch gesehen. Ich bin mit dem Auto an deiner Wohnung vorbeigefahren, und ihr habt euch umarmt. Am Tag nach Weihnachten.«

»Das stimmt nicht … oder … warte, ich weiß, was du meinst.« Er lachte und setzte sich neben sie. Seine Tasse war leer, und er stellte sie ab, ehe er Lauren wieder ansah. »Caroline und ich waren an dem Tag frühstücken. Sie hatte mehrfach versucht, mich zu erreichen, und ich habe mich nicht bei ihr gemeldet. Als mir klar wurde, warum ich ihr aus dem Weg ging, wollte ich ihr das sagen, denn auch wenn wir nicht zusammen waren, schuldete ich ihr doch zumindest eine Erklärung.«

Lauren schnaubte. Diese Geschichte war ja wohl absurd!

»Ihr wart also nur frühstücken, ja? Und das soll ich glauben?«

Tim grinste.

»Das musst du nicht glauben, aber es ist die Wahrheit. Ich habe ihr gesagt, dass ich sie nicht mehr treffen möchte.«

»Als ihr euch umarmt habt, sah es aber nicht danach aus, als hättet ihr gerade eine schmerzliche Trennung hinter euch gebracht.«

»Glaub, was du willst, Lauren. Caroline und ich waren nie ein Paar. Wir haben uns in aller Freundschaft getrennt.« Mit einem Zwinkern fügte er hinzu: »So machen Erwachsene das manchmal.«

»Idiot«, murmelte sie und biss sich nachdenklich auf die Lippe. Sollte sie ihm diese Story wirklich abkaufen?

»Lauren?«, sagte er und hob zaghaft ihr Kinn an. »Du musst es nicht glauben, aber es ist wahr. Ich war mit niemandem mehr zusammen.«

»Warum sagst du mir das?«

Er lächelte, und zum ersten Mal legte er seine Hand auf ihren Bauch.

»Weil ich will, dass du weißt, dass ich an uns geglaubt habe – damals im Herbst. Ich wollte wirklich sehen, was aus uns hätte werden können.«

Lauren fröstelte.

Er spreizte die Finger und umfasste ihren Bauch. Sein Blick hielt sie gefangen, als er die Hände langsam unter ihr Shirt schob und die gespannte Haut darunter berührte.

»Tim, ich …« Irgendwie musste sie sich entschuldigen. Wenn es stimmte, was er sagte, dann … dann hatte sie sich selbst den Weg zum Glück verbaut, weil sie ihm nur das Schlimmste unterstellt hatte und nicht den Mut aufgebracht hatte, sich ihm anzuvertrauen.

»Weißt du, was es wird?«, fragte er, ehe sie zu einer Entschuldigung ansetzen konnte.

Ihre Haut kribbelte unter seiner Berührung, und das Baby bewegte sich.

Tim erstarrte, aber Lauren legte ihre Hände auf seine und führte sie an die Seite, dorthin, wo das Baby ständig den kleinen Fuß unter ihren Rippenbogen bohrte.

»Es gefällt ihr, mich da zu treten«, erklärte Lauren, und wie auf Befehl wölbte sich ihre Bauchdecke unter Tims Handfläche.

»*Ihr*? Es gefällt *ihr*?«, hakte er nach, und Lauren nickte. Sie lächelte glücklich, denn sie hatte auf ein Mädchen gehofft.

»Ja. Mia. Ich will sie Mia nennen.«

Tim schwieg. Er schien ganz fasziniert zu sein von dieser ersten Kontaktaufnahme zu seiner Tochter. Ein Lächeln umspielte seine Lippen, und er hatte die Augen fast geschlossen. Die Strähnen hingen ihm in die Stirn, und Lauren musste dem Drang widerstehen, sie zurückzustreichen. Es war schön, ihm so nahe zu sein, ohne zu streiten. Sie fragte sich unweigerlich, ob sie beide nicht gerade doch noch eine Chance bekamen.

Es war fast finster, nur ein blasser Lichtstreifen leuchtete noch hinter den Bäumen. Lauren nahm endlich ihren Mut zusammen.

»Es tut mir leid, Tim …«, flüsterte sie, um die neugewonnene Vertrautheit nicht zu stören. Langsam sah er sie an. »Ich … ich hätte es dir gleich sagen müssen, aber …«

»Hör auf, Lauren. Es ist nicht mehr wichtig.«

Er zog seine Hände unter ihrem Shirt hervor und lächelte. »Du hast eine schwere Entscheidung getroffen. Mit mehr Mut, als ich vielleicht gehabt hätte. Ich bin dir nicht mehr böse.«

»Aber … aber wie sollen wir jetzt weitermachen? Was …?«

Er lachte, streckte sich neben ihr auf der Matratze aus und zog die Decke über sie beide, ohne ihr zu nahe zu kommen. Trotzdem war sein Blick so sanft wie eine Liebkosung.

»Hör doch auf, immer Pläne zu machen, Lauren. Mit Plänen ist es doch so, dass sie nie funktionieren.«

»Dann ist der Plan also, keinen Plan zu haben?«

Lauren verzog den Mund, und Tim lachte.

»So ungefähr, Lauren.«

Der Wind blähte die Vorhänge und trug den schweren, sonnensüßen Duft des Geißblatts zu ihnen. Tim küsste ihre Schläfe und griff nach ihrer Hand.

Obwohl sie müde war und ihr Bein schmerzhaft pochte, fand Lauren in dieser Nacht keinen Schlaf. Tims gleichmäßiger Atem und sein vertrauter Duft hielten sie wach. Er war da. Er war wirklich bei ihr. Es kam ihr vor wie ein Traum, und darum wagte sie es nicht, die Augen zu schließen, aus Angst, aufzuwachen und festzustellen, dass der Traum vorüber war. Seine Finger hatten sich fest um ihre geschlossen, und sie spürte die Wärme, die von ihm ausging. Unauffällig rückte sie etwas näher an ihn heran. Es fühlte sich gut an, seinen Körper an ihrem zu spüren. Sie wünschte, sie beide wären nicht immer noch vollständig bekleidet.

Obwohl dieser Gedanke sie erschreckte, gestand sie sich ein, dass Tim nach wie vor einen rätselhaften Zauber auf sie ausübte. Sie atmete seinen warmen Duft tief ein. Nein, es war kein Zauber, verbesserte sie sich im Geiste. Es war Liebe. Das Mondlicht schmeichelte seinen Konturen, und Lauren strich ihm eine Strähne von der Wange, um ihn besser betrachten zu können. Sein Mundwinkel zuckte unter ihrer Berührung, und sie rückte schmunzelnd ein Stückchen näher.

Gerade, als sie genüsslich die Augen schloss, bewegte er sich.

»Was wird das, Lauren?«, fragte er, und seine Stimme war heiser vom Schlaf. Seine Hand glitt liebevoll auf ihren Babybauch.

»Was? Ich …«

»Du liegst wach, beobachtest mich und rückst Stück für Stück näher.«

»Ich dachte, du schläfst!«, verteidigte sich Lauren und wollte wieder von ihm wegrücken, aber seine Hand hielt sie auf.

»Dann wolltest du dich also heimlich anschleichen?«, neckte er sie und grinste selbstsicher.

»Wollte ich nicht! Ich …«

Er beugte sich über sie und verschloss ihre Lippen mit einem Kuss. Es war kein stürmischer Kuss, aber er veränderte alles. Lauren seufzte und schmiegte sich an ihn. Sie öffnete sich ihm, und als ihre Zungen sich berührten, war es, als vergaben sie einander ihre Dummheit.

»Das passiert, wenn du dich anschleichst, Lauren. Ich bin ein Mann, vergiss das nicht«, murmelte er an ihren Lippen und küsste sie sanft, ehe er sie freigab.

Lauren versuchte ihr dahinfliegendes Herz zu beruhigen, ehe es ins Stolpern geriet, aber in Tims Nähe schien das ein Ding der Unmöglichkeit.

Sie grinste und kuschelte sich an ihn.

»Und wenn ich das gar nicht vergessen habe?«

Lauren sah Tim in die Augen. Verlor sich auch nach all den Jahren noch in diesem unvergleichlichen Blau. Ihr Herz klopfte wie an jenem Tag, und es gab in diesem Moment weder das Feuer noch ihre Freunde für sie. Es gab nur die Sehnsucht nach etwas, das bald schon enden würde.

»Diesen Kuss werde ich nie vergessen, Tim«, flüsterte sie und barg ihr Gesicht an seiner Brust.

»Lauren, ich …«

»Sag nichts. Glaub mir einfach. Es wird dein Kuss sein, der mich trägt, wohin auch immer ich gehe.«

Er legte seine Hand in ihren Nacken, küsste ihren Scheitel und spürte die Feuchtigkeit ihrer Tränen durch sein Shirt. Tränen, die sie sich selbst für diesen Abend verboten hatte. Sein Herz wurde schwer, und die Nacht erschien ihm kalt und brutal. Er wollte Lauren hochheben und mit ihr fortgehen. Einfach fort. Irgendwohin, wo die Zeit stillstand.

»Ihr habt euch geküsst?«, fragte Rachel überrascht. Tim wusste, warum Rachel das tat. Sie rettete sie.

»Du hast mir damals doch gesagt, zwischen euch würde nichts laufen«, erinnerte sie sich kritisch und gab Tim mit ihrem Blick neue Kraft. Ahnte sie, dass sein Weg nicht leichter sein würde als Laurens?

»Wann hab ich denn das gesagt, Rachel?«, fragte Lauren nun mit tränenerstickter Stimme zurück.

Als sie sich umsah, bemerkte sie, dass alle scharf darauf waren, mehr zu erfahren.

Es ist so weit

»Ich habe Tim angerufen«, erklärte Rachel und eilte die Treppe runter, Laurens Krankenhaustasche unter dem Arm. Zum ersten Mal, seit Lauren sie kannte, wirkte sie vollkommen aufgelöst. Da war nichts mehr von Rachels sonst so selbstverständlicher Eleganz. Hätte sie nicht solche Schmerzen durch die in kurzen Abständen kommenden Wehen, hätte Lauren beinahe gelacht.

»Kommt er her?«, fragte sie stattdessen und stützte sich auf den Tisch, als die nächste Wehe sich ankündigte.

»Ich hab ihm gesagt, wir fahren sofort los. Er kommt ins Krankenhaus.«

»Gut. Dann los, ehe ich das Baby auf deinem Beifahrersitz bekomme!«

Breitbeinig watschelte Lauren zur Tür und wischte sich den Schweiß aus dem Nacken. Es war ein viel zu warmer Tag, um ein Baby zu bekommen.

Rachel hielt ihr die Tür auf und suchte schon in Laurens Handtasche nach dem Autoschlüssel.

»Oh nein! Das kannst du vergessen! Wir nehmen dein Auto!«

Lauren lachte und zuckte dabei vor Schmerzen zusammen. »Wie du willst, aber ich möchte Mia auch nicht in meinem Auto bekommen, also bring mich endlich ins Krankenhaus.«

Die Strecke war nicht lang, aber es kam Lauren vor wie eine Weltreise. Die Hitze staute sich im Wagen, jede Ampel war rot, und es herrschte dichter Feierabendverkehr.

Bei jeder Bodenwelle stemmte sich Lauren in den Sitz und gab sich Mühe, gleichmäßig zu atmen, während Rachel hektisch durch die Stadt fuhr und versuchte, möglichst viele Ampeln zu meiden.

»Ich hätte ja nicht gedacht, dass du und Tim das noch mal hinbekommt. Bist du froh, dass er bei der Geburt dabei sein will?«, sagte Rachel, um Lauren und sich mit einem Gespräch abzulenken. Sie umklammerte das Lenkrad so fest, dass ihre Knöchel weiß hervortraten. Ein Schweißtropfen rann ihr über die Schläfe.

»Ja, bin ich. Wir verstehen uns im Moment ganz gut, auch wenn ich nicht weiß, was wir eigentlich treiben.«

»Was meinst du?«

Rachel hupte den Autofahrer vor ihnen an, der die Schaltung der Ampel verschlafen hatte.

»Na unsere Beziehung – ich weiß nicht, was das ist, das wir haben.«

Rachel sah sie fragend von der Seite an.

»Ich dachte, ihr seid zusammen. Er verbringt doch viel Zeit bei dir.«

Lauren zuckte mit den Schultern und stöhnte, als ein großes Schlagloch ihrem Beckenboden zusetzte.

»Nein, wir sind nicht wirklich zusammen. Er … er will mich unterstützen und … und ich glaube, das war's auch schon.«

»Aber er hat sich wieder von New York hierher versetzen lassen. Ich dachte …« Rachel grübelte. »Sag mal, schlaft ihr miteinander?«

Lauren riss den Kopf herum und starrte Rachel an.

»Was? Du willst wissen, ob …?«

Rachel nickte.

»Ja. Du sagst, du weißt nicht, was das zwischen euch ist? Ist doch einfach: Wenn er mit dir in die Kiste steigt, obwohl du schwanger von ihm bist, dann … dann seid ihr ganz klar zusammen. Alles andere wäre ja irgendwie krank!«

Lauren presste die Lippen zusammen und sah aus dem Fenster.

Sie konnte Rachel unmöglich sagen, dass Tim tatsächlich erst vor wenigen Tagen mit ihr geschlafen hatte. Aber das war eine Ausnahme gewesen – eine einmalige Sache! Rachel würde kaum verstehen, dass sie Tim quasi angefleht hatte, mit ihr ins Bett zu steigen. Was im Körper einer schwangeren Frau vorging, ließ sich nur schwer in Worte fassen, darum behielt sie das lieber für sich. Außerdem hatte weder Tim noch sie bisher ein Wort darüber verloren. Sie hatte ihn verführt, weil es ihren schwangeren Körper nach Zärtlichkeit und Sex verlangt hatte. Aber das hatte nichts zu bedeuten.

Eine besonders heftige Wehe trieb ihr die Tränen in die Augen. Um sich vom Schmerz abzulenken, erinnerte sie sich an diese unheimlich zärtliche Nacht mit Tim.

»Also? Habt ihr Sex?«, hakte Rachel nach und bog in die Krankenhauseinfahrt ab.

»Himmel, Rachel! Ich habe gute sechzehn Pfund zu viel auf den Hüften. Das findet kein Mann sexy! Und außerdem ist da nichts – da läuft nichts zwischen uns.«

Zumindest nichts, was Lauren *jetzt* mit ihrer Freundin besprechen wollte.

»Vergiss die Kilos! Du bist schwanger – wenn Tim das nicht versteht, ist er ein oberflächliches Arschloch.«

Lauren schüttelte den Kopf und biss die Zähne zusammen, als die nächste Wehe sie heimsuchte. Sie hätte Tim in Schutz nehmen können, aber dafür fehlte ihr in diesem Moment die Energie.

Zum Glück ließ Rachel das Thema in der Klinik fallen und kümmerte sich um die Anmeldung. Dann ging alles sehr schnell. Die Schwestern waren routiniert, und ehe Lauren blinzeln konnte, hatte man sie ausgezogen, in ein Patientenhemd gesteckt und an einen Wehenschreiber angeschlossen.

Als Tim zur Tür hereinkam, platzte die Fruchtblase.

Etliche Stunden später kämpfte Lauren, um die Augen offen zu halten. Sie beobachtete Tim, der Mia im Arm hielt und leise auf sie einredete, wobei er alle paar Sekunden einen Kuss auf ihren mit blondem Flaum bedeckten Kopf hauchte.

»Ruh dich doch endlich aus«, flüsterte er Lauren zu. »Ich bleibe hier, bis mich die Schwestern rausschmeißen.«

»Ich will nicht schlafen, obwohl ich wirklich am Ende bin. Ich will keine Sekunde ihres Lebens verpassen.«

Tim lachte und setzte sich mit Mia an Laurens Bett. Sie fasste nach den winzigen Händchen.

»Du wirst nichts verpassen! Sie schläft ja selber.«

Und tatsächlich stand der kleine Mund ein Stück offen, und Mia atmete im Schlaf tief und gleichmäßig.

Ihre Augenlider waren so dünn, dass sie beinahe durchscheinend wirkten, genau wie die runzelige Haut an den winzigen Fingern.

Lauren lächelte Tim an. Sie war so unendlich dankbar, dass er da war. Schnell wischte sie sich die Tränen aus dem Augenwinkel, die sich vor Glück dort sammelten.

»Was ist los? Hast du Schmerzen?«, fragte Tim und griff bereits nach der Klingel, um die Schwester zu rufen.

»Nein – also nicht wirklich. Es ist nur … ich bin froh, dass du da bist, Tim.«

Er schmunzelte und fasste Laurens Hand.

»Wenn du mich lässt, Lauren … dann bleibe ich ein Weilchen.«

»Ein Weilchen?«, fragte sie ungläubig.

»Oder eine Weile – ganz, wie es uns gefällt. Du weißt doch, dass wir den Plan hatten, keine Pläne zu machen. Aber das hier, Lauren …« Er küsste Mia und strich ihr über den Bauch. Sie streckte die Füße, und ein leises Schnarchen drang aus ihrem Mund. »Das hier ändert doch alles, oder?«

Sie nickte und verlor sich in dem Bild von Tim und ihrer Tochter. Ja, das veränderte alles.

»Ich weiß, das ist jetzt vielleicht etwas viel verlangt, Tim, aber …«

Sie zögerte, denn sie suchte nach den passenden Worten.

»Aber was?«

»Ich will sagen, dass es egal ist, wie es zwischen uns steht, aber … aber ich … nein, *wir* – Mia und ich – wir wollen Exklusivität.«

Tim hob die Augenbrauen.

»Exklusivität?«

»Ja. Ich will keine Beziehungsdramen und keine wechselnden Frauen in Mias Leben. Wenn du das hier versuchen willst, dann … dann …«

Tim reichte Lauren das Baby und stand auf. Er schien verletzt, aber Lauren wollte klarstellen, dass Mia ein geregeltes Umfeld brauchte.

»Was denkst du denn von mir? Ich möchte die Tage und die Nächte bei euch verbringen, wenn du mich lässt – denkst du, da schleppe ich irgendwelche Weiber an?«

Mia wimmerte, weil Tim lauter geworden war.

Lauren fuhr ihr über den Flaum und wiegte sie sanft, damit sie wieder einschlief.

Zornig ging Tim zur Tür und drückte schon die Klinke. »Du weißt wirklich, wie man *immer* das Falsche sagt!«

Mit schnellen Schritten ging er den Gang entlang. Der Geruch nach Desinfektionsmittel und das leise Murmeln der Menschen in den Gängen begleiteten ihn bis zur Cafeteria.

Dort raufte er sich die Haare, zog sich die Krawatte aus dem Kragen, die seit Stunden ungebunden um seinen Hals gehangen hatte, und warf sie in den Mülleimer. Dann holte er sich einen Kaffee und setzte sich an einen leeren Tisch. Es war schon sehr spät und die Besuchszeit längst vorüber. Er wunderte sich, dass ihn noch niemand darauf hingewiesen hatte, doch solange das keiner tat, würde er bleiben.

Und verdammt, er würde auch bei Lauren bleiben, obwohl sie immer nur das Schlechteste von ihm dachte. Er rieb sich das Kinn, und seine Bartstoppeln kratzten angenehm über seine Handfläche. Er roch Mia an seinen Händen und lächelte. Sie war ein echtes Wunder und hatte sein Herz schon mit ihrem ersten Schrei geraubt. Beinahe so schnell wie ihre Mutter. Sich das einzugestehen, war schon schwer, selbst wenn Lauren nicht mit Giftpfeilen in seine Richtung schoss.

Doch wenn Lauren etwas fordern konnte, dann konnte er das auch. Es war nicht gerade ein Plan, was er im Kopf hatte, denn Pläne gingen ja nie auf, aber es war zumindest eine Idee.

Einen Kaffee später schlich Tim zurück in Laurens Zimmer. Sie stillte gerade, und er kam sich wie ein Eindringling vor, als er sich neben sie setzte. Sie und Mia boten ein friedliches Bild, das ihn rührte. Seine Tochter! Der Gedanke fühlte sich genauso fremd an, wie es sich fremd anfühlte, Laurens Bedeutung in seinem Leben zu akzeptieren.

»Du hast mein Wort, Lauren, dass ich keine Frauen anbringen werde. Aber wenn das hier, was immer es ist, funktionieren soll, dann will ich, dass wir es ernst nehmen. Ich will bei dir und Mia einziehen.«

Zwei Tage später durfte Lauren mit Mia das Krankenhaus verlassen, und Tim holte sie ab.

»Du hast also ernst gemacht«, stellte Lauren fest, als sie die leeren Umzugskartons auf der Veranda des Seehäuschens stehen sah.

»Ja.« Er half ihr aus dem Auto und nahm dann die Babytrage vom Rücksitz. »Wir sind jetzt eine richtige kleine Familie!« Die Ironie in seiner Stimme war nicht zu überhören, und Lauren zweifelte daran, dass das gutgehen würde. Das Seehaus war nicht besonders groß, und sie würden sich vermutlich schon vor dem Abendessen die Köpfe einschlagen. Doch diese Zweifel behielt sie lieber für sich.

»Ich habe etwas umgeräumt«, erklärte er und deutete die Stufen hinauf. »Ich hoffe, du bist damit einverstanden.«

Gespannt ging Lauren nach oben, wobei jeder Schritt noch ein wenig schmerzte.

Tim hatte ihr Bett näher ans Fenster geschoben und einen Raumteiler direkt unter das Oberlicht gestellt. Auf der anderen Seite dieser Abtrennung stand ein Schlafsofa, bezogen mit Bettwäsche, die Lauren aus Tims alter Wohnung kannte. Und dort, wo sich die beiden getrennten Schlafbereiche trafen, stand das Babybett mit hellgelbem Bärchen-Himmel und einer Prinzessinnen-Spieluhr.

»Gefällt es dir?«

Lauren nickte, und die Gedanken in ihrem Kopf überschlugen sich. Sie wusste nicht, ob sie lachen oder weinen sollte. War es rücksichtsvoll von Tim, sich ein eigenes Bett aufzustellen, oder war es verletzend, dass er zwar hier bei ihnen, aber offensichtlich nicht mit ihr zusammen sein wollte?

»Ja, es ... es ist gut so.«

Sie trat ans Babybett und schüttelte den Schlafsack auf, damit Tim Mia hineinlegen konnte.

»Ich wusste nicht, wie ... wie willkommen ich bin, darum ...«

Tim zuckte die Schultern und deutete auf die beiden getrennten Betten.

»Das ist gut – ich finde es gut so.«

»Schön.« Er nickte und sah auf die Uhr. »Kommst du klar, Lauren? Ich müsste noch mal in die Kanzlei, einige Unterlagen für den Gerichtstermin morgen vorbereiten.«

Den kurzen Anflug von Panik drängte Lauren zurück und nickte. Sie würde es schon schaffen, eine Weile mit Mia allein zu sein. Vielleicht würde ihr die Ruhe ja auch guttun.

»Sicher. Geh nur. Ich leg mich einfach etwas hin.«

Lauren wachte auf, als sie Schritte auf den Stufen hörte. Es war schon fast Mitternacht, und sie rechnete damit, dass Mia in spätestens einer Stunde wieder Hunger haben würde. Der bloße Gedanke ließ ihren Kopf hämmern. Der Nachmittag allein mit dem Baby war die reinste Tortur gewesen. Zuerst hatte Mia ganz brav geschlafen, aber dann ohne ersichtlichen Grund drei Stunden lang durchgeweint. Lauren hatte ihr die Brust gegeben, doch das hatte nur kurzzeitig für Ruhe gesorgt. Sie hatte Mia herumgetragen, immer wieder die Windel kontrolliert und ihr den Bauch massiert. Nichts half, ihre Tochter schrie weiter. Erst als

Lauren selbst den Tränen nahe gewesen war, hatte sie endlich aufgehört und war eingeschlafen. Erschöpft hatte sich Lauren ins Bett begeben, und jetzt fühlte sie sich kein bisschen erholt.

Tim verschwand hinter dem Raumteiler, und sie hörte, wie er sich auszog. Sein Schatten tanzte im gedämpften Licht der Nachttischlampe, als er ins Badezimmer schlich. Lauren schloss die Augen und versuchte, wieder einzuschlafen, aber es gelang ihr nicht. Wenig später kam Tim zurück, löschte das Licht und schlüpfte unter seine Bettdecke.

Plötzlich überkam Lauren eine tiefe Traurigkeit. Sie sehnte sich nach seiner Nähe. Nach seinen Armen, die sie hielten und ihr etwas von der Kraft zurückgaben, die der Tag ihr geraubt hatte. Aber sie lag allein in ihrem Bett, mit Brüsten, aus denen die Milch quoll, und einem Kopf, der so schmerzte, als drohte er zu platzen. Sie rieb sich die Schläfen und drehte sich um. Das Bett, das immer bequem gewesen war, erschien ihr heute viel zu hart und kalt.

Als sie endlich eingeschlafen war, wimmerte Mia.

Lauren stand von der Bank auf und kehrte dem Lagerfeuer den Rücken. Sie ging ein paar Schritte in die Dunkelheit. Der Ufersand war weich unter ihren Schuhsohlen, und sie atmete den Duft des geliebten Gewässers tief ein. Hier am See, in ihrem Seehäuschen, war das Leben nicht immer leicht gewesen. Trotzdem würde sie keinen einzigen Tag missen wollen. Auch nicht die schweren Zeiten, denn die zeigten ihr, wie glücklich sie sich für alle anderen Tage schätzen konnte.

Sie erkannte Rachel am vertrauten Klang ihrer Schritte.

»Geht es dir gut?«, fragte Rachel, und ihre samtige Stimme war wie eine Liebkosung. Langsam kam sie zu Lauren ans Ufer. Beide blickten über den See. Nachts schimmerte er silbern im Mondlicht, magisch wie eine Kristallkugel. Es war, als könnte Lauren die Zukunft auf der sich sanft kräuselnden Oberfläche erkennen.

»In dieser Zeit hatte ich den Bezug zu euch allen verloren«, sagte Lauren, ohne auf die Frage nach ihrem Befinden einzugehen. Ihre Erinnerungen waren so lebendig, dass sie den Kummer von damals regelrecht spüren konnte. »Ich fühlte mich alleingelassen. Dabei wart ihr alle immer für mich da. Selbst jetzt, wo …«

Sie konnte den Satz nicht beenden. Nicht aussprechen, was kommen würde.

»Oh, Süße! Hör auf! Natürlich sind wir für dich da! Du bist nicht allein. Niemals. Versprochen!«

Rachel umarmte sie, und Lauren wusste, dass keine der Krisen von früher heute noch eine Bedeutung hatte. Sie schlenderten weiter am Ufer entlang. Sie brauchten keine Worte. Ein Blick reichte, um all das auszudrücken, was ungesagt blieb.

»Wir sollten langsam zurückgehen. Mir ist etwas schwindelig«, sagte Lauren schließlich und schlang fröstelnd die Arme um ihren Körper. Bei Alyssa unter der Decke war es deutlich wärmer gewesen.

»Was habt ihr denn getrieben?«, fragte Chris, als die beiden Frauen zurück ans Feuer kamen.

»Getrieben?«, wiederholte Lauren kichernd, denn bei Chris klang alles zweideutig. »Wir haben nichts getrieben. Ich hab über die erste Zeit mit Mia nachgedacht«, erklärte Lauren und setzte sich neben ihre dreizehnjährige Tochter. »Du warst so süß!«, rief sie und küsste Mia auf die Wange.

»Mom!«, wehrte Mia sie kichernd ab, kuschelte sich dann aber trotzdem an.

Tim grinste.

»So schön die erste Zeit mit Mia auch war, ich war doch froh, als sie aus der Säuglings- und Schreiphase raus war. Keine Nacht, in der sie nicht schrie«, gestand er. »Erinnerst du dich noch an ihren ersten Geburtstag?« Es lag etwas in seiner Stimme, das alle aufmerksam werden ließ.

Auch Lauren hörte es und wurde rot.

»Natürlich. Es war … eine dieser Sommernächte, die man nie vergisst.«

Wie die Zeit vergeht

Lauren sammelte das in Fetzen gerissene Geschenkpapier vom Boden auf. Es war überall verteilt, und sie bückte sich unter den Tisch, wo Chris, Ben, Rachel und Tims Freund Joey noch beisammensaßen. Das Geburtstagskind Mia hing schlafend bei ihrem Onkel Ben auf dem Arm, und nicht einmal die lebhaften Gespräche störten sie.

»Sie ist vollkommen hinüber. So ein Trubel und so viele Geschenke – sie wusste überhaupt nicht, was los war«, sagte Ben und lächelte über seine Nichte. Er fuhr ihr sacht durch die blonden Locken, die sich wie kleine Schweineschwänzchen kringelten.

»Es ist kaum zu glauben, dass sie schon ein Jahr alt ist«, bemerkte Peter, der in Ermangelung eines Sitzplatzes an der Küchenarbeitsplatte lehnte und das letzte Stück Geburtstagstorte verspeiste. Er war eben erst aus dem Büro gekommen und hoffte nun, seiner Enkelin nach ihrem Schläfchen noch gratulieren zu können.

Lauren schob ihn beiseite, weil sie an den Papierkorb wollte.

»Stimmt. Mir kommt es auch viel kürzer vor.«

Der Mülleimer quoll über, aber sie stopfte den Berg einfach so tief sie konnte in die Tonne und schloss dann schnell den Deckel.

Tim schenkte Lauren ein Lächeln, und sie erwiderte es.

Es war ein heftiges Jahr gewesen. Aber gerade weil die letzten Monate wie im Flug vergangen waren, traten Tim und sie in Liebesdingen noch immer auf der Stelle. Dabei lief alles andere zwischen ihnen jetzt viel besser. Sie hatten einen Weg gefunden, sich die Arbeit so zu teilen, dass keiner mehr auf dem Zahnfleisch ging. Sie hatten wieder ein Privatleben, in dem jeder seine Freunde traf und auch mal das Haus verlassen konnte. Oft kam Tim mit Schrammen vom Hockey, und sie wusste, dass er sich beim Sport abreagierte. Lauren ging regelmäßig laufen und hatte dadurch ihr Wunschgewicht schneller erreicht als gedacht. Inzwischen spielte sie sogar mit dem Gedanken, wieder in der Kanzlei zu jobben und ihr Studium per Fernkurs fortzusetzen, aber darüber hatte sie mit Tim noch nicht gesprochen. Das eilte ja nicht.

Heute war Mias großer Tag, und Lauren war glücklich, dass wirklich alle gekommen waren, um mit ihnen zu feiern. Celeste hatte eine rosa-rote Riesentorte mit Erdbeercreme und Biskuit gebacken, und Ben hatte zusammen mit Tim vor dem Haus eine Schaukel aufgebaut. Die beiden verstanden sich gut und debattierten beim Arbeiten stundenlang über ihre sportlichen Höchstleistungen. Die Schaukel war der Hit. Mias Freude zu sehen, als die Babyschaukel sie in die Lüfte hob, war das Größte. Sie hatte gar nicht genug davon bekommen und einen furchtbaren Zornausbruch gehabt, als sie sie schließlich zurück ins Haus holten.

Erst die Geschenke hatten Mia wieder besänftigt, und nun war sie vollkommen erschöpft. Lauren würde wetten, dass sie heute nicht mehr wach zu bekommen wäre.

Die Gäste ahnten das wohl, denn sie verabschiedeten sich nach und nach. Tim brachte seinen Kumpel Joey zur Tür, und auch Rachel machte sich auf den Weg.

»Wir sehen uns morgen!«, verabschiedete sie sich, dann knuffte sie ihren Bruder in die Schulter. »Und wenn du nicht laufen willst, dann schwing jetzt deinen Hintern hier raus. Ich will los.«

Chris rieb sich übertrieben den Arm und grinste breit. »Dein Zahnarzt wird sich wohl mal eine Minute gedulden können – vielleicht ist er ja mit seinem Notfall noch gar nicht fertig und du musst vor seiner Tür auf ihn warten. Also ganz ruhig, Rachel.«

Rachel legte den Kopf schief und holte fast ein wenig verlegen einen Schlüssel aus ihrer Handtasche.

»Ich muss nicht vor der Tür warten – er hat mir vor einer Woche seinen Hausschlüssel gegeben.«

Diese Neuigkeit schlug ein, und alle starrten mit großen Augen auf den Schlüssel.

»Jetzt glotzt doch nicht so!«, rief Rachel und steckte den Schlüssel wieder ein. »Masons Scheidung ist durch, und wir können jetzt ohne Altlasten den nächsten Schritt machen«, rechtfertigte sie sich.

»Sicher! Das ist doch toll!«, sagte Lauren und umarmte ihre Freundin. »Jetzt gehört er dir!«, flüsterte sie ihr ins Ohr und verdrängte den Stich der Eifersucht, den sie empfand.

»Na schön, dann fahren wir eben«, murrte Chris, band seine langen Haare zusammen und schob seinen Stuhl zurück.

Tim nahm Mia und verschwand mit ihr nach oben. Die Feier war vorbei. Das Geburtstagskind schlief, und der Kuchen war verputzt.

Nachdem Lauren hinter ihrem Vater die Tür geschlossen hatte, lehnte sie sich müde dagegen. Sie fühlte sich fast so erschöpft wie ihre kleine Prinzessin.

Die plötzliche Stille wirkte wohltuend.

So stand sie immer noch gegen die Tür gelehnt, als Tim wenig später wieder herunterkam.

»Geschafft!«, scherzte er und ging in die Küche, wo er unter Laurens erstauntem Blick zwei Weingläser aus dem Schrank nahm und eine Flasche Burgunder entkorkte. Er goss ihnen ein und kam mit den Gläsern zu Lauren.

»Hier – zur Feier des Tages. Ich finde, das haben wir uns verdient.«

Dankbar nahm Lauren ihm das Glas ab und berührte dabei seine Finger. Sie sah ihn an und lächelte.

»Nach diesem anstrengenden Tag, meinst du?«

»Nein, nach diesem Jahr.«

Lauren musste lachen.

»Ach so. Ja, das Jahr … Ich hätte es ohne dich nicht geschafft, Tim. Ganz ehrlich, ich … Als ich entschieden habe, Mia zu bekommen, da … da hatte ich es mir viel einfacher vorgestellt. Ich war wirklich so naiv zu denken, ich könnte das allein schaffen.«

Sie nippte an dem fruchtigen Rotwein und genoss die Säure auf ihrer Zunge. Sie schlenderte zum Tisch, stellte das Glas ab und setzte sich auf die Kante. Tim lehnte sich ihr gegenüber an die Küchenarbeitsfläche.

»Du hättest das auch allein geschafft, Lauren. Du bist eine wunderbare Mutter und … und eine sehr starke Frau.«

Laurens Herz schlug schneller. Der Alkohol ging ihr ins Blut, und sie fühlte ein Flattern im Magen.

»Ich? Stark? Da täuschst du dich! Ich bringe es ja nicht mal fertig …«

Sie schüttelte den Kopf und schwieg.

»Was? Was bringst du nicht fertig?«

Tim stellte das Glas ab, kam zu ihr und hob seine Hand an ihre Wange. Zärtlich strich sein Daumen über ihre Haut, und Lauren spürte seinen Blick auf ihren Lippen. Sie schluckte.

»Ich bringe es nicht fertig, dir zu sagen, dass ...« Sie biss sich auf die Lippe, denn die Worte wollten einfach nicht hinaus. Es war zum Verrücktwerden. Sie lebten zusammen und waren es doch nicht wirklich. Aber sie war guter Dinge, dass das Feuer, das so heiß zwischen ihnen gebrannt hatte, zumindest noch schwelte. Wie an dem Tag, als sie ihn das erste Mal im Diner gesehen hatte, spürte sie auch jetzt die Gewissheit, dass da etwas zwischen ihnen war. Und nach einem Jahr voller Höhen und Tiefen war es weit mehr als reine sexuelle Anziehung. Sie erkannte es an der Art, wie er sie ansah. Lauren konnte nicht länger so weitermachen, denn es brach ihr das Herz, dass der Mann, den sie liebte, so nah und zugleich so unerreichbar war.

Als würde er ihre Gedanken lesen, spreizte er ihre Knie und trat dazwischen. Er tat es langsam, um ihr Zeit zu geben, ihn abzuweisen, aber das war das Letzte, was sie wollte!

Seine Hand wanderte in ihren Nacken, und sie hob den Blick, um in sein Gesicht zu sehen.

Dann senkte er seinen Kopf und küsste sie, als wäre er am Verhungern. Und Lauren empfand es auch so. Sie drängte sich ihm entgegen, lud seine Zunge ein, ihren Mund zu erkunden, wie sie seinen erkundete. Tim umfasste ihr Gesicht und vertiefte seinen Kuss. Sein Atem strich über ihre Wange, und Lauren schmeckte den Wein auf seinen Lippen. War es der Wein oder sein Kuss, der sie so trunken machte?

Sie klammerte sich an ihn und betete, dass Mia nur dieses eine Mal nicht aufwachen würde.

Seine Zunge massierte ihre, neckte sie, eroberte ihren Mund und zog sich zurück, um ihr die Initiative zu überlassen.

Tims Hände wanderten über ihren Hals, über ihre Arme und legten sich schließlich um ihre Taille, um Lauren näher an seinen Körper zu ziehen. Sie schlang ihre Beine um seine Hüften und fühlte seine Männlichkeit hart durch ihre Jeansshorts.

»Was wolltest du sagen, Lauren?«, fragte er atemlos, während er langsam seine Hände unter ihr Top schob.

Diese Berührung setzte Laurens Körper in Flammen. Ihr Herz hämmerte wild in ihrer Brust, und sie zog ihm hektisch das Shirt über den Kopf. Wie sehr sie ihn vermisst hatte. Sich nach diesem Körper gesehnt hatte!

Sie wollte ihn küssen, aber er drehte sein Gesicht weg.

»Sag es, Lauren. Bitte.«

Sie wollte den Zauber nicht brechen, wollte nicht, dass Worte ihnen wieder einmal im Weg standen. Sie wollte ihn schon so lange, dass es beinahe schmerzte, also warum musste er es ihr so schwermachen? Immerhin fühlte sie den Beweis, dass auch er sie wollte, deutlich zwischen ihren Beinen.

Sie schüttelte den Kopf und senkte den Blick.

»Ich … ich möchte, dass wir einige Möbel umstellen«, sagte sie gepresst. Sie musste lachen, als Tim fragend die Brauen hob.

»Äh … entschuldige? Möbel umstellen?«

Lauren sah beinahe den Kübel Eiswasser, der die aufkeimende Flamme ihres Verlangens auslöschte. Offensichtlich hatte Tim etwas anderes von ihr zu hören gehofft. Sie lehnte ihre Stirn an seine Brust und lachte. Sein Duft stieg ihr in die Nase, und als er ihr Kinn anhob, nahm sie seinen

Finger zwischen ihre Lippen und umkreiste ihn mit ihrer Zunge.

»Ja – wir haben zu viele Möbel für meinen Geschmack«, murmelte sie, ehe sie seinen Finger tiefer in ihren Mund saugte. »Zu viele Betten, finde ich.«

Sie sah ihm in die Augen. Erst lächelte er, dann wurde sein Grinsen breiter, und er drängte sie auf der Tischplatte nach hinten. Als sie unter ihm lag, biss er sie zart in die Lippe und flüsterte:

»Du weißt ja nicht, wie lange ich mir gewünscht habe, dass du das sagst.«

Dann öffnete er die Knöpfe ihrer Shorts, während Lauren ihre Beine um seine Hüften schlang und ihre Hände in sein Haar grub.

In dieser Nacht wachte Mia nicht auf – ebenso wenig wie in vielen folgenden Nächten.

»Weinst du, Lauren?«

Tim nahm den Stock mit den Marshmallows aus dem Feuer und ging zu ihr. Die vielen alten Geschichten, die vielen Erinnerungen bewegten jeden der Anwesenden. Und je weiter die Nacht fortschritt, umso schwieriger wurde es, nicht voller Wehmut an all das zurückzudenken. Zumindest ging es Tim so. Immer öfter stellte er sich die Frage, warum das Leben so verdammt ungerecht war.

Besorgt setzte er sich neben seine Frau und bot ihr einen der heißen und klebrigen Zuckerwürfel an.

»Sind das Tränen?«, fragte er und küsste ein Rinnsal von ihrer Wange.

»Ja, aber … mir geht es gut. Ich denke nur gerade daran, wie … wie glücklich wir in den folgenden Jahren waren.«

Sie steckten die Köpfe zusammen, und es war, als wären sie allein. Tims sanfte Küsse beruhigten Lauren, und sie schloss erschöpft die Augen. Sie war so müde. Aber sie wollte nicht, dass diese Nacht jemals endete. Also atmete sie tief durch und schmiegte sich an Tims starke Brust.

»Das klingt so, als wären wir es heute nicht mehr«, stellte Tim tonlos fest.

»Sind wir es denn?«

»Ich bin es, wenn du es bist. Das war schon immer so.«

Eine wichtige Frage

Tim musste grinsen. Seit er Lauren aus der Kanzlei abgeholt hatte, wo sie nun seit einem Jahr in der Buchhaltung aushalf, sah sie ihn immer wieder fragend an.

Na schön, das war berechtigt, denn schließlich war er mitten in einer Besprechung aufgetaucht und hatte sie ohne jede Erklärung mitgenommen.

»Willst du mir nicht endlich sagen, was hier eigentlich los ist?«, fragte Lauren und drehte das Autoradio aus.

Aufgeregt und zugleich amüsiert schüttelte Tim den Kopf.

»Das siehst du, wenn wir da sind!«, vertröstete er sie und legte ihr die Hand aufs Knie. Ihr kurzer Rock war im Sitzen nach oben gerutscht, und er spürte ihre Haut durch die dünne Strumpfhose.

»Dann sag mir wenigstens, wo du mich hinbringst!«, verlangte sie und sah aus dem Fenster. Die Bäume am Ufer des Lake Champlain zogen an ihnen vorüber. Zuerst hatte Lauren gedacht, Tim würde nach Hause fahren, aber gerade hatten sie die Einfahrt zum Anwesen der Lathams links liegenlassen.

»Auch das siehst du, wenn wir da sind!«

»Und wo ist eigentlich Mia?«, fragte Lauren mit einem leicht mürrischen Unterton.

Tim grinste breit und zwinkerte ihr zu.

»Hör zu, ich habe dem Teufel meine Seele verkauft, für das, was ich dir jetzt zeigen will. Als Zugabe wollte er Mia behalten. Ich konnte nicht nein sagen!«

»Was?« Lauren lachte verwirrt, als Tim auch schon den Wagen am Straßenrand ausrollen ließ.

»So, wir sind da.« Tim stieg aus und lief ums Auto. Er hielt ihr die Tür auf und reichte ihr den Arm.

Lauren runzelte die Stirn über sein rätselhaftes Verhalten, spielte aber mit.

Sie war nun auch aufgeregt, war gespannt, was Tim ausheckte, als sie mit ihm über die Straße ging. Es war eine gepflegte Siedlung mit weißgestrichenen Häusern, aufgereiht wie Perlen an einer Kette. Ein Hund bellte irgendwo, und ein roter Kombi fuhr an ihnen vorüber.

Tim öffnete eine weiße Gartentür, die zwischen den geklinkerten Pfeilern einer halbhohen Gartenmauer eingesetzt war, auf der der weiße Zaun fortgesetzt wurde. In den Blumenrabatten hinter dem Zaun reckten die Frühlingsblumen ihre leuchtenden Köpfe der Sonne entgegen und verströmten ihren Duft. Eine Hummel summte um den Kelch eines Maiglöckchens, und das Gras hatte nach dem Winter eine frische, saftig grüne Farbe. Als Lauren den Hals reckte, konnte sie sehen, dass die Nachbarsgärten ähnlich akkurat und mit Liebe angelegt waren.

Wortlos führte Tim sie den sauber gepflasterten Gartenweg entlang bis vor die Haustür, in deren Mitte ein gewundenes Milchglaselement eingesetzt war. Lauren war froh, dass sie in ihrem Bürooutfit zumindest halbwegs hierherpasste.

»Wer wohnt hier?«, fragte sie und blickte die helle Fassade mit den großen, bodentiefen Fenstern hinauf.

Tim grinste wieder nur so breit, dass seine Grübchen Lauren ihre Frage beinahe vergessen ließen – aber nur beinahe. Sie beobachtete ihn genau, als er einen Schlüssel aus seiner Tasche zog und aufsperrte.

»Was …?«

Er hob sie hoch und trug sie über die Schwelle.

»Tatatadaaa!« Langsam setzte er Lauren in dem großen leerstehenden Flur ab, der sich zum Wohnzimmer hin öffnete. Direkt vor ihnen führte eine breite, gewundene Treppe ins obere Stockwerk. Zu ihrer Rechten lag das Wohnzimmer, das in die geräumige Küche mit Kochinsel überging. Hohe Sprossenfenster gaben den Blick frei auf den Garten mit einem weißgetünchten Schuppen und mächtigen Bäumen.

Lauren war sprachlos. Was wollten sie hier?

»Wie gefällt es dir?«, fragte Tim gutgelaunt, während er sie durch die Räume führte.

»Es … es ist wundervoll, aber … aber warum sehen wir uns das an?«

Tim grinste und stieg mit Lauren die Treppe hinauf. Nun bekam sie es fast mit der Angst zu tun, denn er wirkte nervös. Er gab sich gelassen, aber sie spürte seinen Puls unter ihren Fingern hämmern.

Ihre Hand folgte dem Geländer, und es fühlte sich an, als wäre sie schon tausendmal hier hinaufgestiegen. Als Tim die oberste Stufe erreicht hatte, trat er beiseite und ließ Lauren den Vortritt.

Durch ein Doppelfenster am Ende des Flures flutete das Sonnenlicht in das Obergeschoss, und ein leichter Luftzug trug den Frühlingsduft herein. Tim dirigierte sie mit seinen Händen auf ihrer Taille in den ersten Raum, der von dem mit weichem Teppich ausgelegten Flur abging.

Auch hier war der einfallende Sonnenschein das Erste, was Lauren auffiel. Durch die ausladenden Fenster schien es, als würde der Himmel bis in den Raum reichen. Erst dann bemerkte sie das Bett, das mittendrin stand.

»Ist das unser Bett?«

Lauren konnte nicht glauben, was sie sah. Ihr Bett aus dem Seehaus. War das möglich? Es waren das gleiche Kopfteil, die gleichen Füße, die gleichen Kissen und Decken – aber statt des Oberlichts war ein fließender, weißer Himmel an dicken Eckpfosten über das Bett gespannt.

Sie trat näher und berührte die Decken und den Stoff, der sich um die Bettpfosten wand.

»Nicht ganz. Ich habe es nachbauen lassen«, gab Tim zu und führte sie in das nächste Zimmer.

»Komm rein«, bat er. Der Raum war in blassem Altrosa gestrichen, und eine pink und weiß gestreifte Bordüre zierte die Wände. Die Kindermöbel warteten nur darauf, mit Spielzeug gefüllt zu werden.

»Tim, im Ernst, was soll das?«, fragte Lauren, und ihre Knie wurden weich. Dieses Haus war perfekt, aber sie konnten es sich unmöglich leisten.

»Es gibt noch mehr zu sehen.«

Lauren wusste, er überging ihre Frage absichtlich, also folgte sie ihm. Als er die nächste Tür zu einem weiteren hellen und geräumigen Zimmer öffnete, musste sie schlucken.

Mias alte Babywiege, in der die inzwischen Vierjährige schon lange nicht mehr schlief, stand mitten in dem ansonsten unmöblierten Raum.

Tim führte Lauren hinein, und sie schüttelte verwirrt den Kopf.

»Was tun wir hier, Tim?«, fragte sie, und diesmal grinste er nicht. Er fasste nach ihrer Hand.

»Ich habe eine Entscheidung getroffen, Lauren«, erklärte er mit zitternder Stimme. »Ich habe die Entscheidung ohne dich getroffen, weil nichts, was du gesagt hättest, etwas an meinem Entschluss geändert hätte. Ich habe dieses Haus gekauft – weil ich glaube, dass es einen ähnlichen Zauber besitzt wie dein Seehaus. Weil ich glaube, dass diejenigen, die hier leben, glücklich sein werden.«

Lauren riss die Augen auf. Sie bemerkte, dass er die Worte gewählt hatte, mit denen sie ihm damals von ihrer Schwangerschaft berichtet hatte. »Du hast dieses Haus gekauft?«, fragte sie ungläubig und rechnete im Geiste nach, wie das möglich sein sollte.

»Ja, das habe ich. Dein Vater gibt mir einen Kredit. Und jetzt bitte ich dich, Lauren, das zu keiner einsamen Entscheidung werden zu lassen.«

Lauren sah sich um. Das war Wahnsinn!

»Wie stellst du dir das vor, Tim? Wie sollen wir …? Es ist viel zu groß!«

»Ich stelle mir vor, dass wir so schnell wie möglich hier einziehen.« Er grinste, und trotz ihrer Überraschung musste Lauren kichern. »Ich stelle mir außerdem vor, wie wir im Garten mit Mia spielen, wie wir uns einen Hund anschaffen und wie wir unsere Hochzeitsnacht drüben in dem Himmelbett verbringen.«

Ihre Hochzeitsnacht?

Laurens Herzschlag setzte aus, und ein Kloß bildete sich in ihrem Hals. Tim legte ihr den Finger auf die Lippen und sah ihr tief in die Augen.

»Und ich stelle mir vor, wie wir hier, in dieser Wiege, einen weiteren blonden Engel zum Schlaf betten.«

Er schlug das kleine Kissen in der Wiege zurück und offenbarte ihrem Blick eine Schmuckschatulle. Mit zitternden Händen nahm er sie heraus und kniete vor ihr nieder.

»Lauren, ich …« Er räusperte sich, denn seine Stimme brach, als er ihre Tränen sah. Beruhigend drückte er ihre Hand. »Lauren, du kennst mich. Ich habe bisher nicht viel von Plänen gehalten. Ich habe mich vollkommen planlos vor fast fünf Jahren in dich verliebt. Hatte keine Pläne, als wir zusammenkamen, und noch viel weniger, als Mia geboren wurde. Das Einzige, was ich immer wusste, war, dass ich dich wollte. Bei unserem ersten Treffen im Diner, nach Mias Geburt – und an jedem weiteren Tag in den vergangenen fünf Jahren. Und weil das so ist, habe ich nun doch einen Plan gemacht, Lauren. Den Plan von einem Leben mit dir, mit Mia und dem Baby mit den blonden Locken. Und das alles hier in diesem Haus.« Er öffnete die Schatulle und nahm einen Ring heraus. »Was meinst du, Lauren? Kann dieser Plan funktionieren?«

Lauren konnte nicht schlucken. Sie vermochte kaum zu atmen, so zugeschnürt war ihre Kehle, also nickte sie nur und wischte sich mit dem Handrücken die Tränen aus dem Gesicht. Sie sank Tim gegenüber ebenfalls auf die Knie und lächelte schwach.

»Das klingt nach einem tollen Plan.«

»Ich liebe dich, Lauren. Bitte heirate mich!«, flehte er. Zum allerersten Mal, seit sie Tim kannte, sah sie Angst in seinen blauen Augen.

»Natürlich!«

Sie konnte nicht fassen, was gerade geschah. Sie war wie erstarrt vor Freude, als er den Ring über ihren zitternden Finger schob. Er hatte gesagt, dass er sie liebte! Und das Beste daran war – sie glaubte ihm. Sie glaubte ihm vorbehaltlos. Nach allem, was sie erlebt hatten, nach den schwierigen ersten und den schönen vergangenen drei Jahren, in denen sie zusammen glücklich gewesen waren, konnten sie beide mit Gewissheit sagen, dass sie einander wirklich kannten. Dass sie sich genug Zeit genommen hatten, ihre Gefühle füreinander zu ergründen, und dass ein »Ich liebe dich« aus dem Mund des anderen tatsächlich eine Bedeutung hatte.

»Ich liebe dich auch«, flüsterte sie und schlang ihm die Arme um den Hals. »Gott, Tim, ich liebe dich so sehr!«

Er presste sie so fest an sich, dass sie beide fast nicht mehr atmen konnten, und küsste sie stürmisch.

»Warum haben wir es uns so schwergemacht, Lauren? Warum so viel Zeit vertan?«

»Das ist doch jetzt nicht mehr wichtig. Jetzt werden wir miteinander alt, sehen unsere Kinder aufwachsen und unsere Enkel, und sitzen dann als grauhaarige Tattergreise hier unten auf der Veranda und trinken Rotwein.«

Tim lachte und nickte feierlich. »Genau so hatte ich mir das gedacht.«

Er küsste sie, stand auf und zog sie ebenfalls auf die Beine.

»Wo ist Mia? Ich will es ihr sagen.« Lauren sah sich in dem bis auf die Wiege leerstehenden Kinderzimmer um.

»Sie weiß von dem Haus, hat sich die Bordüre ausgesucht und mir und Ben geholfen, die Möbel herzuschaffen. Aber sie schläft heute bei deinen Eltern«, verriet Tim und schmunzelte.

Lauren hob überrascht die Augenbrauen.

»Ach wirklich? Und …« Sie folgte Tim, der mit einem Zwinkern rückwärts aus der Tür ging. Dann wussten also alle Bescheid. Tim hatte Himmel und Hölle in Bewegung gesetzt, um sie so zu überraschen. »… und was machen wir?«

Er löste seine Krawatte, zog sie von seinem Hals und ließ sie mit einem verruchten Grinsen auf den Boden fallen. Dann öffnete er die obersten Knöpfe seines Hemdes.

»Wir …«, seine Stimme hatte diesen verführerischen Ton, der Lauren ganz heiß machte. »… wir verbringen die Nacht hier – ich will …« Sein Hemd glitt ebenfalls zu Boden, und er wartete, bis Lauren vor ihm stand. Dann fasste er ihre Taille und zupfte ihr spielerisch die samtrote Bluse aus dem Rock.

»Was willst du?«, fragte Lauren atemlos, als er nacheinander die Knöpfe ihrer Bluse öffnete und dabei ihr Schlüsselbein, ihre Brust und ihren Rippenbogen streifte.

»Ich will sehen, wie es ist, hier im Sonnenuntergang neben dir zu liegen, deine Haut zu schmecken und dein Lachen zu hören. Ich will deinen Herzschlag unter meinen Fingern spüren und deinen Atem auf meiner Haut. Ich will dich bis zum Morgen lieben – hier, in unserem neuen Zuhause.«

Laurens Bluse glitt ihr von den Schultern, und sie stieg aus ihren Pumps.

Die Narbe an seiner Lippe fesselte ihren Blick, als sich sein Mund zu diesem verführerischen Schmunzeln verzog.

»Dann sollten wir besser schnell ins Bett gehen – nicht, dass wir den Sonnenuntergang verpassen«, schlug Lauren vor und blinzelte in die noch hoch am Himmel stehende Sonne.

Sie würden schon einen Weg finden, sich bis dahin die Zeit zu vertreiben.

»Und irgendwie haben wir den Sonnenuntergang trotzdem verpasst«, lachte Tim und sah Lauren glücklich an.

»Ja, wir waren wohl wieder abgelenkt.«

Alle am Feuer schmunzelten, nur Mia schüttelte den Kopf, verlegen über die Liebesbekundungen ihrer Eltern.

»Wir hätten das alles viel bewusster erleben müssen«, überlegte Lauren, und Chris nickte. Er zog Mia auf die Füße und drehte mit ihr eine Pirouette.

»Stimmt. Denn es waren so tolle Jahre – und sie sind wie im Eiltempo an uns allen vorbeigezogen.«

Mia kicherte, als der Mechaniker sie in gespielter Leidenschaft an seine Brust zog. »Wir sollten tanzen! Das ist schließlich eine Party, oder? Wir wollen doch nicht, dass dieser Abend einfach an uns vorbeizieht?«

Lauren lachte über das Bild ihres Freundes mit ihrer jugendlichen Tochter. Mia war dabei, eine junge Frau zu werden, und Lauren war froh, dass sie im Kreis ihrer Freunde so einen starken Rückhalt fand. Chris war ein geborener Beschützer, und auch Rachel würde alles tun, um Mia glücklich zu machen. Für sie war Mia beinahe wie eine eigene Tochter.

Pläne gehen nicht immer auf

Lauren warf einen prüfenden Blick auf die Terrasse, wo Mia konzentriert über ihren Hausaufgaben saß. Sie hatte eine Strähne ihres blonden Haares zwischen den Lippen und tippte mit dem Stiftende gegen ihre Wange. Die Aufgabe bereitete ihr offenbar Schwierigkeiten. Das kam selten vor. Heute war das Lauren aber ganz recht, denn so bekam ihre Tochter nicht mit, dass Rachel in Tränen aufgelöst im Wohnzimmer saß.

Mitfühlend strich Lauren ihrer Freundin über den Rücken und versuchte ihr Trost zu spenden.

»Was stimmt nur mit mir nicht?«, murmelte Rachel zum wiederholten Male, und Lauren wusste wie zuvor keine Antwort darauf.

»Mit dir stimmt alles! Das sagt auch dein Arzt.« Sie versuchte optimistisch auszusehen und tätschelte ihrer Freundin vertrauensvoll die Hand. »Du machst dir nur zu viel Druck.«

Rachel nickte und schnäuzte sich in ihr Taschentuch. Ihre Nase war schon ganz rot, die Augen verquollen.

»Wir versuchen es jetzt seit fünf Jahren – und nichts funktioniert, obwohl wir beide keine körperlichen Defizite haben! Warum, Lauren? Warum?«

Lauren schüttelte ratlos den Kopf. »Ich weiß es nicht!«, murmelte sie. »Aber du musst aufhören, dich und Mason derart unter Druck zu setzen. Euer Sex nach Eisprungkalender und die Temperaturmessung zur besseren Empfängnis – und was weiß ich, was ihr noch so treibt –, das macht noch eure Beziehung kaputt. Sieh dich doch an, Süße. Für dich gibt es nichts anderes mehr, als schwanger zu werden.«

»Du hast gut reden! Du hast ja ein Kind – obwohl du überhaupt keines wolltest!«

Lauren biss die Zähne zusammen. Dieses Gespräch hatten sie schon tausendmal geführt, und je mehr Zeit verging, ohne dass Rachel schwanger wurde, umso mehr schien sie Lauren ihre ungeplante Schwangerschaft mit Mia übelzunehmen.

Noch einmal drehte sich Lauren zu ihrer Tochter um, denn die brauchte diese Unterhaltung nicht mit anhören.

»Hör auf, Rachel! Ich will nicht, dass du sagst, dass ich Mia nicht wollte! Denn das stimmt so nicht! Schwanger zu werden war damals nicht geplant – aber als ich es war, gab es keine Zweifel daran, dass ich das Baby bekommen wollte. Und außerdem hat das auch alles nichts mit dir zu tun!«

Rachel schniefte und wischte sich die Tränen ab.

»Tut mir leid. Ich weiß nicht, warum ich das immer denke. Mir ist klar, dass die Schwangerschaft und die Phase danach für euch alles andere als leicht waren. Ich würde nur so gerne auch ein Kind haben.«

»Deine Zeit kommt noch, Rachel. Du bist gerade erst dreißig geworden.«

»Mason und ich hatten schon vor Jahren den Plan, Kinder zu bekommen«, schimpfte Rachel.

»Hör auf zu planen, und lass es einfach passieren, wenn es passieren soll. Tim sagt, Pläne gehen nicht auf«, riet Lauren. Wie immer, wenn sie an Tim dachte, berührte sie das goldene Paar Ringe an ihrem Finger. Sie konnte Rachel unmöglich sagen, dass sie seit einigen Wochen selbst wieder versuchte, schwanger zu werden. Das würde ihrer Freundin bestimmt sehr weh tun. Darum wollte sie erst abwarten, ob es überhaupt so schnell klappen würde, wie sie und Tim hofften.

Mia war jetzt sieben, und sie waren bereit für ein weiteres Kind. Ein Wunschkind. Nicht, dass Mia nicht genau das Kind wäre, das Lauren sich gewünscht hätte, aber ihr kleiner Schatz wurde immer selbständiger, und sie wollte noch einmal so ein kleines Lebewesen heranwachsen sehen. Diesmal würde es auch nicht mehr so schwierig sein, denn sie waren jetzt eine richtige Familie. Sie waren ein tolles Team, und es gab nichts, das sie nicht schaffen würden.

»Na, deine Pläne scheinen doch aufgegangen zu sein. Du bist glücklich, oder etwa nicht?«

Ja, Lauren war wirklich glücklich. Sie schämte sich, das vor ihrer traurigen Freundin zuzugeben, aber ja, sie war glücklich.

»Du wärst auch glücklicher, wenn du versuchen würdest zu sehen, was du alles hast – anstatt nur zu sehen, was du nicht hast. Wie oft hört man, dass eine Frau schwanger wurde, sobald sie jede Hoffnung aufgegeben und sich keine Gedanken mehr gemacht hat? Nimm mal etwas Abstand von deinem Kinderwunsch, und genieß deine Zeit mit Mason. Wenn ihr erst ein Baby habt, wird es nie mehr so sein wie jetzt! Kinder zu haben bedeutet auch, zurückzustecken und zu verzichten.«

»Worauf verzichtet ihr denn schon? Ihr habt doch alles!«

Lauren lachte. »So ein Unsinn! Du weißt, wie ich immer davon geträumt habe, durch Italien zu reisen. Die Werke der großen Künstler zu bewundern … Denkst du, das habe ich vergessen? Nein, aber ich kann jetzt nicht einfach alles stehen- und liegenlassen und mir ein paar schöne Wochen in Europa machen!«

Rachel schniefte noch immer, aber ihr Tränenstrom versiegte endlich. Lauren erhob sich und beobachtete, wie Mia ihre Schulsachen wegpackte.

»Ich mache uns jetzt einen Kaffee, und dann gehen wir zusammen shoppen. Wie klingt das? Mia braucht schon wieder neue Hosen, und vielleicht finden wir ja auch etwas für dich – oder mich.«

Rachel nickte und versuchte sich an einem Lächeln.

»Mia ist in den letzten Wochen ein ganzes Stück gewachsen, oder?«, fragte sie, als Lauren mit dem Kaffee zurückkam. Rachel sah jetzt wieder etwas gefasster aus.

Lauren nickte.

»Ja, ich denke immer, sie ist mein kleiner Schatz, aber wenn ich sie dann so ansehe … es ist verrückt, wie schnell sie so groß geworden ist. Und ich glaube, sie kommt nach Tim. Sie wird mal größer als ich, das sieht man jetzt schon.«

Rachel drehte sich um, als Mia zur Terrassentür hereinkam und ihre Schultasche in die Ecke stellte.

»Mom, wir haben morgen Sport und … Hi, Rachel!« Mia winkte und hopste zu ihnen ins Wohnzimmer. »Hat Chris dir erzählt, dass ich ihm gestern geholfen habe, die Reifen am Auto von Mister Kayne zu wechseln?«, fragte Mia sichtlich stolz. »Er hat gesagt, ich bin fleißiger als seine Mechaniker. Ich glaube, ich werde auch mal Automechaniker – und dann arbeite ich jeden Tag mit Chris.«

Rachel lächelte. »Ich habe ihn heute noch nicht gesehen, Mia. Aber ich bin sicher, es wird das Erste sein, was er mir sagt. Ich denke, du solltest dich das nächste Mal von ihm bezahlen lassen«, schlug sie mit einem verschwörerischen Augenzwinkern vor.

»Gute Idee!«, kicherte Mia. »Dann kann ich mir solche Ohrringe kaufen wie Kim. Die sind silbern und haben einen Delphin dran.«

»Du musst nicht alles haben, was Kim hat«, warf Lauren ein und schob Mia vom Sofa. »Geh dir mal die Haare kämmen, du bist ganz verstrubbelt. Wir wollen in die Stadt fahren und dir neue Hosen kaufen.«

Mia fummelte sich in den Locken herum und schien die Kritik ihrer Mutter nicht für angebracht zu halten, denn sie machte keine Anstalten, ins Badezimmer zu gehen.

»Du kommst auch mit, Rachel? Cool! Du weißt viel besser, was schick ist!«

Lauren verzog hinter Mias Rücken das Gesicht und streckte ihrer Tochter die Zunge heraus.

Es war ja klar, dass sie die uncoole Mom war, wohingegen Rachel die Coole mimen durfte. Kinder!

Zumindest vergaß Rachel in ihrer Freude über Mias Bewunderung ihren Kummer. Sie nickte feierlich und nahm ihre Puderdose aus der Handtasche.

»Geh dich kämmen, du Wildfang, ich richte mich auch etwas her – und dann machen wir die Stadt unsicher!«

Mia rannte nun endlich die Treppe nach oben, und Lauren beugte sich zu Rachel hinüber.

»Sie ist in Chris verliebt, glaube ich. Jeden Samstag will sie zu ihm in die Werkstatt. Und dann redet sie stundenlang nur davon, was er getan oder gesagt hat.«

Lauren grinste und schielte zur Treppe, um zu sehen, ob Mia zurückkam. Sie wollte sie deswegen ja nicht aufziehen, aber es amüsierte sie schon, dass ihre siebenjährige Tochter in einen Mann verschossen war, der älter war als Lauren selbst. Vielleicht lag das daran, dass Chris mit seinen schulterlangen Haaren, den unzähligen Tattoos und der Rockmusik, die immer durch die Werkstatt hallte, viel cooler war als sie und Tim.

»Na das kann ja noch lustig werden. Chris steht doch auf jüngere Frauen«, kicherte Rachel und machte damit eine Anspielung auf die neueste Eroberung ihres Bruders. »Gerade datet er Linda aus der Apotheke!«

Lauren hob die Augenbrauen. Das war ihr neu. Linda war gerade mal zwanzig.

»Na zumindest kennt die sich mit Verhütungsmitteln und der Pille danach aus!«, scherzte sie und griff sich ihre Handtasche.

Acht Monate später erinnerte sich Lauren nur allzu deutlich an diesen Nachmittag mit Rachel. Und das verdarb ihr ein wenig die Freude. Skeptisch sah sie sich das Ultraschallbild an, den Beweis dafür, dass Tim und sie noch ein Baby bekommen würden.

Lauren wusste, worauf sie damit verzichtete: Auf die langersehnte Reise nach Italien, auf Schlaf und auf etliche Dinge, die ihr schmeckten, zumindest solange sie stillen würde. Außerdem würde sie wieder zunehmen, und keiner konnte ihr sagen, ob sie noch einmal die Disziplin aufbringen würde, die Pfunde danach loszuwerden.

Aber musste sie für dieses Baby auch auf ihre Freundschaft mit Rachel verzichten? Sie hoffte, nicht, konnte sich aber zugleich Rachels Schmerz vorstellen. Es würde sie hart treffen, das wusste Lauren. Darum saß sie hier – im Auto auf dem Parkplatz, anstatt in den Diner zu gehen, wo Rachel bestimmt schon auf sie wartete. Sie wollte ihrer Freundin nicht weh tun.

Nach einem letzten Blick klemmte sie das Ultraschallbild unter die Sonnenblende des Autos und nahm ihre Tasche. Es hinauszuzögern hatte keinen Sinn. Sie atmete tief durch und stieg aus dem Wagen. Vergeblich versuchte sie sich die Worte zurechtzulegen, aber es schien unmöglich, dass die freudige Nachricht auf Rachel nicht wie ein Schlag in die Magengrube wirkte.

Was sollte sie nur tun?

Rachel wartete im Diner in ihrer Lieblingsecke auf Lauren. Sie hatte sogar schon eine Tasse Kaffee vor sich stehen. Lauren fluchte leise. Sie hatte sich verspätet! Das war kein guter Start.

Eine jüngere, kurzhaarige Kellnerin lehnte gelangweilt hinterm Tresen und blickte nicht einmal auf, als Lauren vorbeikam.

In Rachels Blick lag Ungeduld. Shit!

»Hi«, grüßte Lauren und schlüpfte Rachel gegenüber auf die Bank. »Entschuldige, ich …«

»Was ist los? Warum hockst du geschlagene zehn Minuten in deinem Auto?«, griff Rachel sie an und deutete durch die Scheibe auf Laurens Wagen.

»Ich sag ja – es tut mir leid, ich wollte dich nicht warten lassen. Aber Mom hat mich auf dem Handy angerufen, und ich konnte sie nicht abwimmeln«, log Lauren. »Hast du schon bestellt?«

Rachel nickte und fuhr sich durchs Haar.

»Du siehst toll aus. Warst du beim Frisör?«, fragte Lauren und bewunderte das glänzend schwarze Haar ihrer Freundin.

»Ja, ich habe diesmal eine Farbnuance dunkler ausprobiert. Wie findest du es?«

»Es ist super geworden! Ich wünschte, ich hätte so schönes glattes Haar!«

»Du hast dafür tolle Locken!« Rachel lachte ihr tiefes

Lachen. »Weißt du noch, als wir Teenies waren – du hast dir die Haare mit dem Glätteisen verbrannt, und ich hab vergeblich versucht, meine schwunglosen Haare auf den Lockenstab zu wickeln!«

Lauren lachte.

»Ja, wir sahen nachher beide beschissen aus!«

»Man will immer das, was man nicht haben kann«, bestätigte Rachel, und sie lachten über ihre damaligen Frisur-Katastrophen.

»Ich bin schwanger, Rachel«, gestand Lauren abrupt. »Es tut mir leid, ich weiß, wie schwer das für dich sein muss, aber … aber Tim und ich bekommen noch ein Baby. Ich wusste nicht, wie ich es dir sagen sollte … ich will nicht, dass du traurig bist.«

Rachel schwieg. Sie sah Lauren an, und das Lachen war aus ihrem Gesicht verschwunden.

»Rachel?«, fragte Lauren leise und beobachtete angespannt, wie ihre Freundin sich aus der Starre befreite.

»Das … das ist wundervoll«, flüsterte Rachel und sah Lauren an. In ihren Augen schwammen Tränen, aber sie lächelte. Lauren umrundete den Tisch, setzte sich neben Rachel und nahm sie in den Arm.

»Es tut mir leid, Rachel«, sagte sie mit zitternder Stimme, aber ihre Freundin schüttelte entschieden den Kopf.

»Das muss es nicht, Lauren. Wirklich, ich freue mich für euch. Ich …«

Ihre Stimme brach, und sie barg ihr Gesicht an Laurens Schulter. Lauren streichelte ihr beruhigend über den Rücken und kämpfte mit ihren eigenen Tränen.

»Ich liebe dich, Rachel!«, flüsterte sie, und Rachels Zittern übertrug sich auf sie.

Sie mussten ein komisches Bild abgeben, wie sie sich hier

in den Armen lagen und heulten. Die Kellnerin hob den Kopf, vertiefte sich dann aber wieder in die Zeitschrift vor sich auf dem Tresen.

Lauren schniefte. Nach einer Weile hatte sich Rachel wieder etwas beruhigt. Sie rückte ein Stück von Lauren ab und griff mit bebenden Fingern nach ihrer Tasse, auch wenn der Kaffee darin längst kalt sein musste.

»Ich freue mich sehr für euch, Lauren. Mason und ich haben beschlossen, keinen weiteren Versuch zu unternehmen. So kann ich wenigstens dein Baby im Arm halten.«

Lauren schluckte hart. Der Kloß in ihrem Hals schmerzte, und sie wusste nicht, ob sie in Rachels Situation so stark wäre.

»Ihr habt aufgegeben?«

Rachel lächelte schief. »Was heißt aufgegeben? Wir … wir versteifen uns nicht mehr darauf. Es macht uns kaputt.«

»Das tut mir leid. Kann ich irgendetwas für dich tun?«

Rachel lachte.

»Nein. Mir geht es gut.« Sie knetete ihre Hände. »Tatsächlich geht es mir jetzt, wo wir den Wunsch begraben haben, wieder viel besser. Wir wollen eine lange Reise machen. Mason sucht schon eine Vertretung für seine Praxis.«

»Das ist eine tolle Idee, Rachel! Und ich bin froh, dass es dir bessergeht. Ich hatte furchtbare Angst, ich würde dich verletzen. Denn du musst mir glauben, ich will nicht, dass du unglücklich bist.«

»Das bin ich nicht, na ja, irgendwie bin ich es natürlich doch. Es ist komisch. Aber ich hoffe, Neuseeland wird uns guttun.«

Lauren hob überrascht die Augenbrauen. »Neuseeland?«

»Ja. Wir müssen mal raus aus unserem alten Leben. Wir würden gerne drei Monate dort verbringen.«

»Das ist ja unglaublich! Rachel, wie wunderbar! Ich glaub das noch gar nicht. Wann habt ihr das denn geplant?«

Rachel zwinkerte, und es schien fast so, als hätte sie ihre Fassung wiedererlangt.

»Wir haben es nicht geplant. Wir haben es einfach beschlossen. Du warst es doch, die gesagt hat, dass Pläne nicht aufgehen. Dieses Risiko wollten wir wirklich nicht eingehen.«

Die Erinnerungen an diese Zeit waren nicht gerade die erfreulichsten. In ihrer aller Leben hatte es hin und wieder Krisen gegeben. Aber keine hatte je ernsthaft ihre Freundschaften bedroht. Wann immer Probleme zwischen ihnen gestanden hatten, fanden sie wieder zueinander, wenn sie wie jetzt am Seehaus feierten. Nicht nur Lauren spürte die Magie dieses Ortes, und es hätte keinen besseren gegeben, um sich heute am Feuer zu versammeln. So vieles hatte dieser Ort mit ihnen geteilt.

»Ich war manchmal so ungerecht zu dir, Lauren. Ich ... ich war gefangen in meinem Kummer ...«, entschuldigte sich Rachel und fasste nach Laurens Händen. In ihren dunklen Augen lag ein Flehen.

Lauren lächelte begütigend. Wusste Rachel denn nicht, dass alles vergeben war? An diesem Abend verlor alles Gewesene an Bedeutung. Nur die Liebe, die Freundschaft und die Verbundenheit, die sie füreinander empfanden, waren noch wichtig. Das war es, was zählte. Was immer gezählt hatte.

Eine Sternschnuppe verglühte am Himmel über dem See, und für eine Millisekunde wollte Lauren einen Wunsch aussprechen. Doch sie wusste, dass er nicht in Erfüllung gehen konnte. Darum sah sie dem Himmelskörper beim Sterben zu und freute sich, dass ihr eigenes Licht noch immer leuchtete. Denn das war ganz und gar nicht selbstverständlich.

»Du warst nicht ungerecht, Rachel. Das darfst du nicht denken. Ich habe dich immer verstanden und mir gewünscht, dass es kindertechnisch für euch anders laufen würde. Und ich habe euch oft um eure Freiheit beneidet. Um eure vielen Reisen, eure Abenteuer. Es war, als ahnte ich, dass … dass mir die Zeit dafür fehlen würde.«

Lauren schluckte. Die Erinnerung an einen anderen Tag hier am See drängte sich ihr auf. Der Tag vor einem Jahr, der das Unheil angekündigt hatte.

Der Tag des Picknicks

Das Gras an Laurens Füßen kitzelte sie, und sie zog die Füße auf die Picknickdecke zurück und wackelte mit den Zehen. Sie bewunderte den türkisfarbenen Nagellack und sah dabei großzügig über den Klecks hinweg, der die kleine Zehe verunstaltete. Dafür, dass sie sich den Lack heute Morgen zwischen dem Brote-für-das-Picknick-Schmieren und Eine-Krise-mit-Mia-Bewältigen aufgetragen hatte, war es erstaunlich gut geworden. Passend zum neuen Lack hatte sie das leichte Sommerkleid in hellen Blau- und Grüntönen gewählt. Es war ihr Lieblingskleid, denn wann immer sie es trug, musste ein wunderbar warmer Tag sein. So wie heute.

Das Grillaroma der Steaks zog in rauchigen Schwaden über den Strand, und Lauren lief das Wasser im Mund zusammen. Sie pflückte sich ein Gänseblümchen und knabberte an dem bitteren Stiel. Sie schloss die Augen, denn die dahintreibenden Wolken machten sie schwindelig. Sie hörte Tim und Alyssa lachen. Obwohl sie die Augen geschlossen hielt, konnte sie beinahe sehen, wie Tim die Dreijährige in ihrem quietschgelben Badeanzug hochhob und immer wieder ins Wasser warf. Sie war eine Wasserratte, und selbst wenn ihre Lippen schon ganz blau vor Kälte waren, war sie nicht bereit, eine Pause einzulegen.

Eine Minute noch, dachte Lauren, dann muss sie aber wirklich raus, sonst holt sie sich eine Erkältung.

»Die Würstchen sind fertig!«, rief Chris und lieferte ihr damit einen guten Grund, Alyssas Badespaß zu beenden. Träge öffnete sie die Augen und setzte sich auf. Die Sonne blendete, und sie nahm die Sonnenbrille aus den Locken, polierte die Gläser kurz an ihrem Kleid und setzte sie auf. Durch die blaugetönten Gläser beobachtete sie ihre fröhliche Gruppe. Rachel verteilte Pappteller auf dem großen Picknicktisch, den Tim vor zwei Jahren für solche Anlässe gebaut hatte. Zusammen mit Mason und Joey hatte er sich dieser handwerklichen Herausforderung gestellt, und sie hatten es wirklich gut gemacht – für ein Erstlingswerk. Rachel hatte daraufhin sofort einen Gartentisch bei ihnen in Auftrag gegeben. Sie wartete noch heute darauf.

Mason brachte eine große Platte Steaks und Würstchen an den Tisch und klopfte Rachel im Vorbeigehen zärtlich auf den Hintern. Sie wandte sich nach ihm um, und Lauren konnte den Babybauch ihrer Freundin nun schon deutlich erkennen.

Sie lächelte, wie immer, wenn sie an das Wunder von Rachels Schwangerschaft dachte. Keiner von ihnen hatte mehr damit gerechnet – umso größer war die Freude, die sie alle mit Mason und Rachel teilten.

Noch immer ein Lächeln auf den Lippen, stand Lauren auf, strich sich das Kleid glatt und bückte sich nach den Handtüchern. Barfuß ging sie durch den Ufersand auf Tim und Alyssa zu, die gerade bibbernd und schlotternd aus dem Wasser wateten. Sie breitete das große pinkfarbene Badetuch aus, und Tim hob ihr die tropfnasse Tochter direkt in den Arm. Schnell wickelte sie das Handtuch um den zappelnden Kinderkörper. Tim hauchte ihr dankbar einen Kuss auf die Wange und warf sich das zweite Handtuch über die Schultern. Das Wasser lief ihm bei jedem Schritt aus der Badehose, als er zum Grill ging, um Chris zu unterstützen.

»Na du? Wachsen dir noch keine Schwimmhäute zwischen den Zehen?«, fragte Lauren und küsste Alyssas kalte, sommersprossige Wange.

»Ich will nicht raus!«, protestierte Alyssa, sah sich ihre Füße aber zur Sicherheit ganz genau an. Sie schob die Finger dazwischen und schüttelte den Kopf, so dass ihre nassen Locken Lauren überall streiften.

»Halt still, du Zappelphilipp!«, lachte Lauren und tupfte sich das Dekolleté mit dem Handtuch ab. Alyssa wurde langsam schwer auf ihrem Arm, und sie trug die Kleine zum Tisch, wo sie sie auf ihren Schoß setzte. »Du darfst ja nachher wieder rein, aber erst essen wir eine Wurst.«

»Ich will keine Wurst!«

Chris kam zu ihnen und pikte Alyssa in die Seiten, bis sie sich kichernd und kreischend auf Laurens Schoß wand.

»Was sagst du? Du willst keine Wurst?«, fragte er mit verstellter Stimme. »Schmecken dir etwa meine Würstchen nicht? Ich habe sie extra für dich mit Zaubergewürz bestreut und über der magischen Flamme gegrillt!«

»Stimmt nicht!«, rief Alyssa und schnappte nach Luft. Lauren konnte sie kaum noch festhalten.

»Stimmt wohl! Probier sie, dann siehst du es.«

Er zwinkerte Lauren zu und beförderte eine Wurst auf Alyssas Pappteller.

»Stimmt das, Mama?«, fragte sie, nun doch etwas verunsichert, aber ehe Lauren etwas sagen konnte, mischte sich Mia vom anderen Ende des Tisches ein.

»Glaub den Scheiß nicht! Vielleicht ist ihm die Wurst in den Dreck gefallen – das ist dann dein Zaubergewürz!«

Sie biss in eine blanke Scheibe Weißbrot und tippte weiter auf ihrem Handy herum. Die blonden Strähnen fielen ihr ins Gesicht, verbargen jedoch nicht den zynischen Zug um ihren Mund.

»Mia!«, ermahnte Tim sie streng und setzte sich neben den schlechtgelaunten Teenager.

»Ich will keine Dreck-Wurst!«, heulte Alyssa und schob den Teller von sich.

Lauren funkelte Mia über den Tisch hinweg böse an, aber die schenkte ihr keine Beachtung. Natürlich war es nicht einfach, fast dreizehn zu sein, aber im Moment terrorisierte Mia viel zu oft die ganze Familie.

»Deine Schwester hat doch nur wieder schlechte Laune«, sagte Lauren beschwichtigend zu Alyssa und hoffte, dass sie doch noch etwas essen würde. Aber erst Chris gelang es, die Wogen zu glätten.

»Mia ist ja nur beleidigt, weil sie keine Zauberwurst bekommen hat.«

Er zog einen Pappteller hinter seinem Rücken hervor und hielt ihn Mia vor die Nase.

»Dabei hab ich doch auch für sie eine gegrillt.« Er zwinkerte ihr zu und strubbelte ihr durch die sorgsam mit dem Glätteisen bearbeiteten Strähnen.

»Hey! Hör auf!«, kreischte sie und strich sich schnell die Haare wieder glatt. Ihre Zuneigung zu Chris war deutlich abgekühlt, seit der eine feste Freundin hatte.

»Dann iss jetzt was, sonst mach ich dir Dreadlocks!«

Mit einem unterdrückten Grinsen legte Mia die Wurst auf die Brotscheibe, rollte das Ganze zusammen, bis es aussah wie ein Hotdog, und biss hinein.

Als Alyssa sah, dass Mia ihre Wurst aß, nahm auch sie einen Bissen.

Lauren neigte sich zu Rachel hinüber und flüsterte: »Ich hoffe, ihr wisst, worauf ihr euch da eingelassen habt.«

Mason grinste breit und legte Rachel die Hand auf den gewölbten Bauch.

»Keine Sorge – unsere Kinder werden einfach keine missratenen Mistkröten!«

Lauren lachte laut und küsste Alyssas blonden Lockenkopf.

»Den Plan könnt ihr gleich vergessen, den hatten wir auch!«

Mia schnaubte und warf sich theatralisch die Haare zurück, ehe sie aufstand und davonging, die Erwachsenen mit eisiger Missachtung strafend. Sie verzog sich auf die Picknickdecke, und Lauren ahnte, dass sie alle in den aktuellen Facebookposts ihrer Tochter als verfluchte Spießer, Nörgler und Spaßbremsen dargestellt werden würden.

Da Tim nun seiner jugendlichen Tischnachbarin beraubt war, kam er zu Lauren und Alyssa. Er nahm seine jüngste Tochter auf den Schoß, damit Lauren endlich essen konnte. Sie hoben ihre Gläser und tranken auf den schönen Tag. Der dunkle Rotwein rundete den Geschmack der Steaks ab und passte sehr gut zum Essig des bunten Salats. Lauren war den ganzen Tag übel gewesen, aber jetzt verspürte sie ordentlichen Hunger und lud sich den Teller voll. Das zarte Fleisch zerging auf der Zunge, und sie fütterte Tim, der dafür Alyssa die Wurst in mundgerechte Stücke schnitt.

Paprika und Tomaten waren aus Rachels Garten und schmeckten absolut lecker. Seit sie und Mason erfahren hatten, dass sie nach beinahe zehn Jahren vergeblichen Hoffens nun doch Nachwuchs erwarteten, hatte Rachel sich zu einer fanatischen Befürworterin von Bio-Lebensmitteln entwickelt. Sie trug sogar ihre Fingernägel kürzer, weil sie so viel in der Erde arbeitete. Aber Lauren kannte Rachel – das war nur eine Phase und würde sich genauso schnell erledigen wie die Sache mit der veganen Ernährung, dem Leben nach dem Mondkalender und der Einrichtung ihrer Wohnung im Feng-Shui-Stil. Sobald das Baby da wäre, hätte sie anderes im Kopf, als zum biologischen Schutz vor Blattläusen einen Nesselsud anzusetzen.

Trotzdem bewunderte Lauren Rachel dafür, dass sie sich vom Leben nicht unterkriegen ließ. Sie hatte sich immer wieder neu erfunden, sich neuen Herausforderungen gestellt. Sie selbst trat im Vergleich dazu seit Jahren auf der Stelle. Nicht dass sie das nicht gerne tat. Es war eine schöne und behagliche Stelle.

Satt und aufgewärmt, befreite sich Alyssa nun aus Tims Armen und rannte zurück zum Ufer, wo sie ihren roten Plastikeimer mit Kieseln und Schlamm füllte. Ihre Locken hüpften wie kleine Sprungfedern bei jeder Bewegung, und so langsam kam sie in das Alter, wo sich ihr Babyspeck verwuchs und sie die kleinkindliche Tapsigkeit verlor. Ein wenig wehmütig beobachtete Lauren ihre Tochter beim Spiel. Dann glitt ihr Blick weiter über das hohe Gras zur Picknickdecke. Mia lag auf dem Bauch, die Füße in der Luft und die Augen auf das Display ihres Handys gerichtet. Sie war dabei, erwachsen zu werden. Es erschien Lauren vollkommen unmöglich, dass ihr Baby sich schon abnabelte, dass sie fast dreizehn war. Vielleicht war es auch nur eine vorübergehende Rebellion – Lauren hoffte es.

Sie nahm ihre Sonnenbrille ab und rieb sich die Nasenwurzel. Der Kopf tat ihr weh. Bestimmt hatte sie heute zu viel Sonne abbekommen. Immerhin waren sie und Rachel schon morgens am See gewesen, um alles vorzubereiten.

Aber die Mühe hatte sich gelohnt. Sie hatten seit langem mal wieder einen wunderbaren Tag zusammen verbracht.

Erschöpft lehnte sich Lauren an Tims Brust, zog ihre sandigen Füße auf die Bank und lauschte den Gesprächen. Tims Herz schlug leicht unter ihrer Wange, und sie war glücklich über seine Hände auf ihren Hüften. Er streichelte sie so zart wie der Wind, der über ihre nackten Waden strich.

»Wollte Ben nicht dazukommen?«, fragte Chris in die Runde und blickte auf seine Uhr.

»Mhm«, stimmte Lauren matt zu. »Er wollte eigentlich kommen. Vielleicht ist ihm etwas dazwischengekommen.« Als Starpitcher bei den Phillies hatte er viel um die Ohren.

»Schade – wir haben ihn zuletzt an Silvester gesehen«, sagte Rachel.

»Onkel Ben hat mir auf Facebook geschrieben, dass er kommt!«, warf Mia von der Decke aus ein. »Also kommt er auch!«

Lauren schmunzelte. Ben schien neben Chris im Moment den besten Draht zu Mia zu haben. Von ihm erfuhr sie so manches, was Mia ihr selbst niemals erzählt hätte. Zum Beispiel, dass da ein Junge namens Seth war, den sie gut fand. Ben war ganz geschickt darin, Mia bei solchen Gesprächen schlaue Ratschläge zu erteilen, und darüber war Lauren froh. Die Auseinandersetzungen mit Mia bereiteten ihr nämlich immer öfter Kopfschmerzen.

Sie nippte an ihrem Wein und kniff gequält die Augen zusammen. Schmerz pochte hinter ihren Lidern und in ihren Schläfen und machte sie ruhelos. Schließlich, als sie es nicht mehr aushielt, stand sie auf.

»Was machst du?«, fragte Tim, als sie unentschlossen einige Schritte ging.

»Ich …« Sie rieb sich die Nasenwurzel. »Mir ist nicht gut. Ich gehe ein Stück.«

Er stand unter den fragenden Blicken ihrer Freunde auf und lief ihr nach.

»Brauchst du etwas? Soll ich dich begleiten? Soll ich dich nach Hause bringen?«

»Quatsch! Ich geh mir nur eine Tablette holen und bin sofort wieder da. Pass lieber auf, dass Alyssa allein nicht zu tief ins Wasser geht.«

Lauren spazierte zum Haus ihrer Eltern und lehnte sich im Schatten der großen Ahornbäume an die Hauswand. Sie blickte hinüber zu den Feiernden vor dem Seehäuschen, das ihnen allen nun seit Jahren dazu diente, schöne gemeinsame Abende zu verbringen. Auch heute wollten sie, wie so oft, hier übernachten. Ben kam deswegen extra angereist, darum wollte sie auf jeden Fall bleiben, auch wenn ihr der Kopf zu bersten drohte.

Sie schloss die Augen und versuchte sich zu entspannen. Vielleicht würde das helfen. Einige Minuten vergingen, und tatsächlich ließen ihre Schmerzen etwas nach. Sie ging ins Haus und nahm sich eine Kopfschmerztablette aus dem Badezimmerschrank. Als sie ihr Spiegelbild sah, erschrak sie. Sie war blass, und Schweißperlen standen ihr auf der Stirn.

Sie drehte den Wasserhahn auf und wusch sich das Gesicht. Dann trocknete sie sich ab und strich mit nassen Fingern die Locken aus der Stirn. Versuchte sie in Form zu kneten. Das war schon besser – aber noch lange nicht gut. Vielleicht brütete sie eine Sommergrippe aus. Sie zeichnete mit der Fingerspitze ihre dunklen Augenschatten nach und spülte dann die Tablette mit etwas Wasser hinunter.

Sie würde am Montag zum Arzt gehen. Seit Wochen hatte sie diese starken, wiederkehrenden Kopfschmerzen, hatte aber bisher keine Zeit gefunden, sich darum zu kümmern.

Etwas benommen ging sie zurück ins Freie, wo sie Ben in die Arme lief.

»Hi!«, rief er und umarmte sie stürmisch. »Bin ich zu spät? Ich musste ewig am Flughafen auf mein Gepäck warten und dann noch unzählige Autogramme schreiben, du kennst das ja. Dad wollte schon fast ohne mich fahren.« Er gab ihr einen Kuss auf die Wange.

Lauren kniff vor Schmerzen die Lippen zusammen, als er sie so wild in seine Arme riss, versuchte sich aber an einem Lächeln.

»Nein, ist okay – sie haben dir hoffentlich etwas zu essen aufgehoben.«

Lauren sah, wie ihr Vater Bens Reisetasche ins Haus trug.

»Wie lange bleibst du?«, fragte sie, da die große Tasche nicht Bens normalerweise eher spärlicher Reiseausstattung entsprach.

Ben fuhr sich verlegen durch die kurzen roten Haare.

»Weiß ich noch nicht.«

»Wie meinst du das? Es ist mitten in der Saison. Wann ist euer nächstes Spiel?«

Er sah über die Schulter, aber Peter war schon im Haus verschwunden. Dann neigte er sich näher zu Lauren und flüsterte:

»Ich habe mich verletzt. Habe mich nach einem Spiel in einer Bar geprügelt. Das war eine dumme Sache – ich erzähle es dir ein andermal, aber … so wie es aussieht, hab ich ein ernstes Problem. Ich weiß nicht, ob ich diese Saison überhaupt noch spielen kann.«

»Oje! Das ist ja schrecklich. Was …? Weißt du schon, was du jetzt machen wirst?«

Ben lachte und zuckte mit den Schultern.

»Ich nehme an, ich esse ein Steak und betrinke mich dann ordentlich.«

Er legte Lauren den Arm um die Schultern und führte sie hinunter an den Strand zu den anderen.

»Das klingt nach einer super durchdachten Problemlösung«, zog Lauren ihn auf. Sie versuchte Bens Sorgen aus ihrem ohnehin schon pochenden Kopf herauszuhalten.

Obwohl das Feuer noch genauso warm loderte wie in den Stunden zuvor, kroch plötzlich eine Kälte herauf. Sie alle erinnerten sich an jenen Abend. Eine Sommernacht wie diese. Die letzte, in der sie unbeschwert zusammen gefeiert hatten. Die letzte, in der sie von einer gemeinsamen Zukunft geträumt hatten. Als sie an jenem Abend zusammengesessen hatten und lachten, da ahnte keiner von ihnen, was passieren würde.

Lauren kuschelte sich fröstelnd zu Mia und Alyssa unter die Decke. Ihr Blick folgte Tim, der beim Umhergehen die Geschichte weitererzählte.

Der Arztbesuch

Die Luft im Wartezimmer war stickig, und das Husten der Frau neben ihr ließ Lauren ein Stück zur Seite rücken. Wenn man nicht schon krank hierherkam, war man es spätestens nach fünf Minuten in diesem bazillenverseuchten Warteraum. Da es in der Gegend nur einen Allgemeinmediziner gab, war dessen Praxis immer zum Bersten gefüllt. Auch heute reichten die Sitzplätze nicht für alle Patienten.

Mit spitzen Fingern blätterte Lauren durch die Zeitschrift für selbstgehäkelte Sommermode und versuchte den Viren auf dem Papier aus dem Weg zu gehen.

»Lauren Parker, bitte ins Sprechzimmer«, hallte es blechern aus einem Lautsprecher über der Tür.

Erleichtert erhob sich Lauren und klemmte sich die Handtasche unter den Arm. Sofort drängelte sich ein junger Mann auf ihren Stuhl und schnappte sich das Magazin.

Na viel Vergnügen mit der Häkelmode!

Doktor Fisher war ein gemütlicher älterer Herr, der leicht gebückt ging und sich passend zu seinem Namen gerne übers Angeln unterhielt, während er einen untersuchte. Lauren ging seit ihrer Kindheit zu ihm. »Hallo, Lauren, komm rein. Wie geht es den Kindern?« Er schüttelte ihr mit festem Griff die Hand und bat sie Platz zu nehmen.

»Danke, denen geht es gut. Mia wird langsam schwierig, aber das ist normal, fürchte ich.«

Er nickte und strich sich über die wenigen grauen Haare auf der Glatze.

»Ja, Mädchen fangen da viel früher an als Jungs. Das höre ich ganz oft.« Er griff nach einem Stift und sah Lauren erwartungsvoll an. »Und dein Vater? Rudert er noch gelegentlich raus auf den See und wirft die Leine aus?«

Lauren lachte. »Ja, gelegentlich. Aber seit Alyssa ihn immer begleiten will, fängt er nichts mehr. Sie kann einfach nicht still sein und vertreibt jeden Fisch.«

Der Mediziner lachte. Dann kam er zur Sache. »Na schön, Lauren. Wenn alle anderen wohlauf sind, was kann ich denn für dich tun?«

Sie rückte auf dem Stuhl nach vorn an die Kante und fasste sich an den Kopf.

»Ich bin wegen meiner Kopfschmerzen hier. Seit Tagen quäle ich mich damit rum … vielleicht sind es auch schon Wochen, so genau kann ich gar nicht mehr sagen, wann die Schmerzen angefangen haben.«

Doktor Fisher notierte sich etwas und sah sie an.

»Was sind das für Schmerzen, Lauren? Stechend, pochend? Und wie oft hast du diese Schmerzen?«

»Och … also sie kommen in letzter Zeit immer häufiger, aber ich habe mir da kaum Gedanken gemacht, weil ich seit Alyssas Geburt eh ständig Kopfschmerzen habe. Das ist so was wie ein Dauerzustand.«

»Könnte es eine Stresssymptomatik sein?«

Lauren zuckte mit den Schultern. War sie gestresst? Ja, vielleicht.

»Möglich.«

Doktor Fisher nickte und machte wieder Notizen. Dann strich er sich erneut über den Kopf.

»Lauren, ich vermute eine Stressmigräne. Ich würde es an deiner Stelle erst mal mit etwas Pflanzlichem versuchen. Bachblüten zum Ausgleich, gegen die Unruhe und den Stress. Spaziergänge an der frischen Luft, und falls das alles nichts hilft, verschreibe ich dir etwas stärkere Schmerztabletten, die sehr gut bei Migränepatienten anschlagen.«

Lauren lächelte und kam sich ein wenig dumm vor. Im Moment ging es ihr gut – sicher war es genau, wie Doktor Fisher sagte. Sie sollte einfach langsamer machen.

»Danke, Doktor.« Sie steckte das Rezept in ihre Tasche und reichte dem Arzt zum Abschied die Hand.

»Sollten die Beschwerden nicht nachlassen, Lauren, dann komm bitte wieder.«

»Natürlich!«, versprach sie und verließ erleichtert die Praxis. Eine Stressmigräne, das klang übel, war aber sicher in den Griff zu bekommen. Froh, den Arztbesuch hinter sich gebracht zu haben, fuhr sie nach Hause und kochte Mittagessen. Celeste kam vorbei und brachte Alyssa aus der Vorschule mit, und nach einiger Diskussion ließ sie sich breitschlagen, zum Essen zu bleiben. Lauren beobachtete grinsend, wie Alyssa eine ganze Box voller Buntstifte anschleppte, damit Oma mit ihr ein Bild malen konnte.

»Liebes, wir brauchen eine Unterlage, ehe die Kleine den Tisch beschmiert«, rief Celeste besorgt.

Lauren rührte in der Tomatensoße und wandte sich nur kurz zu den beiden um.

»Ach Quatsch! Das kann ich doch wieder abwischen. Lass sie malen, Mom.«

»Lauren, der ganze Tisch weist schon Farbklekse auf. So ganz lässt sich das offenbar nicht wieder abwischen. Als du und dein Bruder noch klein wart, habe ich einfach etwas untergelegt …«

»Ich weiß, ich weiß! Du hast *immer* etwas untergelegt, Mom! Aber mir macht das nichts aus.«

»Ich könnte dir ein Reinigungsmittel vorbeibringen, das selbst hartnäckigste Flecken entfernt«, bot Celeste an und rieb pikiert mit dem Finger über einen kaum erkennbaren Buntstiftstrich.

Lauren schüttelte den Kopf. Jede Diskussion mit ihrer Mutter war sinnlos, wenn es um Reinlichkeit ging.

»Ja, mach das!«, gab sie deshalb nach und wechselte schnell das Thema. »Weißt du eigentlich, wie es Ben geht? Was macht seine Verletzung? Fällt er wirklich die ganze Saison aus?«

Celeste verzog das Gesicht und verschränkte ihre Arme vor der Brust.

»Ach, hör mir auf! Dein Vater ist ganz außer sich! Du weißt, ich verstehe von diesen Dingen nichts, aber offenbar hat er wegen der Schlägerei nun auch noch Ärger mit seinem Verein. Ich begreife nicht, was ihn dazu getrieben hat! Er ist doch sonst ein so friedliebender Mensch.« Celeste schüttelte fassungslos den Kopf.

»Hier, Alyssa, das musst du aber etwas schöner ausmalen. Das kannst du doch viel besser!«, wandte sie sich dann an ihre Enkelin.

Lauren kostete die Soße und würzte nach. Dann goss sie die Nudeln ab.

»Sie können ihn wegen der Sache doch nicht sperren, oder?«, fragte sie. Sie wusste überhaupt nicht, wie Baseballvereine tickten.

»Ach, was weiß ich! Sie schieben seine Verletzung vor, aber ich glaube, es geht ihnen vielmehr um schlechte Presse. Dein Vater hat Ben schon beschworen, sein Jurastudium weiterzumachen und bei ihm in der Kanzlei einzusteigen.«

Lauren grinste in sich hinein. Die Kanzlei entwickelte sich noch zu einem richtigen kleinen Familienbetrieb.

Das Klingeln beendete das Gespräch, und Lauren hob auf dem Weg zur Haustür einen roten Stift vom Boden auf.

»Alyssa, Schatz, räum das mal weg, das Essen ist gleich fertig.«

Sie öffnete Mia die Tür und wollte ihr einen Kuss auf die Stirn geben, aber ihre Tochter schob sie mürrisch von sich.

»Lass das, Mom!«, wehrte sie ab und feuerte ihren Rucksack auf die erste Stufe der Treppe. »Was gibt's heute?«, fragte sie und schnupperte in Richtung Küche.

»Ich habe Nudeln mit Tomatensoße gemacht. Hast du Hunger?«

»Blöde Frage! Du hast mir heute auf mein Schulbrot überhaupt nichts draufgetan. Denkst du, eine trockene Scheibe Brot macht satt?«

Lauren runzelte die Stirn.

»Was? So ein Unsinn! Ich … ich hab dir doch etwas von dem kalten Braten aufs Brot … ich erinnere mich genau …« Sie rieb sich die Schläfen und sah sich in der Küche um. Sie hatte doch den Braten in Scheiben geschnitten, oder nicht?

»Na wenn du meinst, Mom! Dann sah dein Braten eben aus wie Luft und hat auch so geschmeckt! Jedenfalls fall ich gleich um vor Hunger!«

»Was ist denn das für ein Ton, junge Lady?«, mischte sich Celeste in die Schimpftirade ihrer Enkelin ein. »So spricht man aber nicht mit seiner Mutter!«

Lauren gab nichts auf die Bemerkung. Sie war verwirrt, ging nachdenklich in die Küche und nahm die Teller aus dem Schrank. Celeste half Alyssa, sämtliche Stifte einzusammeln, und Mia legte wiederwillig Besteck auf den Tisch.

»Tut mir leid, Süße … das … das war keine Absicht«, versicherte ihr Lauren, noch immer irritiert.

Mia murrte etwas Unverständliches und verteilte die Teller. Lauren füllte jedem Nudeln und Soße auf, und Celeste goss die Getränke ein.

Hungrig nahm Mia eine große Gabel, während Lauren Alyssa erst noch die Nudeln kleinschnitt.

»Boah! Mom!«, rief Mia und spuckte die Nudeln wieder aus. »Willst du uns vergiften?«

Lauren hob überrascht die Augenbrauen, und auch Celeste runzelte die Stirn.

»Was ist los?«, fragte Celeste und kostete selbst einen Löffel.

»Du meine Güte, Lauren! Was hast du denn mit der Soße gemacht?«, fragte sie erschrocken und schob den Teller von sich.

»Nichts. Was ist damit?«

»Probier doch selbst! Vollkommen versalzen!«

Mia spülte mit einem großen Schluck Wasser nach und sah sie ungläubig an. Zögernd probierte Lauren die Soße und zuckte mit den Schultern. Versalzen schmeckte ihrer Meinung nach aber anders! Es war eigentlich eher mild gewürzt. Die Aufregung um das Essen verstand Lauren überhaupt nicht.

»Ich weiß nicht, was ihr habt. Mir schmeckt es.«

»Also Lauren!«, rief Celeste. »Das kannst du den Kindern wirklich nicht vorsetzen. Hast du nicht noch eine Fertigsoße im Haus?«

»Ja echt, Mom! Das ist ungenießbar!«, beschwerte sich Mia. Alyssa schnitt eine Grimasse, als sie sich etwas von der Soße vom Finger schleckte.

»Echt sauer!«, rief die Kleinste und schüttelte sich.

»Das ist nicht sauer, du Kröte! Das ist salzig!«, maulte Mia.

»Hey! Niemand ist hier eine Kröte!«, warnte Lauren und sammelte die Teller ein. »Reiß dich jetzt zusammen, Fräulein, oder wir geraten aneinander!«, ermahnte sie ihre halbstarke Tochter.

Genervt kippte sie alle Nudeln in ein Sieb und spülte die Soße unter dem Wasserhahn ab.

»Mir hat's geschmeckt«, rechtfertigte sie sich. Sie fand die ganze Aktion vollkommen übertrieben. Das Glas Fertigsoße erwärmte sie in der Mikrowelle, und als sie die Soße über die abgespülten Nudeln gab, wurde am Tisch schon wieder gestritten. Celeste versuchte vergeblich die Wogen zwischen den beiden Schwestern zu glätten. Lauren beschloss, sich da herauszuhalten.

»Hier – und jetzt will ich kein Wort mehr hören! Ruhe am Tisch, oder ich flippe aus!«

Erstaunlicherweise funktionierte das, alle waren still. Mia schlang ihr Essen in sich hinein, und Alyssa schmollte. Celeste bediente sich nur zaghaft. Lauren vermutete, dass ihre Mutter sich zu Hause noch mal selbst etwas kochen würde. Darum war sie nicht überrascht, als diese sich kurz nach dem misslungenen Mahl verabschiedete.

Mit pochenden Schläfen und einer tiefen Falte, die sich vor Schmerzen in ihre Stirn gegraben hatte, blieb Lauren am Schlachtfeld Esstisch sitzen.

Alyssa spielte im Garten Flugzeug, Mia brütete in ihrem Zimmer über den Hausaufgaben.

Lauren zupfte eine Nudel von der Tischplatte und ließ sie wie einen Wurm auf ihren Teller fallen. Ihr verschwamm das Bild vor den Augen, und sie stützte den Kopf in die Hände. Ganz klar eine Stressmigräne!

Die Gesichter ums Feuer waren angespannt. Keiner von ihnen hatte gedacht, dass mehr hinter Laurens Schmerzen stecken könnte. Wie hätten sie auch? Sie waren jung und glücklich. Und irgendwie fühlten sie sich alle unverwundbar. Wie hätten sie auch nur den Gedanken an etwas Schlimmeres zulassen können? Sie alle waren blind für die Wahrheit gewesen. Vielleicht hatten sie sogar absichtlich die Augen verschlossen.

Heute, im warmen Schein des Feuers, war es unmöglich, noch länger die Augen zu verschließen. An diesem Abend mussten sie sich alle dem stellen, was damals keiner hatte wahrhaben wollen.

»Wir haben deine Schmerzen einfach abgetan. Sie nicht ernst genommen«, überlegte Tim, und Lauren nickte zustimmend.

»Ich hatte auch keine Zeit mich mit meinen Schmerzen zu beschäftigen. Der Alltag, die Kinder … Darum habe ich sie wohl einfach verdrängt.«

Vergessen

Mia knallte die Tür hinter sich zu und funkelte Lauren zornig an.

»Das ist echt das Allerletzte, Mom!« Sie stampfte die Treppe hinauf und wischte sich die regennassen Haare aus dem Gesicht. Ihre Chucks machten bei jedem Schritt ein schmatzendes Geräusch, weil das Wasser herausquoll. »Was hast du denn so Wichtiges gemacht, dass du mich vergessen hast? Ist dir klar, dass ich bis auf die Unterhose durchweicht bin?«

Lauren folgte ihrer wütenden Tochter die Treppe hinauf. Nasse Fußabdrücke verunstalteten den Teppich.

Sie konnte auf Mias Frage nicht antworten, denn sie kannte die Antwort selbst nicht. Sie war schließlich zehn Minuten vor Schulschluss aus dem Haus gegangen und zur Schule gefahren. So, wie sie es am Morgen verabredet hatten. Darum hatte Mia es abgelehnt, mit den Eltern ihrer Freundinnen zu fahren, die bei dem sintflutartigen Regen alle ausgerückt waren, um die Mädchen von der Schule zu holen.

Lauren klopfte an Mias Zimmertür.

»Es tut mir leid, ich … ich weiß nicht, was passiert ist … ich …« Sie rieb sich die Stirn und schüttelte den Kopf. Zum Teufel, sie war aus dem Haus gegangen, um Mia abzuholen – und dann stand sie auf dem Parkplatz der Mall und wusste nicht, warum sie dorthin gefahren war. Sie war nicht drauf gekommen. Und an ihre Tochter hatte sie zu ihrer größten Schande überhaupt nicht mehr gedacht. Erst, als sie sich ratlos auf den Weg nach Hause gemacht hatte und Mia durch den Regen rennen sah, war ihr wieder eingefallen, weshalb sie überhaupt aufgebrochen war.

»Mia, Schatz … bitte, lass uns reden.«

»Da gibt's nichts zu reden, Mom! Ich bin echt sauer!«

Lauren hörte, wie sie eines ihrer nassen Kleidungsstücke gegen die Tür feuerte, und zuckte zusammen.

»Das ist ja nicht zu übersehen, Schatz, aber bitte … du musst mir glauben, ich bin losgefahren, um dich abzuholen. Dann …«

Mia riss die Tür auf. Sie hatte sich ein XXL-Shirt und eine zerschlissene Jeans übergezogen. Sie funkelte Lauren zornig an.

»Vergiss es, Mom!« Sie drängelte sich an Lauren vorbei ins Badezimmer und fing an, ihre Locken zu föhnen.

Lauren ging ihr nach und konnte sich keinen Reim auf das alles machen. Sie fasste sich an den pochenden Kopf. So eine Scheiße! Wie hatte das nur passieren können?

Ein beunruhigendes Gefühl kam in ihr auf, aber sie wollte es nicht an die Oberfläche lassen. Es war alles in Ordnung. Das hatte ja auch Doktor Fisher gesagt. Sie würde einfach etwas langsamer machen.

»Mia, ich … ich möchte das wiedergutmachen«, erklärte Lauren und trat an den Waschtisch. Im Spiegelschrank suchte sie nach den Tabletten, die sie verschrieben bekommen hatte. Da. Sie öffnete das orange Röhrchen und kippte sich eine in die Hand.

»Und wie?«, maulte Mia, ehe sie eine ganze Handvoll Stylingschaum in ihre Frisur knetete. Bei einem entsprechenden Angebot schien sie bereit, ihrer Mutter zu verzeihen.

Lauren spülte die Tablette mit etwas Wasser hinunter und griff selbst nach dem Stylingschaum. Ihre Locken waren zurzeit etwas schwunglos, und vielleicht ging es ihr besser, wenn sie besser aussah. Die Falte in ihrer Stirn von den ständigen Kopfschmerzen wollte auch nicht verschwinden.

»Ich könnte dich und eine Freundin ins Kino fahren – wenn du magst.«

Mia presste ihre Lippen zusammen. »Fährst du uns dann auch wirklich, oder sagst du es nur wieder?«, stichelte sie.

Lauren atmete tief durch. Sie versuchte das Pochen in ihren Schläfen zu ignorieren und geduldig mit Mia zu sein. Darum zwinkerte sie ihr trotz der Schmerzen hinter ihren Pupillen zu.

»Erwischt! Eigentlich hatte ich vor, dich den ganzen restlichen Tag zu enttäuschen – schließlich bin ich deine Mutter und nur dazu da –, aber weil du mich durchschaut hast, fahr ich dich eben wirklich.«

»Du bist blöd, Mom«, murrte Mia, lächelte aber.

»Ich weiß, mein Schatz! Aber keine Sorge, ich habe dir das sicher vererbt.«

Sie zog ihre Tochter in die Arme und gab ihr einen Kuss auf den Scheitel.

»Mom! Du zerstörst meine Frisur!« Mia wehrte die Zuneigungsbekundung ihrer Mutter ab und fuhr sich hastig mit den Fingern durch die Locken. Lauren lachte und schüttelte den Kopf.

»Na los, wir essen eine Kleinigkeit, und dann rufst du eine Freundin an. Wen willst du denn mitnehmen? Kim?«

Lauren schob Mia die Treppe hinunter und bugsierte sie in die Küche. Die Schultern unter ihren Händen waren viel zu dünn. Mia durfte echt ein bisschen mehr essen.

»Ich hab eigentlich keinen Hunger, Mom. Kann ich mir nicht im Kino Popcorn kaufen?«

Sie schob ihren kleinen Hintern auf einen der neuen Barhocker, die Tim für die Kochinsel gekauft hatte, und tippte schon auf ihrem Handy herum.

»Sicher kannst du dir Popcorn kaufen – aber zuvor wird trotzdem etwas Vernünftiges gegessen. Ich habe Hähnchen gemacht.«

Lauren nahm den Bräter aus der Röhre, wo sie das Hähnchen warm gehalten hatte, und schnupperte den würzigen Dampf. Sie hatte diesmal darauf verzichtet, das Essen abzuschmecken, und stattdessen nach Rezept gekocht. Der Reis auf dem Herd war zwar schon klumpig, aber die Soße würde das schon wieder in Ordnung bringen.

»Nicht so viel!«, wehrte Mia ab, als Lauren ihr den Teller füllte.

»Das schaffst du schon.«

Mia griff sich den Teller und eine Gabel und verzog sich an den Esstisch.

»Mom? Kann Seth mit ins Kino kommen?«

Lauren erstarrte.

»Seth? Ein Junge?«

Mia warf ihr einen Blick zu, der weitere Fragen verbot.

»Er ist cool.«

Na sicher! Als wäre damit alles gesagt!

Lauren zögerte, denn Mia war bei weitem nicht in dem Alter, in dem sie einen Freund haben sollte.

»Und wer kommt sonst noch mit?«, fragte sie deshalb, um es ihr nicht sofort zu verbieten.

»Wie? Was meinst du? Wer sollte denn sonst noch mitkommen? Seth und ich!«

Lauren seufzte und setzte sich Mia gegenüber.

»Na eine Freundin von dir vielleicht?«

Mia legte die Gabel mit einem lauten Klirren auf den Teller.

»Na toll! Er darf also nicht mit, richtig?«

»Frag doch für heute mal Kim – und ich denke über Seth nach und bespreche das mit deinem Vater«, sagte Lauren, um einen Kompromiss zu finden, aber Mia stellte auf stur.

»Ich hasse dich, wenn du Dad von Seth erzählst! Das geht niemanden was an! Dich nicht – und Dad schon gar nicht! Ihr seid echt so was von verklemmt! Vergiss das mit dem Kino – ich bleib zu Hause!«

Heulend rannte Mia die Treppe hinauf und knallte ihre Zimmertür hinter sich zu. Vor einigen Tagen hatte Tim die Tür sogar ausgehängt, weil sie sie so fest zugeschlagen hatte. Er hatte weniger Geduld als Lauren, die sich nur zu gut in das verwirrende Gefühlschaos ihrer Tochter hineinversetzen konnte. Es war schwer, ein Teenager zu sein.

Zu Laurens Glück kam Ben am Nachmittag vorbei, gerade als sie Alyssa bei einer Freundin aus der Vorschule abgeholt hatte. Sie hatten auf dem Heimweg Donuts in einer Bäckerei besorgt und wollten eben den Versuch wagen, Mia zu einer Tasse Kakao mit Gebäck aus ihrem Zimmer zu locken.

»Onkel Ben!«, jubelte Alyssa und schlang ihm die Arme um den Hals. Er wirbelte sie herum wie an einem Kettenkarussell, und die Kleine quietschte.

»Wehe, du lässt sie fallen!«, warnte Lauren und sah lieber nicht hin, wie er ihr Kind durch die Luft warf. Stattdessen kochte sie Kaffee und erhitzte Milch.

»Keine Sorge, das ist gutes Training für mich«, versicherte ihr Ben, aber Lauren blieb skeptisch. Um ihr Baby aus seinen gefährlichen Fängen zu befreien, sagte sie:

»Alyssa, schau doch mal zu deiner Schwester hinauf. Vielleicht hat sie ja Lust auf einen Donut und einen heißen Kakao.«

Ben ließ die Kleine los und sah ihr nach, wie sie die Treppe hinauf verschwand.

»Na denn, du hast ja offensichtlich wenig Vertrauen in meine Fähigkeiten!« Er gesellte sich zu Lauren in die Küche. »Du siehst blass aus«, stellte er fest und trug den Teller mit dem Gebäck zum Tisch, wobei er es nicht lassen konnte, sich gleich etwas in den Mund zu stecken.

»Mhm, ich weiß. Ich brüte irgendwas aus. Doktor Fisher meint, ich hätte eine Stressmigräne.«

»Denkst du, der alte Doktor Fisher ist der Richtige für so was?«

»Er ist Arzt. Und er verfügt zumindest über reichlich Erfahrung«, scherzte Lauren in Anspielung auf das Alter des Mediziners.

Ben lachte und zuckte mit den Schultern.

»Soll ich dir vielleicht heute die Mädels mal abnehmen, dann kannst du dir ’ne Auszeit gönnen?«, bot er großzügig an und griff sich einen weiteren Donut.

»Klar, warum nicht? Wenn du Zeit hast.«

Mia kam gefolgt von Alyssa die Treppe heruntergeschlurft.

»Mom, bist du sicher, dass wir mit Ben mitdürfen? Er ist immerhin ein Junge!«, fauchte sie und faltete ihre Beine so auf dem Stuhl, dass die Knie hinter der Tischkante aufragten. Ohne ihre Mutter eines Blickes zu würdigen, nahm sie sich einen Donut und krümelte auf die Tischplatte.

Lauren hob genervt die Augenbrauen, sparte sich aber jede Bemerkung.

»Das war meiner!«, rief Alyssa und zerrte an Mias Arm herum.

»Lass mich, die sind alle gleich!«

»Wenn alle gleich sind, warum isst du dann ausgerechnet meinen?«, heulte Alyssa. Ben griff ein und nahm die Kleine auf seinen Schoß, während Mia noch maulte:

»Da steht nirgendwo dein Name drauf!«

»Alyssa, schau mal, der hier, der glänzt so schön, der hat bestimmt die meiste Schokolade von allen abgekriegt«, versuchte Ben den Streit beizulegen. Alyssa schob ihre bebende Lippe vor und schnappte sich den Donut, den er ihr hinhielt.

»Also, Mädels. Wenn ihr euch dann wieder beruhigen könntet, würde ich mit euch ins Sealife fahren. Was haltet ihr davon? Bei dem Regen gehen wir lieber gleich unter Wasser!«

Alyssa jubelte so euphorisch, dass ihr Stückchen des Donuts aus dem Mund fielen, und Mia verzog angeekelt das Gesicht. Trotzdem sah man auch ihr die Freude an. Natürlich war sie sehr dezent, denn für einen Teenager war es wohl nicht besonders cool, sich Fische anzusehen – auch wenn es ihr insgeheim Spaß machte.

Als Tim am späten Nachmittag nach Hause kam, lag Lauren auf dem Sofa und döste.

»Hi«, flüsterte er und setzte sich neben sie. »Haben sich die Kinder endlich eine eigene Wohnung genommen, weil es hier so wunderbar ruhig ist?«

Lauren lachte und sah sich um. Alyssas Spielzeug flog überall herum.

»Ich hoffe nur, sie kommen noch mal her und holen ihren ganzen Kram ab – dann können sie meinetwegen ausziehen.«

Tim hauchte ihr einen Kuss auf die Wange und nickte.

»Das Haus gehört also uns? Für wie lange?« Er grinste verschmitzt, und Lauren kicherte.

»Vermutlich nicht lange genug. Sie sind mit Ben im Sealife.«

Tim legte den Arm um sie und küsste ihren Hals.

»Wir waren ewig nicht mehr allein, darum … würde ich wohl nicht lange brauchen«, scherzte er und ließ seine Hand unter ihrem Shirt über ihren Bauch wandern.

Lauren hielt seine Hand fest und setzte sich auf. Seit den Schwangerschaften war sie noch empfindlicher, wenn es um ihren Bauch ging. Zwar zählte sie inzwischen nicht mehr jede Kalorie und hatte sich davon überzeugen lassen, dass Tim sie so mochte, wie sie war, aber diese Körperregion war immer noch ein Krisengebiet.

»Ich habe Migräne«, erklärte Lauren und musste selbst lachen, als sie merkte, wie das klang.

»Oje!« Tim hob die Augenbrauen und nickte wissend. »Sind wir jetzt also schon so weit, ja?«

Lauren lachte und neigte sich nach vorne, um ihn zu küssen.

»Sieht so aus.« Sie fasste nach seiner Hand, verschränkte ihre Finger mit seinen. »Nein, im Ernst, Tim. Ich bin nicht in Form heute. Ich weiß nicht, was los ist, aber ich fühle mich furchtbar.«

»Du warst doch neulich beim Arzt. Hat er dir nicht Tabletten verschrieben?«

»Ja, aber … aber müsste ich nicht auch ohne Tabletten funktionieren? Ich fange langsam an, mir Sorgen zu machen.« Sie schwieg kurz und sah dann verschämt in sein Gesicht. »Ich war heute verwirrt, Tim. Richtig verwirrt, denn ich habe vergessen, Mia abzuholen. Das hat mir Angst gemacht. Und du kannst dir denken, wie sie sich aufgeregt hat.«

Tim drückte ihr beruhigend die Finger.

»Erstens regt sich Mia über jede Kleinigkeit auf, und zweitens passiert es eben mal, dass man etwas vergisst. Das sollte dir keine Sorgen machen.«

»Ich stand auf dem Parkplatz der Mall, Tim. Ich bin losgefahren … und wusste dann nicht mehr, was ich eigentlich tun wollte. An Mia habe ich überhaupt nicht mehr gedacht. Wie könnte ich mir da keine Sorgen machen?«

Tim schwieg. Er nickte und lächelte sie zärtlich an.

»Okay, Lauren. Wenn es dich beruhigt, dann lass uns einen anderen Arzt um Rat fragen. Einen, der sich besser auskennt als Doktor Fisher.«

Aller Augen waren auf Lauren gerichtet. So offen hatte sie noch nie über das gesprochen, was im letzten Jahr geschehen war. Sie alle wussten Bescheid, aber es von ihr zu hören war dennoch erschreckend.

Das Lagerfeuer brannte herunter, der Mond wanderte übers Firmament … und keiner bemerkte es. Alle hingen an Laurens Lippen.

»Ich weiß noch genau, welche Angst ich hatte. Angst, der Arzt könnte etwas finden.«

In der Klinik

Die Luft im Burlington Medical Center roch nach Desinfektionsmittel. Der Wartebereich war mit Prospektflyern ausgestattet, die von Hilfe im Trauerfall über Suchtproblematik bis hin zur Früherkennung von Krankheiten über alles aufklärten, was es im medizinischen Bereich wohl so zu wissen gab.

Lauren gegenüber blätterte eine ältere Dame in einer Illustrierten, und ein Jugendlicher, der sich den Stuhl in der Ecke gesichert hatte, füllte nägelkauend den Anmeldebogen aus. Er roch nach Rauch, mit einem Hauch von Marihuana.

Normalerweise hätte Lauren darüber geschmunzelt. Aber da sie langsam befürchten musste, dass Mia sich mit genau solchen Typen treffen könnte, sah sie das inzwischen etwas anders. Blieb nur zu hoffen, dass Mia klug genug war, die Finger von Drogen – und fadenscheinigen Halbstarken – zu lassen.

»Geht es dir gut?«

Tims Frage riss Lauren aus ihren Gedanken. Sorge sprach aus seinen blauen Augen.

Nervös wischte sich Lauren die Hände an der Jeans ab. Sie waren kalt und fühlten sich trotzdem verschwitzt an.

»Ich bin nur etwas nervös. Die Krankenhausluft verursacht mir Übelkeit. Ich bin froh, wenn wir endlich dran sind.«

Tim legte seine Hand auf ihr Knie und stieß sie sacht mit dem Fuß an.

»Du solltest dir keine Sorgen machen. Wir sind hier in guten Händen.«

Lauren wusste, dass Tim recht hatte. Trotzdem fühlte sich allein die Anwesenheit in der Klinik wie eine schlechte Diagnose an.

»Lauren Parker, bitte in Zimmer 205. Doktor Eckhard erwartet Sie«, rief sie eine Schwester in türkisfarbener Krankenhausuniform auf. Sie hatte Laurens Anamnesebogen unter dem Arm und ging mit schnellen Schritten vorweg.

Tim reichte Lauren ihre Tasche und fasste sie an der Hand.

Ich bin bei dir, schien er damit zu sagen.

Mit einem tiefen Atemzug betrat Lauren das Untersuchungszimmer.

Doktor Eckhard war erstaunlich jung. Sein Lächeln war freundlich, und seine Augen sprühten vor Energie. Er sah nicht aus wie ein Arzt, der eine Zwanzig-Stunden-Schicht nach der anderen ableistete. Sein Händedruck war ermutigend, und er bat sie, an seinem Schreibtisch Platz zu nehmen.

Etwas von der Anspannung, die sie seit Tagen mit sich herumtrug, fiel nun langsam von Lauren ab. Was konnte so ein sympathischer Arzt schon für schlechte Neuigkeiten überbringen? Er schien vielmehr dafür gemacht, Ängste zu zerstreuen und positive Energie zu verbreiten.

Er blätterte durch den Anmeldebogen und kam direkt zur Sache. »Kopfschmerzen. Langanhaltend, seit mehreren Wochen.«

Lauren nickte unsicher.

»Hatten Sie diese oder ähnliche Beschwerden früher schon einmal?«, fragte er und tippte auf seiner Tastatur herum, mit einem Auge auf dem Monitor.

»Nein. Eigentlich geht es mir gut. Es sind eben nur diese Schmerzen. Mein Hausarzt, Doktor Fisher, meinte, das wäre eine Stressmigräne.«

Eckhard nickte.

»Im Allgemeinen gibt es keinen Grund, anzunehmen, dass etwas anderes dahintersteckt. Aber weil mir die Dauer der anhaltenden Schmerzen etwas Sorgen bereitet, sollten wir das Ganze nicht auf die leichte Schulter nehmen.«

Er lehnte sich in seinem Stuhl zurück und lächelte beruhigend.

»Kopfschmerzen können eine Vielzahl von Ursachen haben. Stress ist tatsächlich eine Hauptursache. Es könnten aber auch neurologische Probleme, Gefäßprobleme, unerkannte Entzündungen oder gar Gewebeveränderungen dahinterstecken.«

Lauren schluckte. Das klang ja nicht gerade beruhigend. Wenigstens schien Eckhard genau zu wissen, wovon er sprach, das machte ihr etwas Mut.

»Ich würde Ihnen gerne noch einige Fragen zur Symptomatik stellen, wenn Sie erlauben.«

»Natürlich«, stimmte sie zu und drückte Tims Hand. Auch er hatte wieder mehr Farbe im Gesicht als noch im Wartebereich.

»Haben Sie neurologische Ausfälle bei sich bemerkt?«

Lauren runzelte die Stirn.

»Äh … Ausfälle?«, wiederholte sie leise und tippte sich mit dem Finger an die Lippe.

»Taubheit in den Armen oder Beinen, Sehverlust,

Sprachverlust oder auch einfach eine plötzlich auftretende Ungeschicklichkeit«, half Dr. Eckhard ihr.

»Ach so …« Lauren rieb sich die Stirn. Es war ihr unangenehm, wie Tim und der Arzt sie erwartungsvoll musterten. »Nein, ich glaube nicht. Ich kann mich schlecht konzentrieren und bin etwas gereizt – aber das liegt sicher nur an den Schmerzen.«

Doktor Eckhard legte die Hände aneinander wie zum Gebet und sah Lauren nachdenklich an.

»Würden Sie Ihre Gereiztheit als Veränderung Ihrer Persönlichkeit beschreiben?«

Sein Blick gefiel Lauren nun langsam doch nicht mehr. Seine Fragen machten sie nervös, und wieder rieb sie sich die Hände an der Jeans trocken.

»Nein … also … ich weiß nicht. Ich denke nicht …« Sie zögerte, schüttelte aber dann entschieden den Kopf. »Nein, ich denke nicht.«

Eckhard beugte sich nach vorne und lächelte wieder.

»Gut. Andere Auffälligkeiten? Übelkeit, Erbrechen? Gleichgewichtsstörungen?«

Lauren neigte den Kopf zur Seite. Ja, manchmal war ihr morgens übel – vor Schmerzen. Und manchmal hatte sie leichte Schwindelgefühle. Aber das waren doch keine wirklichen Symptome.

»Mir ist in letzter Zeit einfach nicht wohl. Da ist mir manchmal schlecht oder schwindelig. Aber das ist nicht so schlimm, dass ich mich dadurch beeinträchtigt fühlen würde.« Sie rang das bedrückende Gefühl nieder, das diese Fragen in ihr wachriefen. Man musste sich ja Krankheiten einreden, wenn man so analysiert wurde.

»Du bist vergesslich«, mischte sich Tim nun leise ein. »In letzter Zeit bist du sehr vergesslich.«

Lauren warf ihm einen bösen Blick zu. Warum fiel er ihr denn in den Rücken? Sie fühlte sich von ihm verraten, als würde er ihre Schwächen einfach jedem auf die Nase binden. Nicht, dass sie vorhatte, etwas vor Doktor Eckhard zu verheimlichen, aber man musste ja nicht aus jeder Mücke einen Elefanten machen.

Zum Glück nickte der Arzt nur und legte dann wieder seine Hände gegeneinander.

»Schön, damit haben wir dann fürs Erste alles. Ich schlage vor, wir fischen nicht länger im Trüben und machen ein MRT. Ein Blick in den Kopf wird uns Klarheit verschaffen.«

Lauren schluckte. Sie hatte noch nie so eine Untersuchung über sich ergehen lassen müssen, und sie war ihr nicht geheuer.

»Keine Sorge, ein MRT ist vollkommen schmerzfrei. Sie bekommen ein Kontrastmittel gespritzt, und es werden Aufnahmen gemacht, die wir dann am nächsten Tag besprechen können.«

Er schob seinen Stuhl zurück und erhob sich.

»Lassen Sie sich einen Termin in den nächsten Tagen geben. An der Anmeldung bekommen Sie noch einen Informationsbogen mit, der über die Untersuchung aufklärt. Aber seien Sie unbesorgt, das ist eine Routineuntersuchung.«

Er reichte ihr die Hand, und sofort übertrug sich seine Gelassenheit wieder auf Lauren.

Es gab keinen Grund zur Sorge. Doktor Eckhard war nur gründlich, und wenn die Untersuchung zeigte, dass alles in Ordnung wäre, dann konnte sie sich endlich mal wieder entspannen. Denn sie musste zugeben, dass die Frage, ob etwas nicht in Ordnung mit ihr war, sie unterbewusst schon seit geraumer Zeit quälte.

Am Abend ruderten sie mit Alyssa in dem kleinen Boot auf den See hinaus. Die Abendsonne wärmte sie, und kein Lüftchen regte sich über dem Wasser. Tim zog die Ruder mit kraftvollen Bewegungen durch, und das leise Schwappen wirkte beruhigend. Genüsslich streckte Lauren die Hand ins Wasser und fühlte die Strömung an ihren Fingern. Sie beobachtete Alyssa durch halbgeschlossene Lider. Die sah mit ihrem rosafarbenen Sonnenhut auf der Lockenmähne zu niedlich aus. Sie hatte ihren Teddy dabei und erklärte ihm gerade, dass er nicht aufstehen durfte, weil er sonst ins Wasser fallen konnte. Lauren strich ihr liebevoll über die Wange und atmete tief durch. Gerade war ihr Kopf frei – kein Schmerz, kein Pochen, es gab nur die frische Luft und das leise Klatschen der Wellen. Es fühlte sich beinahe fremd an.

Tims Blick ruhte auf ihr, und sie lächelte ihn glücklich an. Sie nahmen sich viel zu selten die Zeit für so etwas. Aber da er heute wegen des Termins im Krankenhaus nicht in der Kanzlei gewesen war, wollten sie den Tag nutzen. Sie hatten es Alyssa schon vor Wochen versprochen. Als Tim nun die Ruder einholte, zufrieden mit der Distanz zum Ufer, klatschte die Kleine begeistert.

»Fangen wir auch einen Fisch?«, fragte sie, aber Tim schüttelte den Kopf.

»Das Fischefangen überlassen wir mal besser Grandpa. Wir knallen uns jetzt hier in die Sonne, lassen die Beine ins Wasser baumeln und zählen die Vögel, die über uns am Himmel fliegen.«

Damit nahm er die Decke und die Kissen, die sie eingepackt hatten, und breitete sie im Boot aus. Zufrieden ließ er sich von der Ruderbank auf das Lager rutschen und klopfte auf den weichen Platz neben sich.

Alyssa setzte den Hut ab, kroch zu ihm und legte sich in seine Armbeuge. Ihre Locken fielen dabei wild über Tims Gesicht. Die beiden gaben ein zauberhaftes Bild ab.

Tims himmelblaue Augen blinzelten Lauren gegen die Abendsonne an, und seine Lippen kräuselten sich zu einem vielversprechenden Lächeln, als er seine Hand nach ihr ausstreckte.

»Na komm, Mummy, leg dich zu uns«, bat er und rückte an den Bootsrand, damit genug Platz für Lauren entstand.

»Ich schau euch lieber noch etwas an, ihr seht nämlich aus wie zwei blonde Engel.«

Alyssa kicherte und drückte sich ihren Bären an die Brust. Tim zwinkerte.

»Ein Engel mit sündigen Absichten«, raunte er und zog Lauren entschlossen zu ihnen in den Bootsrumpf.

Lachend, weil das Boot bedenklich schwankte, legte Lauren sich zu ihren beiden Lieben und schloss die Augen.

Das rote Farbenspiel hinter ihren Lidern war erholsam, und das leise Flüstern von Alyssa wie Balsam für ihre überreizten Nerven. Tim hatte seinen Arm über die Kleine hinweg auf Laurens Oberschenkel gelegt, und er streichelte sie.

»Geht es dir gut?«, fragte er leise, um Alyssas Spiel mit dem Bären nicht zu stören.

Lauren nickte.

»Ja. Aber Doktor Eckhard hat mir etwas Angst gemacht«, gestand sie zögernd.

»Ich glaube, er will nur vorsichtig sein. Du hast ihn doch gehört. Es gibt unzählige Gründe für Kopfschmerzen, und die wenigsten sind bedenklich, also entspann dich.«

Lauren lächelte ihn an, schloss dann aber gleich wieder die Augen.

»Mach ich ja.« Sie fasste nach seiner Hand und drückte sie.

Alyssa setzte sich auf und hielt ihre Finger ins Wasser.

»Fall nicht rein!«, warnte Lauren.

»Mach ich nicht«, versicherte sie und rückte an die Bootswand, wo sie platschend Wasser schöpfte.

Tim rutschte näher an Lauren und legte seine Arme um sie. Er küsste ihren Hals und flüsterte ihr ins Ohr:

»Alles wird gut.«

»Das haben wir damals gehofft. Aber vielleicht ist es mit Hoffnungen so wie mit Plänen. Man sollte sich keine machen.«

Der Ruf einer Eule ganz in der Nähe unterbrach Laurens Erzählung. Sie rieb sich die stechenden Schläfen und versuchte mit gleichmäßiger Atmung die Kopfschmerzen zu dämpfen. Alle schienen erleichtert über die Unterbrechung, denn es kam Bewegung in die Gruppe. Ben stand auf und holte sich ein Bier, Rachel warf einen Blick in den Kinderwagen neben sich und setzte sich dann auf Masons Schoß. Die Nacht war schon weit fortgeschritten, und alle wirkten erschöpft. Trotzdem wollte niemand den Abend beenden.

Auch Lauren nicht. Sie wusste, in wenigen Stunden würde der Morgennebel über den See ziehen, und wenig später, wenn die Sonne aufging, würden sie alle auseinandergehen. Und für keinen von ihnen würde der nächste Tag sein wie die vorherigen. Es würde nie mehr so sein wie früher – für niemanden.

Diagnosen

Laurens Hände waren eiskalt. Sie spürte den frischen Luftzug, der von der offenen Tür her über ihre Waden strich, und hoffte, dass Doktor Eckhard sie nicht länger würde warten lassen. Sie saßen in seinem Sprechzimmer, um das MRT zu besprechen. Lauren empfand beinahe die gleiche Beklemmung wie während der Untersuchung in der Röhre. Sie rang die Panik nieder und versuchte sich auf ihre Atmung zu konzentrieren.

Gedankenversunken starrte Tim das schwingende Kugelstoßpendel auf dem Schreibtisch an, und sein Fuß wippte im Takt der aneinanderschlagenden Silberkugeln. Das machte Lauren noch unruhiger, und sie legte ihre Hand auf seinen Oberschenkel. »Kannst du das bitte lassen?«

»Was?«

»Dein Gezappel. Das macht mich wahnsinnig.«

Vor Anspannung hatte sich ihr über der Nasenwurzel eine tiefe Falte in die Haut gegraben.

Ehe Tim etwas erwidern konnte, kam Doktor Eckhard herein. Schwungvoll schloss er die Tür hinter sich und reichte ihnen die Hand. Obwohl sein Händedruck genauso vertrauenerweckend war wie beim letzten Mal, war er offensichtlich in ernster Stimmung.

»Guten Tag. Wie geht es Ihnen heute?«, wandte er sich an Lauren und blickte sie forschend an.

»Gut, danke. Ich … bin nur etwas nervös.«

Eckhard nickte verständnisvoll und lehnte sich in seinem Stuhl zurück. Er schlug die Patientenakte auf und blätterte durch die Seiten.

»Das ist nachvollziehbar. Aber Sie müssen sich beruhigen. Ich werde Ihnen nun erklären, was die Untersuchung ergeben hat … und welche Maßnahmen wir in Erwägung ziehen sollten.«

»Das klingt aber nicht gut«, sagte Lauren, aber Eckhard lächelte nicht. Er legte die Hände aneinander und sah sie an.

»Mrs Parker, das Magnetresonanztomogramm zeigt ein Vorkommen von Gewebe, das sich vom Hirngewebe unterscheidet.«

»Gewebe?«, hakte Tim nach und lehnte sich nach vorn.

»Ja. Eine Wucherung, eine Neoplasie.«

»Was ist das?«

Lauren war weiß wie die Wand hinter ihr, und ihre Lippen zitterten. Es schien, als hätte die Welt aufgehört, sich zu drehen. Unheil lag in der Luft.

»Ein Tumor.« Doktor Eckhard nahm einen Ausdruck der Aufnahmen von Laurens Gehirn aus der Akte und schob sie ihnen über den Tisch zu.

»Krebs?«, presste Tim ungläubig hervor.

Eckhard legte die Fingerspitzen aneinander.

»Krebs ist ein umgangssprachlicher Begriff für maligne, also bösartige Tumoren. Das können wir zum jetzigen Zeitpunkt nicht ausschließen. Genauso gut kann dieses Gewebe aber gutartiger Natur sein. Das abzuklären ist jetzt oberste Priorität.«

Lauren hörte ihn reden, aber nichts, was er sagte, ergab

für sie einen Sinn. Nur das eine Detail, das sie sehr wohl verstanden hatte, beherrschte sie.

Sie hatte einen Tumor im Kopf.

Sie konnte an nichts anderes denken. Es war wie ein Ohrwurm, der so laut durch ihre Gedanken hallte, dass sie vom Rest der Welt nichts mehr mitbekam. Sie sah, wie sich die Lippen des Arztes bewegten, roch sogar die Pfefferminze in seinem Atem, als er sprach, aber was er sagte, klang fremdartig. Als spräche er in einer ihr vollkommen unbekannten Sprache.

»Mrs Parker? Verstehen Sie, was ich sage?«, fragte Eckhard mitfühlend nach. Er erhob sich. Hinter seinem Schreibtisch stand ein Tablett mit Gläsern und einer Karaffe mit Wasser. Er goss ein Glas ein und reichte es Lauren. Mit zitternden Fingern griff sie danach, ohne recht zu wissen, was sie damit sollte.

»Nehmen Sie einen Schluck. Und beruhigen Sie sich, damit wir das weitere Vorgehen besprechen können.«

Lauren zwang einen Mundvoll Wasser ihre zugeschnürte Kehle hinunter. Ein Tropfen rann ihr übers Kinn, und sie wischte ihn achtlos weg.

Ruhig nahm Eckhard wieder auf seinem Stuhl Platz und deutete auf die grauschwarze Aufnahme von Laurens Gehirn.

»Diese Wucherung verdrängt das umliegende Gehirn, und das führt zu einer Verlagerung. Aber Ihr Gehirn kann nicht unbegrenzt ausweichen, darum entsteht Druck auf den Hirnstamm und die Hirnwasserwege, und es bilden sich zudem Wassereinlagerungen im Bereich um den Tumor.«

Er zeigte mit seinem Stift auf ein hellgraues Areal, das sich im Hinterkopf darstellte.

»Ein Großteil Ihrer Beschwerden kommt allein von dem Druck, dem Ihr Gehirn ausgesetzt ist.«

»Und was bedeutet das?« Lauren erkannte ihre eigene Stimme kaum wieder. Sie räusperte sich und trank noch einen Schluck, aber der Kloß in ihrem Hals wollte nicht weichen.

»Eine operative Entfernung des Tumorgewebes ist unausweichlich – auch um Tumorgewebe für eine Laborcharakterisierung zu gewinnen. So können wir am besten bestimmen, um welche Art von Tumor es sich handelt.«

Tim nickte schweigend und fasste nach Laurens Hand. Auch seine Finger waren eisig.

»Eine Operation am Gehirn?«, fragte er.

Eckhard legte erneut die Fingerspitzen aneinander und nickte.

»Das ist der erste Schritt. Eine operative Reduktion der Tumormasse.«

»Reduktion?«

Eckhard hustete in seine Faust.

»Ja, eine Reduktion, denn gerade im Gehirn können wir nur eingeschränkt agieren. Eine vollständige Entfernung des Gewebes wird natürlich angestrebt, ist aber erfahrungsgemäß kaum anzunehmen.«

Lauren fragte sich, wie groß Eckhards Erfahrungsschatz schon sein konnte. Er war schließlich noch jung! Sollte so jemand wirklich wissen, wovon er sprach? Und doch schien er sich seiner Sache sicher.

»Und dann? Was passiert dann?«, wollte Lauren wissen.

Eckhard lehnte sich zurück.

»Es gibt unterschiedliche Behandlungsmethoden, je nach Art des Tumors. Generell wird eine Bestrahlung angewandt, um nicht sichtbares Tumorgewebe zu zerstören, das das umliegende Gewebe infiltriert haben könnte.«

»Und … und eine Chemotherapie?« Lauren wollte eigentlich gar nicht darüber nachdenken – geschweige denn darüber sprechen, aber sie musste es wissen.

»Das ist eine weitere Option. Doch heute sollten wir uns erst einmal mit der operativen Gewebeentfernung beschäftigen. Ich würde Sie gerne über die Risiken aufklären und Ihnen erläutern, was genau wir tun werden.«

»Sollten …« Lauren ballte die Hände zu Fäusten, um das Zittern zu verhindern. »Sollten wir nicht erst eine zweite Meinung einholen?« Sie sah Tim hilflos an. »Ich meine … ehe jemand in meinem Schädel herumoperiert?«

»Das ist Ihr gutes Recht in so einer Situation«, stimmte Eckhard ihr zu und übergab ihr einen großen braunen Umschlag. »Diese Unterlagen sind für Sie – eine Abschrift der Diagnose und eine Kopie des MRTs. Allerdings sollten Sie keine Zeit verlieren, denn die Schwellungen des Gehirns sind bedrohlich. Ich habe meine Diagnose mit Professor Ahrens besprochen, einem der erfahrensten Mediziner in diesem Bereich, und er wäre auch bereit, die Operation zu leiten. Sie sind hier in guten Händen, Mrs Parker. Darauf mein Wort.«

Lauren sah in die Gesichter ihrer Freunde und rang sich ein Lächeln ab. Es war merkwürdig, aber an diesem Abend, in dieser Nacht, fühlte es sich so an, als läge das Schlimmste nun hinter ihr. Diese schreckliche Zeit der Ungewissheit …

Sie fasste nach Tims Hand und spürte seine Liebe allein daran, wie er seine Finger mit ihren verwob. Seine Berührung gab ihr die Kraft weiterzusprechen, trotz ihrer stärker werdenden Schmerzen. Es tat gut, über alles zu reden. Über ihre Hoffnungen – und über ihre Ängste.

Ein Holzscheit im Feuer barst mit einem Knacken, und ein zischender Harztropfen glühte golden auf. Lauren richtete ihren Blick in die Flammen.

»Ich war wie erstarrt. Die nächsten Tage verliefen wie in einem schrecklichen Traum. Als wäre ich nur eine Zuschauerin. Die Untersuchung eines zweiten Arztes, die Bestätigung der Diagnose, die Zeit bis zur OP. Ich war nicht mehr ich selbst.«

Was jetzt?

Lauren stand vor dem Spiegel im Bad und weinte. Sie sah sich an – und fragte sich, warum ausgerechnet ihr das passieren musste. Sie schüttelte immer wieder ungläubig den Kopf und biss sich vor lauter Verzweiflung die Unterlippe blutig. Sie wollte aus ihrem Körper hinaus, sich am liebsten die Haut und das Fleisch von den Knochen kratzen. Ihr Körper war ein Verräter!

Um sich zu beruhigen, ballte sie die zitternden Hände zu Fäusten und musterte sich ganz genau im Spiegel. Was sie sah, war ihr fremd. Ihr Haar schien sämtliche Farbe verloren zu haben, die Sommersprossen hatten sich unter die aschfahle Haut zurückgezogen, und ihre Schultern waren gebeugt wie unter einer tonnenschweren Last.

Ihre Lippen waren blau, und sie fragte sich, ob das von einem Schock kam. Wurden dann nicht hauptsächlich die lebenswichtigen Organe durchblutet?

Lauren hob ihre eisigen Finger an die Lippe und strich darüber. Es schmerzte, dort, wo ihre Zähne sich in das Fleisch gegraben hatten.

Sie rieb sich die grauen Wangen, die tiefliegenden Augen und den Hals, der sich so eng anfühlte, als könnte kaum genug Luft in ihre Lungen strömen.

Es stand nun zweifelsfrei fest. Sie hatte einen Tumor im Kopf, der schnellstens entfernt werden musste.

Sie fasste ihre Haare auf dem Oberkopf zu einem Zopf zusammen und fuhr sich bedächtig über den Schädel. Dort, nur wenige Zentimeter unter ihren Fingerspitzen, saß der Feind. Der Feind in ihrem Körper.

Der Tumor drückte auf ihr Gehirn und verursachte ihr diese furchtbaren Beschwerden. Sie wusste, sie hatte keine Wahl, als der Operation zuzustimmen, aber was war mit den Risiken?

Durch den Tränenschleier starrte sie sich an und fragte sich, ob sie danach jemals wieder dieselbe sein würde. Was, wenn Komplikationen auftraten? Wenn ihr Gehirn verletzt werden würde? Im Geiste sah sie sich schon im Rollstuhl sitzen. Und dabei war das noch nicht einmal das Schlimmste, was sie sich vorstellen konnte.

Sie atmete tief durch, aber ihre Kehle wollte sich einfach nicht weiten.

Ein Tumor.

Das klang so endgültig. So nach Todesurteil, und dabei hatte sich Doktor Eckhard große Mühe gegeben, sie zu beruhigen. Ohne genaue Untersuchung des Tumorgewebes war es unmöglich zu wissen, ob es sich überhaupt um etwas Bösartiges handelte.

Sie musste ihm vertrauen. Aber irgendwie gelang ihr das nicht. Besonders jetzt nicht, wo sie sogar das Vertrauen in ihren eigenen Körper verloren hatte.

Tausend Gedanken schwirrten durch ihren Kopf. Ängste, Sorgen und Vorahnungen, die sich hoffentlich nie erfüllen würden. Schließlich war sie Mutter. Sie hatte Kinder. Sie wurde gebraucht …

Kraftlos ließ sie die Hände sinken und bemühte sich um eine aufrechtere Haltung. Im Haus waren Stimmen zu hören. Tim war mit den Kindern aus der Mall zurück, sie hatten den Wocheneinkauf erledigt. Nun sollte sie hinuntergehen und helfen, die Einkäufe zu verstauen. Aber selbst diese einfache Aufgabe erschien ihr in ihrer momentanen Verfassung wie ein Ding der Unmöglichkeit. Um die Kinder nicht unnötig zu belasten, hatten sie noch nicht mit ihnen über die Diagnose gesprochen. Mia wusste nur, was Freunde und Verwandte auch wussten: dass Lauren sich einer Operation unterziehen musste – um die Beschwerden der Migräne zu lindern. Darum musste sie die Fassung wahren. Noch ein Ding der Unmöglichkeit!

In dem vergeblichen Versuch, zu verbergen, dass sie die ganze letzte Stunde weinend im Bad verbracht hatte, wusch sie sich die geröteten Augen und zupfte sich das Shirt zurecht. Sie hatte abgenommen – und zum ersten Mal in ihrem Leben freute sie sich nicht darüber.

Am Fuß der Treppe beobachtete Lauren ihre Familie. Tim hatte, genau wie sie, dunkle Ringe unter den Augen. Er schien gedankenversunken, als er das Gemüse in den Kühlschrank legte. Seine Lippen waren zu einem schmalen Strich zusammengepresst, seine Bewegungen fahrig. Er machte sich sicher ähnliche Gedanken wie sie. Ihre Große kaute Kaugummi und pustete ständig pinke Blasen zwischen ihren Lippen hervor, die mit einem leisen Plopp platzten. Sie hatte Kopfhörer auf, und ihr Kopf nickte im Takt der Musik, die sie hörte. Wie immer sah sie genervt aus. Seit einigen Wochen war das der einzige Gesichtsausdruck, den sie zur Schau trug. Offensichtlich war das eine Phase. Die *Alles-ätzend-Phase*.

Alyssa hatte ihr Stofftier unter dem Arm und kletterte auf einen Stuhl, um gleich eine der Bananen zu verdrücken, die sie gekauft hatten.

Mit einem tiefen Atemzug versuchte Lauren die Angst,

vielleicht schon bald nicht mehr Teil dieses Alltags zu sein, kleinzuhalten. Sie stieß sich vom Treppengeländer ab und zwang sich zu einem Lächeln.

»Hi, Mom!«, schmatzte Alyssa mit vollem Mund und wedelte mit der Banane herum.

»Pass auf!« Lauren drehte sie so, dass das Obst im schlimmsten Fall auf dem Tisch landen würde, und drückte ihr einen Kuss auf die irgendwie klebrige Wange.

»Was ist denn mit dir passiert?«, fragte Lauren und wischte sich vorsorglich über die Lippen.

»Dad hat uns ein Softeis gekauft.«

»Und das hast du mit dem ganzen Gesicht gegessen?«

Alyssa zuckte die Schultern und mampfte ihre Banane weiter. Lauren nahm einen Lappen und säuberte ihr unter Protest das Gesicht, ehe sie weglaufen konnte.

»Lass mich«, wehrte sich der blonde Lockenkopf.

»Nichts da! Du kleiner Dreckbär. Du schmierst ja alles voll.«

Als Alyssas Wangen von sämtlichen Speiseresten befreit waren, rannte die Kleine mit ihrem Stofftier die Treppe hinauf.

»Mia? Spielst du mit mir Puppe?«, rief sie ihrer Schwester zu, die nur genervt mit den Augen rollte.

»Na komm«, bat Lauren. »Beschäftige dich ein bisschen mit ihr.«

»Ich hab aber keine Lust!«

Mia wandte sich ab und warf sich aufs Sofa, wo sie sich schmollend hinter ihrem Handy versteckte.

Tim schnaubte, stellte eine Dose mit Tomatenmark ab und ging zu Mia hinüber. Er nahm ihr das Handy ab und stemmte die Fäuste in die Seiten.

»Spiel ein bisschen mit ihr, bis das Essen fertig ist.«

»Aber Dad! Sie ist eine nervige Kröte!«

»Schluss damit! Du hast gehört, was ich gesagt habe.«

»Boah, echt! Ihr seid echt alle so …«

»Mia, überleg dir gut, ob du dich wirklich so aufführen willst.«

Aus Mias Augen schossen Blitze. Sie stampfte zornig die Treppe hinauf und knallte ihre Zimmertür hinter sich zu.

Lauren legte Tim beschwichtigend die Hand auf die Schulter und lehnte sich an ihn.

»Lass sie. Sie beruhigt sich schon wieder.«

»Ich weiß. Aber ich habe heute einfach keine Geduld und erst recht keine Nerven für ihre Spielchen.«

Er schlang seine Arme um Lauren und strich ihr die Locken von der Schläfe.

»Wie geht es dir? Was macht der Kopf?«

Lauren verzog die Lippen zu einem schiefen Grinsen.

»Er pocht. Aber nicht so schlimm wie gestern.«

»Hast du deine Tabletten genommen?«

»Ja. Aber die machen mich so müde. Ich könnte ständig einschlafen.«

»Warum legst du dich nicht etwas hin, bis das Essen fertig ist?«, bot Tim an, doch Lauren schüttelte den Kopf.

»Nein, es geht schon. Ich … ich will nichts verpassen. Ich habe Angst, dass …«

»Wovor hast du Angst?«

»Na, dass mich dieser Scheißtumor umbringt! Ich habe eine verfickte Scheißangst, dass ich sterben muss. Wie lange, denkst du, habe ich noch, wenn das Ding bösartig ist? Zehn Jahre? Weniger?« Sie biss sich wieder auf die Lippe, bis sie Blut schmeckte. »Das ist zu wenig, Tim. Das ist einfach zu wenig. Was ist mit den Kindern? Mit uns? Soll … soll es das dann gewesen sein?«

Tim zog sie an seine Brust und strich ihr übers Haar.

»Schsch, keine Angst. Dass du solche Gedanken hast, ist vollkommen verständlich. Aber du machst dich damit nur verrückt.« Er küsste ihren Scheitel. »Wenn der Tumor bösartig sein *sollte*, wovon wir jetzt nicht ausgehen, dann werden wir jede Therapie machen, die nötig ist, damit du wieder gesund wirst.«

»Glaubst du denn wirklich, was du sagst, oder willst du mich nur beruhigen?«

Lauren war verzweifelt. Zu gern hätte sie Vertrauen in Tims Worte und würde positiv denken, aber diese elende Warterei auf die Operation kostete sie Nerven.

Morgen würde sie zur Vorbereitung in die Klinik gehen, und übermorgen wäre es dann so weit. Nicht, dass Lauren scharf darauf wäre, sich den Schädel aufsägen zu lassen, trotzdem ging ihr das mit der OP zu langsam. Sie glaubte beinahe, den Tumor wachsen zu spüren, weil sie ihn nicht sofort entfernten. Sie hatte Angst, der Druck auf ihr Gehirn würde zu stark werden und …

Sie klammerte sich an Tim und erinnerte sich an ihre erste Nacht im Seehaus. Damals hatte sie sich in seinen Armen so sicher gefühlt, ja geglaubt, dass er immer in der Lage wäre, die zu beschützen, die er liebte. Seitdem hatte sie das Gefühl der Sicherheit in all den Jahren begleitet, aber heute fühlte sie sich nur verloren. Selbst in den Armen des Mannes, den sie mehr als alles andere liebte.

Tim schwieg. Auch sein Blick ging ins Leere. Da war es wieder, das Gefühl der Hilflosigkeit. Das Gefühl der Unzulänglichkeit. Das Gefühl des Versagens.

Er hielt die Frau, die er liebte, die Mutter seiner Kinder und den Menschen, mit dem er sein Leben verbringen wollte, in seinen Armen – und konnte sie doch nicht beschützen. Was war er für ein Mann, wenn er nichts tun konnte, um seine Familie vor Unheil zu bewahren?

In den Tagen vor der Operation hatte er noch den Starken gespielt. Hatte versucht, Lauren Mut zu machen.

»Ich konnte einfach nicht an ein gutes Ende glauben«, erinnerte sich Lauren mit einem bitteren Lächeln.

Ihre Freunde verstanden das nur zu gut. Keiner von ihnen hätte in Laurens Haut stecken wollen.

»Ich weiß. Ich hatte auch Angst, aber ich wollte die Hoffnung nicht aufgeben«, murmelte Tim und legte sein Kinn auf Laurens Schulter. Ihr Duft, vermischt mit dem Rauch des Feuers, trieb ihm die Tränen in die Augen. Verstohlen wischte er sie beiseite. Lauren brauchte ihn heute. Sie brauchte noch einmal seine Kraft – auch wenn er sich genauso hilflos fühlte wie damals.

Das Erwachen

Lauren schlug die Augen auf. Licht.

Gott, war das hell. Sie wollte ihre Lippen lecken, die sich spröde und rissig anfühlten, aber ihr Mund war wie ausgetrocknet. Sie blinzelte, bis der Raum um sie herum langsam Form annahm. Tim saß am Fuß des Bettes und hatte das Gesicht in die Hände gestützt, als würde er weinen.

Lauren wollte etwas sagen, aber sie konnte nicht. Erleichterung überkam sie, und mit einem Mal zählte nur eines. Am Leben zu sein. Sie war wirklich aufgewacht. Sosehr sie die Neurochirurgen vor dem Eingriff auch zu beruhigen versucht hatten, so groß war doch ihre Angst geblieben. Das Restrisiko …

Wie ein Geschenk des Himmels fühlte sich ihr Herzschlag an, der von einem leisen Piepen begleitet wurde. Tränen füllten ihre Augen, und ein Schluchzen stieg in ihrer rauen Kehle auf. Ihr Mund war viel zu trocken, um zu schlucken, und so hustete und keuchte sie und rang nach Atem.

Sofort war Tim an ihrer Seite und ergriff ihre Hand.

»Lauren, Schatz! Oh Gott, du bist wach! Brauchst du was? Kannst du sprechen?«

Er drückte den Knopf, um den Arzt zu rufen.

Behutsam streichelte er ihre Hand, ohne die Schläuche und Zugänge zu berühren, die in ihre Venen führten.

»Durst!«, brachte Lauren schwach heraus, konnte aber kaum mehr die Augen offen halten. Die Nachwirkungen der Narkose machten sie schläfrig.

»Du darfst noch nichts zu dir nehmen, Lauren, nicht, dass du dich übergibst. Sie haben dir aber eine Infusion mit Kochsalzlösung gelegt.«

Lauren erinnerte sich, dass der Arzt im Vorfeld davon gesprochen hatte, aber das linderte nicht ihren drängenden Durst und das Brennen ihrer Kehle.

»Geht es dir gut? Hast du Schmerzen?« Er zögerte und musterte sie. »Kannst du alles bewegen? Dich an alles erinnern?«

Die Sorge in seiner Stimme war nicht zu überhören. Aber Lauren schaffte es nicht, sich auf etwas anderes zu konzentrieren als ihr Verlangen nach einem Schluck Wasser.

Die Tür ging auf, und eine ganze Armada von Ärzten kam herein. Allen voran Doktor Eckhard und der deutsche Neurochirurg Professor Ahrens, der die Operation geleitet hatte. Eckhard prüfte, ob die Infusionen gut liefen, und warf einen Blick auf die Geräte, an die Lauren angeschlossen war.

»Sie weilen wieder unter uns, Mrs Parker«, begrüßte sie Professor Ahrens und trat an ihr Bett. Er leuchtete ihr in die Pupillen und lächelte sie an. »Es wird Sie freuen zu hören, dass die Operation sehr gut verlaufen ist. Wir sind sehr zufrieden mit der Menge an Tumorzellen, die wir entfernen konnten, ohne dabei Schäden am Gehirn zu verursachen.« Er nickte auch Tim zufrieden zu. »Eine Probe des entnommenen Gewebes ist nun auf dem Weg ins Labor, wo der Tumor klassifiziert werden wird. Danach können wir weitere Therapiemaßnahmen in die Wege leiten.«

Lauren konnte ihm nicht ganz folgen, aber sie deutete

seinen Gesichtsausdruck als gutes Zeichen. Darum versuchte sie zu lächeln, aber ihre Lippen schmerzten, so ausgetrocknet waren sie. Doch selbst das war ihr gerade egal. Ahrens brachte gute Neuigkeiten – das war alles, was zählte.

Tim drückte ermutigend ihre Hand. In seinen blauen Augen leuchtete Zuversicht.

»Wie geht es jetzt weiter? Wie lange muss Lauren noch auf der Intensivstation bleiben?«

Eckhard mit dem freundlichen Gesicht klemmte sich die Akte unter den Arm und legte die Finger aneinander.

»Auf jeden Fall über Nacht. Wenn dann alles soweit stabil ist, verlegen wir Sie auf die Station. Und in ein paar Tagen sind Sie wieder zu Hause. Wir müssen nur noch einige Tests machen, um sicherzustellen, dass nicht mit neurologischen Ausfällen zu rechnen ist. Manchmal kommt es nach solchen Eingriffen zu einem postoperativen Hirnödem, einer Schwellung oder Wassereinlagerung. Das wollen wir beobachten.«

Lauren nickte schwach – oder sie versuchte es zumindest, denn sie war kaum in der Lage, sich zu rühren. Eckhard bediente einen Schalter, und das Kopfteil ihres Bettes fuhr ein Stück hoch, so dass Lauren in eine halb sitzende Position gebracht wurde.

»Wenn Sie etwas brauchen, klingeln Sie – oder Ihr Mann. Sollten Sie Schmerzen haben, zögern Sie nicht, mich zu rufen. Niemand muss hier leiden.«

»Danke, Doktor.« Tims Gesicht nahm endlich wieder Farbe an.

»Und nun müssen wir Sie leider ein wenig triezen«, erklärte ein anderer Arzt und schlug die Decke über Laurens Füßen zurück. Mit einer gebogenen Metallnadel untersuchte er, ob Lauren Gefühl in den Beinen und Füßen hatte, indem er sie in Laurens Fußsohle drückte und mit ihr über Laurens Riste und ihre Fußballen fuhr. Zudem forderte er Lauren auf, verschiedene Bewegungen zu machen, und ließ sie einige Rechenaufgaben im Kopf lösen. Dann sollte sie ihm etwas aus ihrer Kindheit erzählen, und er fragte, was sie am Vortag zu Mittag gegessen hatte.

Lauren fühlte sich wie ein Versuchskaninchen, gab sich aber trotz ihrer Müdigkeit Mühe, alles richtig zu machen. Zwar verschwamm ihr immer wieder das Bild vor den Augen, aber ansonsten fühlte sie sich relativ normal. Sie wusste die Namen ihrer Kinder, deren Geburtstage, konnte sich an ihr Leibgericht erinnern und (wenn auch langsam) das Alphabet rückwärts aufsagen.

Schließlich, als das Team aus Neurologen, Onkologen und Chirurgen zufrieden war, fühlte Lauren sich ausgelaugt und erschöpft. Sobald sich die Tür hinter den Ärzten geschlossen hatte, atmete sie erleichtert aus und sank matt in das Kissen.

»Das hast du gut gemacht!«, lobte Tim sie und trug Lippenbalsam auf ihren rissigen Mund auf. »Du bist sehr tapfer, Lauren. Und ich bin froh, dass es dir gutgeht.«

Er hauchte ihr einen Kuss auf die Wange und strich vorsichtig über den Verband um ihren Kopf.

Zum ersten Mal, seit sie zu sich gekommen war, wurde ihr bewusst, dass sie furchtbar aussehen musste. Mit dem Verband, den Schläuchen und Elektroden …

Sie war dankbar, dass Tim trotz allem bei ihr war und ihre Hand hielt. Sie wusste nicht, ob sie an seiner Stelle die Kraft aufbringen würde, ihn so zu sehen. Zaghaft hob sie die Hand und betastete ihren Kopf. Sie berührte ihr Haar, das am Ohr unter dem Verband hervorkam, und fragte sich, wie sie ohne den weißen Mull wohl aussehen würde.

Lauren wusste, wie lächerlich es war, sich in diesem Moment Gedanken um Äußerlichkeiten zu machen. Sie hatte immerhin eine Operation am Gehirn hinter sich. Trotzdem ließ sich ihre Eitelkeit nicht ausschalten, und sie hoffte, dass die Leute sie nicht anstarren würden, weil ihr Hinterkopf rasiert worden war.

»Du kannst dir nicht vorstellen, wie müde ich bin«, flüsterte Lauren und ließ die Hand wieder sinken. Zu ändern war das mit ihren Haaren ja jetzt eh nicht mehr.

»Ich kann es mir denken. Du siehst erschöpft aus. Du hast eine große Operation überstanden, Süße. Schlaf dich aus, dann geht es dir besser.«

Lauren hätte sich in Tims blauen Augen verlieren mögen. Sein Lächeln vermittelte ihr Sicherheit, und sie spürte seine Liebe.

»Ich will nicht einschlafen. Ich habe Angst, aufzuwachen und allein mit diesen ganzen Geräten zu sein«, gestand sie.

Tim neigte sich zu ihr und gab ihr noch einen Kuss auf die Wange.

»Ich bin bei dir, solange du mich brauchst, Lauren. Ich gehe nicht weg, das verspreche ich dir.«

Sein Versprechen trieb Lauren die Tränen in die Augen. »Du kannst nicht bleiben. Die Kinder warten sicher schon.«

»Sie sind bei deinen Eltern gut aufgehoben. Heute brauchst du mich mehr. Ich bleibe hier, solange du willst. Und jetzt schlaf ein bisschen.«

Müde schloss Lauren die Augen. Selbst ihre Stimme klang in ihren Ohren kraftlos. Dabei spürte sie den Strom des Lebens durch ihre Adern fließen. Sie wollte es festhalten. Heute wie damals.

»Ging es dir nach der OP eigentlich besser?«, fragte Chris und nippte an seinem Bier. Im Flackern der Flammen wirkten seine Tattoos beinahe lebendig. Als würden sich die Schlangen und Drachen um ihn herumwinden. Lauren schüttelte den Kopf, um dieses Trugbild zu vertreiben.

»Ich hatte gedacht, dass es mir nach der Operation bessergehen würde, aber dem war nicht so. Zwar ließ der Kopfschmerz nach, aber dieses Warten … ich hatte das Gefühl, mein Leben wäre ein einziges Ausharren. Zuerst das Warten auf die OP, dann auf die Laborergebnisse. Ich hätte nie gedacht, dass Warten so schrecklich sein könnte.«

Das Warten

Am Vortag war Lauren aus dem Krankenhaus entlassen worden mit der Maßgabe, sich zu schonen. Noch immer sah sie leicht verschwommen – eine Nachwirkung der OP –, und ihr Gleichgewichtssinn war irritiert, weshalb sie auf keinen Fall Auto fahren oder allein das Haus verlassen durfte. Nicht, dass sie das vorgehabt hätte. Zwar waren die Rasur und die Operationsnaht viel weniger auffällig als befürchtet, und sie konnte ganz einfach ihr Deckhaar darüberkämmen, trotzdem war sie nicht in der Lage, sich ihren Mitmenschen zu stellen. Sie fühlte sich ihnen nach dem Schock der Diagnose irgendwie nicht mehr verbunden. Sie empfand sich als isoliert, so, als könnte niemand ihre Ängste und das, was sie durchlebte, nachvollziehen. Nicht einmal Tim.

Natürlich war das ungerecht, denn er war in großer Sorge um sie, das wusste Lauren. Doch es änderte nichts daran, dass sie irgendwie wütend auf ihn war. Wütend, weil er ihre Todesangst nicht teilen musste.

Lauren fasste sich an die Stirn und legte die Füße auf den Couchtisch. Das war doch verrückt!

Der Fernseher lief, aber Lauren schaute gar nicht hin, denn das machte ihr Kopfschmerzen. Kurz überlegte sie, das Gerät auszuschalten, tat es jedoch nicht. Es gab ihr ein Gefühl von Normalität. Außerdem kam sie sich nicht so allein vor. Das Paar auf der Mattscheibe beschimpfte sich wüst, weil der Kerl seine Freundin mit deren Schwester betrogen hatte. Der Moderator hatte gut damit zu tun, Handgreiflichkeiten zu verhindern. Lauren hob genervt die Augenbrauen. Die hatten Probleme!

Als der Streit schließlich immer lauter und vulgärer wurde, schaltete Lauren doch aus. Die plötzliche Stille machte sie unruhig. Sie ging in die Küche und schenkte sich Wasser ein, mit dem sie ihre Tabletten hinunterspülte.

Wenn sie sich an den Möbeln abstützte, kam sie trotz ihres angeschlagenen Gleichgewichtssinns ganz gut zurecht.

Eigentlich hätte sie gerne Rachel angerufen. Aber da sie und Tim beschlossen hatten, vorerst niemandem von dem Tumor zu erzählen, kam es ihr komisch vor, überhaupt über die Operation zu reden. Denn sie wollte ihre Freunde ja nicht anlügen, doch die dachten – genau wie ihre Eltern –, der Eingriff hätte mit ihrer Migräne zu tun gehabt. Schlimm genug, dass sie ihnen diese Geschichte aufgetischt hatten, aber sie wollten niemanden unnötig beunruhigen.

Vor dem Krankenhausaufenthalt war Lauren das klug erschienen, aber jetzt wünschte sie sich jemanden zum Reden.

Vielleicht sollte sie Rachel auf einen Kaffee einladen und ihr das Ganze einfach erzählen. Alles in Lauren schrie danach, sich ihrer besten Freundin anzuvertrauen. Andererseits fürchtete sie, dass sie dem Tumor damit mehr Gewicht gab. So, als würden ihre Worte ihn nähren und bösartiger machen.

Wenn sie schwieg, so hoffte sie, wäre er später nicht mehr als der wahre Kern hinter einer Geschichte über Migräne – die gut ausgegangen war und an die niemand mehr denken musste.

Frustriert setzte sie sich an die Kochinsel in der Küche und schlug die Tageszeitung auf. Sie musste sich irgendwie beschäftigen, bis die Laborergebnisse vorlagen. Einige Tage würde das dauern, hatte Doktor Eckhard gesagt. Der hatte ja keine Ahnung, was einige Tage des Wartens aus ihr machten!

Sie überflog die Schlagzeilen ohne wirkliches Interesse. Als sie auf der letzten Seite angekommen war, faltete sie die Blätter wieder zusammen und strich sie säuberlich glatt. Die Buchstaben waren verschwommen, und sie gab es auf, sie zu entziffern. Sie hoffte, dass sich ihre Sehschwäche bald bessern würde.

Sie schlurfte mutlos zurück ins Wohnzimmer und ließ sich wieder aufs Sofa sinken. Um sich zu entspannen, legte sie die Beine hoch und sah aus dem Fenster. Der Herbst war nicht mehr weit. Die ersten Blätter veränderten ihre Farbe, und die Vögel zankten sich mit lautstarkem Gezwitscher um die Beeren an den Büschen.

Ein Spatz flatterte aus der Hecke auf das Dach des Schuppens, und Laurens Blick wanderte über die abblätternde Farbe des Gartenhauses. Sie mussten es im Frühjahr unbedingt streichen. Ach, es gab so vieles, was gemacht werden musste! Aber irgendwie fehlte immer die Zeit.

Im Geiste erstellte Lauren eine Liste mit Dingen, die sie nicht länger vor sich herschieben wollte. Den Schuppen streichen, Frühlingszwiebeln in die Beete vor der Terrassentür stecken, denn gekauft hatte sie diese schon vor einigen Wochen, und die Fenster gehörten auch einmal wieder geputzt. Warum war ihr das vorher nicht aufgefallen? Jetzt, wo sie zur Untätigkeit verdammt war, schien die Arbeit an jeder Ecke zu lauern. Und wie beim Nestbautrieb in der Schwangerschaft hatte sie das Gefühl, alles müsste sofort erledigt werden. Wenn sie doch nur wieder fit wäre!

Sie war so versunken in ihre Überlegungen, dass sie zusammenschrak, als die Haustür aufging.

Alyssa rannte durch den Flur und schwang ihre Vorschultasche wie ein Lasso. Die Blumenvase auf dem Apothekerschränkchen befand sich in kritischer Nähe zu dem herumwirbelnden Rucksack, und Lauren fuhr hoch.

»Stopp, Alyssa! Nicht so wild!«, rief sie. Aber nur Mia, die hinter der Kleinen hereinkam, sah schlechtgelaunt in ihre Richtung.

»Du sollst mit dem Scheiß aufhören, du Kröte!«, fauchte sie ihre kleine Schwester an und riss ihr dabei die Tasche aus der Hand.

»Hey!«, heulte Alyssa. »Gib her!«

»Mom hat gesagt, du sollst aufhören!«, wiederholte Mia.

»Schluss jetzt – alle beide!«

»Mom, Mia hat Kröte zu mir gesagt!«

»Weil du hier wie eine Verrückte rumrennst!«

»Ich bin gar nicht verrückt! Du bist verrückt … und gemein!«

»Ich mach nur, was Mom sagt!«

»Mom hat nicht gesagt, dass du gemein sein sollst!«

»Ruhe! Haltet die Klappe, alle beide!«, brüllte Lauren und erhob sich wankend. Ihr Kopf schien zu bersten, der Raum drehte sich um sie. »Noch ein Wort, und ihr erlebt was!«

»Aber Mom …«, setzte Mia an.

»Nein! Ihr seid jetzt still! Verschwindet in eure Zimmer und … und kommt ja nicht wieder runter!«, keuchte sie und presste sich die Handflächen auf die Schläfen.

Beide Mädchen starrten sie mit offenem Mund an. So einen Ton hatte Lauren noch nie angeschlagen. Vereint in dem Gefühl, ungerecht behandelt zu werden, fassten sich die Schwestern an den Händen und stapften wütend die Treppe hinauf. Als die Zimmertüren hinter ihnen zuknallten, sank Lauren zitternd aufs Sofa. Ihr Blick fiel auf Tim, der überrascht in der Eingangstür stand.

»Ist alles okay?«, fragte er besorgt.

Lauren stöhnte und schüttelte den Kopf.

»Guter Gott! Was ist nur in mich gefahren?«

»Was war denn los?« Irritiert sah Tim die Treppe hinauf.

»Eigentlich nichts«, sagte Lauren. »Sie haben sich gezofft, wie immer. Aber ich …« Sie kniff verlegen die Lippen zusammen und knetete ihre Finger. »… ich bin total ausgeflippt. Mein Kopf, ich dachte, er platzt!«

Endlich kam wieder Leben in Tim, und er schloss die Tür hinter sich. Nachdenklich kam er ins Wohnzimmer und nahm neben Lauren Platz.

»Das ist doch absolut verständlich. Du bist mit den Nerven am Ende, und ich kann dir das nicht verübeln. Gönn dir Ruhe, bis du wieder fit bist.«

»Das hat nichts mit der Operation zu tun. Es ist dieses elendige Warten! Ich halte das nicht mehr aus. Ich will jetzt wissen, was los ist, verstehst du das?«

Sie raufte sich die Haare und spürte dabei die Fäden der Wundnaht an ihrem Hinterkopf.

»Natürlich. Ich würde auch gerne wissen, was der Laborbefund sagt, damit wir alle wieder zur Normalität zurückkehren können.«

Lauren schwieg. Zu gerne wollte sie Tims Optimismus teilen, aber es gelang ihr nicht. Die Angst nagte an ihr, und solange sie keine Gewissheit von den Ärzten hatte, würde sie nicht in der Lage sein zu hoffen.

Darum nickte sie nur und lehnte sich in die Kissen.

»Wie war denn dein Tag?«, wechselte sie das Thema.

»Wie immer. Nichts Besonderes. Aber als ich Mia von der Schule abgeholt habe, da hat sie mit einem Jungen Händchen gehalten – bis sie mich sah!«, erzählte er und rieb sich dabei das Kinn. »Ist sie nicht noch zu jung für einen Freund?«

Auch das noch! Lauren atmete tief durch.

»Auf jeden Fall. Das war bestimmt dieser Seth. Hast du sie darauf angesprochen?«

Tim lachte.

»Um ihren Zorn auf mich zu ziehen? Nein danke. Solche Gespräche fallen in die Zuständigkeit der Mutter.«

»Na sicher doch. Aber als Anwalt kannst du doch viel besser argumentieren als ich.«

»Als würde sie mir zuhören!«

Lauren stöhnte theatralisch. »Na gut. Ich kümmere mich um Seth – und du kehrst dann die Scherben auf, wenn sie in ihrer Wut irgendwas kaputtschlägt.«

»Abgemacht. Rede doch im Garten mit ihr, das reduziert das Scherbenrisiko.«

Lauren sah aus dem Fenster und fragte sich, wie um alles in der Welt sie Mia in den Garten locken sollte. Die Halbwüchsige sperrte sich zurzeit gerne in ihren vier Wänden ein und tat so, als herrschte vor der Tür eine Zombieapokalypse. Dabei entwickelte *sie* sich zum Zombie. Ihre Klamotten wurden immer dunkler und Schwarz zur vorherrschenden Farbe.

Müde rieb sich Lauren das Gesicht.

Als hätten sie nicht schon genug Probleme!

Sie kuschelte sich in Tims Armbeuge und atmete seinen vertrauten Duft tief ein. Er hatte einen Kratzer am Hals vom Hockey, und sie fuhr sachte mit dem Finger darüber. Niemand war unverwundbar. Tim nicht und sie auch nicht.

Nur waren die Wunden, die man davontrug, nicht bei jedem gleich. Vorsichtig tastete sie über die wulstige Naht an ihrem Hinterkopf.

Beinahe hätte sich Lauren in Tims Umarmung entspannt, aber das Klingeln des Telefons jagte ihren Puls wieder in die Höhe.

Mia biss verlegen an ihren Fingernägeln herum. Selbst im Schein des fast heruntergebrannten Feuers war ihr das schlechte Gewissen anzusehen.

»Tut mir leid, Mom«, murmelte sie und senkte verschämt den Blick. »Ich hab doch nicht gewusst, was los war.«

»Ach, Liebes!« Lauren umarmte ihre Tochter und drückte sie fest an sich. »Mein süßer Schatz!«, murmelte sie in die schwarzen Locken. »Mir tut es leid! Es war eine schlimme Zeit für uns alle. Du hast nichts falsch gemacht, okay?«

Mia nickte und schlang die Arme um ihre Mutter.

»Ich will, dass alles gut wird, Mom«, schniefte sie und wischte sich mit dem Ärmel ihres schwarzen Pullis über die Augen.

»Das wollen wir alle, Süße. Aber dieser Anruf und der folgende Besuch in der Klinik haben alles verändert. Einfach alles.«

Und nichts hat mehr Bedeutung

Lauren starrte auf ihre Hände. Sie hörte Tim mit dem Psychologen flüstern, der ihnen vom Krankenhaus zugeteilt worden war. Zugeteilt, um ihnen zu helfen, mit der Diagnose klarzukommen.

Lauren atmete zischend aus. Als würde das, was dieser Fremde sagte, ihr helfen! Nichts konnte ihr helfen. Nichts.

Wieder und wieder drehte sie ihren Ehering am Finger und wunderte sich, wie kalt ihre Hände waren. So kalt, als wäre sie schon tot. Aber das war sie nicht. Noch nicht.

»… handelt es sich in Ihrem Fall um ein Glioblastom. Das ist ein bösartiger Tumor, Grad IV der WHO-Klassifizierung«, hörte Lauren noch immer die Stimme von Professor Ahrens in ihrem Kopf. Der deutsche Mediziner hatte einen harten Akzent. Lauren hatte es überrascht, wie nüchtern er darüber sprach, dass der Tumor eine drastische Reduktion der Lebenserwartung zur Folge hatte. Und das, obwohl man bei der Operation einen Großteil der Tumormasse hatte entfernen können. »Das Tückische bei einem Glioblastom ist sein diffus infiltrierendes Wachstum. Es ist davon auszugehen, dass die Tumorzellen bereits weiteres Gewebe durchdrungen haben und sich dort ebenfalls ausweiten werden. Eine vollständige Entfernung der Tumorzellen ist bei einem Glioblastom deshalb im Grunde ausgeschlossen.«

Lauren ließ die Hände sinken und starrte das Bild an der Wand gegenüber an. Ein Sonnenblumen-Aquarell mit matschigen Farben und wenig künstlerischem Anspruch. Beinahe empfand Lauren es als störend. Aber nur beinahe, denn was ging sie schon dieses nichtssagende Gemälde an, das ganz sicher noch hier hängen würde, wenn sie schon an den Folgen des Tumors gestorben wäre.

»Eineinhalb Jahre«, murmelte Lauren. Sie fragte sich, warum sie nicht weinte. Warum sie sich nicht aufregte. Nichts kaputtschlug. Eineinhalb Jahre … das war ein Atemzug … das war nichts!

Sie blickte auf, als Tim sich erhob und mit schnellen Schritten den Raum durchmaß. Er sah sie kurz mit geröteten Augen an, ehe er durch die Tür hinausstürmte. Der Psychologe – Lauren hatte seinen Namen schon wieder vergessen – sah ihm mitfühlend nach, ehe er sich an Lauren wandte.

»Ihr Mann ist wütend. Hilflosigkeit macht uns oft wütend.«

Er kam zu ihr und musterte sie voller Anteilnahme. »Verspüren Sie auch Wut, Lauren?«

Lauren wandte sich ab. Dieser Mann mit seinem Dackelblick konnte ihr nicht helfen.

»Ich möchte jetzt nach Hause«, erklärte sie tonlos und lehnte die Hand ab, die der Psychologe ihr helfend entgegenstreckte. Sie würde zwar sterben – aber noch war sie nicht tot!

»Sind Sie sicher, Lauren, dass Sie in der Verfassung sind, solch eine Entscheidung zu treffen? Sollen wir nicht lieber auf Ihren Gatten warten?«

Lauren wäre beinahe gestolpert, als sie seinen Einwand hörte. Was bildete sich dieser Kerl eigentlich ein?

Sie wünschte, sie könnte ihre Wut heraufbeschwören und diesem Psycho-Heini ihre Meinung geigen, aber dazu fehlte ihr die Kraft. Mehr als das kurze Aufblitzen eines Gefühls war im Moment nicht drin. Sie stand unter Schock – aber um das zu wissen, brauchte sie keinen Therapeuten.

Ohne eine Antwort verließ sie mit steifen Schritten das Zimmer und ging durch die Krankenhausflure, wobei sie sich mehrfach an der Wand abstützen musste. Nicht etwa, weil ihr Gleichgewicht ihr Probleme machte, sondern weil sie jedes Gefühl verloren hatte. Selbst das Gefühl für ihre Schritte, den Boden unter ihren Füßen und die Menschen, die ihr auf ihrem Weg begegneten. Sie war umgeben von einer Wolke aus Gleichgültigkeit.

Sie konnte nicht sagen, was sie antrieb, konnte nicht sagen, was ihre Schritte lenkte, sie schwebte einfach in dieser Wolke dahin, ohne einen Gedanken zuzulassen.

So taumelte sie mehr, als dass sie lief, durch den Haupteingang und auf den von Bäumen umgebenen Parkplatz. Das erste Laub fiel, von einer kräftigen Bö mitgerissen, auf sie herab. Ohne den Blick von ihren Füßen zu heben, steuerte sie auf die Parklücke zu, in der Tim ihren Wagen abgestellt hatte. Dort hinten, unter dem großen Werbeplakat für Gleitsichtbrillen. Es war komisch, dass sie sich an die Reklame erinnerte, aber nicht daran, was sie gefühlt hatte, als Professor Ahrens sie über ihre Möglichkeiten aufgeklärt hatte.

Sie hatte den Wagen fast erreicht, da spürte sie Tims Nähe, noch ehe sie ihn sah. Sie hob ihren Blick. Er lehnte mit gesenktem Kopf am Auto. Seine Schultern hingen kraftlos nach vorne, aber er hatte die Hände zu Fäusten geballt. Das Haar hing ihm in die Augen, und er strich es achtlos nach hinten, als sie näher kam. Er hatte keine Ähnlichkeit mit dem Mann damals im Diner. Er sah schwach aus – und verwundet. Als triebe er im Wasser, ohne schwimmen zu können.

Lauren fand es schwer, ihm zu begegnen. Sie wusste nichts zu sagen. Es war, als wäre sie leer. Ausgebrannt. So, als hätten sie bei der Operation nicht nur den Tumor, sondern auch all das entfernt, was sie ausmachte. Mit zögernden Schritten ging sie auf ihn zu und blieb vor ihm stehen. Sie sah in sein Gesicht. Sein schönes, vertrautes Gesicht. Es war verquollen und gerötet – vom Wind und von den Tränen, die er vergossen hatte. Sie erkannte ihn kaum wieder.

Warum weinte er? Und sie nicht?

Sie hob ihre Hand an seine Wange, aber sie wusste selbst, dass das nicht tröstlich war. Nicht jetzt. Nicht nach dieser Nachricht.

Sie sahen sich in die Augen, vereint in Fassungslosigkeit und Hilflosigkeit, aber so sehr im eigenen Schmerz gefangen, dass sie – so nahe sie einander waren – sich doch allein fühlten.

Zum ersten Mal gab ihr das Blau in Tims Augen keine Sicherheit. Zum ersten Mal fand sie in seinen Armen keinen Trost, und zum ersten Mal seit vielen Jahren wollte sie nichts anderes, als allein zu sein. Sich nicht auch noch um die Belange eines anderen kümmern zu müssen.

Sie ließ ihre Hand sinken und ging um den Wagen herum zur Beifahrerseite.

»Lass uns nach Hause fahren«, murmelte sie und stieg ein, ohne zu warten, ob er sie gehört hatte.

»Wir werden alles versuchen, was möglich ist. Bestrahlung, Chemo, Immuntherapie, auch eine weitere Operation, wenn es nötig sein sollte.« Tim redete sich heiß, und er fuhr zu schnell, aber Lauren war es egal. Ihr war auch egal, was er sagte. Er brauchte sich überhaupt keine Hoffnungen zu machen – sie würde sterben. In jedem Fall, wenn sie Professor Ahrens glaubte. Und zwar sehr viel früher, als sie immer angenommen hatte. Eineinhalb Jahre, hatte Ahrens gesagt. Die mittlere Lebenserwartung von Patienten mit vergleichbarer Diagnose betrug eineinhalb Jahre. Wie viele Tage waren das? Sie konnte es nicht einmal mehr ausrechnen.

»Wir sollten nicht nach Hause fahren. Wir sollten mit Eckhard die Therapie planen. Am besten sofort anfangen.« Tim strich sich fahrig durchs Haar. »Mit der Bestrahlung, um die Krebszellen im umliegenden Gewebe abzutöten. Das ist der erste Schritt. Der wichtigste, wenn du mich fragst, Lauren. Dann ... ich verstehe nicht, warum der Krebs dann zurückkehren sollte. Vielleicht täuschen sie sich ja? Ich muss das noch mal mit Eckhard besprechen. Wir müssen alles wissen ...«

»Die Ampel ist rot.«

»Was?«

»Brems! Die Ampel ist rot.«

Tim tat, was sie sagte, schien aber mit seiner Aufmerksamkeit noch immer meilenweit vom Straßenverkehr entfernt zu sein.

»Ich werde da vorne wenden. Wir müssen uns mit den Therapiemaßnahmen vertraut machen, Lauren. Professor Ahrens ...«

»Ich will jetzt nach Hause!«, unterbrach sie seinen Redeschwall. »Nichts anderes.«

»Aber ...«

Er sah sie an, und Lauren wandte sich ab. Blickte wortlos aus dem Fenster. Sie wusste, dass er nicht verstand, warum ihr alles egal war. Sie verstand es ja selbst nicht. Er meinte es nur gut. Wollte etwas tun, ihr irgendwie helfen, doch Lauren war das im Moment alles zu viel.

Aus dem Augenwinkel nahm sie sein hilfloses Schulterzucken wahr. Sie atmete erleichtert aus, als er die Kreuzung passierte, an der er hatte wenden wollen.

Sie schwiegen sich an, bis Tim den Wagen in die Auffahrt lenkte. Er ließ die Hände auf dem Lenkrad liegen, obwohl der Motor schon abgestellt war.

»Wir müssen es den Kindern sagen«, stellte er niedergeschlagen fest. Lauren löste ihren Gurt und legte die Hand an den Türgriff. Nur kurz hob sie den Blick und sah ihrem Mann in die Augen.

»Nicht heute. Wir sagen es ihnen morgen.«

Den ganzen Tag sah Tim hilflos zu, wie Lauren sich einigelte. Sie sprach kein Wort und schlich wie ein Geist durchs Haus. Zu gerne hätte er gewusst, was sie dachte, damit er einen Weg finden konnte, zu ihr durchzudringen. Aber was immer er sagte, sie tat es mit einem Schulterzucken ab. Und dabei drängte alles in ihm danach, zu handeln. Irgendwie zu handeln. Die Diagnose hatte ihn umgeworfen wie ein Schlag mit dem Vorschlaghammer. Atemlos war er zusammengebrochen. Der Schmerz über diese unvorstellbare Wahrheit hatte ihn überwältigt. Er fühlte sich nackt. Nein, das traf es nicht. Er fühlte sich, als hätte man ihm mit den wenigen Worten die Haut vom Körper gezogen. Er wollte schreien, so qualvoll war der Gedanke, dass das, was Doktor Eckhard für den weiteren Verlauf beschrieben hatte, ihnen wirklich passieren würde.

Und als er aus dem Krankenhaus gestürmt war, da hatte er geschrien. Laut und wütend, so dass die Vögel in Scharen aus den Baumwipfeln aufflogen. Die entgeisterten Blicke der Passanten kümmerten ihn nicht, so gewaltig war der Drang gewesen, seine Qual hinauszuschreien. Seine Seele war erfüllt von Angst, aber er wollte sich diesem übermächtigen Gefühl nicht hingeben. Er wollte nicht nackt und verwundet im Regen liegen, sondern sich aufrappeln und den Kampf gegen das Schicksal aufnehmen. Keine Krankheit dieser Welt sollte ihm Lauren nehmen! Nichts sollte sein Glück und seine Familie zerstören!

Er war bereit, es mit dem Krebs aufzunehmen, ihn mit allen Mitteln zu bekämpfen und seine ganze Kraft zu geben, um Laurens Leben zu retten … aber das konnte er nicht allein. Lauren musste ebenfalls kämpfen.

Beinahe zornig beobachtete er, wie sie am Fenster stand und hinaussah. Er wusste, der Garten war jetzt, im angehenden Herbst, keine Augenweide mehr. Die längst verblühten Köpfe der Sommerblumen hingen kraftlos an den dürren Stängeln, und das Gras war bedeckt mit den braungelben Blättern der Büsche. Windböen rissen an der Dachpappe, die das Dach des Schuppens abdichten sollte.

Es gab also nichts zu sehen. Nichts, das es wert wäre, seit einer geschlagenen Stunde hinauszustarren.

»Lauren?«, fragte er vorsichtig, ohne sich ihr zu nähern. Das hatte er schon versucht, aber sie hatte ihn zurückgewiesen. Sie wollte allein sein. Das verstand er – und doch, sie mussten reden. Wie sollten sie sonst damit klarkommen?

Wie zuvor bekam er keine Antwort. Nicht einmal eine Reaktion. Hatte sie ihn überhaupt gehört?

»Lauren? Hörst du mich? Wir … wir müssen reden.« Er versuchte die Geduld aufzubringen, die ihm in Wahrheit fehlte.

Er hatte die Kinder bei Rachel untergebracht, die zwar

keine Fragen gestellt, jedoch etwas misstrauisch geguckt hatte. Aber das Letzte, was er jetzt noch brauchen konnte, waren die Fragen der Mädchen nach Laurens merkwürdigem Verhalten.

»Lauren, wir …«

Endlich drehte sie sich um und sah ihn an. Ihre Augen waren trocken. Sie wirkte gefasst – und das machte ihm Angst. Wie konnte sie nur so ruhig bleiben, wo er doch so dringend etwas unternehmen wollte, um ihr zu helfen? Er hatte im Internet recherchiert, und es gab einiges, das er mit Eckhard besprechen wollte.

»Ich gehe ein wenig nach draußen. Ich will allein sein«, erklärte Lauren mit schwacher und tonloser Stimme. Sie schien keine Antwort zu erwarten, denn sie nahm ihren Mantel vom Haken und war zur Tür hinaus, ehe Tim etwas sagen konnte. Besorgt eilte er ebenfalls zur Tür, aber sie blieb nicht stehen. Sie ging unbeirrt weiter. Er sah ihrem leuchtend orangen Mantel im wirbelnden Laub hinterher. Der Wind blähte ihn auf, als wollte er Lauren wie die bunten Blätter in die Lüfte entführen. Ihr Haar tanzte wie eine Feuersäule über ihrem Kopf – emporgerissen von der Kraft der Natur.

Fröstelnd schloss Tim die Tür und lehnte sich dagegen.

Was sollte er nur tun?

Was zur Hölle sollte er tun?

Er stieß einen Schrei aus und fegte die Schüssel mit den Schlüsseln, die Vase mit den künstlichen Blumen und die Tageszeitung in einer wütenden Armbewegung vom Apothekerschränkchen neben der Tür. Die Vase zerbrach, und die glänzenden Scherben verteilten sich über den gesamten Boden.

Er keuchte, als wäre er einen Marathon gelaufen,

und sein Herz drohte aus seiner Brust herauszuplatzen. Schluchzend presste er sich die Hand auf den Brustkorb, der so sehr stach, dass ihm der Atem fehlte. Er schnappte nach Luft, und sein Puls hämmerte laut in seinen Ohren.

Entschlossen riss er die Tür auf und rannte Lauren hinterher.

Sie war seine Frau, seine große Liebe, und er würde sie nicht einfach so gehenlassen! Das hatte er einmal gemacht, und es war ein Fehler gewesen. Diesmal würde es anders werden.

Er eilte die Straße hinunter und sah ihren Mantel im abendlichen Dämmerlicht aufleuchten, als sie gerade in die Einfahrt zu ihrem Elternhaus einbog.

Entsetzen zeichnete sich auf den Gesichtern um sie herum ab. Keiner von ihnen hatte gewusst, wie schwer diese Zeit für Lauren und Tim wirklich gewesen war. Celeste vergoss entgegen ihrem Versprechen an der Schulter ihres Mannes heiße Tränen, und ihr Schluchzen ließ die Gemüter der anderen erbeben.

Rückblickend begriff Tim nicht mehr, was an diesem Tag mit ihnen los gewesen war. Warum sie sich so verlassen gefühlt hatten – und zwar beide. Warum sie nicht die Stärke aufgebracht hatten, miteinander einen Weg zu finden.

Er stand auf und warf zwei große Holzscheite ins Feuer. »Du hast mir eine Wahnsinnsangst gemacht, Lauren. Das weißt du, oder?«, sagte er und wartete, bis die Flammen sich ins Holz fraßen. Er würde dieses Feuer nicht ausgehen lassen. Noch nicht.

Lauren nickte. »Jetzt weiß ich das, aber damals war mir nicht bewusst, was ich tat.«

Ein Sprung ins kalte Wasser

Die Luft roch nach Regen, und dunkle Wolken türmten sich am Abendhimmel. Der Wind fuhr Lauren unter den Mantel, und sie presste die Arme eng an ihren Oberkörper, um sich warm zu halten. Sie tat es nicht, weil sie fror – sie fühlte überhaupt nichts. Es war einfach ein Reflex, etwas, das man tat, wenn es so windig war. Jede ihrer Bewegungen schien ferngesteuert. Genau wie ihre Flucht hierher. Beim Blick auf die weiße Fassade ihres Elternhauses wusste sie nicht mehr, was sie hier wollte. Warum war sie hergekommen? Sie drehte sich einmal um sich selbst, legte den Kopf in den Nacken und sah dem Wirbeln der Blätter in den Wipfeln der großen Ahornbäume zu, die im Sommer ein dichtes Blätterdach über der Einfahrt bildeten.

Jetzt ragten schon einige kahle Äste hervor wie knorrige Arme des Todes. Lauren stolperte rückwärts, als der Wind die Äste schaukelte. Es sah aus, als wollten sie nach ihr greifen. Als wollte der Tod seine grausigen Arme nach ihr ausstrecken …

Ein spitzer Schrei entfuhr ihr, und sie rannte los. Die Welt schien aus den Fugen geraten, und alles drehte sich um Lauren. Sie wusste, sie sollte sich hinsetzen, durchatmen und zur Besinnung kommen, aber sie war wie in einem Alptraum gefangen. Mit unsicheren Schritten schleppte sie sich in Richtung ihres geliebten Strandhauses, aber diesmal hieß sein Anblick sie nicht willkommen. Der Wind riss am Geißblatt, so dass die Ranken sich wie Schlangen vom Vordach wanden, und die dunklen Fenster starrten ihr wie tote Augen entgegen.

Sie wandte sich um und rannte auf den kleinen Steg zu, an dem das Ruderboot befestigt war. Es tanzte auf dem Wasser und schlug mit jeder Welle knarzend gegen den Steg.

Lauren zitterte am ganzen Körper, als sie das Ende des Stegs erreichte und ihren Blick über den See schweifen ließ. Sie fühlte sich wie ein Tier, das in eine Falle geraten war. Es gab kein Entkommen. Es gab keine Hoffnung für sie. Es gab nicht einmal mehr Verzweiflung. Sie stand da, ihre Arme hingen wie Säcke an ihr herab, kraftlos und schlapp, sie fand nirgendwo Halt. Sie atmete tief ein, aber sie fühlte nichts. Keine Erleichterung, überhaupt atmen zu können, keine Kälte, obwohl ein Sturm um sie toste, und keine Furcht, obwohl sie wusste, dass sie ihren vierzigsten Geburtstag vermutlich nicht mehr erleben würde. Ein bitteres Schluchzen entrang sich ihrer Brust, und sie wünschte, sie würde etwas spüren. Schmerz, Wut, Angst – irgendetwas. Denn das, was sie jetzt empfand, schien ihr eine Vorstufe des Todes zu sein. Losgelöst von allem, was sie ausmachte.

Sie schlug sich die Hände vors Gesicht und sprang ins Wasser.

Nur ein Gedanke beherrschte sie, als die eisigen Fluten über ihr zusammenschlugen und die Kälte mit tausend Nadeln in ihren Körper stach:

»Warum ich?«

Tim beschleunigte seine Schritte, als er Lauren über den Steg taumeln sah. Sie wirkte wie in Trance. Er rief sie, aber sie ging einfach weiter. Der Wind hatte ordentlich aufgefrischt und trug seine Rufe davon, ohne dass sie Lauren erreichten. Von einer bösen Vorahnung ergriffen, rannte Tim los.

Er sah sie springen und ins Wasser eintauchen – und die Welt stand still. Die Wassertropfen spritzten wie in Zeitlupe auf, und er sah ihren Mantel, der sich kurz auf der Oberfläche aufblähte, ehe er mit Lauren versank. Er sah ihre Arme schlagen und ihren Atem in großen Blasen aufsteigen, hörte sogar ihren Schrei, gedämpft durch das Wasser, aber er kam sich vor wie festgefroren. Er rannte, das wusste er – und doch erreichte er sie nicht. Er riss sich den dünnen Pulli, in dem er ihr gefolgt war, über den Kopf und sprang ihr hinterher.

Der See war an dieser Stelle nicht tief, keine zwei Meter, aber die Kälte lähmte ihn schon bei seinem ersten Schwimmzug. Er packte Lauren unter den Achseln, und ihre Haare nahmen ihm die Sicht. Er musste sich jeden Meter zum Ufer erkämpfen. Er hörte sich selbst die ganze Zeit ihren Namen rufen, obwohl er nicht wusste, warum. Von wütender Verzweiflung gepackt, hielt er sie fest. Ihr nasser, schwerer Mantel riss an ihren Schultern, als wollte er sie zurück ins Wasser ziehen, und Tim versuchte angestrengt, Lauren aus dem orangen Stoff zu befreien. Zitternd hing sie an ihm, und ihre Zähne schlugen laut aufeinander. Sie klammerte sich an seinen Nacken und schluchzte heftig, als er sie schließlich mit letzter Kraft ans Ufer trug.

»Verdammt, Lauren!«, rief er immer wieder. Er musste zu ihr durchdringen, sie irgendwie erreichen, in ihrer Trance, in ihrem Schock …

Laurens ganzer Körper zuckte, so schüttelte sie ihr Weinen. Die Kälte brannte auf ihrer Haut, das Wasser schmeckte fischig auf ihren Lippen. Tims Herz schlug an ihrer Brust, und seine Arme gaben ihr Halt.

»Tim«, schluchzte sie durch ihre schlotternden Zähne und barg ihr Gesicht an seiner Schulter. »Halt mich, Tim. Halt mich!« Die Tränen brannten heiß in ihrer wunden Kehle, und ihr Magen verkrampfte sich, so tief saß der Schmerz. »Ich hab solche Angst.«

Unter der Last ihres Gewichts taumelte Tim ans Ufer. Ihre vollgesogenen Klamotten wogen schwer, und er sank mit ihr in den Sand, ohne sie auch nur eine Sekunde loszulassen. Mit kalten Händen umfasste er ihr Gesicht und strich ihr die nassen, roten Strähnen von der Wange.

»Was hast du getan, Lauren? Warum … warum hast du das getan?«

Lauren schwieg. Sie brachte kein Wort heraus. Mit jedem Atemzug schwanden ihre Kräfte.

Wütend schüttelte Tim sie an den Schultern und hob ihr Gesicht an, damit sie ihn ansehen musste.

»Wolltest du dich umbringen, Lauren? Wolltest du das?«, schrie er. Lauren schüttelte den Kopf und wischte sich den Rotz mit dem Handrücken ab. Wie konnte er so etwas nur denken? Sie sah das Entsetzen in seinen Augen. Das Entsetzen und die Enttäuschung, und sie wusste nur eines – egal, was kommen würde, sie würde sich nicht feige aus dem Leben stehlen. Sie würde niemals freiwillig aufgeben, was sie hatte. Ihre Kinder, ihre Freunde … und ihre Liebe.

»Nein«, heulte sie. »Nein, Tim. Das wollte ich nicht! Ich will leben! Ich will nicht sterben … aber ich fühle nichts. Seit Ahrens das gesagt hat … fühle ich nichts. Nichts! Ich kann nicht denken, kann nicht weinen, kann nicht wütend sein. Ich fühle mich, als wäre ich schon tot, Tim. Ich wollte nur … ich wollte nur wieder etwas fühlen!«

Tim presste sie an sich und küsste fest ihre eisigen Lippen. Seine Lippen fühlten sich heiß auf ihrer nassen Haut an, und sie drängte sich an ihn.

»Weißt du, was *ich* fühle, Lauren?«, murmelte er dicht an ihrem Ohr, und seine Tränen benetzten dabei ihre Wange. »Ich habe Angst. Ich hatte noch nie im Leben so eine Angst, Lauren.«

»Ich habe auch Angst. So sehr, dass ich keine Luft bekomme. Und mir ist kalt. So schrecklich kalt.«

Tim hob sie hoch und trug sie zum Haus der Lathams, aber noch ehe sie die Haustreppe erreicht hatten, kam ihnen Celeste kreischend entgegen.

»Du meine Güte! Tim? Lauren? Was … was ist passiert? Wie seht ihr denn aus? Ich sah euch am Ufer und …«

»Lass uns rein, schnell – Lauren muss aus ihren nassen Kleidern«, befahl Tim und drängte sich an seiner Schwiegermutter vorbei ins Wohnzimmer. Ohne auf Celestes entgeistertes Starren zu achten, setzte er Lauren ab und begann, sie auszuziehen. Das Wasser rann ihnen aus den Hosen und sickerte in den teuren Teppich.

»Hol Handtücher und etwas Trockenes zum Anziehen – und Decken«, wies er Celeste vor Kälte zitternd an.

Sie rannte los. Die Stimmung, die die beiden mit ins Haus getragen hatten, ließ sie schaudern. Hier stimmte etwas nicht.

Wenig später saß Celeste händeringend im Esszimmer. Sie zitterte und war nicht in der Lage, auch nur einen klaren Gedanken zu fassen. Die lange Tafel schien ihr wie ein Schild, hinter dem sie sich verstecken wollte – und doch keinen Schutz fand. Gerade war Peter aus der Kanzlei nach Hause gekommen, und sie hörte ihn im Wohnzimmer leise mit Tim sprechen. Sie selbst hatte das Zimmer verlassen, nachdem Tim ihr gesagt hatte, was passiert war – und warum. Sie wollte Lauren nicht zeigen, wie erschüttert sie war. Ihr Kind sollte nicht sehen, wie sie Gott verfluchte.

Denn das tat sie. Sie verfluchte Gott, die Welt und all jene, die von so einem Schicksal verschont blieben.

Angespannt wartete sie auf eine Reaktion von Peter. Sie erwartete fast, dass er brüllen würde oder auf etwas einschlagen. Aber nichts geschah. Sie hörte nur ihren eigenen Herzschlag, der viel zu schnell in ihrer Brust hämmerte, und spürte, wie ihr der Schweiß ausbrach.

Dann schwang die Doppeltür auf, und ihr Mann kam herein. Seine Schritte waren schleppend, als wäre er um zwanzig Jahre gealtert, und seine Haut wirkte grau. Seine Lippen sahen käsig aus, und er schnappte deutlich nach Luft. Verzweifelt zog er Celeste vom Stuhl hoch und presste sie an sich.

Er bebte und brach ihr beinahe die Knochen, so fest klammerte er sich an sie. Wie ein Ertrinkender.

»Unser Kind!«, presste er hervor, von Schluchzern geschüttelt. »Unser Baby!«

Lauren sah über die Flammen hinweg in das starre Gesicht ihres Vaters. Er trug den heutigen Abend mit Fassung, verwendete all seine Kraft darauf, seiner Frau und seinen Enkelkindern Halt zu geben.

»Das war der schwerste Tag unseres Lebens. Fast so schwer wie der heutige Tag«, gestand er und legte Celeste den Arm um die bebenden Schultern.

Ben erhob sich und ging zu seinen Eltern hinüber.

»Mom, geht es?«, fragte er mitfühlend. »Soll … soll ich dich ins Haus bringen? Es ist ja schon spät«, bot er an, aber Celeste schüttelte den Kopf.

»Nein. Ich bleibe. Ich will bleiben«, sagte sie entschieden. »Mir geht es gut. Ich … höre jetzt auch auf zu weinen.«

Keine Tränen mehr

»Sie haben einen Fehler gemacht!«, erklärte Ben voller Überzeugung, und seine Wut war greifbar.

Lauren sah ihm zu, wie er im Wohnzimmer ihrer Eltern auf und ab ging. Seine Schritte hämmerten über das Parkett, so energisch waren sie. »Sag doch was, Lauren …«

»Was soll ich denn sagen? Du schreist hier rum und hoffst auf ein Wunder!«

Celeste schnäuzte sich und sah ihre Kinder aus geröteten Augen an. Peter und Tim waren noch einmal in die Klinik gefahren, aber Lauren hatte sich geweigert. Sie wollte nicht hören, wie Professor Ahrens erneut jede Therapie als bloßes Hinauszögern des Unvermeidlichen und jede Medikation nur als symptomlindernd bezeichnete. Heilung sei ausgeschlossen, so die Worte von Professor Ahrens – und das war das Einzige, was für Lauren zählte. Das – und ihre Kinder.

Ihr wurde ganz schlecht, wenn sie daran dachte, was diese Diagnose für Mia und Alyssa bedeutete. Das war das Schlimmste. Nicht, zu sterben – oder viel früher zu sterben als gedacht. Nein, es war der Gedanke, zu sterben und nicht mehr teilhaben zu können am Leben ihrer Kinder. Mia brauchte eine Mutter, gerade jetzt, wo sie in die Pubertät kam. Und Alyssa war ja im Grunde noch ein Baby. Wie sollten die beiden ohne sie klarkommen? Wie sollten sie je wieder glücklich werden? Sie wünschte sich nichts mehr als ein glückliches Leben für ihre Kinder.

Sie erinnerte sich, wie sie an einem Wintermorgen aufgewacht waren, Mia war drei Jahre alt gewesen. Über Nacht hatte es gute vierzig Zentimeter Neuschnee gegeben, und die Sonne verwandelte die schneebedeckte Landschaft in ein diamantbesetztes, lichtfunkelndes Wintermärchen. Direkt nach dem Frühstück hatten sie sich angezogen und sich richtig eingemummelt, um dann den ganzen Vormittag mit dem Schlitten durch das weiße Wunderland zu spazieren. Mia hielt es kaum auf dem Schlitten. Immer wieder warf sie sich in aufgetürmte Schneeverwehungen, verschwand beinahe darin. Ihre Wangen waren rot wie die glänzenden Backen eines Apfels, ihre Augen funkelten mindestens so wie der Schnee, und ihr Lachen hallte über die stillen Äcker. Obwohl Tim bei Gericht war und diesen wundervollen Tag verpasst hatte, war es einer der schönsten in Laurens Leben. Mias Lachen, ihre Freude und der zauberhafte Anblick der Winterwelt machten diesen Tag vollkommen. Lauren konnte sich nicht erinnern, dass die Welt danach jemals wieder so gestrahlt hatte. Dass Mia noch einmal etwas mit so viel Euphorie entdeckt hatte wie das Gefühl, bis zu den Schultern in einer funkelnden Schneewehe zu versinken.

Lauren schlug sich die Hand vor den Mund und hielt ein Schluchzen zurück. Sie wollte noch viele solcher Momente erleben! Wollte noch einmal das Glück dieses eisigen Morgens genießen. Nein, noch Hunderte Male. Sie wollte noch so viel tun … Und Doktor Eckhard gab ihr nur eineinhalb Jahre. Die Zeit, die ihr bleiben sollte, kam Lauren vor wie ein Atemzug. Darum hielt sie gespannt und voller Furcht die Luft an. Eineinhalb Jahre … das waren kaum fünfhundertfünfzig Tage … das war nichts!

»Es gibt sicher irgendwo Therapieansätze, vielleicht nicht hier, in Vermont … vielleicht irgendwo anders auf der Welt. Aber wenn es sein muss, Lauren, dann fliegen wir eben dorthin! Ich habe mit dem Baseball genug Geld verdient – ich zahle jeden Flug, jede Therapie. Vielleicht müssen wir nach Europa … Professor Ahrens ist aus Deutschland. Vielleicht ist dort die Forschung, die Medizin oder was weiß ich, schon weiter?« Ben hatte einen roten Kopf. Er spielte all die Möglichkeiten durch, die Lauren und Tim in der letzten Nacht auch durch den Kopf gegangen waren. Lauren wollte glauben, dass Ben recht hätte. Sie wollte glauben, dass die Diagnose falsch war, dass es Heilung gab – einfach, dass sie leben würde. Sie wollte es glauben, aber sie konnte es nicht. So hart es war. Sie konnte es nicht.

Ich werde sterben, dachte sie, und wie jedes Mal, wenn sie diesen Gedanken wirklich zuließ, fühlte sie Panik aufsteigen. Ihr Puls beschleunigte sich, sie schwitzte, und ihre Kehle wurde eng.

Sie konnte Ben nicht sagen, dass sie sich keiner falschen Hoffnung hingeben wollte. Schon Tim hatte das nicht verstanden. Aber Professor Ahrens' gutgemeinter Rat wog schwerer als jede Hoffnung auf ein Wunder. Natürlich bewahrte sie sich diese Hoffnung tief in ihrem Herzen. Diesen Wunsch, dass alles nur ein Irrtum wäre – oder dass es irgendwo Heilung für sie gäbe. Aber sie wollte die wenige Zeit, die ihr bleib, nicht damit vertun, diesem Wunder hinterherzueilen, nur um am Ende festzustellen, dass es keine Wunder gab. Nein, wenn es wirklich eines geben sollte, dann würde es zu ihr kommen. Dann würde das Wunder sie finden.

»Ihr Krebs ist unheilbar, Mrs Parker«, hatte Ahrens ihr offenbart. Er hatte sich zu ihr herübergeneigt und ihre Schulter berührt. »Keine Therapie wird das Unvermeidliche verhindern. Natürlich könnte eine Bestrahlung Ihnen etwas Zeit schenken, eine Chemotherapie vielleicht noch mehr, aber bedenken Sie, was das mit sich bringt. Die Nebenwirkungen, die Kosten, die Aufenthalte im Krankenhaus, und das ohne Aussicht auf Heilung.«

Lauren schüttelte den Kopf. Sie hatte ihn angesehen und ihn gefragt, was er meinte. Was sie tun sollte. Aber er hatte nur erklärt, er könne ihr nicht mehr sagen. Trotzdem hatte Lauren verstanden, was er andeuten wollte. Lebe – das war es gewesen. Lebe, solange du kannst, ehe die Krankheit dich umbringt, und vergeude deine Zeit nicht mit Therapien, die deine Lebensqualität beeinträchtigen – und die doch keine Rettung bringen. Seine Ehrlichkeit hatte sie überrascht. Und obwohl sie ihr beinahe jede Hoffnung nahm, war sie doch froh darüber. Er zeigte ihr einen Weg – einen Weg für die nächsten wenigen Tage ihres Lebens. Aber konnte sie so eine Entscheidung treffen? Entscheiden, jegliche Behandlung abzulehnen, quasi aufzugeben? Sie wusste es nicht.

Lebe!

Ja, das wollte sie, nur fiel es ihr so schwer, diese einfache Forderung zu erfüllen.

Sie griff nach Bens Hand, als er wieder an ihr vorüberstapfte. Hilflos ließ er sich neben Lauren aufs Sofa sinken und küsste ihre Schläfe. Rote Bartstoppeln und dunkle Augenringe zeugten von seinem Gemütszustand.

»Wie erträgst du das nur?«, fragte er kopfschüttelnd.

»Gar nicht. Ich könnte schreien und heulen und um mich schlagen. Ich weiß, es klingt bescheuert, aber nichts in mir fühlt sich mehr vertraut an. Es ist, als wäre ich von einer fremden Macht übernommen worden. Sie lässt mich einatmen und ausatmen …« Sie hob die Hände. »… und steuert meine Bewegungen. Ich funktioniere nur, weil ich ferngesteuert bin. Es fühlt sich an, als wäre es ein Schutzmechanismus meines Gehirns. Das Problem irgendwie auszublenden, obwohl ich an nichts anderes denken kann.«

Ben zog sie an seine Brust und hielt sie fest.

»Nein, Süße, das klingt nicht bescheuert. Das klingt unter den gegebenen Umständen sogar absolut logisch. Aber weißt du denn schon, wie es jetzt weitergeht? Was … was willst du unternehmen? Welche Therapie willst du machen – und wann?«

Lauren zuckte mit den Schultern. Celeste hatte sich zu ihnen gesetzt und hielt nun ihre beiden Kinder im Arm. Lauren sah ihrer Mutter und ihrem Bruder in die Augen. Grüne Augen, die ihren so ähnlich waren. Augen, die voller Schmerz und Tränen waren.

»Ich weiß es nicht. Ich weiß nicht, wofür ich kämpfen soll, wenn es doch keine Hoffnung gibt.«

»Das darfst du nicht sagen. Es gibt immer Hoffnung!«, flüsterte Celeste mit gebrochener Stimme.

»Mom«, schluchzte Lauren und küsste die tränenfeuchte Wange ihrer Mutter. »Wir müssen echt aufhören zu heulen! Ich will nicht den Rest meines Lebens nur heulen. Mich nur selbst bemitleiden. Dafür fehlt mir die Zeit.«

Gerade als sie sich alle wieder ein wenig gefasst hatten, kamen Peter und Tim aus dem Krankenhaus zurück. Ihre Mienen waren verschlossen, und die Hoffnungslosigkeit lastete schwer auf ihren Schultern. Von Peter Lathams gerader und strenger Haltung war nicht viel übrig, als er sich gramgebeugt zu ihnen setzte.

Tim blieb im Türrahmen stehen und betrachtete die Familie vor sich. Sie sahen aus, als würden sie einen Schutzwall um Lauren errichten. Als würden Ben und Celeste es mit jedem aufnehmen, der Lauren ihrer Mitte entreißen wollte.

»Hat euer Gespräch im Krankenhaus etwas ergeben?«, fragte Ben energisch. Er rieb Laurens Rücken und schien wieder auf Kampfmodus geschaltet zu haben. Wie zuvor wollte er von unheilbar nichts wissen.

Tim nickte.

»Es ist schwierig. Wie sie uns schon gestern gesagt haben, hat der Tumor bereits zu viel Gewebe infiltriert. Keine der Therapien kann eine vollständige Heilung erzielen. Aber wenn wir nichts unternehmen …«

»Was ist, wenn wir nichts unternehmen?«, fragte Lauren.

»Du wirst etwas unternehmen!«, warf Peter entschieden ein. Lauren befreite sich aus dem Nest ihrer Familie und trat zu Tim. Sie suchte in seinen Augen nach Antworten.

»Dann wird sich der Tumor rasch ausbreiten«, sagte Tim. »Die Folge sind Schmerzen, Ausfälle der Sprache, der Motorik, des Bewusstseins. Du wirst epileptische Anfälle bekommen …«

Lauren nickte. Sie wollte nicht mehr hören. Das hatten die Ärzte ihr gestern schon prophezeit. Und dann würde sie irgendwann die Kontrolle verlieren. Sie würde – nun, am Ende würde sie sterben.

Und dieses Ende war bedrohlich nahe.

Lauren stand auf und öffnete eine neue Flasche Wein. Sie ging reihum und goss allen nach. Dann schlenderte sie zum Picknicktisch, den Tim und Mason gezimmert hatten, und spitzte in die Schüsseln mit dem Nachtisch. Es war noch Tiramisu da, und sie lächelte Rachel dankbar an. Sie liebte diese italienische Köstlichkeit.

»Will noch jemand etwas Süßes?«, fragte sie und hob demonstrativ ihren gut gefüllten Teller hoch.

»Oh ja, immer her damit!« Chris kam zu ihr und nahm ihr gleich die ganze Schüssel ab, aber Rachel erhob lachend Einspruch.

»Vergiss es! Das ist nicht nur für dich!«

Um Gerechtigkeit bemüht, verteilte Rachel den Dessert-Rest gleichmäßig auf die Teller, bis nur noch ein kleiner Klecks in der Schüssel war. Die reichte sie Chris.

»Lorelei«, beschwerte er sich. »Deine sogenannte Freundin behandelt mich schlecht!«

Lauren lachte und tätschelte Chris mitfühlend die Wange.

»Du bist ein Großer – du wirst es überleben!«

Chris nickte und sah ihr nach, als sie zu ihrer Familie zurückging.

Ja, er würde es überleben. Aber Lauren …

Sie hatte die Niedergeschlagenheit der letzten Stunde

abgeschüttelt und schob sich nun gutgelaunt einen Löffel Nachtisch in den Mund. Der Wein hatte ihre Wangen gerötet, und sie strich sich das im Feuerschein glänzende Haar auf den Rücken. Dann setzte sie sich neben Mia und knuffte sie leicht in die Seite.

»Es euch allen zu sagen war das Schlimmste. Euer Schmerz tat mir so weh, weil ich mich schuldig fühlte«, wandte sie sich an ihre Freunde. »Es wurde leichter für mich, als ihr alle es wusstet. Nur Mia hat es uns schwergemacht.« Sie zwinkerte ihrer Tochter zu.

Mias Zorn

Tim starrte auf den leuchtenden Bildschirm seines Laptops, ohne wirklich etwas zu sehen. Er hatte nach Behandlungsmöglichkeiten gesucht. Es gab kaum etwas, das es wert war, ihm nachzugehen. Langsam befiel ihn ein Gefühl der Hoffnungslosigkeit. Er war müde. Müde und erschöpft, aber anders als Lauren, die schon ins Bett gegangen war, war er zu unruhig, um sich schlafen zu legen. Es war auch noch nicht spät, auch wenn in dieser Jahreszeit die Tage wieder kürzer wurden und die Dunkelheit draußen es ihm vorgaukelte.

Mia war noch nicht einmal von ihrem Besuch bei einer Schulfreundin nach Hause gekommen. Tim war froh, dass sie in den letzten Tagen so viel unternommen hatte. Noch immer ahnten die Kinder nichts von Laurens Krankheit – und den Aussichten.

Er wusste auch nicht, wie er es ihnen sagen sollte. Er war erwachsen und konnte trotzdem nicht damit umgehen – wie musste es da erst für die Mädchen sein?

Obwohl er spürte, wie ihm die Kehle eng wurde und die Tränen in seine Augen traten, kämpfte er nicht dagegen an. Lauren schlief – also musste er nicht so tun, als wäre er stark. Als hätte er die Situation im Griff. Als gäbe es einen Ausweg. Er war allein, also ließ er seinem Schmerz freien Lauf. Sein Weinen klang fremd in seinen Ohren – weil er kaum wusste, wie es war, zu weinen. Vor Laurens Diagnose hatte er viele Jahre nicht geweint. Warum auch? Er war glücklich gewesen. Hatte zur Geburt seiner Kinder eine Träne verdrückt, aber das waren Freudentränen. Diesmal trieb ihn die Angst an die Grenze seines Verstandes. Eine Welt ohne Lauren konnte es für ihn nicht geben. Nicht für ihn und nicht für ihre Familie und Freunde.

Tim rieb sich die Augen und spürte die Feuchtigkeit auf seinen Wangen. Er war ein Mann, der bitterlich weinte. Und er schämte sich dessen nicht.

Erst als die Haustür aufging, fuhr er erschrocken zusammen. Er trocknete sich mit dem Pulli die Tränen und atmete tief durch, ehe er sich zu Mia umdrehte.

»Hi«, murmelte sie und schob sich einen Kaugummi zwischen die Lippen. »Was ist denn hier los? Warum hockst du im Dunkeln?«

Lässig schlenderte sie in die Küche, drückte den Lichtschalter und goss sich ein Glas Saft ein. »Heulst du?«, fragte sie irritiert, als sie das verquollene Gesicht ihres Vaters bemerkte.

Tim rieb sich die Augen und fuhr den Computer herunter. Ein leichter Geruch von Zigarettenrauch stieg ihm in die Nase.

»Du riechst nach Rauch«, stellte er fest, blieb aber sitzen. Mia ignorierte seine Bemerkung.

»Was ist hier los, Dad? Warum hockst du im stockdunklen Wohnzimmer und heulst? Habt ihr euch gestritten? Wollt ihr euch scheiden lassen? Die Eltern von Seth sind auch geschieden – er lebt jetzt bei seinem Dad.«

Cool lümmelte sie sich auf die Armlehne des Sessels und klemmte sich das Glas zwischen die Knie, um ihren Zopf zu lösen. Auch ihrem Haar entstieg der Geruch von Zigarettenqualm. Tim wusste, er sollte dazu etwas sagen, aber er hatte keine Kraft für einen von Mias Ausbrüchen – und der würde sicherlich folgen, wenn er tiefer bohrte. Außerdem sah sie ihn mit ihren großen Augen an und wartete auf eine Antwort.

Er fühlte die Panik aufsteigen und atmete tief durch.

»Nein … wir haben nicht gestritten. Ich …« Er stockte. Er konnte sie nicht länger anlügen. Auch wenn die Wahrheit weh tun würde. »Es ist wegen Mom. Sie ist krank. Sehr krank.«

Mia ließ sich von der Armlehne in den Sessel rutschen. Sie runzelte die Stirn und schob ihre Unterlippe vor, so wie wenn sie nicht bekam, was sie wollte.

»Meinst du ihre Migräne? Seth sagt, seine Mom hatte auch immer Migräne, weil sie nicht mehr mit seinem Dad … *du weißt schon was* wollte.«

Tim hob den Blick und fragte sich, wann Mia ihre Kindheit hinter sich gelassen hatte. Hier saß sie nun, kaute Kaugummi, traf sich mit Jungs und redete über Sex. Kurz kam ihm der Gedanke, was sie wohl schon über *du weißt schon was* wusste – und woher. Aber auch das war eine Nichtigkeit im Vergleich zu dem, was er ihr sagen musste. Er fuhr sich durchs Haar, um Zeit zu gewinnen. Zeit, weil er nicht wusste, wie er ihr die Wahrheit möglichst schonend beibringen sollte.

»Mia … Mia, deine Mom hat Krebs.« Er wartete auf ihre Reaktion – aber es kam keine. Sie starrte ihn nur ausdruckslos an. »Verstehst du, was das bedeutet?«, fragte er zärtlich nach und hörte selbst, wie zittrig seine Stimme klang.

Mia sah an ihm vorbei in Richtung Treppe. Sie knabberte an ihrer Lippe herum und schwieg. Tim wollte zu ihr gehen, aber sie sprang auf, sobald er sich bewegte.

»Ich weiß, was Krebs ist!«, rief sie zornig. »Aber was heißt das, Dad?«

»Ich weiß es nicht, Mia. Ich weiß es wirklich nicht. Die Ärzte geben ihr eineinhalb Jahre – aber … aber das will ich nicht glauben.«

Nun tat er doch einen Schritt auf seine Tochter zu. Ihre Skinnyjeans saß so eng, dass er das Zittern ihrer Knie sah. Sie hatte die Arme abwehrend vor der Brust verschränkt.

»Lass mich!«, rief sie und schlug nach ihm. »Du lügst! Ich hasse dich, weil du so was sagst! Wenn das ein Scherz ist, Dad … echt! Ich hasse dich!« Sie drehte sich um und rannte die Treppe hinauf. Auf halber Höhe blieb sie stehen. »Und wenn es stimmt – dann hasse ich euch beide!«

Perplex überlegte Tim, ob er ihr nachgehen sollte. Die Neuigkeit war schwer zu verdauen und für Mia sicher ein Schock, also sollte er sich um sie kümmern. Aber er fürchtete sich. Er fürchtete sich vor ihrem Schmerz, wo er doch schon von seinem eigenen überwältigt wurde.

»Tim?«

Lauren klang verschlafen. Sie trug ein Spaghettiträger-Top, Shorts und Wollsocken. Ihr Haar war zu einem lockeren Knoten gewickelt, und er sah die Schwellung der Operationsnarbe an ihrem Hinterkopf, als sie näher kam.

»Ich habe Mia brüllen gehört. Was war denn los?«

Sie kam näher und griff sich die Decke vom Sofa. Sie sah aus wie so oft, wenn er spät aus der Kanzlei nach Hause kam. Dann wartete sie manchmal auf ihn, in ihrem Schlafanzug unter die Decke gekuschelt, mit einem Glas Wein auf dem Sofa. Und wie an solchen Abenden wollte er nur zu ihr gehen und ihr einen Kuss geben. Aber das Bild einer Zukunft, in der er aus der Kanzlei zurückkehren und niemand auf ihn warten würde, ließ ihn innehalten. Tim wusste, es war verrückt. Er sollte sie küssen, denn *jetzt* war sie hier, aber er konnte nicht. Es war, als würde sie sich vor seinen Augen in Luft auflösen.

»Tim?« Lauren riss ihn aus seinen Gedanken und setzte sich auf seinen Schoß. Er schlang seine Arme um sie und schmiegte den Kopf an ihre Schulter.

»Ich habe es ihr gesagt«, gestand er. »Sie hat mich hier überrascht und wollte wissen, was los ist. Da habe ich ihr die Wahrheit gesagt.«

Lauren wusste nicht, ob sie froh darüber war, nicht dabei gewesen zu sein, oder ob es sie verletzte, dass er dieses wichtige Gespräch ohne sie geführt hatte. Zu ändern war es jetzt nicht mehr, also versuchte sie, jedes Gefühl zurückzudrängen und sich aufs Wesentliche zu konzentrieren.

»Und wie hat sie es aufgefasst? Was hat sie gesagt?«

Tim legte den Kopf schief und wirkte unsicher.

»Ich glaube, sie hat noch nicht ganz verstanden, was es bedeutet. Sie ist wütend. Du kennst sie, Wut ist ihre Art, mit Problemen umzugehen.«

Lauren nickte schweigend. Sie konnte sich nicht vorstellen, was im Kopf ihrer Tochter vorgehen mochte.

»Ich sollte zu ihr gehen. Es ist nicht gut, sie mit diesem Schock sich selbst zu überlassen.«

Lauren wollte aufstehen, aber Tim hielt sie fest.

»Gib ihr einen Moment, sich zu fassen.«

Lauren löste seine Hände und erhob sich. Nachdenklich faltete sie die Decke zusammen und legte sie zurück auf die Couch.

»Sie ist mein Kind – und ich muss sehen, dass es ihr gutgeht.«

Zaghaft klopfte Lauren an Mias Zimmertür, erhielt aber keine Antwort. Darum drückte sie leise die Klinke und spähte ins Zimmer. Nur das Nachttischlämpchen brannte und warf einen schwachen Lichtkreis auf Mias Gesicht. Sie schlief, aber die Tränen auf ihren Wangen waren noch nicht getrocknet. Sie trug noch ihr Shirt und die Jeans, aber Lauren wollte sie nicht wecken. Vielleicht hatte sich ihre Tochter in den Schlaf geflüchtet, um der Realität zu entgehen – so hatte Lauren es ja an diesem Nachmittag auch gemacht. Zaghaft strich sie über Mias goldene Locken. Sie kämpfte mit den Tränen, denn sie wollte nicht glauben, dass sie vielleicht schon bald nicht mehr hier sein würde. Nie wieder an Mias Bett sitzen und ihr Haar berühren würde. Ihrem gleichmäßigen Atem lauschen und ihr die Decke über die Schultern ziehen.

Mia seufzte im Schlaf, und Lauren presste die Lippen zusammen, um ihr Schluchzen zurückzuhalten. Wie würde Mia mit dem Verlust ihrer Mutter klarkommen? Lauren hatte Angst vor dem Schmerz, dem ihre Kinder ausgesetzt wären. Sie wollte nicht sterben, wollte ihre Kinder nicht ins Unglück stürzen. Gab es keinen Gott, der das verstand? Der ihre Kinder genug liebte, um ihnen diesen Schicksalsschlag zu ersparen? Sie fragte nicht für sich selbst, sondern für das Seelenheil ihrer Kinder.

Lauren saß noch lange an Mias Bett und dachte nach. Sie wollte den Kindern Schmerz ersparen. Konnte sich nicht ausmalen, wie es für die beiden wäre, sie wochenlang im Krankenhaus zu besuchen, zu sehen, wie die Therapien ihr zusetzten, wie sie immer schwächer würde. Sie wusste sich keinen Rat. Wie sollte sie ihre Kinder schützen?

Tims leises Räuspern ließ sie den Kopf heben. Er stand in der Tür und beobachtete sie.

»Alles gut?«, fragte er leise, und Lauren erhob sich widerwillig vom Bett und schlich aus dem Zimmer.

»Ich weiß es nicht. Sie hat schon geschlafen. Aber sie schläft ruhig, darum hoffe ich, dass es ihr gutgeht. Ich werde morgen mit ihr sprechen. Wir können das nicht in uns reinfressen – wir müssen darüber reden.«

Wie jeden Abend ging Lauren auch noch mal in Alyssas Zimmer und hauchte einen Kuss auf die babyweiche Wange ihrer Kleinen. Sie steckte die Bettdecke um Alyssas Schultern fest und lächelte über das leise Schnarchen, das sie als Antwort erhielt. Tim nahm sie in den Arm, als sie schließlich ins Schlafzimmer kam.

»Ich brauche dich, Lauren«, flüsterte er und presste sie fest an sich. »Und ich weiß nicht weiter …«

Hilfesuchend klammerte er sich an sie, und Lauren küsste die Träne von seiner Wange.

»Lass uns heute nicht mehr daran denken«, bat Lauren und zog ihm das Shirt aus der Hose. »Lass uns einfach gar nicht mehr denken!«

Sie hob ihm ihr Gesicht entgegen und war dankbar, als er sie mit verzweifeltem Nachdruck küsste. Sie schmeckte seine Angst, und es schien, als versuchten sie sich gegenseitig davon zu überzeugen, wirklich lebendig zu sein. Lauren grub ihre Zähne in Tims Lippe, und sein Keuchen war eine Wohltat. Sie wollte den Schmerz, den sie seit der Diagnose empfanden, durch einen anderen betäuben. Einen Schmerz fühlen, der wieder vergehen würde. Und sich beweisen, dass nicht nur sie verwundbar war. Sie schmeckte Tims Blut und spürte seinen Zorn, der sich nicht gegen sie, sondern gegen die Krankheit richtete, als er ihr mit einer einzigen Bewegung die Shorts abstreifte.

Am nächsten Morgen fühlte sich Lauren wunderbar. Sie schaffte es, den Tag zu beginnen, ohne jede Minute an den Tod zu denken. Natürlich ließ sich der Gedanke nicht vollständig abschütteln, aber sie zwang sich zu funktionieren. Sie zwang sich zur Normalität, und das half tatsächlich. Alyssa saß gerade über einer Schüssel Cornflakes und erzählte von ihrem Besuch bei Rachel, als Mia die Treppe herunterkam. Sie sah wütend aus, aber Lauren nahm sich vor, ganz behutsam zu ergründen, wie es ihrer Großen wirklich ging.

»Guten Morgen, mein Schatz«, sagte sie und wollte Mia in den Arm nehmen, aber die stieß sie von sich.

»Fass mich bloß nicht an! Du Lügnerin!«

»Aber, Mia …?«

Der Teenager wandte sich an Alyssa. »Hast du gewusst, dass Mom stirbt?«

»Mia!«, rief Lauren erschrocken. Sie eilte um den Küchentisch herum und presste Alyssa die Hände auf die Ohren. »Was denkst du dir eigentlich?«, schimpfte sie mit gedämpfter Stimme und funkelte Mia böse an. »Weißt du, was du deiner Schwester antust?«

»Ihr?«, kreischte Mia mit Tränen in den Augen. »Was *ich ihr* antue? Und wen schert es, wie es mir geht? Bist du etwa nur ihre Mutter?«

»Nein, das bin ich nicht, aber *wir* können darüber reden – Alyssa versteht doch gar nicht, was das bedeutet!«

Die Kleine wand sich unter Laurens Händen. Lauren sah ihr deutlich an, wie irritiert sie war und dass sie sehr wohl mitbekam, dass etwas nicht stimmte.

»Ach echt?«, fauchte Mia. »Wir können reden? Seit wann? Du hättest es mir doch nicht mal gesagt!«

»Das stimmt nicht. Aber wir wollten dich nicht beunruhigen. Du sollst dir keine Sorgen machen«, versuchte Lauren ihre Tochter zu beruhigen. Sie ließ Alyssa los und zog stattdessen Mia in ihre Arme. »Du bist doch mein größter Schatz – wir wollten dich nur beschützen.« Sie küsste Mia auf den Scheitel und drückte sie fest an sich. »Alles wird gut«, versprach sie, obwohl sie wusste, dass dies eine Lüge war. Aber wie sollte sie ihrer Tochter sonst den Schmerz und die Angst nehmen?

»Mama, was ist denn los?«, quengelte Alyssa und schaute verständnislos drein. Ihre angeborene Neugier war geweckt, und sie empfand das Gespräch als unbefriedigend. »Warum schreit Mia so rum? Und warum sagt sie so was Blödes?«

Lauren schnaubte – das war so klar gewesen!

»Ich erkläre dir das alles später, Liebes – jetzt müssen wir erst mal Mia in die Schule schicken, denn wir sind schon spät dran.«

»In die Schule?«, fragte Mia ungläubig und setzte sich demonstrativ auf einen Barhocker. »Du willst, dass ich in die Schule gehe? Jetzt?«

Lauren warf einen schnellen Blick auf den Kalender. Sie fasste sich an die Stirn. Brachte sie etwas durcheinander? Hatte sie schon wieder etwas vergessen?

»Heute ist doch Schule, oder?« Tim war ja heute Morgen auch aus dem Haus gegangen – zur Arbeit … oder? »Scheiße!«, murmelte Lauren. Sie vertraute ihrem Gehirn nicht mehr.

»Ich geh aber nicht hin!«, erklärte Mia entschieden. »Wie kannst du mich wegschicken, wenn du …« Sie warf einen vorsichtigen Blick auf Alyssa, die aber gerade die letzten Cornflakes aus ihrer Schüssel fischte. »… wenn du stirbst?«

Lauren hob die Augenbrauen. Zum ersten Mal bröckelte Mias coole Fassade, und sie sah, wie schwer die Nachricht ihre Tochter mitnahm.

Zärtlich fuhr sie Mia über die Wange und schluckte den Kloß in ihrem Hals hinunter.

»Ich verspreche dir, nicht gleich heute zu sterben, ja? Du kannst also in die Schule gehen.«

»Du bist echt doof! Aber ich meine es ernst. Ich geh nirgendwohin. Das ist doch alles nicht mehr wichtig …«

»Schule ist sehr wohl wichtig! Und du wirst hingehen.«

»Ja, Mia muss in die Schule – sonst bleibt sie dumm! Und ich muss in die Vorschule, damit ich bald ein Schulkind bin!«, erklärte Alyssa schmatzend. Sie hatte offenbar schon wieder vergessen, dass gerade etwas nicht in Ordnung gewesen war. Sie streichelte ihr Kuscheltier und wischte erst sich selbst, dann dem grauen Plüschelefanten mit der Serviette über den Mund. Zum Glück war sie so beschäftigt, dass ihr der gestreckte Mittelfinger ihrer Schwester entging.

»Hey!«, warnte Lauren und drehte Mia zu sich herum. »Im Ernst. Wir machen hier ganz normal weiter, wie immer. Dein Dad und ich, wir finden eine Lösung. Du musst uns vertrauen.«

Sie erhielt einen skeptischen Blick als Antwort, aber am Ende griff sich Mia ihren Rucksack mit den Schulbüchern und verließ das Haus.

Als die Tür hinter Mia zufiel, atmete Lauren erleichtert auf. Sie ging zum Küchenschrank und holte das Tablettenröhrchen aus dem obersten Regal. Ihr war furchtbar schwindelig, und ihr Blickfeld war verschwommen. Das machte ihr Angst, aber sie wollte dieser Angst keinen Raum geben. Darum spülte sie die Tablette schnell mit etwas Wasser aus der Leitung hinunter.

Mia kniff verlegen die Lippen zusammen. Reue lag in ihrem Blick, als sie ihre Mutter ansah. Im sanften Feuerschein wirkte der sonst so störrische Teenager plötzlich verletzlich, und Lauren wusste nicht mehr, ob sie wirklich das Richtige tat. Sie liebte ihre Kinder doch so sehr!

»Ich war damals echt böse auf dich, Mom«, gestand Mia zögerlich und schmiegte sich wie ein kleines Kind an Laurens Brust.

»Es tut mir leid, Mia. Ich wollte dich nie unglücklich machen«, flüsterte Lauren und strich ihrem Kind über den Rücken. Sie war so mager. Lauren richtete den Blick in den Nachthimmel und betete für das Wohl ihrer Kinder. Für Mia, die so verletzlich war wie ein Schmetterling …

Eine erste Erkenntnis

Lauren hatte gerade Alyssa zur Vorschule gebracht, als das Telefon klingelte. Kurz überlegte sie, nicht abzunehmen, denn ihr Schwindel wurde immer schlimmer. Vielleicht sollte sie Doktor Eckhard kontaktieren?

Aber da der Anrufer hartnäckig weiterklingeln ließ, nahm sie doch ab. Es war Mias Schule. Sie war nicht dort angekommen, und die Lehrerin fragte nach, ob sie krank sei.

Lauren war erst geschockt, aber bei weiterer Überlegung nicht wirklich überrascht. Um eine Schulkrise zu vermeiden, sog sie sich eine Geschichte aus den Fingern.

»Ja, Mia fühlt sich heute nicht gut. Sie hat wohl einen Infekt. Ich wollte sie gerade eben krankmelden. Ich weiß, das hätte ich längst tun sollen, aber … aber heute Morgen ist mir das ganz entfallen. Bitte entschuldigen Sie die Umstände.«

Lauren war sehr stolz auf sich – sie hätte die Lehrerin auch anschreien können, dass sie bald an Krebs sterben würde und dass sie deshalb so kleine Problemchen nicht interessierten. Was natürlich gelogen gewesen wäre, denn Mias Fehlen im Unterricht war keine Lappalie. Und doch entsprach der Gedanke irgendwie der Wahrheit. Sie wollte keine kostbare Lebenszeit für Ärger mit irgendeiner Lehrerin verschwenden.

Glücklicherweise ließ sich Ms Shepherd schnell abwimmeln. Nach dem Gespräch übergab sich Lauren in die Spüle, wusch sich den Mund aus und schlüpfte in ihre Jacke, obwohl ihr der Schweiß den Rücken hinablief. Der Tag schien definitiv nicht so gut zu bleiben, wie er begonnen hatte.

Mit unsicheren Schritten ging Lauren die Straße hinunter. Sie ahnte, wo sie Mia finden würde. In ihrem Rückzugsort waren sie sich einig. Sie beide liebten das Seehaus über alles. Manchmal bedauerte Lauren sogar den Umzug ins neue Haus, auch wenn das viel größer und moderner war. Ihr Herz hing eindeutig an dem kleinen Häuschen mit der weißen, malerischen Bretterverschalung.

Auch jetzt, wo sie darauf zuging, überkam sie das vertraute behagliche Gefühl.

Wie sie erwartet hatte, fand sie die Tür unverschlossen vor und trat ein. Die Luft roch etwas abgestanden, aber als sie weiter hineinging, stiegen wundervolle Erinnerungen in ihr auf. Hier hatte Mia ihre ersten Schritte gemacht, ihre ersten Worte gesprochen und stolz ihr erstes selbstgemaltes Bild aufgehängt. Hier hatten Tim und Lauren ihre erste gemeinsame Nacht verbracht und später für immer zueinandergefunden. Diese Wände hatten sie zusammengehalten und ihnen ihr gemeinsames Leben geschenkt.

Aus dem Obergeschoss hörte Lauren das leise Schluchzen ihrer Erstgeborenen.

Wortlos folgte sie dem Weinen. Mia saß in der herbstlichen Morgensonne unter dem großen Oberlicht, auf dem Bett, das sie nie von hier fortgeschafft hatten. Sie hatte die Arme um ihre Knie geschlungen und wiegte sich vor und zurück. Der Holzboden knarzte unter Laurens Schritten, und Mia hob den Blick.

Sie verteidigte ihr Verhalten nicht und brachte auch keine Entschuldigung vor. Sie machte sich noch nicht einmal die Mühe, ihren Kummer hinter dem üblichen Trotz zu verbergen.

»Und jetzt?«, fragte sie nur. »Bekomm ich jetzt Ärger?«

Lauren setzte sich neben Mia auf die Matratze. Sie legte den Kopf in den Nacken und sah in den Himmel. Es war ein sonniger Herbsttag, aber die Wolken zogen schnell dahin, so dass sie sie in ein Wechselspiel von Licht und Schatten tauchten.

»Es ist so schön hier«, sagte Lauren statt einer Antwort und nahm Mias Hand. Die Finger ihrer Tochter waren kalt, und sie rieb sie zwischen ihren Handflächen.

»Mom? Bist du böse?«

Lauren sah Mia in die Augen. Sie konnte die Gedanken ihrer Tochter nicht erraten. Mia war in einem schwierigen Alter und sehr gut darin, ihre Gefühle zu verstecken.

»Hast du die Schule ausfallen lassen, damit ich böse werde?«, fragte Lauren.

Mia schwieg. Sie zuckte mit den Schultern. »Weiß nicht. Ich … vielleicht.« Sie wand sich etwas, sprach dann aber weiter. »Ich bin sauer auf dich, Mom.«

Lauren nickte.

»Weil ich dir nicht gleich die Wahrheit gesagt habe?«

Mia schüttelte den Kopf. »Nein – oder zumindest nicht nur deswegen. Es ist, weil … weil du krank bist«, presste sie hervor und mied den überraschten Blick ihrer Mutter.

»Du bist böse auf mich, weil ich krank bin?«, hakte Lauren nach, sicher, sich verhört zu haben.

»Ja. Du kannst nicht einfach krank sein, Mom. Und du kannst erst recht keinen Krebs haben. Oder sterben. Das geht nicht, denn was wird dann aus uns? Hast du da mal drüber nachgedacht?«

Mia weinte, und ihre Nase lief, aber sie wischte sich nur achtlos mit dem Ärmel übers Gesicht.

»Ich denke an nichts anderes, Mia. Ich habe mir das weiß Gott nicht ausgesucht. Denkst du denn, für mich ist das leicht?«

»Wie ist es denn für dich?«

Lauren musste nicht überlegen.

»Hart. Es ist das Härteste, das du dir vorstellen kannst! Ich … ich habe Angst und weiß nicht, was ich tun soll. Aber ich weiß, dass egal, was passiert, es dir und Alyssa nie an etwas fehlen wird.«

»So ein Scheiß! Nichts wird mehr so sein wie jetzt, wenn du wirklich sterben wirst.«

Lauren schwieg. Sie hörte die Hoffnung, den Versuch, das Unvermeidliche als reine Möglichkeit abzutun.

»Mia, ich weiß, das ist schwer für dich. Für uns alle! Aber dieser Krebs wird mein Leben viel früher beenden, als wir jemals gedacht hätten. Trotzdem können wir nicht alles stehen- und liegenlassen. Du musst in die Schule, Dad in die Kanzlei – und ich muss damit klarkommen, dass keine der Therapien, die ich machen werde, mich retten kann. Keinem von uns wird das leichtfallen, aber gerade jetzt müssen wir zusammenhalten. Wir müssen einander helfen, damit es uns allen gutgeht.«

Mia schwieg eine Weile, und auch Lauren überließ sich der Stille. Sie sah den Wolken zu, die über ihnen dahintrieben, und war froh, nicht draußen im Wind zu stehen, sondern hier drinnen mit Mia zu sitzen. Sie wusste, es gab nicht unendlich viele Gelegenheiten, ihrer Tochter so nahe zu sein. Nicht für sie.

»Es wär echt viel leichter, wenn ihr euch scheiden lassen würdet«, meinte Mia und kramte in ihrem Rucksack, vermutlich nach einer Packung Kaugummis. »Warum lasst ihr euch nicht einfach scheiden?«

Lauren schmunzelte. Sie nahm Mia in den Arm und küsste sie auf die heute nicht wirklich sorgfältig geglätteten Haare.

»Weil wir uns lieben – deshalb. Und das werden wir tun bis zum bitteren Ende, Mia. Und darüber hinaus. Ich finde, das ist doch etwas Gutes. Ich werde dich, deine Schwester und deinen Dad lieben, auch wenn ich längst nicht mehr hier sein werde. Und ich hoffe doch, dass auch ihr nicht aufhört mich zu lieben, nur weil ich nicht mehr bei euch sein kann.«

»Dad hat gesagt, du hast nur noch eineinhalb Jahre zu leben.«

Die Wolken wurden dichter. Die Sonne verschwand dahinter, und Lauren merkte sofort, wie ihr die Wärme fehlte.

»Eineinhalb Jahre sind die durchschnittliche Lebenserwartung bei meiner Diagnose, Mia. Das bedeutet gar nichts. Ich werde nicht anfangen, die Tage zu zählen. Und du solltest das auch nicht machen.«

»Aber wenn es doch nur noch so wenig Zeit ist, Mom? Solltest du dann nicht jeden Tag nutzen?«

»Das tue ich doch. Ich lebe mit euch. Ich sitze hier, mit dir – und es gibt nichts, was ich lieber täte.«

»Richtig, aber warum sitzen wir hier? Weil ich nicht in der Schule bin! Ansonsten würdest du jetzt vermutlich die Waschmaschine anschalten und Dads Hemden bügeln.«

»Weil das das wahre Leben ist, Mia. Bügeln, kochen, die Wäsche machen. Und ich mache das gerne. Für euch. Ich würde das noch hundert Jahre machen – wenn ich könnte. Und nur, weil mir keine hundert Jahre bleiben, kann ich trotzdem nicht damit aufhören.«

»Aber gibt es denn nichts, das du lieber tun würdest? Nichts, das du … tun willst, ehe …«

Lauren verzog zynisch den Mund.

»Doch, sicher. Ehe ich sterbe, möchte ich sehen, wie du deinen Schulabschluss machst, wie du dich verliebst, wie Alyssa in die Schule kommt und auch, wie sie abschließt. Ich will sehen, wie ihr an eurem Hochzeitstag strahlt, wie glücklich ihr seid, wenn ihr eure eigenen Kinder zum ersten Mal im Arm haltet, und ich will als alte Frau neben eurem Dad sitzen und seine Hand halten. Ich will nach Italien reisen, die Werke der Bildhauer und Maler dort bewundern, die Architektur … Aber nichts davon werde ich tun, egal wie sehr ich es mir wünsche, Mia. Ich habe in den letzten Tagen viele Tränen genau deshalb vergossen. Aber glaub mir, diese Tage werden diejenigen sein, die ich am meisten bereue, weil sie vergeudet waren. Ich will nicht mehr weinen – ich will jetzt leben, solange ich kann.«

»Aber was mache ich denn nur ohne dich?«

»Du gehst zur Schule, kümmerst dich um deine Schwester und deinen Vater und wirst irgendwann aufhören, unglücklich zu sein.«

Mia nickte. Sie hielten sich im Arm, und ihre Tränen vermischten sich.

»Das ist ein blöder Plan, Mom!«

Lauren lachte. Ja, im Plänemachen war sie nie gut gewesen.

Mia weinte in Laurens Armen. Als Lauren sich umsah, blickte sie in viele tränenüberströmte Gesichter. Es war so schwer – besonders für die Kinder. Liebevoll zog Lauren die Decke über Mias schmale Schultern. Die Nacht war trotz des Feuers kalt, und das Wissen um den nächsten Morgen verstärkte die Kälte.

Lauren versuchte den Kloß in ihrem Hals mit einem Schluck Wein hinunterzuspülen. Ihre Hände zitterten, so aufgewühlt war sie.

»Nach diesem Gespräch habe ich angefangen umzudenken. Da haben wir begriffen, dass es nicht wichtig ist, was ich verlieren würde – denn das würde sich nicht ändern lassen – sondern, was wir aus dem machten, was uns blieb.«

Der Rest des Lebens

Die Kinder lagen in ihren Betten. Lauren stand am Fenster und blickte hinaus. Tim bewunderte ihre Stärke. Sie hatte ihm von ihrem Tag mit Mia berichtet, und nun schien sie in Gedanken versunken. Er goss ihnen ein Glas Wein ein und ging zu ihr.

»Was gibt es denn dort draußen zu sehen?«

Lauren wandte sich zu ihm um. Ihre roten Locken umspielten ihr Gesicht, und sie sah aus, als wäre sie mit sich im Reinen. Ganz anders als in den letzten Tagen.

Vielleicht lag es daran, dass Doktor Eckhard für den übernächsten Tag den ersten Bestrahlungstermin angesetzt hatte. Und dann würde Lauren auch mit der Chemo beginnen.

»Unseren Garten. Ich würde gern dort hinten dieses Dickicht rausmachen und stattdessen Stauden pflanzen. Das gäbe der dunklen Ecke mehr Leichtigkeit.«

Tim spähte über ihre Schulter.

»Wenn du das willst, machen wir das.«

»Jetzt wäre die beste Zeit dafür«, überlegte Lauren.

»Jetzt?« Er klang so, als zweifelte er an ihrem Verstand.

»Na, doch nicht *jetzt* – im Herbst, meine ich. Es ist die beste Jahreszeit, Büsche umzupflanzen.«

Tim schien beruhigt.

»Ach so. Aber wenn du im Winter dort Stauden stehen

hast, sieht es recht kahl aus. Vielleicht sollten wir damit bis zum Frühjahr warten?«

Lauren nickte nachdenklich.

»Wenn du meinst. Dann warten wir.«

Tim führte Lauren zum Sofa und zog sie auf seinen Schoß. Er reichte ihr den Wein, und sie nippte daran.

»Bist du froh, dass es mit der Therapie losgeht?«, fragte er und lehnte sich in die Polster zurück. Seine Hände ruhten auf Laurens Taille, und wie so oft, schob er seine Finger unter ihr Shirt.

Lauren schmiegte sich an ihn. So musste sie ihn nicht ansehen, denn sie fürchtete seine Reaktion auf das, was sie ihm sagen wollte.

»Ich weiß noch nicht, ob ich die Therapie machen will«, erklärte sie leise.

Tim versteifte sich. Er glaubte, sich verhört zu haben.

»Was sagst du?«, forschte er nach und suchte in Laurens Gesicht nach einer Erklärung.

Sie schüttelte unsicher den Kopf.

»Ich spreche von der Bestrahlung – und der Chemo. Ich weiß nicht, ob ich mir das antun will«, gestand sie zögernd.

Tim konnte es nicht glauben.

»Also Lauren!«, rief er aufgebracht. Er hatte Mühe, seine Stimme gesenkt zu halten. »Was redest du denn da für einen Unsinn? Natürlich wirst du dich behandeln lassen!«

»Ach ja, wirklich? Und wozu? Hast du immer noch nicht kapiert, dass ich sterben werde, *egal*, was ich tue?«

Tim schob sie von sich und stand auf. Er atmete schwer, so wütend war er.

»Du gewinnst Zeit durch die Behandlungen, Lauren! Lebenszeit! Das wirft man nicht aus einer Laune heraus weg! Ich weiß gar nicht, worüber wir hier überhaupt reden.«

»Tim, du hast die Ärzte doch gehört, als sie von den Nebenwirkungen gesprochen haben. Du weißt, wie es mir während und nach der Chemo gehen kann!« Lauren war ebenfalls aufgestanden und ging unruhig auf und ab. »Es ist nicht so, dass ich nicht kämpfen will, Tim! Wirklich nicht! Das darfst du niemals denken!« Sie wischte sich eine Träne aus dem Augenwinkel, denn sie wollte nicht schon wieder heulen. Wollte nicht in elendem Selbstmitleid vergehen, sondern sachlich besprechen, was sie bewegte.

»Was soll ich denn sonst denken, Lauren? Diese Therapie wird hart, das weiß ich, aber es ist die einzige Möglichkeit, den Krebs zu besiegen!«

»Du könntest zum Beispiel einmal an mich denken!«, fuhr sie ihn an. »Denkst du, ich will die wenigen Monate, die mir noch bleiben, in Krankenhausbetten liegen? Fern von euch? Fern von dir?«

»So ein Scheiß, Lauren!« Er funkelte sie böse an. »Wir wären immer bei dir, das weißt du doch! Und wenn die Behandlung erfolgreich verläuft, dann bleiben dir mehr als nur ein paar Monate!«

Lauren schwieg eine Weile. Sie wollte kämpfen, den Krebs besiegen. Aber sie wusste, dass das unmöglich war. Zu lange hatte der Tumor Zeit gehabt, sich in ihren Zellen auszuweiten. Zu viel Gewebe war schon infiltriert. Jede Behandlung ging mit großen Risiken einher. Sie wünschte, sie könnte sich so vertrauensvoll wie Tim an die Hoffnung auf die Therapie klammern, doch das konnte sie nicht. Die Zeit rann ihr durch die Finger, und sie wollte keinen einzigen Tag mehr verschenken.

»Vielleicht, aber was wäre das denn für ein Leben? Ich wäre vielleicht zu schwach, um überhaupt das Bett zu verlassen! Die Nebenwirkungen sind erheblich, das weißt du.

Und Eckhard hat deutlich gemacht, dass jede Therapie nur einen kurzen Aufschub, aber niemals eine Heilung bringen würde.«

»Richtig, einen Aufschub! Ich glaube, du hast noch nicht begriffen, wie wenig Zeit dir bleibt, wenn du nichts tust.«

Lauren lachte bitter.

»Oh doch! Das habe ich begriffen, da kannst du dir sicher sein. Du ahnst ja nicht, wie sehr genau diese Prognose mich in meiner Entscheidung beeinflusst«, erklärte sie entschieden, fasste dann aber nach seiner Hand. »Mir bleibt nicht mehr viel Zeit, Tim. Egal, wie wir es drehen und wenden. Und diese Zeit … die will ich sinnvoll nutzen. Ich will leben, genießen, mir vielleicht noch einen Traum erfüllen … und das kann ich nicht, wenn ich vor lauter Übelkeit und Erbrechen, vor Schwäche und Elend ans Bett gefesselt bin. Ich will nicht, dass die Kinder sehen, wie ich kämpfe – und leide – und am Ende verliere.«

Verständnislos sah er sie an.

»Ist es dir lieber, sie sehen dich aufgeben?«

Lauren ließ ihn los und ging zur Terrassentür. Wieder blickte sie nach draußen.

»Ich gebe nicht auf. Vielmehr entscheide ich mich für einen Weg, Tim.«

»Es ist ein Weg, den niemand von uns gutheißen wird – nicht ich, nicht deine Eltern und erst recht nicht die Kinder.«

»Weil keiner von euch diese beschissenen Therapien machen muss!«

»Nein, weil wir dich lieben und brauchen! Du kannst nicht die Hoffnung fahrenlassen und zusehen, wie der Tumor in deinem Kopf wächst und wächst, nur weil du Angst davor hast, dass es dir während der Chemo schlechtgeht!«

Lauren schwieg. Sie wusste nicht, was sie denken, geschweige denn tun sollte. In einem Moment schien klar, was sinnvoll wäre – und im nächsten Moment sah alles wieder ganz anders aus. »Regeln Sie Ihre Angelegenheiten, Lauren«, hatte Eckhard ihr geraten. Ihre Angelegenheiten? Sie fragte sich, was das sein mochte. Vielleicht brauchte sie mehr Zeit, um sich über alles klarzuwerden. Sie war es Tim und den Kindern schuldig, kluge Entscheidungen zu treffen. Vielleicht hatte Tim recht. Sie rieb sich die Schläfen und konzentrierte sich auf den Anblick des nächtlichen Gartens.

»Ich sehe alles unscharf. Eckhard hat mir eine postoperative Therapie nahegelegt, die mir helfen soll, meine Sehfähigkeit und mein Gleichgewicht zu schulen«, wechselte sie das Thema.

»War das Gespräch über die Chemo schon beendet? Ist mir ganz entgangen, dass wir uns da schon einig waren.«

Lauren blickte ihren Mann an und lächelte.

»Ja. Ich werde es mir noch einmal überlegen. Bist du zufrieden?«

Tim kam zu ihr und umarmte sie von hinten.

»Ich werde dann zufrieden sein, wenn Eckhard keine Rezidive in deinem Kopf mehr finden kann.«

Am nächsten Tag verabredete sich Lauren spontan mit Rachel. Sie brauchte Ablenkung.

Wie immer trafen sie sich im Diner, und Lauren kam leicht atemlos dort an. Sie traute ihrer Sehkraft nicht genug, um sich ans Steuer zu setzen, darum war sie trotz des wolkenverhangenen Himmels das ganze Stück gelaufen. Die Bewegung tat ihr gut, aber sie spürte, dass sie noch lange nicht wieder in Form war.

Als sie die Stufen zum Eingang hinaufstieg, hämmerte ihr Puls schmerzhaft hinter ihren Schläfen, und sie war froh über die Tabletten in ihrer Handtasche.

Rachel erwartete sie bereits und kam ihr entgegen. Sie umarmte Lauren, ehe sie sie neben sich auf das rote Polster zog.

»Oh, Süße! Wie geht es dir?«, fragte sie besorgt, und Lauren bemerkte die Tränen in Rachels mandelförmigen Augen.

»Schon gut. Alles okay«, beschwichtigte Lauren sie. Es war total komisch. Sie verstand die Reaktionen der Menschen in ihrem Umfeld, aber doch fühlte sie sich dadurch gehemmt. Es war, als hielten ihr alle einen Spiegel vor, der ihr in jeder Sekunde deutlich zeigte – du bist keine von uns.

Das war natürlich Unsinn, denn Rachel empfand ja nur Mitleid, das war vollkommen normal. Und doch fühlte Lauren sich dadurch ausgeschlossen. Eben so, als gehörte sie schon nicht mehr zu den Lebenden. Als wüssten das alle – und nur sie selbst hätte es noch nicht kapiert.

»Was …? Warum …?«, stotterte Rachel und hielt den Blick auf ihren Babybauch gesenkt. »Du wolltest, dass wir uns treffen, was … was gibt es denn?«

Guter Gott, das war ja grausam! Als hätten sie beide je einen Grund gebraucht, sich zu treffen! In den letzten Tagen hatten Tim und Lauren sich etwas zurückgezogen. Sie hatten schließlich Dinge zu klären gehabt. Und mussten ihr Leben irgendwie zusammenhalten. Ihre Freunde hatten Verständnis gezeigt und sie nicht mit unzähligen Fragen gelöchert. Sie hatten ihnen Raum gegeben, sich nach der Diagnose wieder zu fassen. Und vielleicht hatten sie selbst ja auch etwas Zeit gebraucht, die Nachricht zu verarbeiten.

»Es ist nichts. Ich … ich wollte einfach mal raus von zu Hause.«

Beinahe bereute Lauren, überhaupt losgegangen zu sein, so unwohl fühlte sie sich mit einem Mal neben Rachel. Zum Glück kam die Kellnerin und brach das unangenehme Schweigen.

Wie so oft bestellten sie Pancakes mit Ahornsirup und Kaffee. Die Kellnerin notierte die Bestellung und kaute dabei mit offenem Mund Kaugummi. Lauren fragte sich, ob der Besitzer des Diners absichtlich schräge Vögel einstellte. Nach der Zombie-Tussi von früher hatten noch eine, die aussah wie ein Mann, und – nicht zu vergessen – eine mit grüngefärbten Haaren und einer Vorliebe für Gesichtspiercings dort gearbeitet. Die Schmatzende war also beinahe unscheinbar im Vergleich zu ihren Vorgängerinnen. Trotzdem fühlte Lauren sich der Gruppe von merkwürdigen Weibern im Moment mehr verbunden als Rachel, die, elegant wie immer, in einem schicken Umstandskleid neben ihr saß.

»Wisst ihr jetzt schon, was es wird?«, fragte Lauren und deutete auf Rachels Bauch.

»Wir wollen uns überraschen lassen«, erklärte Rachel und verzog das Gesicht. »Na – eigentlich will Mason, dass wir uns überraschen lassen. Ich würde zu gerne wissen, ob es ein Mädchen oder ein Junge wird. Allein schon wegen der Kleidung, die ich noch kaufen muss.«

»Das versteh ich total! Ich halte auch nicht so viel davon, das erst bei der Geburt zu erfahren. Ich hätte ja noch so süße rosafarbene Strampler von den Mädels, die kannst du gerne alle haben.«

»Vorausgesetzt, ich brauche sie in Rosa …«, sinnierte Rachel mit einem amüsierten Grinsen. »Ich hab mir echt schon überlegt, ob ich meiner Ärztin nicht entlocke, was wir bekommen – ohne dass Mason es erfährt.«

»Ach Quatsch, sag ihm doch einfach, dass du es nicht länger aushältst. Es ist ja auch viel praktischer, wenn man gleich alles passend herrichtet.«

Rachel nickte, und ihr Lächeln verblasste.

»Entschuldige, Lauren. Ich … ich wollte nicht einfach so mit meinem Babykram anfangen. Vielmehr will ich wissen, wie es dir geht. Wie … wie kommst du klar?«

Lauren atmete tief durch. Das Babygespräch hatte ihr gutgetan. Es war so normal gewesen. So weit weg vom Krebs. Aber sie wusste, dass sie Rachel irgendetwas sagen musste.

»Ich weiß nicht, was ich machen soll. Die Diagnose habe ich verdaut, aber die Prognosen der Therapien sind so vage, dass ich mich ernsthaft frage, ob sich der Kampf überhaupt lohnt. Tim will, dass ich die Bestrahlung und die Chemo mache, aber …«

Der Kaffee und die Pancakes wurden serviert, und Lauren gab sich eine dicke, goldbraune Pfütze Sirup auf den Teig, ehe sie weitersprach. »Aber ich weiß nicht, was ich davon halte.«

Rachel sah sie an. Es war ein langer Blick. Eindringlich und doch nicht unangenehm bohrend.

»Und was willst du?«

Lauren lachte und schob sich den tropfenden Pancake in den Mund. Der Sirup lief ihr in den Mundwinkel, und sie schleckte ihn grinsend ab.

»Ich will nach Italien.« Nachdenklich ließ sie die Gabel sinken und sah Rachel an. Was sie so im Scherz dahingesagt hatte, stimmte. Sie wollte nach Italien. Es war verrückt, denn sie wollte zugleich so unendlich viel mehr. Mit einem

Mal wurde ihr schmerzlich bewusst, dass sie endlich anfangen musste, die wenigen Dinge, die sie sich wirklich wünschte, auch zu tun.

»Dann solltest du das machen, Lauren. Nimm die Kinder, nimm Tim und flieg nach Italien!« Rachel war ganz überschwänglich. »Ich weiß, wie es ist, wenn einen das Leben in den Arsch tritt – dann muss man zurücktreten!«

Lauren lachte. Mit jeder Minute, in der sie Pläne schmiedeten und Träumen nachhingen, fühlte sie sich Rachel wieder näher. Zehn Jahre lang hatten sie alle gedacht, Rachel würde niemals Kinder bekommen können. Sie hatten irgendwann die Hoffnung aufgegeben. Nun saß Laurens beste Freundin ihr gegenüber, schwanger und überglücklich. Es gab Wunder! Manchmal brauchten sie nur etwas Zeit.

»Weißt du was?«, Lauren schob ihren leeren Teller von sich und sah Rachel entschlossen an. »Du hast recht! Und Tim hat auch recht. Ich werde die Bestrahlung machen. Ich werfe mein Leben nicht weg. Ich kämpfe um jeden Tag, und dann werde ich hinausgehen in die Welt und ihr zeigen, dass man mich nicht kleinkriegt.«

Rachel strahlte und schlang ihre Arme um Lauren. Ihr Parfum duftete nach Erinnerungen an all die gemeinsamen Jahre, an eine Freundschaft, die so tief war, dass sie Schwestern hätten sein können.

»Oh Süße, ich bin so froh, dass du das sagst! Du bist doch nie jemand gewesen, der sich leicht geschlagen gibt!«

Lauren stand auf und warf einen Blick in den Kinderwagen. Seit Stunden schlief der Kleine brav. Weder das Knacken des Feuers noch ihr gelegentliches Lachen störten ihn. Er war so hübsch, und Lauren hatte Rachel nie glücklicher erlebt als in den letzten Monaten. Sie fühlte sich beinahe schuldig, weil ihre Krankheit und ihre Probleme das große Glück ihrer Freundin trübten. Dabei hatten Mason und Rachel es doch verdient, uneingeschränkt glücklich zu sein.

»Ich weiß noch genau, wie du gezweifelt hast. Wie du dich vor der Therapie gefürchtet hast«, erinnerte sich Rachel. Lauren nickte und rieb sich die schmerzenden Schläfen. Sie kniff die Augen zusammen und atmete tief ein und aus. Sie wollte durchhalten, darum setzte sie sich vorsichtig wieder in den Kreis ihrer Freunde.

»Bestrahlung klang so gefährlich. Nach Sciencefiction. Nach Laserkanone und Radioaktivität. Ich war überrascht, dass die Behandlung schmerzfrei war. Und so gut verträglich.«

Gute Prognosen

»Mein erstes Tattoo!«, scherzte Lauren und zeigte Chris und den anderen die kleinen Markierungen, die für die Bestrahlung auf ihre Kopfhaut tätowiert worden waren.

Chris tat tief beeindruckt, als er die unauffälligen blauen Kreuze bewunderte.

»Unglaublich künstlerisch, Lauren«, sagte er. »Ich sollte mir auch so welche stechen lassen.«

Alle lachten, und Mia ließ sich neben ihn auf die Couch fallen.

»Du hast doch gar keinen Platz mehr«, stellte sie verträumt fest.

Chris grinste breit.

»Ach Mia, es gibt da gewisse Körperstellen, die sich zu beachtlicher Größe ausweiten können – da ist noch massig Platz!«

Rachel quiekte vor Lachen, aber Lauren verschluckte sich fast an ihrem Wasser.

»Chris!«, rief sie schockiert, aber der grinste nur weiter und flüsterte Mia etwas ins Ohr. Sie wurde rot und verzog sich in die Küche, von wo aus sie ganz bestimmt Teile dieser Unterhaltung mit ihren Freunden auf Facebook teilen würde. Lauren ging zu Chris hinüber und schlug ihm auf den Oberschenkel.

»Sie ist zu jung für deinen *besonderen Charme*!«, tadelte

sie ihn. Sie erntete einen Klaps auf den Hintern, der sie aus dem Gleichgewicht brachte, so dass sie beinahe auf seinen Schoß fiel.

»Ach, Lorelei! Sei nicht so spießig, Mia ist doch kein Baby mehr!«

»Richtig, und jetzt geht sie bestimmt los und sieht nach, was Seth an seinen *gewissen Körperstellen* vielleicht für schlaue Sprüche stehen hat!«, warf Tim ein. Schnell kitzelte er Alyssa unter den Armen, damit sie nicht auf ihr Gespräch achtete. Die Kleine schrie und zappelte mit den Füßen, bis Mason sich erbarmte und den Blondschopf aus dem Griff ihres Vaters befreite.

»Komm zu mir in die Höhle, ich rette dich!«, bot er an und lüpfte die Decke zwischen sich und Rachel, damit sich Alyssa darunter verkriechen konnte.

»Ich hoffe doch, auf Seths bestem Stück steht *Don't touch!*«, flüsterte Lauren, damit Mia in der Küche nichts mitbekam, aber Chris war weniger rücksichtsvoll.

»Du solltest lieber hoffen, dass sein Ding ordentlich groß ist, damit sie das schon aus der *Ferne* lesen kann!«

Mia schnaubte und warf ihr Haar mit einer schwungvollen Kopfbewegung auf ihren Rücken.

»Könnt ihr mal aufhören, so dämlich zu sein?«, rief sie und sprang vom Barhocker. »Ich kann euch zufällig hören!«

Beleidigt verkroch sie sich in ihrem Zimmer, und Tim zog Lauren grinsend von Chris' Schoß.

»Bringt sie nur auf dumme Gedanken!«, murrte er und küsste Lauren, die sich bereitwillig gegen ihn sinken ließ.

Die Bestrahlung hatte gut angeschlagen, und laut Professor Ahrens hatte das abschließende MRT sehr gut ausgesehen. Darum hatten sie sich gemeinsam gegen eine Chemotherapie entschieden. Und obwohl die Angst vor

Rezidiven noch immer über ihnen schwebte, erschien ihnen die Bedrohung jetzt weniger akut. Keiner der Ärzte hatte es gewagt, Lauren mehr Zeit einzuräumen als die zuvor genannten eineinhalb Jahre. Trotzdem hatten sie alle die leise Hoffnung, dass dies nun nicht mehr galt.

»Soll ich mal mit ihr reden?«, bot Ben an und rieb sich den roten Stoppelbart. »Das mit den Bienen und den Blumen hab ich, glaube ich, drauf!«

»Oh nein! Bitte nicht!«, wehrte Lauren ab und warf ihrem Bruder einen warnenden Blick zu. »Ich glaube nicht, dass einer von euch der Richtige dafür ist. Das mach ich besser selbst! Überlegt euch lieber, was ihr am Wochenende machen wollt. Tim und ich möchten zum Seehaus rüber. Kommt ihr mit?«

Ben nickte. »Hab meine Angel schon lange nicht mehr ausgeworfen!«, erklärte er und tat so, als werfe er die Leine aus.

»Beißt denn um diese Jahreszeit überhaupt noch was an?«, fragte Rachel zweifelnd, aber Ben zuckte mit den Schultern. »Warum nicht, wir waren auch schon eisangeln.«

»Ja, aber da kamt ihr mit blaugefrorenen Zehen und ohne Fisch zurück«, gab Lauren zu bedenken.

»Schon, aber Spaß gemacht hat es trotzdem. Vielleicht sollten wir Seth einladen – und ihm mal auf den Zahn fühlen …«

»Guter Gott, könnt ihr Mia und den armen Kerl, der bestimmt mit seinem Stimmbruch schon genug zu kämpfen hat, nicht mal in Ruhe lassen?«

Lauren hatte Mitleid mit den beiden Teenies. Die erste Liebe war schon schwer genug ohne eine Handvoll Erwachsener, die einen verarschten. Sie war froh, dass es ihr dank der Bestrahlung besserging, so dass sie Mia in dieser Phase beistehen konnte. Den Gedanken an Alyssa und deren erste Liebe irgendwann in ferner Zukunft verdrängte sie. Denn egal wie gesund sie sich gerade fühlte, das zu erleben schien unmöglich.

»Wenn wir zum Seehaus fahren, können wir Pizza machen«, rief Alyssa unter der Decke hervor und schob ihren Wuschelkopf heraus. »Mama, können wir Pizza machen?«

Lauren sah zu Rachel hinüber.

»Klar«, stimmte die sofort zu. »Pizza klingt toll! Aber du musst mir beim Teigmachen helfen, ja?«

Alyssa strahlte bis über beide Ohren und leckte sich voller Vorfreude die Lippen.

»Ja! Und ich will die Pilze kleinmachen!«

»Wenn es Pizza gibt, dann komm ich natürlich auch!«, erklärte Chris und strich sich das lange Haar aus der Stirn. »Bei drei so reizenden Köchinnen …«

Später räumte Lauren gedankenversunken die Gläser in die Spülmaschine. Sie ging im Geiste den Abend durch und wunderte sich, wie schnell sie zur Normalität zurückgekehrt waren. War das überhaupt eine echte Normalität? Oder taten sie alle nur so, als wäre alles prima? Sie versuchte rückwirkend, aus den Gesprächen etwas Unechtes herauszuhören, aber sie fand nichts. Hatten sich ihre Freunde bei ihnen wirklich wohl gefühlt oder nur um ihretwillen so getan?

Müde rieb sich Lauren die Stirn und fasste ihre roten Locken zu einem Zopf zusammen. Sie lehnte sich gegen die Kochinsel und atmete durch. Das fühlte sich an wie immer. Sie sah sich um. Etwas unscharf zwar, aber im Grunde wie immer. War es der Selbsterhaltungstrieb, der sie so ruhig machte, obwohl eine tödliche Krankheit in ihr wütete? Oder war der Krebs vielleicht doch so weit bekämpft, dass ihr Körper erkannte, dass sie sich entspannen konnte? Sie wusste es nicht, aber was immer es war, das ihr diese Ruhe gab, sie war dankbar dafür. Sie wollte nicht bis zum Ende nur noch Angst oder Panik empfinden. Sie wollte lachen können, so wie heute. Beinahe zärtlich strich sie über die Narbe von der Hirnoperation. Sie war zutiefst dankbar, dass die Operation und auch die Bestrahlung so glimpflich abgelaufen waren und dass es ihr heute so gut ging. Sie war nahezu schmerzfrei – etwas, an das sie sich erst wieder gewöhnen musste. Und obwohl sie tief in ihrem Herzen wusste, dass sich ein Glioblastom nicht vollständig bekämpfen ließ, verspürte sie keine akute Todesangst mehr. Sie hatte die letzten Wochen überlebt, war durch die emotionale Hölle gegangen und fühlte sich nun zum ersten Mal seit langem wieder besser.

Es ging aufwärts, und das wollte sie ausnutzen.

Als Tim Alyssa zu Bett gebracht hatte und Mia ebenfalls schlafen gegangen war, saß Lauren auf dem Sofa und blätterte durch ein Fotoalbum.

»Ich möchte, dass wir Ski fahren gehen. Lass uns diesen Winter etwas ganz Besonderes machen«, bat Lauren und freute sich schon auf behagliche Weihnachten im Tiefschnee. Sie deutete auf eine Fotografie im Album, und Tim setzte sich neugierig neben sie.

»Was hast du da?«, fragte er und beugte sich über das Bild.

»Der Winter, bevor ich mit Alyssa schwanger war. Damals waren wir zu Weihnachten in den Bergen. Weißt du noch?«

»Sicher. Und das würdest du gerne wieder machen?«,

fragte er und lächelte über Lauren und Mia auf dem Foto, die in dicke Jacken gepackt auf einem Schlitten saßen und in die Kamera lachten. Er hatte die beiden den ganzen steilen Hang hinaufgezogen. Seine Hände hatten gezittert, darum hatte er mindestens zehn Bilder geschossen, bis eines dabei war, das nicht verwackelt schien. Sie hatten leuchtendrote Wangen vor Kälte, und der Atem bildete weiße Wölkchen vor ihren Lippen. Es war eine wirklich gelungene Aufnahme, die das Glück des Moments perfekt eingefangen hatte.

»Vielleicht über Weihnachten – aber ich würde den Heiligen Abend auch gerne mit der ganzen Familie feiern. Vielleicht können wir auch Joey einladen. Und die anderen. Meinst du, sie hätten Lust, mit uns zu feiern?«

»Wir können sie ja morgen fragen. Und Joey wollte uns eh schon lange wieder mal besuchen. Aber ich sehe keinen Grund, warum wir nicht alle zusammen in die Berge fahren könnten. Raus aus dem Alltag ...«, schlug Tim vor. Lauren war froh, dass er sich so leicht von ihr hatte überzeugen lassen. Es würde toll werden!

»Geht es dir denn gut genug dafür?«

Er strich ihr über die Wange und suchte in ihren Augen nach einer Antwort.

Lauren lächelte.

»Wenn im Kofferraum genug Platz für all die Tabletten ist, die ich jeden Tag nehmen muss, dann ja, dann geht es mir bestimmt gut genug! Und ich wünsche es mir so sehr! Du kannst dir gar nicht vorstellen, wie viel es mir bedeuten würde.«

»Dann werden wir das machen, Lauren! Und ich bin sicher, dass die ganze Rasselbande mitkommen will.«

»Wir fragen sie einfach. Rachel ist dann ohnehin in Mutterschutz, und Mason schließt seine Praxis normalerweise über Weihnachten. Da Ben nach der Schlägerei ja noch immer auf dem Abstellgleis seines Vereins verkümmert, wird er sicher auch mitkommen.« Lauren machte sich im Geiste schon eine Liste. »Und Mom und Dad müssen einfach mit – schon allein wegen der Kinder. Weihnachten ohne die Enkel ist ja kaum vorstellbar.«

Tim küsste Lauren auf die mit Sommersprossen übersäte Nasenspitze und griff nach seinem Laptop.

»Ich werde gleich mal sehen, ob wir so kurzfristig überhaupt noch eine Hütte bekommen.«

»Das waren die schönsten Weihnachten, die wir je gefeiert haben«, erinnerte sich Chris, und alle nickten zustimmend.

»Ja, weil du und Mia uns jeden Abend beim Scharadespielen niedergemacht habt«, lachte Tim. Auch Mia konnte endlich wieder grinsen.

Chris zwinkerte ihr zu. »Mia und ich sind ein super Team! Und bei Scharade macht uns so schnell keiner was vor, oder Süße?« In Mias Gesicht entfachte sein scherzhafter Kosename ein Leuchten.

Seth sollte sich seiner Sache lieber nicht zu sicher sein, dachte Lauren. Chris war im Kampf um Mias Herz durchaus noch im Rennen.

Lauren war froh, dass sich Mia und Chris so gut verstanden. Sie wusste, er würde immer für ihre Tochter da sein. Immer – egal, was passieren würde.

Jeder Tag ist ein Geschenk

»Schneller!«

Lauren lachte über Mias anfeuernde Rufe und Alyssas Jubel, als Tim wirklich noch einen Zahn zulegte. Der Schnee stob hinter seinen Stiefeln auf und wehte ihr ins Gesicht. Kalt kribbelten die Flocken auf ihren schon fast erfrorenen Wangen, und sie grub ihre Nase tiefer in den Schal. Sie drückte Alyssa fest an sich, um den eisigen Wind von ihr abzuhalten. Mia hingegen reckte sich auf dem Schlitten hinter ihr und bedankte sich bei ihrem Schlepper, indem sie ihn mit Schneebällen auf den Rücken antrieb.

»Wenn du ihn abschießt, kommen wir nie nach oben!«, lachte Lauren und fing geschickt eine der Schneekugeln ab.

»Das ist eh die letzte Runde, Mädels!«, stöhnte Tim und wurde wieder etwas langsamer. »Ich kann nicht mehr!«

»Es ist ja auch schon spät. Vermutlich hat Grandma schon die Bergwacht informiert«, scherzte Lauren und warf einen Blick in den dämmerigen Himmel.

Die weißen, unberührten Hügel abseits der Rodelpiste schimmerten hellblau. Die Sonne war hinter den Hängen verschwunden, und es herrschte ein diffuses Zwielicht. Der Geruch der Nacht kam langsam auf, und anders als am Vormittag hatten sie jetzt die ganze Piste für sich. Es war die letzte Abfahrt des Tages.

»So, da wären wir!«, keuchte Tim, als sie die Hügelkuppe erreichten. Sein Gesicht war ebenso rot wie die der Mädchen, aber nicht vor Kälte, sondern vor Anstrengung. Sein Atem dampfte in der Luft, und er stemmte erschöpft die Hände in die Hüften.

»Wer fährt bei wem?«, fragte er und band den zweiten Schlitten los.

»Ich will mit Mom«, erklärte Mia und klopfte die schneeverklebten Handschuhe gegeneinander.

»Hast du Angst, ich stoß dich in eine Schneewehe, weil du mich die ganze Zeit mit Schneebällen bombardiert hast?«, fragte Tim und griff sich eine Handvoll Schnee, um eine Kugel zu formen. Mia hob abwehrend die Hände, grinste aber frech.

»Du bist doof! Wehe, du wirfst den!«, drohte sie und ging hinter Lauren in Deckung. »Ich will mit Mom, weil …« Ihr Blick wurde ernst, und das Lachen, das sie den ganzen Tag begleitet hatte, verstummte. »… weil halt!«

Tim und Lauren sahen sich an. Keiner musste etwas sagen. Mit einem Mal stand die Angst wieder zwischen ihnen. Den ganzen Tag war es ihnen gelungen, nicht an die Krankheit zu denken. Den ganzen Tag hatten sie so gelebt, als wäre er einer von vielen, die ihnen noch bleiben würden. Aber im Grunde hatten sie die Reise hierher nur gemacht, weil sie eben wussten, dass ihnen nicht mehr viele solcher Gelegenheiten bleiben würden.

Lauren nickte kaum merklich und hob Alyssa vom Schlitten. Die Kleine versank beinahe bis zu den Knien und stolperte auf ihrem Weg zum anderen Schlitten zweimal in einen Schneehaufen. Lauren glaubte ja, dass Absicht dahintersteckte, denn Alyssa prustete und nutzte die Gelegenheit, um einen Schneeengel zu machen.

Lauren war froh, dass Mia inzwischen eingesehen hatte,

dass Alyssa noch zu klein war für die Wahrheit. Sie wusste, sie würden es ihr irgendwann erklären müssen, aber nicht jetzt. Nicht, solange es ihr gutging. Darum sagte Mia nicht, was sie dachte, sondern presste nur die Lippen zusammen und verschränkte schützend die Arme vor ihrer Brust.

Lauren lächelte traurig. Sie wünschte, sie könnte Mia irgendwie helfen. Sie klopfte auf den Platz vor sich, der noch warm von Alyssa war, und breitete die Arme aus.

»Na dann komm. Lass uns fahren.«

Als Mia ihren schlaksigen Mädchenkörper an sie lehnte, atmete Lauren tief den Duft ihrer geliebten Tochter ein. Sie war froh, dass Mia vor ihr saß und deshalb die Tränen nicht sehen konnte, die ihr während der Abfahrt beinahe auf der Wange gefroren. Sie schloss ihr Kind einfach fest in die Arme und versuchte dieses Gefühl tief in sich zu verwurzeln. Es auf dem Grund ihrer Seele zu verankern, um in schweren Momenten davon zehren zu können.

»Ich liebe dich, Mia, vergiss das nie«, murmelte sie leise, und nur der sanfte Druck, mit dem Mia sich noch näher an sie schmiegte, zeigte, dass sie sie gehört hatte.

Laurens Füße kribbelten vor Kälte, als sie nach diesem Tag im Schnee in die Hütte zurückkehrten. Sie war überrascht, dass sie es so lange draußen ausgehalten hatten. Alyssa hatte einfach nicht genug bekommen, und auch Mia, die sonst viel zu cool für Familienveranstaltungen war, hatte bis zum Schluss ihren Spaß gehabt. Genau so hatte Lauren es sich gewünscht.

»Tretet euch den Schnee von den Stiefeln, ehe ihr reinkommt!«, rief Celeste und wischte sich die Hände an einem Geschirrtuch ab. Sie stand am Herd der großzügigen Berghütte und buk Pasteten. Um Schneematsch auf dem Boden zu verhindern, verließ sie ihren Platz in der Küche und eilte ihnen zu Hilfe.

»Grandma, ich habe Dad mit dem Schneeball mitten auf die Nase getroffen!«, rief Alyssa und deutete auf ihr eigenes Näschen, das vor Kälte lief.

»Himmel, du brauchst dringend ein Taschentuch!«, bemerkte Celeste und übernahm die Versorgung der Kleinen, während Lauren Mia den Schnee aus der Kapuze klopfte.

»Es war wunderbar!«, schwärmte Lauren und bewegte ihre Zehen, um sie wieder zum Leben zu erwecken.

»Ja, aber echt arschkalt!«, ergänzte Mia. Sie schielte in die Küche. »Ich könnte jetzt einen Tee vertragen.«

Celeste lächelte.

»Der Tee ist fertig – ich hoffe nur, dass er nicht schon wieder kalt ist. Ich hatte euch früher zurückerwartet.«

»Wir wollten jeden Moment auskosten«, erklärte Lauren und gähnte herzhaft. »Und jetzt sind wir alle hundemüde.«

Sie schob Mia in das Zimmer, das sie sich in der Hütte mit Alyssa teilte, damit sie sich umzog. Sie alle hatten nasskalte Socken und brauchten dringend eine gemütliche Jogginghose.

»So seht ihr auch aus. Wo habt ihr Tim gelassen?«, fragte Celeste und wischte mit einem Lappen das Schmelzwasser von den Dielen.

»Der hilft Dad und Ben mit dem Holz. Hacken scheint nicht gerade Bens Spezialität zu sein. Dad hat ihm die Axt aus den Händen gerissen, als wir zurückkamen. Er glaubt, Ben würde sich eher einen Körperteil amputieren, als das Holzscheit zu spalten.«

»Dein Vater traut deinem Bruder viel zu wenig zu! Was glaubt er denn, wie sein Sohn es in den Profisport geschafft hat?!«, schimpfte Celeste und spähte aus dem Fenster.

Zum großen Erstaunen aller wurden während der ganzen Woche keine Glieder mit der Axt amputiert. Vor allem Mason freute das sehr, denn als Arzt hätte er natürlich etwaige Wunden versorgen müssen.

Am letzten Abend saßen sie alle beisammen und genossen die tiefe Verbundenheit zueinander. Laurens Vater wirkte entspannt, als er seinen Arm um Lauren legte und ihr einen Kuss auf die Schläfe gab. Er hob seine Tasse mit heißem Punsch und räusperte sich.

»Ihr Lieben, lasst uns auf diese Tage anstoßen. Tage, die wir alle so nötig hatten und die uns hoffentlich noch lange in Erinnerung bleiben werden. Ich trinke auf Lauren, meine geliebte Tochter, deren Stärke mir größten Respekt abverlangt und für die ich alles tun würde.« Er schluckte hart. »Wenn ich könnte, mein Kind, würde ich alles tun, um …«

Lauren schüttelte den Kopf und umarmte ihn.

»Du tust genug, Dad. Mach dir keine Sorgen. Mir geht es gut. Das war eine wundervolle Woche, und ich hoffe, wir wiederholen das bald.«

Ihre Stimme zitterte bei den letzten Worten, aber sie blickte nur in lächelnde Gesichter.

»Auf uns!«, rief Lauren und führte ihre Tasse an die Lippen. Das heiße, fruchtige Getränk schmeckte köstlich, und sie lachte über Alyssa, die gleich die ganze Tasse mit ihrem Kinderpunsch leer trank.

Als sie die Runde ihrer Freunde und Familie betrachtete, fühlte sie sich geborgen und allem gewachsen, was kommen würde. Sie war glücklich und dankbar für jeden einzelnen Tag, den sie mit diesen wunderbaren Menschen hatte verbringen dürfen – und für jeden, der noch folgen würde.

»Es war eine wirklich intensive Zeit. Wir haben so viel unternommen, so viele unvergessliche Momente erlebt«, erinnerte sich Lauren glücklich. Diese Woche in den Bergen schien eine Ewigkeit her zu sein, und doch waren nur wenige Monate vergangen.

Alle nickten zustimmend. Jeder von ihnen wusste, wie kostbar diese Monate gewesen waren. Wie lange sie davon würden zehren müssen.

Beiläufig warf Ben einige Scheite aufs herabbrennende Feuer, und niemand erhob Einspruch. Die Nacht war noch jung.

»Mir ging es in diesen Tagen so gut, dass wir einen unserer Grundsätze über Bord warfen – und Pläne machten. Dabei hätten wir es wissen müssen …«, sinnierte Lauren traurig.

Italien

Der ganze Wohnzimmertisch lag voller Reiseunterlagen. *Bella Italia* stand auf dem Hochglanzprospekt eines Reiseveranstalters, und die Bilder hielten, was der Slogan versprach. Rom, die Sixtinische Kapelle, Michelangelos Werke und die Architektur des Römischen Reichs begeisterten Lauren. Sie machte schon eine Liste mit Dingen, die sie in Europa unbedingt ansehen wollte. Sie freute sich so auf die mediterrane Küche, den italienischen Lebensstil und die Sonne, dass sie seit Tagen mit einem großen Strohhut auf dem Kopf herumlief, den sie sich für die Reise gekauft hatte. Es war ein berauschendes Gefühl, mit beiden Händen nach dem Leben zu greifen.

Rachel blätterte durch einen Bildband über Rom und gab Laute des Staunens und der Bewunderung von sich.

»Das müsst ihr euch ansehen! Einfach unfassbar, was die damals gebaut haben, oder?« Sie hielt das Buch hoch, damit Lauren, die auf der anderen Seite des Tisches über eine Landkarte gebeugt saß, das Bild sehen konnte.

Das Kolosseum.

Lauren öffnete den Mund, um genau das zu sagen, aber … aber das Wort, das irgendwie durch ihren Verstand trieb, ließ sich nicht fassen. Es war da. Lauren wusste es. Sie sah das Foto an, auf dem das Amphitheater im goldenen Abendlicht erstrahlte, doch sie konnte den Namen nicht aussprechen. Ein schwaches Stöhnen drang aus ihrer Kehle, und sie schloss die Augen. Sag etwas, dachte sie, aber ihre Gedanken waren so schwer zu erhaschen wie eine Feder im Wind.

»Lauren? Geht es dir gut?« Rachel klappte das Buch zu und sah sie forschend an. »Du bist ganz blass.«

»Ich …« Lauren kämpfte mit ihrer Sprache. Die Worte, sie waren einfach weg. Sie spürte, wie ihre Zunge im Mund einen Laut zu formen versuchte, aber es schien, als hätte sie vergessen, wie das ging.

Zitternd stemmte sie sich aus dem Sessel hoch und floh in die Küche. Die Karte rutschte auf den Boden und riss dabei ein, aber das bemerkte sie kaum. Sie verzichtete auf ein Glas und nahm einen großen Schluck eiskalten Wassers direkt aus dem Hahn. Ihr Kopf hämmerte, und sie beugte sich übers Spülbecken. Sie schwitzte und zitterte zugleich, und in ihren Ohren dröhnte es wie kurz vor einer Ohnmacht.

Hilfesuchend streckte sie ihre Hände unter den Wasserstrahl und wusch sich wieder und wieder übers Gesicht. Der Sonnenhut rutschte ihr vom Kopf, und sie legte die kalten und feuchten Finger auf die Operationsnarbe.

»Lauren?« Rachel hatte sich mit ihrem Babybauch aus den Tiefen des Sofas emporgekämpft und strich ihr nun über den Rücken. »Was ist denn plötzlich los? Geht es dir nicht gut? Hast du Schmerzen?«

Lauren schnappte nach Luft. Sie schüttelte den Kopf, denn noch immer wollte kein Wort durch ihre zugeschnürte Kehle kommen. Ihre Beine zitterten, und sie hatte Angst zu fallen. Panisch krallte sie sich an den Beckenrand und zwang sich dazu, sich zu beruhigen.

Einatmen, ausatmen – und noch einmal von vorne.

Ein und aus. Erschöpft stellte sie das Wasser ab und sah den Tropfen zu, die von ihrer Nasenspitze ins Becken liefen. Dann wandte sie sich zu Rachel um.

»Kannst du mir das Handtuch reichen?«, flüsterte sie, denn sie traute ihrer Stimme nicht.

»Sicher! Was ist denn los?« Rachel gab ihr das Tuch und fasste sie hilfsbereit am Ellbogen. »Geht es dir gut?«, wiederholte sie besorgt.

Lauren presste die Lippen zusammen und nickte.

»Ja. Es geht wieder. Mir war … mir war nur etwas schwindelig«, log sie und ließ sich auf einen der Barhocker fallen. Sie wusste nicht, wie sie hätte erklären sollen, was gerade passiert war. Es war schwer, sich auch nur daran zu erinnern, wo das Problem gelegen hatte. Jetzt wirkte alles normal, und das war die Hauptsache. Vielleicht stressten die ganzen Vorbereitungen Lauren mehr, als sie gedacht hatte.

»Brauchst du etwas? Kann ich dir irgendwie helfen?«

Rachel schien noch immer in großer Sorge, und sie hielt schon ihr Handy in der Hand, sicher, um Tim anzurufen. Aber das Letzte, was Lauren wollte, war, ein Drama aus dieser Sache zu machen.

»Etwas zu essen wäre nicht schlecht. Ich glaube, ich habe in der Vorfreude auf die Reise das Essen ganz vergessen. Der Schwindel … das muss mein Blutzucker sein. Könntest du …?«

Rachel hob erleichtert die Hand, um sie zu unterbrechen.

»Sag nichts mehr, Süße! Leg dich aufs Sofa, und ich koche uns was Leckeres. Wann kommt Mia aus der Schule? Sie wird auch Hunger haben …«

Sie verschwand hinter der Kühlschranktür und kramte einige Zutaten für eine schnelle Pasta heraus.

»Wie klingt Schinken-Sahne-Soße für dich und deinen Blutzucker?«, fragte sie und begann schon, den Schinken in Würfel zu schneiden.

»Du weißt, ich esse alles. Aber mach nicht zu viel, Mia will nach der Schule zu einer Freundin, und Alyssa geht mit meiner Mutter nach der Vorschule in die Stadt. Sie wollen Peter in der Kanzlei abholen und dann irgendwelches Zeug für den Garten kaufen. Alyssa wollte unbedingt mit.«

»Was ist denn an einem Gartencenter so spannend?«, fragte Rachel und überlegte wahrscheinlich, ob ihr eigenes Kind auch mal solche Neigungen entwickeln würde.

Lauren kicherte. »Nichts. Aber ich denke, sie spekuliert auf ein Eis. Mom lässt sich schon beim kleinsten Sonnenstrahl erweichen, ihr eines zu kaufen.«

Rachel füllte Wasser in einen Topf und setzte den Deckel darauf. Dann nahm sie eine Pfanne zur Hand und schaltete die Herdplatten an.

»Ich habe eine Frage, Lauren – bitte nicht falsch verstehen, aber ...« Rachel zögerte. Nachdenklich gab sie den Schinken in die heiße Pfanne.

»Aber was? Frag ruhig«, ermutigte Lauren sie.

»Na schön. Ich meine, die Kinder. Sie sind so viel unterwegs. Hast du nicht ... hast du nicht das Bedürfnis, mehr Zeit mit ihnen zu verbringen?«, fragte Rachel verschämt.

Sie rührte geschäftig in der brutzelnden Pfanne, um die Stille zu überbrücken, als Lauren lange nicht antwortete.

»Hm, das ist nicht so einfach, Rachel. Natürlich will ich die Kinder am liebsten immer um mich haben. Ich möchte sie gar nicht mehr aus dem Haus lassen und würde zu gern jede Minute mit ihnen verbringen, aber ... aber das wäre egoistisch.«

»Warum wäre das egoistisch?«

Lauren stand vom Barhocker auf und streute etwas Salz ins sprudelnd kochende Wasser.

»Wenn ich sterbe, will ich, dass die Kinder ein möglichst stabiles Umfeld haben. Dass sie einen Tagesablauf haben, an dem sie sich orientieren können, und Menschen um sich, die ihnen Trost und Geborgenheit spenden. Wenn ich Alyssa jetzt aus der Vorschule nehme, verliert sie den Anschluss an die anderen Kinder. Dann hat sie später keinen, der sie auffängt. Ich will nicht, dass sie dann, wenn sie schon mich nicht mehr hat, sich auch noch fremd und einsam in ihrem Alltag vorkommt. Sie soll ruhig mit meinen Eltern eine schöne Zeit verbringen, denn sie werden auch nach meinem Tod für sie da sein. Und bei Mia ist es ähnlich.« Sie gab Nudeln in den Topf und rümpfte die Nase wegen des scharfen Geruchs der Zwiebel, die Rachel gerade kleinhackte. »Ich glaube, es ist für sie sehr wichtig, Freundinnen zu haben, die ihr Halt geben. Es wäre nicht richtig von mir, sie jetzt aus allem rauszureißen und an mich zu binden. Auch wenn es nichts gäbe, was ich lieber täte.«

Rachel sah sie an.

»Ich bewundere wirklich, wie du das machst, Lauren. Ich … ich könnte nie so weitsichtig sein«, gestand sie, und in ihren Augen schwammen Tränen, möglicherweise nicht nur von den Zwiebeln.

»Doch, das könntest du. Wenn man jemanden so sehr liebt, will man nur, dass es ihm gutgeht. Ich will, dass meine Kinder klarkommen, wenn … na, wenn es eben irgendwann nötig sein sollte. Und außerdem habe ich sie im Italienurlaub ganz für mich!«

Nachdem Rachel am Nachmittag gegangen war, hatte Lauren ein kleines Schläfchen gemacht und fühlte sich nun deutlich besser. Sie fühlte sich sogar so gut, dass sie beschlossen hatte, ihre Eltern und Alyssa ins Gartencenter zu begleiten.

Sie saß neben ihrer Dreijährigen auf der Rückbank und lauschte der Countrymusik, die Peter so gern mochte. Lauren war überrascht, wie sehr es ihre Eltern freute, dass sie mitkam. Aber vermutlich ging es ihnen genau wie ihr. Auch sie wollten jede verbleibende Minute mit ihrer Tochter verbringen. Die Laune im Auto war ausgelassen. Lauren und Alyssa schleckten ein Eis und trällerten den Refrain des Songs mit, während Celeste darauf achtete, dass auch ja keine Eiscreme auf den Polstern landete. Sie verrenkte sich so sehr den Hals dabei, dass ihr ganz schlecht wurde, was zu weiterer Heiterkeit führte.

Auf dem Parkplatz wischte Lauren Alyssa die Schoko-Schnute ab und schmatzte einen Kuss auf die zuckersüßen Lippen ihrer Tochter. Dann folgten sie Laurens Eltern in den Baumarkt.

»Was meinst du? Wollen wir für unseren Garten auch etwas mitnehmen?«, fragte Lauren und dachte an die noch immer mit Büschen überwucherte Ecke ihres Grundstücks. Es war jetzt mild genug für eine Neugestaltung dieses trostlosen Beetes.

»Und was? Blumen? Können wir welche mit lila Blüten kaufen, Mummy?«

»Lila für dich – und was würde Mia gefallen? Vielleicht bringen wir ihr ja auch ein Pflänzchen mit«, schlug Lauren vor. Sie genoss das Gefühl, ihre Tochter an der Hand zu halten, mit Alyssas beinahe vier Jahren war das schließlich nicht mehr die Regel. Die Locken der Kleinen hüpften bei jedem Schritt, und die Windjacke hing ihr schief von der Schulter.

»Mia mag sehr gerne Schwarz«, überlegte Alyssa zwischen zwei Hopsern. »Aber schwarze Blumen sind doch nicht so schön, oder?«

»Das stimmt. Schwarze Blüten werden wir wohl kaum finden.«

Der Duft der Blumen, die auf Regalen im Freien standen, weckte alle Sinne. Sofort überkam Lauren die Lust, ihre Nase in die vielfarbigen Blüten zu stecken und die Kräuter in den hübschen Terrakotta-Töpfen zwischen den Fingern zu reiben, um das herbe Aroma freizusetzen.

»Hier, riech mal – wie findest du die?«, fragte Lauren und nahm eine pinke Hyazinthe aus dem Regal. Die Blütendolde war so schwer, dass Lauren fürchtete, der Stängel könne unter der Last brechen. Vorsichtig hielt sie Alyssa die Pflanze hin. Der intensive, süßliche Duft erinnerte an ein blumiges Parfum.

»Mmm, wie schön! Und schau mal! Die gibt es auch in Lila!« Alyssa war ganz aus dem Häuschen und hüpfte aufgeregt neben Lauren herum. »So viele schöne Farben! Können wir die alle kaufen?«

Lauren lachte und holte einen Einkaufswagen.

»Alle bestimmt nicht. Aber ein paar nehmen wir mit. Komm, wir finden bestimmt noch etwas anderes.«

Alyssa hängte sich an den Wagen und ließ sich mitschieben, aber alle paar Meter sprang sie herunter, weil sie etwas Neues entdeckt hatte.

»Wo ist Grandpa? Ich will ihm zeigen, was wir ausgesucht haben!«

»Ich weiß nicht. Ich glaube, sie wollten sich neue Rabatten ansehen. Wir können ja zuerst noch zu den Staudenpflanzen gehen und die beiden dann suchen. Was meinst du?«

Alyssa nickte ernst, runzelte dann aber die Stirn. »Was

sind denn *Stabenpflanzen*? Wachsen die an Stäben wie die Bohnen von Heather?«

Heather war verwitwet und wohnte im Haus nebenan. Mit ihrer großmütterlichen Art hatte sie schon vor Jahren die Herzen der Kinder erobert. Damit, und mit den Keksen und den anderen Leckereien, die sie großzügig über den Zaun an die Mädchen verteilte. Lauren mochte Heather, denn sie verlor nie ein Wort darüber, dass Alyssa beim Spielen oft recht laut war.

»Stauden – diese Pflanzen heißen Stauden«, verbesserte Lauren und schob den Wagen am Heimwerkerbedarf vorbei in Richtung der Gartenabteilung.

Das Rattern des Einkaufswagens zerrte an ihren Nerven, und sie bekam unter dem flackernden Kunstlicht des Gartencenters so langsam Kopfschmerzen. Vielleicht sollten sie doch erst Celeste und Peter suchen, dann könnten die beiden den schrecklichen Wagen übernehmen.

Auf ihrem Weg durch die Pflanzen kamen sie an mediterranen Bäumchen vorbei, Oliven, Orangen und Limetten. Kunstvoll zu Kugeln geschnitten und in meerblauen Mosaiktöpfen, weckten sie direkt Laurens Reiselust.

Sie war so froh, dass sie die Reise nach Italien machen würden. Es war verrückt, wie lange sie sich das schon wünschte – und wie lange es ihr nicht das Geringste ausgemacht hatte, ihre Wünsche dem Alltag unterzuordnen. Dabei hätte sie viel früher beginnen sollen, aus jedem Tag das Beste herauszuholen. Leicht überfordert von dem vielfältigen Pflanzenangebot, schob sie an preisreduzierten Blühhecken vorbei, und Lauren versuchte sich die Ausmaße der Ecke im Garten vorzustellen, die sie umgestalten wollte. Wie viele Pflanzen könnte sie dort überhaupt unterbringen? Vielleicht sollte sie mit …

Sie stockte mitten im Gedanken. Ihr Kopf dröhnte. Mit … mit … *ihm* noch mal herkommen. Mit *ihm* …

Lauren presste sich die Fäuste auf die Augen, und das Zittern überkam sie. Sie riss den Mund auf, um zu schreien, so hilflos fühlte sie sich. *Er!* Ihr Mann! Wer …? Sie sah in das erschrockene Gesicht von Alyssa, ehe die Welt um sie herum in Dunkelheit versank.

Lauren hielt in der Erzählung inne. Heute wusste sie, was damals geschehen war, aber an jenem Tag hatte sie die Welt nicht mehr verstanden. Sie fröstelte und trat näher ans Feuer. Die Hitze auf ihren Beinen war wohltuend, und sie versuchte das Zittern zu unterdrücken, das die Erinnerung hervorgebracht hatte.

»Alyssas Schrei hallte durch den ganzen Laden. Uns gefror das Blut in den Adern, als wir dich dort reglos am Boden liegen sahen, Lauren«, erzählte Peter und schüttelte hilflos den Kopf.

Bitteres Erwachen

Noch ehe Lauren die Augen öffnete, wusste sie, wo sie war. Der Krankenhausgeruch war unverkennbar. Aber warum war sie hier? Sie öffnete die Augen einen Spaltbreit, sah aber nur verschwommen. Tief in ihrem Herzen wusste sie, was das alles bedeutete. Dazu musste sie noch nicht einmal mit anhören, was Doktor Eckhard am anderen Ende des Zimmers mit Tim besprach.

Tim! Da war er, der Name, den sie so verzweifelt gesucht hatte. Erleichterung durchströmte sie – gemischt mit panischer Angst. Seit der Operation waren leichte Kopfschmerzen, der Schwindel und die Sehschwäche die einzigen Symptome ihrer Krankheit gewesen. Nun schien ihr Gedächtnis, ihr Denkvermögen, ihr … ihr Sein betroffen.

»… möglich, dass der Krebs zurückgekehrt ist. Um das abzuklären, sollten wir bald ein MRT machen.«

Lauren drehte den Kopf weg. Sie wollte das nicht hören. Erst jetzt bemerkte sie ihre Mutter, die weinend auf einem Besucherstuhl saß und ihr Taschentuch wie eine Rettungsleine umklammerte.

»Wo ist Alyssa?«, fragte Lauren heiser. Obwohl sie nicht recht wusste, was geschehen war, erinnerte sie sich doch an die Angst im Blick ihrer Tochter in dem kurzen Moment, ehe sie das Bewusstsein verloren hatte.

Celeste hob den Blick und kam gebeugt zu ihr ans Bett.

Sie sah mit einem Mal alt aus. Ihr sonst stets perfektes Make-up war verschmiert, und ihre Hände zitterten. Nie zuvor waren Lauren die Falten um Celestes Augen so deutlich aufgefallen.

»Geht es dir gut?«, fragte Laurens Mutter und strich ihr die Bettdecke glatt. Ordnung war ihr Leben, da konnte sie einfach nicht aus ihrer Haut.

»Ja. Aber wo ist Alyssa? Ist mit ihr alles in Ordnung? Was ... was ist denn passiert?«

Celeste setzte sich aufs Krankenbett und warf einen kurzen Blick zur Tür, wo Tim noch immer mit Doktor Eckhard im Gespräch war. Sie beugte sich vor und flüsterte:

»Der Arzt sagt, du hattest so etwas Ähnliches wie einen epileptischen Anfall. Du weißt, ich verstehe das alles nicht, aber du bist mitten im Gartencenter einfach zusammengebrochen. Du warst ohnmächtig oder so. Wir haben den Notarzt gerufen, und jetzt bist du hier. Peter ist mit Alyssa in der Krankenhaus-Cafeteria. Ihr geht es gut, aber sie versteht nicht, was mit dir los ist. Wir haben ihr nichts gesagt – das macht ihr besser selbst.«

Ehe Lauren etwas erwidern konnte, trat Doktor Eckhard an ihre Seite.

»Hallo, Lauren.« Er reichte ihr die Hand, und wie immer beruhigte sie der Blick in sein freundliches Gesicht. »Ich hatte gehofft, Sie hier nicht so bald wiederzusehen«, erklärte er und presste bedauernd die Lippen zusammen.

»Das hatte ich auch gehofft«, antwortete Lauren und versuchte sich an einem tapferen Lächeln. Sie spürte selbst, wie schief das ging, als ihre Lippe ängstlich bebte.

»Sie hatten eine Art Krampfanfall. Können Sie sagen, wie Sie sich fühlen, Lauren? Bemerken Sie in letzter Zeit wieder eine Verschlechterung Ihres Zustandes? Sind die

Schmerzen zurückgekehrt? Gibt es andere Auffälligkeiten?«

Fragen über Fragen – dabei hatte Lauren schon Schwierigkeiten, ihm nur zuzuhören. Sie hob, wie so oft, wenn sie unsicher war, die Hände an ihren Kopf und runzelte die Stirn.

Ja, die Kopfschmerzen waren wieder etwas häufiger geworden. Besonders morgens nach dem Aufwachen kam sie an Schmerztabletten zurzeit nicht vorbei, aber Ahrens hatte ja gesagt, dass wiederkehrende Schmerzen nach einem Eingriff wie dem ihren nicht selten waren. Und ihr Sehvermögen … das hatte sich in der ganzen Zeit nicht wirklich verbessert. Die Unschärfe bemerkte sie schon kaum noch.

»Lauren? Hören Sie mich?«, hakte Eckhard nach und beugte sich über sie. Er studierte sie genau, und Lauren fühlte sich etwas unwohl unter diesem forschenden Blick.

»Ja, ich … ich überlege.« Sie fühlte sich bedrängt. »Das … ich weiß nicht, wie es mir geht. Gut … dachte ich.«

»Das ist doch schön zu hören. Aber zur Sicherheit sollten wir schnellstmöglich ein MRT machen, um zu sehen, was den heutigen Zusammenbruch ausgelöst hat. Ich werde, wenn Sie einverstanden sind, gleich alles vorbereiten lassen.«

Lauren nickte und schaute zu Tim hinüber, der blass und verloren hinter dem Arzt stand und zugehört hatte. Sorge sprach aus seinem Blick, und er sah aus, als hätte er sich die Haare gerauft.

»Gut, dann wird Sie gleich eine Schwester in die Radiologie bringen. Sobald ich die Ergebnisse ausgewertet habe, sprechen wir wieder. Versuchen Sie aber jetzt, sich nicht zu sehr zu beunruhigen, Lauren.«

Eckhard verschwand mit wehendem weißen Arztkittel,

und das Schließen der Tür war wie ein Startschuss für die Fragen, die nun auf Lauren einprasselten.

»Zum Teufel, Lauren! Was ist denn passiert? Geht es dir gut? Kannst du dich an irgendetwas erinnern? Warum hast du mich nicht im Büro angerufen, wenn dir nicht wohl war?«, wollte Tim wissen und fuhr sich nervös durchs Haar. Seine Hände zitterten dabei, und seine Lippen waren blutleer.

Besorgt setzte er sich zu seiner Frau aufs Bett und ergriff ihre eiskalten Finger.

»Frierst du?«

»Nein. Es geht mir gut. Ich weiß auch nicht, was da mit mir passiert ist. Mir war plötzlich so … so komisch. Wie am Vormittag, da … da war ich auch schon etwas … verwirrt.«

»Was meinst du mit verwirrt?«, fragte Celeste und zog ihren Stuhl näher ans Bett.

»Na … mir sind eben Sachen nicht mehr eingefallen. Und mir war etwas schwindelig.«

Sie war beinahe erleichtert, als die Krankenschwester hereinkam, denn wie hätte sie Tim erklären sollen, dass ihr sein Name nicht mehr eingefallen war? Was sollte er da denken? Es war dumm, sich für etwas zu schämen, wofür sie nichts konnte, das wusste Lauren, aber dennoch tat sie es.

»So, Mrs Parker, ich bringe Sie zur Untersuchung«, erklärte die Schwester monoton und löste die Feststellbremsen ihres Krankenbettes. »Sie kennen das ja schon.«

Tim wollte Laurens Hand nicht loslassen, aber sie entwand sie ihm unruhig.

»Schon okay. Warte hier. Und kümmere dich um Alyssa. Rede mit ihr«, bat sie ihn und schenkte ihm ein kleines, mutloses Lächeln.

Lauren hielt die Augen fest geschlossen. Der leichte Luftzug, der ihr ins Gesicht blies, sollte sie beruhigen und ihr die Angst vor der Enge in der Röhre nehmen. Nur einmal hatte sie ihre Augen kurz geöffnet und sofort gespürt, wie Panik in ihr aufstieg. Sie wusste, dafür gab es keinen Grund. Sie war nicht allein, das Krankenhauspersonal war in Rufweite, und sie hatte einen Notfallknopf in der Hand. Es würde nichts geschehen, das wusste sie von den letzten Untersuchungen, dennoch blieb das Gefühl der Beklemmung. Es fiel ihr einfach schwer, ruhig zu bleiben, bei dem Krawall, den das Gerät machte. Der Lärm, die Enge, die Reglosigkeit … das machte sie fast verrückt.

Es war ein Glücksgefühl, als die Liege aus der Röhre gefahren wurde und sie endlich wieder frei durchatmen konnte. Natürlich standen nun die Ergebnisse aus, und auch die machten ihr Angst, doch das war eine andere Furcht. Tiefer, aber weniger akut.

Als sie durch die Krankenhausflure zurück in ihr Zimmer geschoben wurde, hielt sie ihren Blick auf die Decke über sich gerichtet und blinzelte bei jeder Neonröhre. Eine Autobahn aus Licht. Wo würde sie diese Autobahn hinführen? Wie weit würde ihre Reise noch gehen? Und vor allem … wann würde sie ein Ende finden?

Ohne die Untersuchungsergebnisse zu kennen, wusste sie, dass der Krebs zurückgekehrt sein musste. Es war beinahe so, als flüsterte ihr Körper ihr das zu. Als verriete er ihr die bittere Wahrheit lieber selbst, um sie vor dem Schreck zu schützen, wenn Eckhard sie bestätigen würde. Lauren faltete ihre Hände über der Bettdecke wie zum Gebet. Sie trug keinen Ring, denn sie hatte jeglichen Schmuck vor der Untersuchung ablegen müssen, und sie betrachtete die weiße Linie an ihrem Ringfinger, wo sie sonst das Siegel ihrer Liebe zu Tim trug. Würde er weinen, wenn sie starb?

Lauren schnappte zitternd nach Luft. Das war ein dummer Gedanke, aber mit einem Mal war es nicht wichtig, was sie fühlte, sondern was alle anderen fühlen würden, wenn sie von ihnen ginge. Vermutlich projizierte sie ihre eigene Trauer auf ihre Freunde, auf die Familie. Aber es war auf eine egoistische Art leichter, das Schicksal anzunehmen, wenn sie wusste, dass sie nicht die Einzige wäre, die leiden würde.

Wenn sie ihnen allen das Leid doch nur ersparen könnte!

Warum war Sterben so schrecklich? Warum musste es so furchtbar für alle sein? Warum schmerzte es so sehr? Gab es keinen anderen Weg? Einen, der leichter war, für sie alle?

Die Sterne über ihren Köpfen schienen Lauren in dieser Nacht heller zu leuchten als gewöhnlich. Spürte auch der Himmel, wie besonders die Nacht für sie alle war?

Irgendwie gefiel Lauren die Vorstellung, dass die Sterne über ihr heute nur für sie strahlten.

»Damals, auf dem Weg zurück in das Krankenzimmer, habe ich mir zum ersten Mal Gedanken darüber gemacht, wie es sein würde zu sterben. Wie es wirklich sein würde. Mit den Schmerzen … und dem Loslassen«, sagte Lauren in die nächtliche Stille. Sie fühlte die Blicke ihrer Freunde und ihrer Familie in ihrem Rücken, aber sie konnte sie jetzt nicht ansehen. Schon ohne den Schmerz und das Mitleid in den Augen der anderen zu sehen, fiel ihr das Sprechen schwer. Aber es gab noch so vieles, was gesagt werden wollte.

Duftende Blüten

Es war, als hätten Lauren und Tim die nächsten Tage schon einmal erlebt. Den Schock, die Gespräche mit den Ärzten und die Angst vor der Zukunft. Und doch war es diesmal ganz anders.

Es gab keine Hoffnung auf ein gutes Ende mehr.

Es gab keine Therapie mehr, die Rettung oder auch nur Aufschub bringen würde. Das lange erhoffte Wunder war ausgeblieben. Der Krebs war zurückgekehrt. Hatte sich über den Balken auch in die andere Hirnhälfte ausgeweitet und Laurens Gehirnzellen aggressiv infiltriert.

Professor Ahrens hatte sich viel Zeit für das Aufklärungsgespräch genommen. Ihnen genau erklärt, wie die letzten, wenigen verbleibenden Wochen von Laurens Leben ablaufen könnten.

Wochen!

Das war unfassbar! Aus wenigen Monaten waren Wochen geworden. Zwölf, vielleicht weniger, kaum mehr.

War ihnen die vorausgesagte Lebenszeit zuvor schon wie ein einziger Atemzug vorgekommen, so schien es ihnen nun, als bliebe nicht einmal mehr die Zeit für einen Wimpernschlag. Nichts hatte mehr eine Bedeutung. Rom war plötzlich unwichtig geworden, und der Strohhut im Wohnzimmer wurde zu einer traurigen Erinnerung an ein nie gelebtes Leben.

Lauren hatte sich selbst nur einen Tag der Verzweiflung zugestanden. Einen Tag, an dem sie geweint und all ihren Ängsten freien Lauf gelassen hatte. Einen Tag, um mit ihrem Schicksal zu hadern und jede gesunde Seele auf dieser Welt zu beneiden und zugleich zu verfluchen.

Dann ging sie hinaus in den Garten und riss die Büsche aus der dunklen Ecke. Sie schwitzte, und die Frühlingssonne schien ihr auf die Schultern, als sie mit dem Spaten den Wurzelballen des Kirschlorbeers ausstach, bis sie genug Erde gelockert hatte, um den mächtigen Strauch aus seinem Pflanzloch zu befreien. Sie brachte kaum die Kraft auf, den Busch zu bewegen, und der zweifelnde Blick von Heather brannte beinahe ebenso in ihrem Rücken wie die Strahlen der Sonne.

Aber der würde sie es zeigen!

Sie legte all ihre Wut, ihren Schmerz und ihre Verzweiflung in ihr Vorhaben und stemmte sich energisch mit den Fersen ins Gras. Immer wieder versuchte sie, an den knospenden Ästen Halt zu finden, um den Lorbeer aus dem Loch zu bekommen. Ihre Hände waren schon grün vom Saft der jungen Blätter, und ihre Arme zitterten vor Anstrengung.

»Brauchst du vielleicht Hilfe?«

Lauren wandte sich um und wischte sich den Schweiß von der Stirn. Sie schluckte, versuchte aber, sich ihre Überraschung nicht anmerken zu lassen. Stattdessen drückte sie den schmerzenden Rücken durch und nickte schlicht.

Mia kam näher und wirkte verunsichert. Kein Wunder! Lauren hätte beinahe gelacht, so rangen Reue und trotzige Rebellion im Gesicht ihrer Tochter miteinander.

Ihr wunderschönes goldblondes Haar war vom Scheitel bis in die Spitzen pechschwarz gefärbt.

»Neue Haarfarbe?«, fragte Lauren bemüht lässig, um sich das Entsetzen nicht so deutlich anmerken zu lassen. Sie verkniff sich jeden weiteren Kommentar. Mia sah mit ihren dunklen Klamotten und den schwarzen Haaren aus wie ein Zombie auf einer Beerdigung.

»Kim hat es mir gefärbt. Ich find's schön«, behauptete Mia, ehe sie mit ihren dünnen Chucks gegen den Stamm des Busches drückte, so dass dieser sich leicht zur Seite neigte. Erst dann hob sie – doch ein klein wenig unsicher – den Kopf, um Lauren ins Gesicht zu blicken.

»Ich finde es nicht so schön, aber wenn es dir gefällt …«

»War klar! Dir passt ja nie, was ich mache! Nicht, was ich anziehe, nicht, mit wem ich mich treffe …«

Lauren packte Mia an den Schultern und zog sie in ihre Arme.

»Schatz, lass mich ausreden!« Sie schüttelte sie sanft, um sie dazu zu bringen, ihr zuzuhören. »Ich mochte dein Haar, wie es war, aber wenn es dir so gefällt, dann habe ich nichts dagegen, Mia. Nicht, wenn … wenn es dir hilft … mit allem klarzukommen, okay?« Sie drückte einen Kuss auf den schwarzen Schopf ihrer Tochter.

Mia nickte und biss sich einen Fingernagel ab.

»Okay. Und was ist jetzt mit dem Gewächs hier?«, fragte sie schroff.

Lauren lächelte und drückte ihr Kind noch einmal ganz fest an sich. Sie spürte zwar Mias Widerstand, aber auch, wie sich ihre Große für einen kurzen Moment an sie schmiegte und seufzte. Sie war noch so ein Baby, und Lauren wünschte, sie könnte ihr die kommenden Monate leichter machen. Wenn eine neue Haarfarbe also dabei half, stark zu sein, dann war das wohl ein kleiner Preis.

»Ich will es rausreißen und stattdessen Blumen und

Stauden pflanzen. Ich fände es schön, wenn im Sommer hier alles blüht«, erklärte Lauren. Sie wusste, was Mia dachte – dass sie den Sommer vielleicht nicht mehr erleben würde –, aber Mia sagte nichts. Nickte nur und schob die Ärmel ihres grauschwarzen Schlabberpullis hoch.

»Dann los«, meinte sie und trat an den Busch. Gemeinsam war es gar nicht so schwer, die Pflanze aus dem Loch zu hieven, und sie zerrten sie schnaufend in die Einfahrt.

Dort standen in zwei Holzkisten die Pflanzen, die Lauren vor ihrem Zusammenbruch im Gartencenter in ihren Einkaufswagen geladen hatte. Ihr Vater war noch einmal dort gewesen und hatte sie gekauft. Das hatte Lauren gerührt, denn die Pflanzen zu kaufen und anzunehmen, dass sie sie auch einpflanzen würde, war etwas so Normales, wie sie es unter den gegebenen Umständen nicht erwartet hätte. Es war ein einfacher Versuch, sie zum Weitermachen zu bewegen. Sie aus dem schwarzen Loch der Verzweiflung zu ziehen, indem man ihr eine Aufgabe gab.

Und es funktionierte. Die Erde unter ihren Knien und der Dreck unter den Fingernägeln schafften etwas, das weder Tim noch ihren Eltern in Gesprächen gelungen war. Lauren fand einen inneren Frieden, der sie ihr Schicksal akzeptieren ließ. Sie würde diese Pflanzen vielleicht nie blühen sehen, aber sie würden blühen! Für Tim, für ihre Kinder, für alle, die sich daran erfreuen mochten und dabei vielleicht mit einem Lächeln an sie und den heutigen Tag zurückdenken würden.

Sie kniete am Boden, drückte die Erde um einen Wurzelballen fest und blies sich eine kitzelnde Strähne aus der Stirn. Dann lehnte sie sich zurück und betrachtete ihr Werk zufrieden. Mia neben ihr rieb sich die Erde von den Händen und wartete auf ein abschließendes Urteil.

»Toll!«, freute sich Lauren und grinste ihre Tochter an. »Oder was meinst du?«

»Ich find's klasse! Das haben wir doch echt ganz gut gemacht, oder?«

Lauren wandte sich Mia zu. »Das haben wir. Und ich bin froh, dass du mir geholfen hast.«

Sie schluckte, denn die Kehle wurde ihr eng, als sie Mia so ansah. Ihr Baby war dabei, erwachsen zu werden. Ihre Haarfarbe war ein Zeichen der Rebellion – und doch hatte sie ihr heute dieses Geschenk gemacht. Lauren wusste nicht, was sie sagen sollte, denn ein *Ich liebe dich, mein Schatz* war für Teenager-Ohren zu uncool.

»Kein Ding!« Mia grinste schief und zuckte mit ihren schlaksigen Schultern. Sie schien etwas befangen und kaute an ihren erdigen Fingernägeln. »Sag mal, Mom …«, murmelte sie, als Lauren sich schon die Erde von der Jeans klopfte und anfing, das Gartenwerkzeug einzusammeln. »… was denkst du, wie lange es dir noch so gut geht?«

Lauren bückte sich nach der verbogenen Harke und stützte sich matt auf den Stiel.

»Ich weiß es nicht. Ehrlich, Mia. Ich habe keine Ahnung. Warum willst du das wissen?«

Sie reichte ihrer Tochter die Hand, damit auch die aus dem Gras aufstand, aber Mia schüttelte nur den Kopf. Darum setzte sich Lauren kurzerhand wieder zu ihr.

»Seth sagt, er kann sich das nicht vorstellen. Ich meine … wie du sein wirst, wenn … wenn der Krebs …«

Sie sah ihre Mutter nicht an. Lauren wollte eigentlich selbst nicht daran denken, was auf sie zukam, aber lieber würde sie sich dem stellen, als zuzulassen, dass Mia sich irgendwelche Horrorszenarien vorstellte.

»Seth? Du verbringst wirklich viel Zeit mit diesem Seth.«

Lauren hörte selbst, wie der Besorgte-Mutter-Ton durchkam, dabei war sie froh, dass Mia mit ihren Sorgen zu ihr kam und offen darüber sprach. Schnell, ehe ihre Tochter wieder aufbrauste, fasste sie nach ihrer Hand.

»Sorry! Ich ... wollte nicht das Thema wechseln. Du ... du willst also wissen, was die Krankheit mit mir macht?«

Mia rutschte unruhig auf ihrem Hosenboden herum. Sie hatte schon wieder einen Fingernagel zwischen den Zähnen.

»Weiß nicht. Es ist ja nicht so, dass ich mir eine Zombie-Mutter vorstelle, aber ... aber das ist ja im Gehirn, und ... und wenn das Gehirn kaputtgeht ...«

»Ich verspreche dir, Mia, ich versuche, keine Zombie-Mutter zu werden, okay? Man kann schlecht absehen, wie sich die Krankheit entwickelt. Das ist bei jedem anders – je nachdem, welche Hirnregionen wann betroffen sind. Es kann zu Wesensveränderungen kommen, zu Störungen der Sprache, der Motorik oder auch Bewusstseinsstörungen. Zu Krämpfen ...« Lauren wusste, wie schrecklich das alles klingen musste, aber sie wollte Mia nicht anlügen. Ihr keine falschen Hoffnungen machen und sie zumindest ein Stück weit auf das vorbereiten, was kommen würde.

»Und dann?« Die Frage war kaum mehr als ein Flüstern, und in Mias Blick lag die blanke Angst. Lauren wollte ihr nicht noch mehr zumuten. Obwohl sie wusste, dass Mia ihren Tod meinte, das Sterben und das, was davor kam, tat sie so, als verstünde sie sie nicht.

»Dann wird euer Vater für euch da sein, Mia. Du musst keine Angst haben. Euch wird es gutgehen.« Sie fürchtete die Widerrede, noch ehe ihre Erstgeborene den Mund aufmachte. Darum sprach sie schnell weiter. »Aber du musst mir etwas versprechen, Mia. Kannst du das machen?«

Die großen Augen ihrer Tochter wirkten unter den schwarzen Strähnen noch viel verlorener, und ihre Lippe zitterte wie damals, wenn sie als Baby geweint hatte.

»Was denn?«

»Du musst mir versprechen, dass du dich gut um die Blumen kümmerst, die wir heute gepflanzt haben. Denn es hat mir so viel bedeutet, das mit dir gemeinsam zu machen.«

Mia wischte sich über die Augen. Sie gab sich wie immer stärker, als sie war, und wollte ihre Tränen niemandem zeigen. Nicht einmal ihrer Mutter.

»Klar. Versprochen. Das hätte ich eh gemacht.«

Ein Kichern ging durch die Gruppe, und auch Lauren musste schmunzeln. Es war gut, dass trotz all dem Schweren in dieser lichtblauen Sommernacht ein Lachen noch möglich war.

»Zombie – ja, das traf es im Grunde ganz gut. Ich hätte es vielleicht nicht so ausgedrückt, aber es spiegelte irgendwie meine Ängste wider. Ich wollte tatsächlich nie ein Zombie werden.«

»Oh, Mom! Das hab ich doch nicht so gemeint!«, verteidigte sich Mia, aber Lauren lachte nur.

»Ich weiß, mein Schatz! Ich weiß. Ich bin dir deswegen nicht böse. Und genau genommen bist du mit deinen schwarzen Klamotten ja der Zombie. Dabei siehst du in farbigen Tops immer so hübsch aus.«

In guten wie in schlechten Zeiten

»Du wirst mich jetzt nicht mehr los.«

Mit diesen Worten kam Tim am Abend aus der Kanzlei, stellte seine Aktentasche in den Schrank und nahm Lauren in die Arme.

»Ich habe unbefristeten Urlaub genommen«, erklärte er und zwinkerte ihr verschmitzt zu. »Manchmal ist es von Vorteil, wenn man mit der Tochter des Chefs verheiratet ist.« Der unnachgiebige Druck seiner Arme ließ erahnen, wie viel ihm die verbleibende Zeit mit Lauren bedeutete.

»Was? Du hast Urlaub genommen?«, fragte Lauren überrascht und legte den Kopf in den Nacken, um in sein Gesicht sehen zu können. »Warum?«

»Dumme Frage. Ich will bei dir sein. Immer. Jede Minute, jeden Atemzug, jeden Herzschlag mit dir teilen, denn ich werde die schwierige Aufgabe haben, den Rest meines Lebens ohne dich verbringen zu müssen. Ich weiß nicht, wie ich das schaffen soll …«

Lauren lachte, auch wenn es schmerzte. Klar, *er* hatte den schwierigeren Teil! Wobei, vielleicht stimmte es ja sogar …

»Dann versuchst du es dir jetzt also mit einer Überdosis leichter zu machen?«

»Eine Überdosis Lauren? Das ist nicht möglich, das weißt du, denn das würde bedeuten, dass man zu viel von dir bekommen könnte – und das kann man nicht. Es wird nie genug sein, Süße.« Er küsste sie. So, wie er es lange nicht getan hatte. Hungrig und verzweifelt, aber ohne den Schmerz und die Angst, die in letzter Zeit so oft zwischen ihnen gestanden hatten.

Es war beinahe so, als hätte die Endgültigkeit der Erkrankung ihnen etwas von der Unsicherheit genommen, die sie beide mit sich herumgetragen hatten. Das *Was wäre, wenn* hatte sich erledigt. Sie mussten den schlimmsten Fall nicht mehr fürchten, denn er war eingetreten.

Tims Kuss war eine Bitte, ein Flehen, ein Wunsch und auch ein Geschenk, denn Lauren sehnte sich nach Liebe, die so war wie früher. Frei von Schuldgefühlen, von Ängsten und dem Gedanken an das Ende.

Sie gab sich seinem Kuss hin, wie damals bei ihrer Geburtstagsfeier. Und sie wusste, egal was kommen würde, sie würde jeden Tag feiern und keinen einzigen bereuen.

Später hielt Tim Lauren von hinten umschlungen, und sie kuschelte sich in seine Armbeuge. Hoffentlich schliefen die Kinder schon, denn ihre Kleider lagen im ganzen Wohnzimmer verstreut. Das Sofa war zum Glück breit genug für sie beide, denn Lauren hatte nicht vor, noch mal aufzustehen. Sie wollte sich die Decke über die Schulter ziehen, aber Tim hielt sie auf, hauchte ihr einen Kuss zwischen Hals und Schulter und deckte sie dann zärtlich zu.

»Was machen wir jetzt, Lauren?«, fragte er, und zum ersten Mal, seit sie wussten, was Sache war, schien auch er seine Gefühle unter Kontrolle zu haben. Das war gut so, denn sie mussten wirklich Pläne machen. Auch wenn sie darin nie gut gewesen waren.

Lauren drehte sich auf den Rücken und sah in seine blauen Augen. Sie war froh über die Wärme, die von Tims

Körper ausging. Seit sie durch die Krankheit so stark abgenommen hatte, fror sie andauernd. Beinahe war es lächerlich, dass sie all die Jahre ihre paar überschüssigen Pfunde loszuwerden versucht hatte.

»Ich habe nachgedacht«, sagte sie, und ihr Blick hing an der kleinen Narbe an seiner Lippe. »Ich will kein Zombie werden.«

Sie kicherte über sein überraschtes Gesicht und erklärte dann:

»Keine Sorge, *noch* habe ich nicht den Verstand verloren. Aber wenn ich an den Zusammenbruch von neulich denke, dann habe ich furchtbare Angst vor dem, was kommt. Ich habe Angst, die Kontrolle zu verlieren.«

»Du bist ein Kontrollfreak, Lauren. Ich verstehe dich gut. Du bist es gewohnt, deine Entscheidungen zu treffen und deinen Willen durchzusetzen.«

»Ich kann mir einfach nicht vorstellen, dass ich nicht mehr weiß, was ich tue, dass ich von Krampfanfall zu Krampfanfall taumele und dazwischen nicht mehr weiß, wie du oder die Kinder heißen. Das ... das ist schlimmer als der Gedanke an den Tod.«

»Sag das nicht. Ich werde immer bei dir sein. Du musst dich nicht fürchten, wir stehen das gemeinsam durch.«

»Aber vielleicht will ich das nicht, Tim. Vielleicht will ich nicht, dass deine letzte Erinnerung an mich die ist, wie du deine sterbende Frau pflegst!«

»Das ist doch Quatsch! Du wirst mich nicht davon abhalten, mich um dich zu kümmern, Lauren. Du kommst doch jetzt nicht mit irgend so einem Hospiz daher, oder? Denn das kannst du vergessen!«

Lauren verzog ratlos das Gesicht.

»Was weiß denn ich, Tim! Ich weiß nur, dass ich nicht

will, dass die Kinder mich so sehen. Ich will so einfach nicht enden!«

»Aber du willst doch nicht deine letzten Tage in so einem Heim verbringen, Lauren! Oder? Denn ich will das ganz bestimmt nicht!«

Lauren seufzte und legte ihre Handfläche gegen seine. Ihre war viel kleiner als Tims, und trotzdem passten sie perfekt zusammen. Langsam verschränkte sie Finger für Finger mit seinen.

»Ich weiß nicht, was ich will, Tim. Über so was denkt man doch nicht nach. Wenn ich da etwas mitzureden hätte, würde ich im Seehaus sterben wollen. Einfach friedlich einschlafen …«

Tim nickte schwach. Er schwieg. Was sollte er auch sagen. Von friedlichem Einschlafen hatte Professor Ahrens nicht gesprochen. Von Krämpfen, Atemnot, Koma hingegen schon.

»Warum das Seehaus? Warum nicht hier?«, wechselte er das Thema – vermutlich, um überhaupt etwas zu sagen.

»Ich liebe das Seehaus, Tim. Das weißt du. Es ist so was wie das Zuhause meiner Seele.« Sie küsste ihn. Wenn das Seehaus das Zuhause ihrer Seele war, dann waren seine Küsse das Zuhause ihres Herzens.

»Und ich würde auch nicht hier sterben wollen, in unserem Zuhause. Hier wachsen unsere Kinder auf. Ich fände es schrecklich, wenn sie dieses Haus mit anderen Augen sehen würden, weil ihre Mutter darin gestorben ist. Ich will nicht, dass sie durch den Flur schleichen und daran denken, wo ich … Nein, das möchte ich nicht!«

Tim zog sie fester an seine Brust und sie legte ihren Kopf an seine Schulter. Gedankenversunken streichelte er ihren Rücken.

»Das verstehe ich. Aber …«

»Lass uns jetzt nicht mehr davon sprechen. Ich weiß, dass wir das nicht planen können, aber du weißt jetzt, was ich mir wünschen würde – was ich mir für Gedanken mache.«

Müde schloss Lauren die Augen und spürte dem Atem nach, der Tims Brust hob und senkte.

»Was ist mit Italien?«, fragte Tim nach einer Weile. Lauren hörte seine Stimme, war aber den Träumen schon so nahe, dass sie nicht mehr antworten wollte. Italien … das Land ihrer Träume … sie würde es nie sehen. Nicht, weil sie es nicht mehr konnte, sondern weil es jetzt so viel Wichtigeres gab. Ihre Kinder, ihre Freunde … ihr Zuhause. Das alles bedeutete so viel mehr. Sie gab die Reise gerne auf für Zeit mit ihren Liebsten.

Am nächsten Morgen hatte Lauren starke Kopfschmerzen. Alle Tabletten halfen nichts, und so blieb ihr nichts anderes übrig, als auf dem Sofa zu verharren. Das passte so gar nicht zu ihrer Vorstellung vom Rest ihres viel zu kurzen Lebens, und ihre Laune war dementsprechend.

»Was ist los, Mummy?«, fragte Alyssa und kuschelte sich zu ihr. Sie hatte eine ganze Stofftierherde unter dem Arm, und jedes der flauschigen Tierchen musste einen Platz unter der Decke bekommen.

»Bist du krank, Mom?«

»Etwas, mein Schatz.«

»Tut dir der Bauch weh? Dann kannst du einen Tee trinken«, schlug Alyssa vor.

Lauren lächelte gerührt.

»Nein, meinem Bauch geht es gut. Mein Kopf tut mir weh.«

»Arme Mama. Hoffentlich wird das bald wieder heile.«

Alyssa untersuchte ihren Elefanten. Sie horchte seinen Bauch ab und schaute ihm in die großen Ohren, wie ihr Kinderarzt das bei ihr tat.

»Es wird nicht mehr heile, Alyssa. Mein Kopf macht mich schlimm krank.«

Alyssa nickte, kaute aber nachdenklich auf ihrer Lippe herum. Dem Elefanten wurden die Beine gebrochen, so knetete sie das Tier während ihrer Grübelei.

»Alle Tiere sterben irgendwann, oder, Mom?«, überlegte Alyssa und hielt ihr Stofftier hoch. »Auch Elefanten, oder?«

Lauren zwang sich zu einem Lächeln. Offensichtlich war es an der Zeit, das Thema anzugehen. Sie setzte sich unter Schmerzen auf und hob Alyssa auf ihren Schoß. Der Geruch nach Erdbeershampoo entstieg Alyssas Haar, und Lauren nahm einen tiefen Atemzug Kindheit.

»Ja, Liebes. Alle Tiere müssen irgendwann sterben. Auch alle Menschen. Manche früher, andere später.«

»Warum denn?«

Warum? Das war eine gute Frage. Welchen Sinn hatte die Existenz im Angesicht des Todes überhaupt noch? Und welchen Sinn hatte das Sterben? Warum dieser unendliche Kreislauf des Lebens, wenn doch nichts blieb?

»Das ist einfach so. Aber du musst deswegen nicht traurig sein.«

»Ich finde das blöd. Sterben ist blöd.«

Lauren lächelte. »Ja, mein Schatz, da hast du recht. Sterben ist blöd. Aber manchmal ist es auch gut. Zum Beispiel wenn man sehr krank ist.« Lauren schluckte hart. »Wenn man schlimme, schlimme Schmerzen hat.«

»Du hast auch schlimme Schmerzen, oder, Mama?«

Lauren schloss ihre Arme so fest um den kleinen Mädchenkörper, dass Alyssa nach Luft japste. Dann nickte sie.

»Ja, ich habe starke Schmerzen, mein Schatz.«

»Stirbst du dann auch?«

»Nicht heute – und bestimmt auch nicht morgen. Und wenn es so weit sein wird, dann musst du nicht traurig sein, weil du ja schließlich jetzt weißt, dass mir dann nichts mehr weh tun wird. Dann geht es mir wieder gut, meine süße Maus!«

Alyssa machte ein ernstes Gesicht und nagte an ihrer Lippe. Dann kam ihr eine Idee.

»Madison aus der Vorschule hat gesagt, ihr Hamster war krank, und dann hat ihn der liebe Gott geholt. Jetzt ist er im Himmel. Kommen Menschen auch in den Hamsterhimmel?«

Lauren war nicht streng gläubig. Sie war zu pragmatisch – und ihr fehlte die Zeit, sich mit ihrer Religion auseinanderzusetzen. Besonders jetzt konnte sie einfach nicht anders, als jegliche göttliche Existenz in Frage zu stellen. Trotzdem schien es ihr – zumindest für Alyssa – als gute Möglichkeit, mit ihrer Krankheit und allem, was noch folgen würde, umzugehen.

»Ich glaube, dass es einen großen Himmel gibt, in dem Menschen und Tiere gemeinsam sein können«, erklärte sie deshalb. »Und dort sind alle glücklich, und niemandem geht es mehr schlecht.«

Alyssa nickte verständnisvoll und schob den Elefanten von sich.

»Madison hat gesagt, der Hamster kommt nie mehr runter aus dem Himmel. Das ist schon schade …«, sinnierte die Vierjährige.

»Stimmt. Aber solange Madison ihren Hamster nicht vergisst, ist es beinahe, als wäre er noch da.«

Alyssa strahlte nun. »Sie kann ihn doch gar nicht vergessen. Sie hat doch ein Foto von ihm, und sie schaut es ganz oft an. Das hat sie mir erzählt.«

Lauren wischte sich eine Träne von der Wange, die sich heimlich aus dem Augenwinkel gestohlen hatte, und küsste Alyssas Stirn.

»Na siehst du.«

Laurens Blick glitt hinüber auf die Bank, wo Alyssa seit Stunden eingewickelt in eine Decke schlief. Ihr kleines Baby! Sie liebte einfach alles an ihr. Ihr sanftmütiges Wesen, ihr immerwährendes Lachen und ihr engelgleiches Äußeres, das einem allein schon das Herz aufgehen ließ. Sie schlief so friedlich hier im Schein des flackernden Feuers und ahnte nicht, wie kostbar jede Sekunde dieser Nacht war.

Lauren mochte sich nicht vorstellen, wie es für ihre Kinder weitergehen sollte. Sie stand an einem Scheideweg. Egal, was sie tun würde – es gab keine Gewinner.

Von plötzlichem Zweifel befallen, verdrängte sie jeden Gedanken an den nahenden Morgen und flüchtete sich in ihre Erinnerungen.

»Ich war voller Tatendrang, wollte keinen einzigen Moment mehr vergeuden, aber mein Kopf machte mir einen Strich durch die Rechnung. Tagelang fesselten mich die Schmerzen ans Bett. Ich hatte Krämpfe – manchmal mehrmals am Tag. Ich wollte der Krankheit die Stirn bieten, aber das gelang mir erst an dem Tag, an dem ihr mir Italien nach Hause gebracht habt.«

Italien fürs Wohnzimmer

»Kannst du runterkommen, Mom?«, fragte Mia und streckte vorsichtig den Kopf zur Schlafzimmertür herein. Lauren saß an ihrem Schminktisch und betrachtete die kleinen Tätowierungen, die über ihrem Ohr und am Haaransatz angebracht worden waren. Für eine Behandlung, die den Tumor erst wütend gemacht zu haben schien – so heftig, wie er zurückgeschlagen hatte.

Gedankenversunken wandte sie sich um und nickte. Noch immer irritierte sie der Anblick von Mias schwarzem Haar, und sie glaubte, Zigarettenrauch zu riechen. Sie atmete tief ein, wollte das Thema aber jetzt nicht ansprechen. Vielleicht sollte sie erst mit Tim reden. Einen Schlachtplan ausarbeiten, der Mia wieder in die Spur brachte. Denn im Grunde wollte Lauren keinen Streit mit ihrer Tochter anfangen. Mia fiel es schwer, mit der Situation in der Familie umzugehen. Sie war traurig – zu traurig für einen Teenager. Dann wieder zornig. Vielleicht auch das eine Spur zu heftig. Und dann war sie wieder unnahbar und wollte niemanden sehen. Das waren die schwierigsten Momente, in denen Lauren sich so hilflos fühlte. Wusste Mia nicht, dass ihr kaum mehr Zeit blieb? Dass jeder Tag, an dem sie sich in ihrem Zimmer verkroch, ihnen fehlen würde?

»Mom?«

Mia kam zur Tür herein, blieb dann aber unschlüssig stehen.

»Ja, sicher. Entschuldige, ich … ich habe nur gerade gedacht, wie hübsch du bist.«

»Mom!« Mia verzog das Gesicht. So was von seiner Mutter zu hören, war uncool. »Kommst du?« Ohne eine Antwort abzuwarten, zog sich Mia zurück, ehe ihre Mutter noch mehr so peinliches Zeug von sich geben konnte.

Grinsend folgte ihr Lauren und versuchte sich auf den Abend zu freuen. Tim hatte nur verraten, dass Rachel eine Überraschung für sie vorbereitet hatte. Dabei war Lauren keine Freundin von Überraschungen. Sie wollte lieber wissen, was Sache war.

Trotzdem erfasste sie jetzt ein neugieriges Kribbeln, und sie lauschte auf die Geräusche, die von unten heraufdrangen. Sie hörte Chris lachen und Tim etwas erwidern. Alyssa kicherte, und der würzige Duft von Essen durchzog das ganze Haus.

Es war ein komisches Gefühl, alle Augen auf sich gerichtet zu sehen, als sie den Fuß der Treppe erreichte. Als wäre sie eine Außenstehende. Als wären alle, die unten heimlich ihre Vorbereitungen getroffen hatten, miteinander vereint, und nur sie gehörte nicht zu diesem Kreis. Doch diese Empfindung verschwand, als sich Alyssa quietschend auf sie stürzte.

»Überraschung, Mama!«, rief sie aufgeregt und hopste vor Lauren auf und ab. »Happy Birthday tooooo youuu!«

»Aber ich habe doch gar nicht Geburtstag, meine Süße!«, kicherte Lauren und hob den blonden Engel auf ihren Arm.

»Das ist ein Partylied! Ich kenne kein anderes!«

»Na dann! Dann ist es wohl okay«, gab sich Lauren geschlagen. Sie sah in die lächelnden Gesichter ihrer Freunde. Rachel hatte den Strohhut auf dem Kopf, Chris hatte sich mit Kajal einen gezwirbelten Schnurrbart über die Oberlippe gemalt, und Ben hielt eine Flasche Rotwein in der Hand.

»Schöne Lorelei, komm endlisch her und lass disch umarmen!«, forderte Chris mit übertriebenem Akzent und kam ihr mit ausgebreiteten Armen entgegen.

»Was bist du denn?«, fragte Lauren und wich seinem stürmischen Kuss aus, denn sie wollte auf keinen Fall Kajalstift auf der Wange haben.

»Ich bin ein leidenschaftlicher Italiener, das sieht man ja wohl!«, erklärte Chris entrüstet.

»Er glaubt uns einfach nicht, dass Italiener nicht so aussehen!«, kicherte Rachel und malte sich mit den Fingern in der Luft ebenfalls einen Schnauzbart.

»Ach ihr! Was wisst ihr schon? War vielleicht einer von euch schon in Europa? Nein! Also wisst ihr nicht, wovon ihr redet!«, verteidigte er sich und küsste Lauren gleich noch einmal auf den Nacken.

»Du siehst eher aus wie ein Franzose«, stimmte Lauren Rachel lachend zu und wischte sich den feuchten Kuss aus dem Nacken.

»Uhhh, mon amour.« Chris schien sich daran nicht zu stören. »Dann bin isch eben dein leidenschaftlischer Franzose!«

»Der Franzose bezieht gleich Prügel, wenn er nicht aufhört, die Frauen anderer Männer zu küssen!«, drohte Tim grinsend und boxte Chris spielerisch in die Seite.

»Könnt ihr mal aufhören?«, rief Rachel hinter der Kochinsel und hob einen dampfenden Topf von der Herdplatte. »Die Pasta ist al dente und das Pesto frisch zubereitet! Kann mal jemand das Pizzabrot aus dem Ofen nehmen und den Tomatensalat auf den Tisch stellen? Und Musik! Wo bleibt die Musik?«

Die Befehle einer Schwangeren hatten besonderes Gewicht, und so kam Bewegung in die Gruppe. Zu der samtigen Stimme von Eros Ramazzotti dirigierten Mia und Alyssa Lauren an ihren Platz am Kopf des Tisches, wo einige in glänzendes Geschenkpapier verpackte Präsente bereitlagen.

Als die Teller mit italienischen Köstlichkeiten gefüllt waren und alle Platz genommen hatten, hob Rachel ihr Glas – in dem sich, anders als beim Rest der Truppe, natürlich kein Rotwein befand – und räusperte sich.

»Lauren, Schatz, wir alle wissen, wie sehr du dir eine Reise nach Italien gewünscht hast. Wir wissen zwar nicht, wie ein Land wie Italien es verkraften soll, dass du nun nicht dorthin fliegst, aber um zumindest dich glücklich zu machen, bringen wir heute eben Bella Italia zu dir.« Sie reckte den Bauch raus und legte ihre Hand auf die dicke Wölbung. »Viva la famiglia!«, rief sie, und ihre rauchige Stimme verlieh dem Satz einen leichten Mafia-Beigeschmack. »Und buon appetito!«

Lauren war gerührt. Sie waren wirklich wie eine Familie. Vor Freude und Verlegenheit stieg ihr das Blut in die Wangen.

»Danke, ihr Lieben! Ihr seid die Allerbesten, und ich weiß nicht, wen ich lieber mit auf eine Reise in das Land meiner Träume nehmen würde als euch!« Sie lachte und grinste in die Richtung von Chris. »Auch der Franzose ist willkommen!«

Fröhlich tranken sie auf den Abend und die gemeinsame Zeit. Lauren nahm ebenfalls einen Schluck Rotwein, auch wenn sie bang an die vielen Tabletten dachte – aber umbringen würde es sie schon nicht! Die Pasta war genau richtig, das Pesto gut gewürzt, und Lauren war froh, den Geschmack des Mittelmeers genießen zu können. Sie erinnerte sich an den Tag, an dem sie das Essen versalzen hatte, weil ihr Kopf Probleme machte. Zum Glück war heute alles gut.

»Köstlich!«, schwärmte sie mit vollem Mund und lachte über Alyssa, der die Spaghetti beinahe bis zum Kinn hinunterhingen. Früher hätte sie hektisch nach einer Küchenrolle gegriffen, heute zählte nur die Freude – und nicht der Soßenfleck auf dem Shirt.

Trotzdem brachten sie das Essen ohne große Kleckereien hinter sich, und nach dem Nachspeisenbuffet, das aus Tiramisu, Panna cotta und Eiscreme bestand, hingen alle satt und zufrieden auf ihren Stühlen.

»Und jetzt die Geschenke!«, jubelte Alyssa, kaum dass sie den letzten Löffel Eis von ihrem Teller gekratzt hatte.

»Gönn mir doch eine Pause!«, bat Lauren und klopfte sich auf den Bauch. »Ich platze, wenn ich mich bewege.«

»Ich kann ja das Papier abmachen«, bot Alyssa an und griff sich schon das erste Päckchen. Im Nu hatte sie eine Miniaturausgabe von Michelangelos David aus dem Papier gewickelt und hielt sie skeptisch in die Höhe.

»Ein nackiges Männchen!«, erklärte sie irritiert und reichte es an ihre Mutter weiter. Die anderen lachten.

»Das wäre im Grunde auch ein ganz passender Name für diese Skulptur«, stimmte Tim seiner Jüngsten zu und küsste sie liebevoll auf den Scheitel. Dann reichte er ihr das nächste Paket.

So befreite Alyssa das Meerwasser-Badesalz, einen Bildband über Italien und eine CD mit italienischer Musik aus ihrer Verpackung, ehe Mason noch ein Olivenbäumchen in einem Terrakotta-Übertopf hervorzauberte.

»Ihr seid verrückt! Vielen Dank! Ich ... ich weiß gar nicht, was ich sagen soll!« Lauren umarmte jeden einzelnen ihrer besten Freunde, ehe sie bei Tim ankam. Sie fasste seine Hand und schmiegte sich an ihn. »Wer braucht schon Italien, wenn er euch hat!«

Sie lachten und scherzten, und es war ein rundherum gelungener Abend. Vom vielen Lachen war Lauren schon ganz heiß, und sie ging hinaus in den Garten, um etwas frische Luft zu schnappen. Es war ein klarer Nachthimmel, und unzählige Sterne erleuchteten das Firmament. Drinnen sang sich Eros noch immer die Seele aus dem Leib, und Lauren wiegte sich sanft im Takt der gedämpften Musik.

Kurz wurde die Stimme lauter, als die Terrassentür geöffnet und wieder geschlossen wurde.

Sie drehte sich um und lächelte.

»Hey!« Entspannt steckte sie ihre Hände in die hinteren Hosentaschen ihrer Jeans und wartete, bis Chris näher kam. »Ist dir auch so heiß?«

»Geht so – aber ich kann etwas frische Luft gebrauchen.«

Er trat zu ihr und legte, wie sie, den Kopf in den Nacken, um die Sterne zu betrachten.

»Was denkst du?«, fragte er, und seine Stimme hatte nichts von dem sonst so spaßig charmanten Ton. Lauren sah ihn kurz an, blickte dann aber wieder in die Sterne. Sein Profil war kantig, und nur sein langes Haar milderte das ab, weil es weich bis auf seine Schultern fiel.

»Ich frage mich, wie es sein wird zu sterben. Ich habe Angst«, gestand sie zögernd.

»Hätte ich auch.«

Er schnaufte schwer und ließ dann die Sterne Sterne sein. »Es tut mir leid, Lorelei, das weißt du, oder?«

Tiefe Trauer lag in seinem Blick.

»Was meinst du?«

Er schüttelte den Kopf und ging ein paar Schritte in den Garten. Weg von den Lichtern, die durch die Fenster schienen.

»Ich habe immer gedacht, es wäre meine Aufgabe, dich zu beschützen. Vor allem. Seit du damals als kleine Göre in unserem Hof vom Fahrradgepäckträger meiner Schwester gestürzt bist, fühl ich mich für dich verantwortlich. Ich … ich fühl mich jetzt so hilflos!«

Lauren ging zu ihm und legte ihm die Hand auf die Schulter. Ein Drachenkopf schaute unter dem Ärmel seines Shirts hervor, und wieder dachte sie an ihre eigenen, wenig beeindruckenden Bestrahlungs-Tattoos.

»Es war doch nie deine Aufgabe, auf mich aufzupassen! Du musst dir da doch keine Gedanken machen, Chris!«

»Du verstehst das nicht, Lorelei.« Er brachte Distanz zwischen sich und Lauren. »Du bist für mich wie eine Schwester – vielleicht auch mehr. Versteh das nicht falsch. Das ist nichts Sexuelles! Du gehörst zu Tim, und das ist gut so. Ich bin nicht in dich verliebt – und war es auch nie, aber … aber ich liebe dich trotzdem! Keine meiner Affären oder Beziehungen hat Bestand. Du bist die einzige Frau, die mir etwas bedeutet! Die einzige, die ich brauche, Lorelei! Und ausgerechnet dir kann ich jetzt nicht helfen? Das … das ist doch scheiße!« Chris war ein starker und unabhängiger Mann, und trotzdem stand er nun weinend vor ihr.

Lauren schlug sich die Hände vors Gesicht, denn sie wollte nicht, dass er sah, wie auch ihr die Tränen über die Wangen liefen.

»Niemand kann mir helfen, Chris! Niemand. Hör auf, dir Vorwürfe zu machen«, bat sie traurig. »Du warst immer für mich da – und das ist mehr, als ich je zu hoffen gewagt hätte! Und darum liebe ich dich. Euch alle! Mein Leben wäre nichts ohne euch, aber ihr tragt keine Schuld an alldem. Genauso wenig wie ich.«

Sie spürte seine Umarmung und seine kleinen, freundschaftlichen Küsse an ihrer Schläfe und gab sich ihrem Schmerz hin. Dem Schmerz, der sie seit Tagen ans Bett fesselte, der ihr in den Nächten den Schlaf raubte und sie tagsüber unausstehlich werden ließ. Sie gab sich ihrer Verzweiflung hin, weil nichts jemals wieder gut werden würde, und ihrer Angst vor dem Kontrollverlust. Nicht den Tod fürchtete sie, sondern das, was vorher kam.

Chris strich ihr beruhigend über den Rücken und erzählte ihr von ihrem abenteuerlichen Sturz vom Gepäckträger. Er berichtete aus ihrer Kindheit, ohne darauf zu achten, ob sie ihm überhaupt zuhörte. Und Lauren spürte seinen Schmerz wie ihren eigenen. In diesem Moment musste sie nicht stark sein. Sie musste keine Ehefrau sein, keine Mutter, keine Tochter. Sie musste keine Verantwortung tragen und keinen Trost spenden. In diesem Moment konnte sie weinen wie das Kind, das sich in jenem Sommer vor unendlich langer Zeit das Knie blutig geschlagen hatte. Und wie damals hielt Chris sie fest an seiner Schulter und erzählte ihr so lange Geschichten, bis es nicht mehr so weh tat.

»Du kannst mir doch helfen«, schluchzte Lauren nach einer Weile und wischte sich die Tränen ab. Ihre Lippen zitterten, und alle würden den nassen Fleck an Chris' Schulter sehen, aber das war ihr egal. Eine Idee, ein Gedanke, den sie bisher nicht zugelassen hatte, nahm nun in ihrem Kopf Gestalt an. Es war ein Gedanke, den sie erst für sich zu Ende denken musste, ehe sie mit jemandem darüber sprechen konnte. Aber dazu brauchte sie Hilfe.

Chris kickte einen Flusskiesel aus dem Lichtkreis des Feuers bis in den See. Das dumpfe Platschen schreckte einige Enten auf.

»Ich liebe dich, Lorelei«, wiederholte Chris, was er damals gesagt hatte, und Rachel ergänzte:

»Wir alle lieben dich!«

Lauren fasste sich gerührt an die Brust und stand auf.

»Und ich liebe euch! Euch alle!« Sie ging zu Tim hinüber und fasste nach seiner Hand. »Danke, dass ihr bei mir seid«, presste sie zitternd heraus und flüchtete sich in seine Umarmung.

Er küsste sie und rieb ihr den Rücken, um die Kälte aus ihren Knochen zu vertreiben.

»Ich finde immer noch, du hättest mir damals mehr vertrauen müssen, Lauren. Du hättest mit mir sprechen sollen«, murmelte er.

Ich bin dein Mann

»Das ist nicht in Ordnung, Lauren! Absolut nicht!« Tim schrie, was eigentlich nie vorkam, so sehr hatte ihn ihr Handeln verletzt. »Ist das wieder einer deiner Alleingänge? Eine der Entscheidungen, die du alleine triffst?« Er fuhr sich durchs Haar und funkelte sie böse an. »Ich dachte, über den Punkt wären wir ein für alle Mal hinaus, Lauren!«

»Oh Gott, Tim! Bitte! Wie das klingt. Einer meiner Alleingänge … so ein Quatsch!«

»Das ist kein Quatsch, verdammt! Du ziehst einfach los und …« Er schüttelte den Kopf, noch immer fassungslos. »… und sprichst mit dem Psychologen über so was – und du nimmst Chris mit? Warum? Warum ihn? Ich bin dein Mann, falls du das vergessen haben solltest!«

Lauren warf einen kurzen Blick zur Terrassentür. Sie war angelehnt, und Chris saß aus Rücksicht auf ihre Privatsphäre draußen auf der Gartenmauer. Er hatte Lauren zu ihrem Termin gefahren und versuchte nun, dem Streit aus dem Weg zu gehen. Der satte Gong der Kirchturmglocke verhieß nichts Gutes. Ihre Eltern würden bald mit den Kindern kommen. Sie mussten diesen Streit beilegen.

Deutlich ruhiger ging sie auf Tim zu und suchte seinen Blick.

»Eben weil er nicht mein Mann ist. Er ist, wenn man so will, nicht betroffen. Ich wollte mir *für mich* eine Meinung bilden, *nur für mich*. Ohne dabei an dich oder die Kinder zu denken«, erklärte sie eindringlich. Sie hakte ihre Finger in die Gürtelschnallen seiner Jeans, wie er es so gerne bei ihr tat, und zog ihn an sich. »Aber nicht, um eine Entscheidung im Alleingang zu treffen, Tim. Sondern um zu hören, was ich für Möglichkeiten habe. Nur für mich – um es zu wissen.«

Ein wenig ruhiger, legte Tim ihr die Arme um die Schultern.

»Und was für Möglichkeiten hast du?«, fragte er, noch immer verstimmt. Ehe Lauren antworten konnte, steckte Chris seinen Kopf zur Tür herein.

»Sorry – ich will nicht stören, aber die Kids kommen. Ist alles klar bei euch?«

Lauren trat einen Schritt zurück, und Tim zog sich die Hose zurecht. Er nickte. Auf ein Gespräch mit Chris hatte er keine Lust. Er war nicht eifersüchtig auf ihn, doch es verletzte ihn, dass Lauren wichtige Gedanken mit Chris teilte, aber vor ihm geheim hielt.

»Kannst du dich um die Mädels kümmern?«, fragte Lauren und sah ihren Freund flehend an. »Wir müssen das in Ruhe besprechen – ohne die Kinder.«

»Klar, ich hab schon lange keine Barbie mehr ausgezogen – das wird toll!«, witzelte Chris und grinste verrucht.

»Ich glaube ja nicht, dass Mia noch mit Puppen spielen will«, gab Lauren zu bedenken, aber Chris zuckte nur mit den Schultern.

»Mia hab ich im Griff – sie kann sich meinem Charme einfach nicht entziehen!«

Da ihnen Chris die Kinder abnahm, schlenderten Lauren und Tim Hand in Hand die kurze Strecke zum Seehaus hinunter. Die frische Frühlingsluft beruhigte ihre Nerven und stimmte sie versöhnlich.

»Also, Süße. Was für Erkenntnisse hat dir das heutige Gespräch mit den Ärzten gebracht?«, fragte Tim ernst und bückte sich nach dem Schlüssel unter der Fußmatte. Er verneigte sich, als Lauren an ihm vorbei ins Haus trat, und schloss leise die Tür hinter ihnen.

Jedes Mal, wenn sie hierherkamen, war es, als teilten sie ein Geheimnis miteinander. Und jedes Mal lag ein Knistern in der Luft, dem sie sich nur schwer entziehen konnten. Hier waren sie sich nah wie nirgendwo sonst.

Zielstrebig stieg Lauren die Stufen hinauf und ließ sich mit ausgebreiteten Armen aufs Bett fallen.

»Wenn ich dir sage, was wir besprochen haben, dann wirst du es falsch verstehen. Es ist … schwierig, Tim.«

Er setzte sich zu ihr auf die Matratze, lehnte sich ans Kopfteil und schlüpfte aus seinen Schuhen. Liebevoll bewunderte er seine Frau auf dem seidigen Laken. Einige rote Locken hatten sich aus ihrem Zopf gelöst und umspielten nun ihr Gesicht. Sie wirkte zerbrechlich. Die Krankheit hatte sie gezeichnet. Das Leuchten ihrer Haut war schwächer geworden, die Sorgenfalten tiefer, ihre Augen müde.

»Hast du deshalb Chris mitgenommen? Weil er dich besser versteht?«

Nachdenklich rollte sich Lauren auf die Seite und legte ihren Kopf auf seine ausgestreckten Beine.

»Ich glaube nicht, dass mich irgendwer versteht. Ich verstehe mich ja selbst nicht.«

Sie hielt ihre Hände in das einfallende Sonnenlicht und schwieg. Ein Streit wegen Chris war einfacher, als über ihre Gefühle zu sprechen, aber für Tim schien das Thema nun erledigt. Er wartete, dass sie weitersprach.

»In letzter Zeit geht mir ein Gedanke nicht mehr aus dem Kopf, Tim. Die Angst davor, hilflos der Krankheit ausgeliefert zu sein. Die Angst, den Punkt zu verpassen, an dem ich selbst über mein Leben bestimmen kann. Über mein Leben und über mein Sterben.«

»Was meinst du?«

Sie atmete tief ein und mied seinen Blick.

»Ich spreche davon, selbstbestimmt zu sterben. Sterbehilfe, Tim.«

Seine Gesichtszüge entglitten ihm.

»Sterbehilfe«, wiederholte er verwirrt und sah Lauren verständnislos an.

»Herrgott, Tim!«, flehte Lauren hilflos. »Versteh mich doch! Mein Gehirn versagt! Der Krebs wird mich verändern, mich lähmen, mich beherrschen! Ich verliere die Kontrolle! Diese Krämpfe werden immer schlimmer, die Medikamente machen mich unruhig und nervös und zugleich vollkommen kraftlos – nehme ich sie aber nicht, kann ich die Kopfschmerzen kaum ertragen. Ich habe Angst, dass ich nicht aushalten kann, was noch kommt. Ich möchte nicht während eines Krampfanfalls ersticken!«

»Sprichst du von Selbstmord?«, unterbrach Tim sie ungläubig.

»Natürlich nicht! Sehe ich aus, als wäre ich suizidgefährdet?« Lauren hielt es im Bett nicht länger aus. Sie stand auf und trat ans Fenster. Die Wärme der Sonnenstrahlen in ihrem Rücken gab ihr Mut. Tim war ihr Mann, ihr Geliebter und ihr bester Freund. Er musste sie verstehen. »Selbstmord ist, wenn man sein Leben aus Not und Verzweiflung heraus beendet – weil man aus irgendwelchen Problemen keinen Ausweg mehr sieht. Ich will mir nicht das Leben nehmen, Tim! Ich liebe mein Leben. Ich bin glücklich mit meinem Leben. Und ich genieße jeden einzelnen Tag!« Sie löste ihren Zopf und kämmte ihre roten Strähnen mit den Fingern durch. Die Sonnenstrahlen fingen sich darin, und Tim hatte nie etwas Schöneres gesehen.

»Wovon sprichst du dann?« Seine Stimme war leise. Er rollte sich ebenfalls aus dem Bett, kam zu ihr und grub seine Hände in ihr flammendes Haar.

Sie war seine Frau! Er wollte nicht mit ihr über so etwas sprechen. Er wollte sie küssen, seine Hände über ihren Körper wandern lassen, sie hochheben und zum Bett hinübertragen. Er wollte sie lieben bis zum nächsten Morgen und dann jede Sorge von ihrem Gesicht küssen. Doch sie glitt ihm durch die Finger wie ihre Locken.

»Ich werde sterben, Tim. Es gibt keine Heilung. Kein Wunder und keinen Ausweg. Der Krebs wird mir meine Erinnerungen nehmen, mein Sein und all das, was ich bin, wenn ich das zulasse. Aber das werde ich nicht zulassen. Und wenn du mich liebst, dann lässt du das auch nicht zu.«

»Wie stellst du dir das vor? Ich glaube, ich verstehe dich nicht.«

Der Hemdstoff unter ihren Fingern war kühl, aber sie spürte die Wärme von Tims Haut darunter. Zärtlich schob sie ihre Finger durch die Knopfleiste, um ihm näher zu sein.

»Ich möchte leben, Tim. Ich möchte jeden einzelnen Tag, an dem es mir gutgeht, erleben. Ich kann einiges aushalten, das weißt du, und solange ich es kann – mit dem Krebs leben, meine ich –, werde ich jeden Moment wie ein Geschenk betrachten und für jeden dieser Momente dankbar sein. Aber wenn … Bevor ich meinen Verstand verliere und der Krankheit hilflos ausgeliefert bin, ohne in der Lage zu sein, über mich, meinen Körper und mein Sterben zu entscheiden, will ich einen Schlussstrich ziehen können.« Sie presste für einen Moment die Lippen zusammen, um ihr Zittern zu verbergen. »Ich will würdevoll sterben.« Sie sah ihn an und suchte Verständnis in den Augen, die sie so sehr liebte.

Tim versuchte das Gehörte zu verstehen. Es mit Laurens Augen zu sehen, aber es fiel ihm schwer, den Gedanken an einen verfrühten Tod auch nur zuzulassen. Mussten sie nicht bis zuletzt jeden Augenblick festhalten? Bis zuletzt auf ein Wunder hoffen?

Das Schweigen zog sich in die Länge, und Lauren leckte sich nervös die Lippen. Sie war erleichtert, seit sie mit Professor Ahrens und dem Psychologen gesprochen hatte. Beinahe befreit. In ihrem Kopf war jetzt Platz für etwas anderes als die nagende Angst vor dem Dahinvegetieren, wenn der Krebs die Kontrolle übernehmen würde. Es gab die Chance, diesem Schicksal zu entkommen. Es gab eine weitere Tür – einen Weg, den zu beschreiten sicher nicht einfach wäre, der ihr aber ermöglichen würde, so zu sterben, wie sie es wollte. Nicht, dass sie überhaupt sterben wollte …

»Tim?« Sie konnte seine Gedanken von seinem Gesicht ablesen – und was sie las, waren Enttäuschung und Unverständnis.

»Das ist ein Fehler, Lauren«, murmelte er.

»Warum? Willst du lieber mit ansehen, wie sich die Welt um mich herum auflöst? Wie ich alles vergesse, was wir erlebt haben? Wie ich vergesse, dass ich dich liebe? Dass ich Kinder habe? Oder Eltern? Du willst also lieber, dass ich mich in Krämpfen winde, meine Sprache verliere und vielleicht mein Augenlicht? Das wäre dir lieber? Wie kannst du das nur sagen, wenn du mich liebst?«

»Ich will nicht, dass du dein Leben wegwirfst – gerade weil ich dich liebe!« Lauren spürte seinen unterdrückten Zorn. Seine Hände zitterten, und seine Kiefer mahlten, aber er blieb bei ihr. Das war ein gutes Zeichen. Ihre Zeit war zu wertvoll für einen Streit.

Haltsuchend sank sie gegen seine Brust, und sein Duft umfing sie. Sie wollte keine Auseinandersetzung. Sie wollte sein Verständnis. Sie stellte sich auf die Zehenspitzen und streifte zärtlich seine Lippen mit ihren. Nach kurzem Zögern erwiderte Tim ihren Kuss. Seine Hände wanderten auf ihren Rücken und umfassten ihre Taille.

»Es ist nur eine Option, Tim. Noch kein Entschluss. Ich will nur, dass du darüber nachdenkst, so wie ich es auch machen werde.«

»Aber ich brauche dich, Lauren! Die Kinder brauchen dich!«

»Denkst du, das weiß ich nicht? Denkst du, für mich ist das leicht? Aber ich spreche ja nicht davon, mir morgen eine Pistole in den Mund zu schieben und meinem Leben ein Ende zu setzen! Ich spreche davon, dann, wenn ich den Schmerz nicht mehr ertrage, ehe die Krankheit mich zerstört, dass ich dann … mit deiner Unterstützung, mit dem Rückhalt meiner Familie, in Würde diese Welt verlassen kann.« Sie beschwor ihn mit ihrem Blick, sie zu verstehen. »Würdevoll, Tim. Friedlich und in Würde zu sterben, das wäre mir wichtig.«

Erneut schüttelte er den Kopf, und schließlich schob er sie von sich.

»Es tut mir leid, Lauren. Ich … ich brauche etwas Zeit, um darüber nachzudenken.« Er fuhr sich durchs Haar. »Ich verstehe dich, aber …«

Er wandte sich ab, und Lauren hätte schreien mögen,

so sehr wünschte sie sich seine Akzeptanz. Sie konnte das nicht allein!

»Tim!«, rief sie. Sie vermochte ihre Tränen nicht zurückzuhalten. »Bitte, Tim!« Sie verstellte ihm den Weg und stemmte sich gegen seine Brust. »Ich will nicht leiden! Ich kann das nicht!« Das Schluchzen schüttelte sie, und sie klammerte sich an ihn. »Bitte, verlang das nicht von mir!«

»Während der wenigen Wochen, in denen es dir halbwegs gutging, fiel es mir schwer, dich zu verstehen«, gestand Laurens Mutter Celeste. »Wir liebten dich zu sehr, um den Gedanken an den Tod überhaupt zuzulassen. Mit dir übers Sterben auch nur zu sprechen war furchtbar.« Celestes Stimme zitterte, und wieder griff sie nach ihrem Taschentuch. Peter legte den Arm um seine Frau und versuchte ihr Halt zu geben. Diese Nacht am See setzte ihr zu, doch er verstand, dass sie noch bleiben wollte.

»Aber es ist nicht unsere Entscheidung, Darling«, versuchte er sie zu beschwichtigen. »Es ist Laurens Leben. Wir werden für sie da sein, wenn sie uns braucht. Das haben wir immer getan – und mehr können wir auch jetzt nicht tun.«

Lauren lächelte ihre Eltern dankbar an. Sie konnte sich nicht vorstellen, wie schwer es sein musste, sein Kind solch einem Schicksal ausgesetzt zu sehen. Es musste das Schwerste überhaupt sein.

Sie schmiegte sich an Tim, um Trost zu finden.

»Ich war damals egoistisch. Habe nur an mich gedacht«, gestand Tim zögerlich. »Daran, dass ich dich nicht verlieren wollte. Nicht früher als nötig.« Er nahm ihre Hand und hob sie an seine Lippen. Laurens Hand lag kalt in seiner, und er rieb ihre Finger, um sie zu wärmen. Dann küsste er ihre Fingerspitzen und sah in ihre grünen Augen.

Es waren mutige Augen im Gesicht einer mutigen Frau. Seiner Frau.

»Aber als es dir immer schlechter ging, habe ich begriffen, was es bedeutet, wenn du leidest. Und du würdest noch mehr zu erleiden haben – für mich. Das wollte ich nicht«, erklärte er entschieden. »Ich könnte nicht damit leben, dir Leid zugefügt zu haben, Lauren.«

Laurens Entscheidung

Tim fiel es schwer, Laurens Gedanken in Bezug auf die Sterbehilfe nachzuvollziehen. Es schien ihm beinahe unvorstellbar, dass man freiwillig in den Tod ging. Wie sollte man den Mut aufbringen, sich aus dem Leben zu verabschieden? Und würde das wirklich einfacher sein? Für Lauren – aber auch für die Familie?

Er wusch den Salat und fischte schließlich Blatt für Blatt aus dem Wasser.

Lauren stand am Herd und summte ein Lied. Er lächelte glücklich. Heute war ein guter Tag. Endlich! Während der vergangenen zwei Tage hatte sie fünf Anfälle gehabt. Er war froh, dass sie sich nur schwach daran erinnerte, denn sie war kaum ansprechbar gewesen. Sie hatte weder ihn noch ihre Mutter Celeste erkannt, als diese bei ihnen gewesen war, um zu helfen. Alyssa hatte die ganze Nacht geweint, weil Lauren immer wieder vor Schmerzen schrie. Es waren zwei harte Tage für die Familie gewesen, und heute atmeten alle erleichtert auf.

Schwungvoll betätigte Tim die Salatschleuder und gab die trockenen Blätter in das Joghurtdressing.

Dann ging er zu Lauren an den Herd und spähte über ihre Schulter in den Topf. Fleischbällchen schwammen in der Soße, und duftender Basmatireis dampfte schon in einer Schüssel.

»Der Salat ist fertig«, murmelte er ihr ins Ohr und küsste ihren Hals.

»Der Rest auch.«

Lauren drehte sich zu ihm und schlang ihre Arme um seinen Nacken. Ihr Lächeln war selig, und sie atmete ruhig, aber Tim las in ihren Augen, dass sie etwas bedrückte.

»Was ist los?«, fragte er besorgt.

»Liebst du mich genug, Tim, um mich freizugeben, wenn es schlimmer wird?«, fragte sie ernst.

»Sprichst du von den Anfällen?«

»Natürlich. Und von meinem Körper, Tim. Sag nicht, du bemerkst die Veränderungen nicht. Ich habe schon vier Kilo zugenommen – was nicht schlimm ist, weil ich ja zuvor so abgemagert war, aber das …« Sie deutete auf ihre geschwollenen Füße. »… das ist Wasser. Ich habe Wasser in Beinen und Händen.« Zum Beweis versuchte sie, ihren Ehering von dem geschwollenen Finger zu ziehen.

»Brauchst du Wassertabletten? Soll ich Doktor Eckhard anrufen?«

Er wollte nach seinem Handy greifen, aber Lauren legte ihm die Hand auf den Arm. »Nein, sollst du nicht. Ich will wissen, ob ich auf dich zählen kann – auch dann, wenn *ich* entscheide, wann es genug ist.«

Tim schluckte. Er berührte ihr Kinn und strich voller Liebe über ihre Unterlippe. Er wollte sie nicht gehenlassen. Und doch verstand er sie. Die Schmerzen waren kaum zu kontrollieren, und ihre Anfälle auch nicht. In den letzten beiden Tagen hatte er gespürt, wie sie ihm entglitt. Er wusste, dass ihr nicht mehr viel Zeit blieb – egal, wie sie sich entscheiden würde.

Er küsste sie, und sein Blick suchte ihren. Sie hatte Angst – genau wie er.

»Natürlich, Lauren. Ich bin für dich da, was auch immer du tust. Ich liebe dich! Und wenn dich zu lieben bedeutet, dir die Angst zu nehmen und dir einen Tod zu ermöglichen, den du nicht fürchtest, dann werde ich das tun, mein Herz. Denn du bist alles für mich.«

Sie hielten einander fest, und es war egal, dass die Soße im Topf anbrannte und der Reis verklumpte. Es war egal, dass Mia die Treppe herunterkam und schnaubte, weil noch nicht einmal der Tisch gedeckt war. Und es war egal, dass am Ende viel zu viel Salz im Essen war. Selbst Mia sparte sich einen Kommentar.

Eigentlich hätte Lauren glücklich sein sollen. Tim gab ihr Rückhalt. Er stand hinter ihr und ihrem Wunsch nach einem würdevollen Tod. Sie musste nicht länger fürchten, die Kontrolle zu verlieren.

Aber die heimlich verzogenen Gesichter am Esstisch zeigten ihr, was sie selbst nicht wahrnahm: Das Essen war fast ungenießbar. Dass ihre Liebsten dennoch ohne einen Ton der Kritik zulangten, rührte sie – und machte ihr zugleich Angst. Sie waren nur so rücksichtsvoll, weil es ihr in den letzten Tagen schlechtgegangen war.

Der Sand in der Sanduhr ihres Lebens rieselte unaufhörlich weiter, und sie wussten es. Auch Lauren wusste es. Sie hatte Angst, den Moment zu verpassen, in dem sie ihr Schicksal noch selbst bestimmen konnte. Wie viele solcher Anfälle würde sie noch überstehen und danach in der Lage sein, klar zu denken? Aus wie vielen Ohnmachten würde sie noch erwachen?

Sie legte ihre Gabel beiseite und faltete die Hände im Schoß. »Hört auf, das zu essen!«, bat sie niedergeschlagen. »Ich sehe doch, dass etwas damit nicht stimmt.«

Sie sah in das Gesicht ihrer Kleinsten, denn die konnte nicht lügen. »Alyssa, wie schmeckt dir dein Reis? Schmeckt der blöd?«

Mit großen Augen sah Alyssa zuerst zu Tim, dann auf ihren Teller.

»Schmeckt sauer«, flüsterte sie.

»Das ist nicht sauer! Salzig! Kannst du dir das nicht merken? Und Mom hat sich viel Mühe beim Kochen gegeben – da meckert man nicht rum!«, geiferte Mia und warf ihrer Schwester einen bösen Blick zu.

»Hey, ihr beiden – immer mit der Ruhe, ja?«, griff Tim ein und legte sein Besteck beiseite. Verlegen sah er Lauren an. »Entschuldige, Schatz. Wir wollten dich nicht beunruhigen.«

Er deutete auf den dampfenden Reis und zuckte mit den Schultern. »Das kann doch mal passieren.«

Nachdem der Salat mit einer Scheibe Brot zur Hauptmahlzeit umfunktioniert worden war und Kekse als Nachtisch das misslungene Essen gerettet hatten, nahm Lauren Alyssa auf den Schoß. Mia tippte schon wieder auf ihrem Handy herum, und Tim schien in Gedanken versunken. Nach einem Kuss in Alyssas Nacken und einem hilfesuchenden Blick in Tims Richtung nahm Lauren ihren Mut zusammen.

»Mia, wir haben doch neulich darüber gesprochen, wie meine Krankheit weiter verlaufen wird.«

»Arme Mama!«, fiel Alyssa ein, liebevoll wie immer. »Ich kann es gutküssen, wenn du magst«, bot sie an und drehte sich um, damit sie kleine feuchte Kinderküsse auf Laurens Stirn drücken konnte.

»Danke, Schatz, jetzt geht es mir schon viel besser.«

Mia rollte die Augen über diese offensichtliche Lüge, und Tim griff beschwichtigend nach ihrer Hand, damit sie es ihrer Schwester nicht noch schwerer machte.

Als Lauren ihre Kleine gebändigt und mit einem weiteren Keks für die Kuss-Therapie belohnt hatte, fragte Mia ungeduldig: »Und was ist nun? Wie wird es denn mit der Krankheit weitergehen? Gibt es eine neue Therapie?«

Lauren brach beinahe das Herz, weil sie unter Mias üblicher Fassade aus Trotz und Ablehnung die Hoffnung aus dieser gemurrten Frage heraushörte. Die Hoffnung eines Kindes auf ein gutes Ende.

»Nein, Mia. Die gibt es nicht.« Lauren holte tief Luft, ihr Puls raste. Wie sollte sie es ihr nur sagen? »Aber wusstest du, dass es in einigen Bundesstaaten ein Gesetz für würdevolles Sterben gibt? Ein Gesetz, das mir helfen wird, mich nicht in einen Zombie zu verwandeln.« Lauren versuchte, scherzhaft an das Gespräch von neulich anzuknüpfen.

»Wie?«

»Eure Mom möchte selbstbestimmt sterben«, übernahm Tim das heikle Thema. »Das bedeutet, dass wir nicht zulassen werden, dass der Krebs sie kaputtmacht. Wenn die Schmerzen nicht mehr auszuhalten sein werden, gibt es ein Medikament …« Ein bedeutungsschweres Schweigen beendete den Satz, und Mia verstand. Alyssa nicht – was Tim auch beabsichtigt hatte.

»Ich könnte damit friedlich einschlafen, Mia«, ergänzte Lauren, die sah, wie fassungslos ihre Tochter war.

»Du spinnst doch!«, rief Mia und wischte sich erregt die schwarzen Strähnen aus dem Gesicht.

»Wenn man gut einschläft, wacht man gutgelaunt wieder auf!«, kommentierte Alyssa. Mia zeigte ihrer Schwester den Vogel.

»Wenn Mom dieses Medikament nimmt, dann wacht sie aber nicht mehr auf, oder?«

Sie stieß ihren Stuhl zurück und sprang auf. Ihr Blick huschte von Tim zu Lauren. »Dann bist du weg – für immer!« Sie ging drei Schritte rückwärts. »Das ist so feige, Mom! Echt feige – und ganz schön mies! Was wird denn dann aus uns?«

Damit drehte sie sich um und rannte aus dem Haus.

Mia blickte sie entschuldigend an, aber Lauren lächelte. Mia brauchte sich nicht für ihre Gefühle und Ängste zu entschuldigen. Immerhin war sie noch ein Kind, und Lauren ahnte, wie schwer das alles für sie sein musste.

Lauren ließ ihren Blick über den See schweifen. Er veränderte unmerklich seine Farbe. Genau wie der Nachthimmel. Die dunkelsten Stunden waren verstrichen – und Lauren hoffte, dass für alle, die diese Nacht mit ihr verbrachten, die dunkle Zeit ebenfalls vorüber war.

»Wir rangen mit der Entscheidung«, erklärte sie nachdenklich. »Dabei ist es ganz einfach. Es ist nur ein Weg – ich muss ihn nicht beschreiten, wenn ich Zweifel bekommen sollte. Und Zweifel gibt es immer, denn ich liebe ja mein Leben. Jeden Tag davon.« Sie sah zu Rachel hinüber, die gerade ihr Baby aus dem Kinderwagen nahm, um ihm ein Fläschchen zu geben. Durchschlafen war noch lange nicht angesagt. Lauren lächelte. »Wie zum Beispiel den Tag, an dem ich Eric zum ersten Mal im Arm gehalten habe.«

Ein neues Leben beginnt

Lauren saß auf der Fahrerseite eines rostigen Pick-ups und ließ ihre Beine aus der Tür baumeln. Ihr Fuß wippte im Takt der Musik, die viel zu laut durch die Werkstatt hallte. Es war so heiß, dass ihr der Schweiß zwischen den Brüsten stand, obwohl sie nur ein Tanktop zu ihrem knöchellangen Rock trug. Der Geruch nach Öl und Abgasen hing in der Luft, und man bekam schon vom Hinsehen schmutzige Finger.

»Wie lange brauchst du noch?«, fragte sie Chris, der auf einer Rollliege zur Hälfte unter dem Truck verschwunden war.

Sie hörte ihn fluchen und irgendetwas werkeln. Metall knirschte, dann kam er wieder hervor. Schwarze Schmiere – oder war es Öl? – klebte an seiner Stirn und an seinen Händen. Er setzte sich auf und griff sich einen ebenso schwarzen Lappen, an dem er seine Finger abwischte.

»Hab's gleich. Muss nur noch schnell was festziehen, dann können wir los.«

Er ging in den hinteren Teil der Werkstatt, wo verschiedene Werkzeuge auf einem Rollcontainer herumlagen. Die Jeans hing ihm tief auf den Hüften und hatte einen großen Riss am Knie. Das passte gut zu der Rockmusik, die er hörte. Der Rücken seines Shirts war schweißnass. Lauren fächelte sich Luft zu. Die Temperaturen waren für den Frühsommer ordentlich nach oben geklettert, und unter dem Blechdach von Chris' Werkstatt staute sich die Hitze. Da der sandige Hof davor aber keinerlei Schatten bot, war es hier drinnen immer noch angenehmer als draußen.

Als Chris gefunden hatte, wonach er suchte, kam er zurück und schob sich erneut unters Auto.

»Ich kann's immer noch nicht glauben, dass ich jetzt einen Neffen habe«, brummte er und ächzte vor Anstrengung.

»Ich auch nicht. Ein Junge passt so gar nicht zu Rachel, finde ich.«

Chris rollte sich unter dem Wagen hervor und grinste.

»Stimmt. Sie ist so pingelig, dass ich mir nicht vorstellen kann, was sie tut, wenn er von Kopf bis Fuß eingesaut nach Hause kommt.« Er erhob sich. Mit einem Tritt beförderte er die Rollliege in die Ecke, dann reichte er Lauren hilfsbereit die Hand.

»So wie du, meinst du?«, fragte sie lachend und deutete auf sein schmutzstarrendes Gesicht. »Manchmal kann ich echt nicht glauben, dass ihr beide wirklich Geschwister seid, so unterschiedlich, wie ihr tickt!«

Mühsam kam Lauren auf die Beine. Sie hatte seit einigen Tagen große Schwierigkeiten mit dem Gleichgewicht. Außerdem waren ihre Beine in der Hitze angeschwollen. Ihr Arzt hatte bestätigt, dass sich in ihrem Körper Wasser anlagerte. Bestimmt bemerkte Chris ihre körperlichen Veränderungen, aber er sagte nichts dazu. Vielleicht aus Rücksicht, vielleicht aber auch, weil ihm Äußerlichkeiten bei ihr nicht wichtig waren.

Wegen ihrer Gleichgewichtsprobleme brauchte sie ihn heute, um zu Rachel zu kommen. Sie fuhr schon lange kein Auto mehr, das war einfach zu gefährlich, und sie war im Moment auch nicht so gut zu Fuß unterwegs.

»Ich hoffe, der Kleine kommt nach mir und hält sie richtig schön auf Trab!«, überlegte Chris und fasste Lauren vorsichtig um die Taille.

»Geht's, Lorelei?« Kurz sah sie Unsicherheit in seinem Blick, aber dann gewann er sein schelmisches Grinsen zurück. »Oder soll ich dich tragen?«

»Nein, danke, Chris! Du bist total voll Schmieröl – ich kann laufen.«

»Wie schade …«

»Ich dachte, es ist nichts Sexuelles zwischen uns«, foppte Lauren ihn und ließ sich zu seinem Cabrio führen.

»Ach, Lorelei … du weißt doch, wie schnell sich das bei mir ändert!« Er drückte ihr einen feuchten Kuss auf die Wange und öffnete die Beifahrertür für sie. Dann zog er sich das verschmierte Shirt über den Kopf und ließ demonstrativ seine Brustmuskeln zucken.

»Ja, ich weiß – ich warte dann mal, bis dein Anfall vorbei ist, okay? Meine dauern in der Regel so einen Tag«, scherzte sie. Inzwischen fiel es ihr leichter, ihre Krankheit anzunehmen, sogar manchmal Witze darüber zu machen.

Chris lachte und ging zum Wasserhahn, wo er sich gründlich wusch, ehe er in ein sauberes Hemd schlüpfte. Er band die Haare zum Zopf und musterte kritisch seine Hose. Offensichtlich ging die noch als gut durch, denn er kam zurück zum Wagen, wo er sich nicht die Mühe machte, die Fahrertür zu öffnen, um einzusteigen. Er schwang sich einfach darüber und glitt sportlich in den kamelfarbenen Ledersitz.

»Apropos Anfälle«, sagte er, »wie lief es eigentlich mit deiner Einstufung?«

Ihre Einstufung. Lauren rieb sich die Schläfen. Obwohl Tim ihr inzwischen versichert hatte, sie bei allem zu unterstützen, war es nicht leicht für ihn, sämtliche Dinge in die Wege zu leiten, die ihr ein selbstbestimmtes Sterben ermöglichen sollten. Lauren musste etliche Formulare ausfüllen und einige Untersuchungen über sich ergehen lassen. Tim war an ihrer Seite, aber sie spürte, dass er noch immer mit ihrer Entscheidung haderte.

»Gut. Ich erfülle alle Anforderungen.« Lauren verzog das Gesicht, denn alle Anforderungen zu erfüllen bedeutete, so krank zu sein, dass mindestens zwei Ärzte ihr unabhängig voneinander Unheilbarkeit bescheinigten – und einen sehr wahrscheinlichen Tod innerhalb der nächsten sechs Monate. »Und ich musste meinen Willen mehrmals vor Zeugen schriftlich bestätigen – mit ausreichend Zeit dazwischen, um es mir anders überlegen zu können.«

Chris startete den Motor, und sie brausten über den staubigen Hof davon.

»Und du bist dir immer noch sicher?«, fragte er, ohne selbst irgendwelche Zweifel durchklingen zu lassen.

»Ja. Aber ich habe schon gezögert, als die Ärzte verlangt haben, dass ich das Thema ganz offen mit meiner Familie kommunizieren muss.« Lauren blickte aus dem Fenster. Sie fuhren die Küstenstraße hinauf, und der Lake Champlain lag glänzend in der Mittagssonne vor ihnen. »Das war schwer.«

Chris nickte.

»Kann ich mir vorstellen. Wie haben sie denn reagiert?«

»Dad versteht mich. Er hat auch Mom gesagt, dass es nicht ihre Aufgabe wäre, das für mich zu entscheiden. Sie stehen schweren Herzens hinter mir.« Lauren zögerte, und ihr Blick lag auf dem silbern funkelnden Segel einer Jacht, die über den See glitt. »Die Kinder verstehen es nicht so gut. Alyssa weiß nicht, was das überhaupt bedeutet, und

Mia hasst mich, glaube ich, nur weil ich überhaupt daran denke.«

Chris sah sie an. Dann lenkte er den Wagen an den Straßenrand und hielt an. Er drehte sich zu ihr und fasste ihre Hand.

»Es ist dein Recht, dich vorzubereiten, Lorelei. Nur weil du diesen Schritt in Erwägung ziehst, heißt das nicht, dass du dieses Medikament überhaupt jemals nehmen wirst.« Der sanfte Druck seiner Hände war beruhigend, und wie so oft war Lauren froh, ihn als Freund zu haben.

»Ich weiß. Ich will ja nur einen Ausweg zur Hand haben … für den Fall, dass es anders nicht mehr geht. Ich will niemanden im Stich lassen. Am wenigsten meine Kinder, aber ich werde ihnen und mir viel Leid ersparen, wenn ich nach meinen Vorstellungen sterben kann. Ich werde mir dieses Mittel verschreiben lassen, Chris! Ich werde es abholen und dann sehen, was ich tue. Niemand kann mich zwingen, es zu nehmen, falls ich es mir anders überlege. Und niemand wird mich davon abhalten, wenn ich die Schmerzen nicht länger ertragen kann.«

»Es ist dein Leben, Lorelei. Dein Leben. Ich wünschte, du wüsstest, wie viel Respekt ich vor deinem Mut und deiner Kraft habe. Wenn ich dir irgendwie helfen kann, dann …«

»Ich weiß. Aber ich komme klar. Und die Kinder werden es verstehen, wenn es so weit ist.«

Chris nickte stumm und steuerte den Wagen zurück auf die Straße.

Rachel und Mason lebten schon lange zusammen in der großzügigen Wohnung über Masons Praxis. Heute hing ein »Geschlossen«-Schild am Praxiseingang, und Lauren folgte Chris über den gepflasterten Weg zur Rückseite des Hauses. Dort war der Garten nach der Feng-Shui-Lehre angelegt, und in einem Gewächshaus, das die wohlüberlegte Harmonie beträchtlich störte, lebte Rachel ihren aktuellen Biogemüse-Fanatismus aus.

»Weißt du noch, wie diese Tussi hier mit ihrem Pendel durchmarschiert ist?«, kicherte Lauren bei der Erinnerung an die überschäumende Spiritualität der Feng-Shui-Beraterin, die Rachel ein kleines Vermögen für die Gartengestaltung abgeknöpft hatte.

»Die war doch nicht ganz dicht«, gab Chris zurück und zwinkerte. »Ich muss es wissen, ich war schließlich mit ihr im Bett.« Er lachte über Laurens entsetzten Gesichtsausdruck.

»Und du hast trotzdem keine spirituelle Weisheit erlangt?«, spottete Lauren, ehe sie mit seiner Hilfe die zwei Stufen zur Hintertür hinaufstieg.

»Ich hab einen Schlüssel«, erklärte Chris schnell, damit Lauren nicht die Klingel drückte.

Aus Rücksicht auf das Neugeborene schlichen sie die Treppe hinauf und klopften zaghaft an, ehe sie eintraten.

Mason und Rachel saßen im Wohnzimmer und bewunderten glückselig ihren schlafenden Sohn in seiner Wiege.

»Kommt rein«, forderte Rachel die beiden auf und winkte sie zu sich. Sie strahlte, als Lauren sie umarmte.

»Ich freue mich so für euch«, flüsterte Lauren gerührt und erinnerte sich an ihre erste, schwierige Zeit mit Mia. Tim und sie waren damals sehr jung gewesen und vielleicht noch nicht reif für die Verantwortung. Dennoch war sie heute mehr als dankbar dafür, so früh Mutter geworden zu sein. Denn so hatte sie miterlebt, wie aus ihrem Baby eine junge Rebellin geworden war. Sie beneidete Rachel nicht um die schlaflosen Nächte, die nun vor ihr lagen, aber sie glaubte fest daran, dass die beiden, die so lange auf dieses Glück hatten warten müssen, alles meistern würden.

Nachdem Mason einen so detaillierten Bericht über die Geburt abgeliefert hatte, dass Chris an manchen Stellen ganz blass um die Nase wurde, wachte der kleine Eric endlich auf.

Stolz nahm Mason seinen Sohn aus der Wiege. Es war ein komisches Bild, wie der große, dunkelhaarige Mann mit solcher Sanftheit sein Kind in den Armen hielt. Vorsichtig, als hätte er Angst, das Baby fallen zu lassen, umrundete er den Couchtisch und reichte Lauren das Bündel in der hellblauen Decke.

»Oh mein Gott, Rachel, er ist unfassbar süß!«, schwärmte sie und berührte zaghaft die winzigen Finger. Schwarzer Haarflaum lugte unter dem kleinen Mützchen hervor.

Lauren wischte sich eine Träne von der Wange, ehe sie den kleinen Eric auf die Stirn küsste.

Da es ihr seit Wochen beinahe täglich schlechter ging, war sie froh, diesen Moment noch erleben zu dürfen. Insgeheim hatte sie Angst gehabt zu sterben, ehe Rachel ihr Baby bekommen würde. Umso dankbarer war sie nun für diesen Augenblick. Chris rückte zu ihr und lächelte sie an, als könnte er ihre geheimsten Gedanken lesen. Liebevoll drückte er ihr Knie und nahm ihr dann seinen Neffen ab.

»Hey, Großer!«, flüsterte er und hob Eric an seine Schulter. »Wenn du mal grade kein Fläschchen trinken musst und nicht in die Windel stinkerst, dann könnte ich in der Werkstatt so einen starken Kerl wie dich ganz gut gebrauchen.«

Als spürte der kleine Eric, dass über ihn gesprochen wurde, erhob er protestierend die Stimme, sobald er das Fläschchen geleert hatte.

»Er kriegt einfach nie genug!«, erklärte Rachel mit unverkennbarem Stolz. »Er kommt da eindeutig nach seinem Onkel«, foppte sie Chris und schmunzelte.

Grinsend über so dicke Familienbande, schlenderte Lauren an den Strand hinunter. Der Himmel veränderte sich. Das dunkle Schwarz wich einem magischen Blauton, und die Sterne verblassten.

Mit unsäglicher Beklemmung betrachtete Lauren die Himmelskörper. Würde sie sie je wiedersehen?

»Ich habe dich nicht gehasst«, flüsterte Mia plötzlich hinter ihr. Lauren drehte sich um. Sie hatte ihre Tochter gar nicht kommen gehört.

»Ich fand's einfach nicht gut, weil ich dich doch so liebhabe, Mom. Ich will nicht, dass du stirbst!« Mias Stimme zitterte, und sie schlang ihre dünnen Arme um sich, als fände sie nirgendwo sonst Halt.

Lauren lächelte verständnisvoll.

»Das hast du aber sehr ungeschickt gezeigt, mein Schatz.«

So ein Ärger

Lauren kochte innerlich vor Wut. Ihr Kopf hämmerte, und all die Tabletten, die sie heute schon geschluckt hatte, halfen nichts. Sie rieb sich unauffällig die Schläfen und funkelte Mia auf dem Stuhl neben sich böse an.

Lauren und Tim waren in Mias Schule bestellt worden. Und nun saßen sie im Büro der Direktorin und durften sich das anhören! Es war Mias großes Glück, dass sie wie ein Häuflein Elend dasaß und den Kopf hängen ließ, denn ein freches Wort von ihr wäre des Guten zu viel gewesen.

»Sie müssen wissen, dass wir das an dieser Schule sehr genau nehmen. Zigaretten und Alkohol haben hier so wenig verloren wie Drogen oder Waffen.«

Obwohl Lauren Tim im Gerichtssaal immer als sehr geschickten Verhandlungsführer erlebt hatte, verhielt er sich nun, wo seine Tochter quasi unter Anklage stand, kooperativ und nickte verständig.

»Natürlich, Miss Hudson. Wir sehen das genauso. Sie können sicher sein, dass wir diese Sache mit Mia klären werden«, sagte er. »Und dass so etwas nicht noch einmal vorkommt«, fügte er, an Mia gewandt, entschlossen hinzu.

»Das höre ich gerne. Für dieses Mal will ich es bei einer Verwarnung belassen, aber beim nächsten derartigen Vorfall muss Mia mit ernsten Konsequenzen rechnen.«

»Selbstverständlich. Das ist uns bewusst, und wir sind sehr dankbar, dass Sie dieses Mal ein Auge zudrücken.«

Im Auto auf der Heimfahrt herrschte eisiges Schweigen. Es war die Ruhe vor dem Sturm. Mia kaute sich den dunkelblauen Lack von den Nägeln und warf hin und wieder einen schmollenden Blick aus dem Fenster. Laurens Gedanken überschlugen sich. Sie wusste genau, warum Mia sich so verhielt. Es war nicht nur die Pubertät, die ihre Tochter zu Zigaretten greifen ließ. Lauren war sich sicher, dass es auch ein Hilferuf war, weil sie mit der Situation zu Hause nicht zurechtkam. Darum war es schwierig, eine angemessene Strafe für ihr Fehlverhalten zu finden. Doch sie mussten etwas unternehmen. Mia musste begreifen, dass sie dabei war, einen falschen Weg einzuschlagen.

Kaum hatte Tim den Wagen in die Einfahrt gelenkt, riss Mia schon die Tür auf.

»Du brauchst dich gar nicht so zu beeilen!«, rief Tim streng. »Wenn du glaubst, du verkriechst dich jetzt in dein Zimmer und damit hat sich die Sache, dann täuschst du dich!«

Er eilte hinter seiner Tochter her, während Lauren noch mit ihrem Gleichgewicht kämpfte und ihnen nur langsam folgen konnte. Trotzdem verpasste sie nicht ein Wort des Streits, denn Mia keifte so laut, dass selbst die Nachbarn alles verstehen konnten.

»Es geht euch nichts an, was ich mache!«, behauptete sie und stampfte dabei mit dem Fuß auf. Sie schleuderte ihren Schulrucksack auf die unterste Treppenstufe und warf Lauren einen herausfordernden Blick zu, als diese endlich die Haustür hinter sich schloss.

»Und wie uns das was angeht, Fräulein! Ich glaube, jetzt geht's langsam los!«

»Mir ist egal, was ihr denkt! Euch ist ja auch nicht wichtig, was ich denke!«

»Du drehst jetzt nicht den Spieß um und kommst mir damit. Wann hat uns denn jemals nicht interessiert, was du willst?«

»Immer! Klar, ihr seid die Erwachsenen! Ihr bestimmt hier jeden Scheiß! Was ich essen muss, was ich anzuziehen habe, eben alles!«

»Es ist uns nie egal, was du denkst, Mia«, mischte sich nun Lauren ein, so ruhig sie konnte. »Aber du bist noch ein Kind und kannst das Ausmaß vieler Dinge nicht abschätzen. Darum tust du, was wir dir sagen! Und zwar ausnahmslos!«

»Du wirst nicht noch einmal eine Zigarette rauchen«, erklärte Tim energisch. »Und wenn ich mitbekomme, dass du Alkohol trinkst, dann sperre ich dich bis zu deinem einundzwanzigsten Geburtstag in dein Zimmer!«

»Das kannst du nicht!«, widersprach Mia und verschränkte die Arme vor der Brust.

»Und wie ich das kann! Du hast bis auf weiteres Ausgehverbot«, entschied Tim.

»Aber ich will heute Abend mit Kim zu Seth gehen!«, rief Mia, nun zum ersten Mal wirklich besorgt.

»Zu Seth?«, fragte Lauren überrascht. Davon hatte sie ja noch gar nichts mitbekommen.

»Seth gibt eine Party – und da muss ich hin!«

Lauren bereute schon fast ihre Frage, als sie merkte, wie Tim bei der Erwähnung von Seths Namen rot sah.

»Du gehst nicht zu diesem Typen auf die Party!«, donnerte er.

»Wenn ich da nicht hingehe, werde ich nie wieder irgendwohin eingeladen!«

»Heute bleibst du zu Hause. Morgen sehen wir weiter«,

versuchte Lauren die Lage mit ruhiger Stimme zu entschärfen.

»Du hast mir nichts zu sagen!«, schrie Mia sie verächtlich an. »Du lässt mich ja auch einfach allein! Dir ist doch egal, dass ich nicht damit einverstanden bin, dass du dich umbringst. Das ist euch doch beiden scheißegal!«, heulte sie zornig. Nur Mias Schluchzen füllte die anschließende Stille.

Tim schien hin- und hergerissen zu sein zwischen dem Drang, seine Tochter vor Wut zu schütteln, und dem Bedürfnis, sie wie ein Baby zu trösten. Lauren zitterte vor Schmerzen. Es waren keine körperlichen Schmerzen, und doch nahmen sie ihr den Atem.

»Ich bringe mich nicht um«, flüsterte sie so leise, dass sie nicht sicher war, ob sie es vielleicht nur gedacht hatte. »Ich sterbe in Würde. Das ist ein gewaltiger Unterschied!«

Auch Lauren ließ nun ihrer Wut freien Lauf. Warum sollte sie sich ständig zusammenreißen und, weil sie krank war, wie auf Zehenspitzen durch ihr eigenes Leben schleichen? Sie hatte genug davon.

»Du würdest jedes Tier einschläfern lassen, wenn es unheilbar krank oder verletzt wäre!«, rief sie. »Jedem Hund würde man es ersparen, leiden zu müssen, aber bei mir – ja, bei mir ist das was anderes! Ich bin schließlich deine Mutter. Ich muss alles aushalten können. Ist es nicht so?«

Matt ließ sie sich auf die Treppenstufe neben den Rucksack sinken und vergrub ihr Gesicht in den Händen. »Du kannst mir glauben, Mia«, flüsterte sie. »Ich würde alles geben, um mein Schicksal für dich und Alyssa ertragen zu können. Ich würde alles für eine Zukunft mit euch geben, alles geben, damit diese Geschichte ein gutes Ende hat! Du bist nicht die Einzige, der das furchtbare Angst macht.«

Sie sah auf. Mia näherte sich ihr langsam, Schritt für Schritt. Schließlich rückte Lauren beiseite, und Mia setzte sich wie ein geprügelter Hund neben sie. »Wenn mir die Gnade zuteilwürde, mich von euch zu verabschieden, statt dass mich ein Anfall plötzlich aus dem Leben reißt, wenn ich dir und Alyssa am Ende noch einmal sagen könnte, wie sehr ich euch liebe, und wenn ich dann, nach einem letzten Kuss von euch, friedlich und ohne Schmerzen einschlafen könnte, Mia – dann wäre das für mich ein gutes Ende!«

Die Stimmung am Strand hatte sich verändert. Alle spürten, dass die Nacht schwand und der Morgen nahte. Das Feuer war fast heruntergebrannt, und es gab keine Scheite mehr, um es noch einmal anzufachen. Die Kälte kroch ihnen unter die Kleidung und würde vielleicht wenigstens den Schmerz betäuben, der unweigerlich kommen musste.

Lauren saß auf Tims Schoß und verzog vor Schmerzen das Gesicht. Sie war blass, und auf ihrer Oberlippe standen trotz der Kühle Schweißperlen. Trotzdem versuchte sie sich an einem Lächeln, als sie weitersprach:

»Als ich endlich das Medikament in Händen hielt, fiel eine große Last von meinen Schultern.« Sie suchte in den Gesichtern ihrer Freunde nach Verständnis. »Es ist schwer zu beschreiben, warum, denn jede Faser meines Körpers will leben. Und dennoch habe ich nun einen Ausweg. Ich habe mir meine Würde zurückgeholt. Die Chance auf ein Ende, das mir weniger Angst macht.«

Erinnerungen

»Wenn Sie etwas brauchen, Lauren – oder Fragen haben …« Doktor Eckhard sah sie an. Wie immer vermittelte sein zuversichtlicher Blick Lauren ein gutes Gefühl, und ihre Mundwinkel verzogen sich zu einem dankbaren Lächeln. »Meine Tür steht Ihnen immer offen. Oder rufen Sie an.«

Er setzte seine Unterschrift auf das Papier vor sich und schob es ihr über den Tisch zu.

Da lag es nun. Das Rezept für ein Medikament, das keine Heilung bewirken würde – sondern ein friedliches Einschlafen. Es war merkwürdig, wie groß die Bedeutung dessen sein konnte, was auf so einem einfachen Rezeptblock geschrieben stand. Und wie schwer es wiegen würde, wenn sie wirklich das Rezept einlöste …

Als Lauren nach dem Blatt griff, fasste Eckhard ihre Hand.

»Leben Sie wohl, Lauren. Und überstürzen Sie nichts. Hören Sie einfach auf Ihr Herz, dann tun Sie am Ende das Richtige.«

Lauren hatte einen Kloß im Hals. Sie konnte kaum schlucken, und sie spürte, wie schon wieder Tränen hinter ihren Lidern drückten.

»Danke, Doktor. *Dafür* …« Sie faltete das Rezept in der Mitte und steckte es mit zitternden Fingern in ihre Handtasche. »… und für alles andere. Sie haben viel für mich getan, und ich werde Ihnen das nie vergessen.«

Schnell schob sie ihren Stuhl zurück und stand auf, ehe sie noch losheulen würde.

Auch Eckhard erhob sich hinter seinem Schreibtisch, und sie standen sich schweigend gegenüber. Es gab nichts mehr zu sagen. Kein »Auf Wiedersehen«, kein »Bis bald«, denn beide wussten, Lauren war heute zum letzten Mal hierhergekommen.

Mit einem endgültigen Nicken, das alle Worte des Abschieds einschloss, wandte Lauren sich um und ging. Sie spürte den Blick ihres Arztes zwischen ihren Schultern, bis sie um die Ecke bog und aus der Klinik ging. Ob er jetzt am Fenster stand und ihr zusah, wie sie die Straße überquerte? Ob er sich fragte, wie entschlossen sie tatsächlich war, ihr Leben selbstbestimmt zu beenden? Beinahe hätte Lauren sich nach seinem Fenster im ersten Stock umgedreht und nachgesehen, aber im Grunde war es nicht wichtig.

Eckhard hatte sie so weit begleitet, wie er als Arzt es nur konnte. Mit seiner Unterschrift auf dem Rezept hatte er seine Grenze erreicht. Mehr vermochte er nicht für sie zu tun. Der Rest lag in ihrer Hand. Sie hatte die Kontrolle.

Als Tim sie kommen sah, stieg er aus und kam ihr entgegen. Er hob sie hoch und drehte sich einmal langsam mit ihr im Kreis.

»Ich hoffe, du weißt, was du tust, Lauren«, murmelte er in ihr Haar und drückte sie so fest an sich, dass sie lachend nach Luft schnappte.

»Ich tue nichts!«, japste sie und küsste ihren Mann. »Außer dich auf ein Eis einzuladen, wenn du magst. Es ist so ein schöner Tag!«

Tim wusste, dass sie seit dem Morgen schreckliche Kopfschmerzen plagten, und er bewunderte sie dafür, dennoch alles aus diesem Tag herausholen zu wollen. Sie war so stark, wie er es niemals sein könnte.

»Lass uns die Kinder bei deinen Eltern abholen und dann ins Diner fahren«, schlug er vor und lächelte geheimnisvoll. »Die Mädels und ich haben eine Überraschung für dich.«

»Ach wirklich?« Lauren hob fragend die Augenbrauen, aber Tim verriet nicht mehr.

»Wirklich«, versprach er und gab ihr einen liebevollen Kuss.

Als Lauren den Schotterweg zum Haus ihrer Eltern hinunterging, bemerkte sie das Unkraut, das überall an den Rabatten entlangwuchs. Verblühte Margeritenköpfe waren nicht abgeknipst worden, und ein Töpfchen mit Kräutern war umgefallen.

»Was ist denn hier los?«, murmelte Lauren und suchte kritisch nach weiteren Spuren der Vernachlässigung, aber ehe sie sich einen Reim darauf machen konnte, kam Celeste kichernd hinter Alyssa über den Rasen gerannt.

»Hallo, Mama!«, rief die Kleine und schnalzte mit der Zunge. Sie sprang, als wäre sie ein Pferd, und klopfte sich dabei selbst antreibend auf den Hosenboden.

»Was macht ihr denn?«, fragte Lauren, eher an ihre Mutter gewandt als an das kleine Pony.

»Ich bin ein Pferd, und Oma will mich in den Stall sperren!«, verkündete Alyssa und rannte wiehernd einmal um Celeste herum. »Aber ich bin ein Wildpferd, und sie erwischt mich nicht!«

Celeste atmete angestrengt aus und ging auf Lauren zu. »Da hat sie recht. Ich erwische sie nicht. Sie hüpft wie ein Floh, und meine alten Knochen kommen da nicht mehr hinterher.«

»Was ist denn mit deinen Rabatten los?«, fragte Lauren und deutete auf eine Distel, die mit ihren silbergrünen Blättern noch das hübscheste der unzähligen Wildgewächse war.

Celeste warf einen kurzen Blick über die Beete und zuckte mit den Schultern.

»Ach das.« Sie drehte sich nach ihrer Enkelin um, blieb aber an Laurens Seite stehen. »Es ist einfach nicht mehr wichtig. Ich habe immer gedacht, wenn ich nur Ordnung in meinem Leben halten würde, dann hätte ich alles unter Kontrolle, Lauren.« Sie lächelte matt. »Und als wir von deinem Krebs erfuhren, waren wir dennoch vollkommen hilflos. Wir, die wir immer alles ganz genau und ordentlich gehalten hatten, waren handlungsunfähig und hilflos. Wenn ich heute denke, wie viel Zeit ich hier über diese Beete gebeugt verbracht habe, anstatt etwas mit dir zu unternehmen, dann …« Celeste schüttelte den Kopf. »… dann wird mir klar, wie dumm ich war.«

»Es war gut und wichtig für mich und sicher auch für Ben, dass ihr beide genau so wart, wie ihr eben wart, Mom. Das hat uns geholfen, verantwortungsvolle Erwachsene zu werden.«

Überraschung zeigte sich auf Celestes feinen Zügen.

»Wirklich? Und ich dachte immer, du hältst mich für eine zwangsneurotische Übermutter«, kicherte sie.

Lauren musste lachen.

»Das habe ich auch, aber im Nachhinein betrachtet, hätte ich es mir nicht anders gewünscht. Du bist toll, Mom – bitte sei meinen Kindern ein solches Vorbild, wie du es mir immer warst.«

»Heißt das jetzt, ich muss mich um das Unkraut kümmern?«

Lauren bückte sich nach dem Kräutertöpfchen und stellte es ordentlich wieder auf.

»Nein, das bedeutet nur, dass du aufhören sollst, Fehler bei dir zu suchen, die es gar nicht gibt.«

Alyssa kam wieder angaloppiert und strahlte übers ganze Gesicht, denn um ihren Hals hing eine Digitalkamera. Tim und Mia kamen ebenfalls den Weg von der Terrasse entlang, und jeder von ihnen hatte eine Kamera in der Hand.

»Was wird das?«, fragte Lauren. »Ist irgendwo ein Rockstar gesichtet worden? Oder Brad Pitt? Dass ich das noch erleben darf!«, rief sie gespielt begeistert.

»Du bist unser Rockstar«, erklärte Tim und schoss gleich ein Bild von Lauren neben ihrer Mutter. »Wir machen heute einen Foto-Nachmittag. Jeder hält dich mit seiner Kamera so fest, wie er dich am liebsten sieht.«

Lauren erschrak. Sie wollten Erinnerungen schaffen. Erinnerungen für die Zeit, wenn sie nicht mehr bei ihnen sein würde. Das fühlte sich komisch an. Nicht verkehrt, aber irgendwie unecht. Etwas befangen, versuchte sie sich trotzdem an einem Lächeln. Vielleicht war das für die Kinder wichtig – dann wollte sie es ihnen auf keinen Fall verderben.

»Na schön, aber wenn ich das gewusst hätte, wäre ich noch zum Frisör gegangen«, scherzte sie und warf eine Kusshand in Richtung von Alyssas Objektiv.

»Du siehst gut aus, Mom«, beschwichtigte Mia sie und knipste möglichst cool auch gleich mal ein Bild.

»Ich dachte, wir gehen ein Eis essen?«, fragte Lauren und hoffte, dadurch dem Blitzlichtgewitter zumindest kurz zu entkommen.

»Machen wir auch! Und danach gehen wir an den

Strand, lassen uns eine Pizza ans Seehaus liefern, und wir zwei trinken mit deinen Eltern Rotwein bis zum Morgen. Ein richtiger Familientag. Wie hört sich das für euch an?«

Tim schien zufrieden mit seinem Plan, und auch die Kinder freuten sich.

»Hast du heute gar kein Date mit Seth?«, fragte Lauren, die überrascht war von Mias Einsatz für die Familie.

»Heute nicht. Ich muss erst etwas nachdenken …«, gestand Mia geknickt.

»Habt ihr euch gestritten?«

Lauren legte Mia den Arm um die Schultern.

»Nein – nicht direkt. Aber vielleicht geht das alles etwas schnell. Es war ein ganz schöner Schock, als ich ins Büro der Direktorin gerufen wurde. Das hat keinen Spaß gemacht.«

Lauren wusste, Mia fand Umarmungen uncool, dennoch zog sie sie fester an sich.

»Ich bin stolz auf dich. Du bist ein kluges Mädchen, Mia. Das wusste ich immer.«

»Bitte lächeln!« Tim drückte den Auslöser. Am Ende des Tages, nachdem sie Tausende von Bildern geschossen und bewundert hatten, war dieses Bild von Mia und Lauren mit das schönste von allen.

»Man kann nie genug Bilder haben«, stimmte Chris zu und zückte ebenfalls eine Kamera. »Können wir alle noch etwas näher zusammenrücken?«, fragte er und gruppierte die anderen um Lauren herum.

Tim hielt Lauren fest umarmt.

»Geht es noch?«, raunte er ihr leise ins Ohr, denn er spürte, wie die Kraft sie verließ.

Sie streckte den Rücken durch und nickte.

»Ja. Es geht noch. Aber ich bin so müde.«

Sie lachte, als Chris den Selbstauslöser einstellte und dann hektisch zu ihnen rannte, um mit aufs Bild zu kommen.

Der grelle Blitz blendete in Laurens Augen, und sie zuckte vor Schmerzen zusammen. Dann holte sie tief Atem und stand auf. Sie ging zu ihren Eltern hinüber und küsste beide auf die Wange.

»Ich verwahre das Medikament wie einen Schatz. Es ist gut zu wissen, dass es da ist. Aber es schien beinahe so, als wollte das Leben mir in den vergangenen Tagen zeigen, wie wertvoll es ist. Mir ging es überraschend gut, und ich bin euch so dankbar, dass wir jede Minute unserer gemeinsamen Zeit feierten. Bis …«

Ihr Blick glitt hinüber zu Mia. Ihre Tochter erinnerte sich. Und sie hatte Angst.

Dunkle Wolken

»Dad!«, brüllte Mia, und die Panik in ihrer Stimme war nicht zu überhören. »Dad! Komm schnell!«

Sie kauerte neben ihrer reglosen Mutter am Boden und wusste nicht, was sie tun sollte. Sie riss ein Handtuch vom Halter und stopfte es Lauren vorsichtig unter den Kopf.

»Mom!«, rief sie in der Hoffnung, eine Reaktion zu bekommen. »Mom, bitte! Wach auf!« Mit zitternden Fingern fühlte sie nach dem Puls, war sich aber nicht sicher, ob das, was sie spürte, wirklich ein Lebenszeichen war oder nur ihr eigenes Zittern.

»Was ist passiert?«, fragte Tim alarmiert, noch ehe er die Badezimmertür erreicht hatte.

»Mom hat einen Anfall«, erklärte sie und rückte beiseite, als ihr Vater eintrat. »Ich weiß nicht, wie lang sie hier schon liegt. Ich wollte aufs Klo.«

»Schon okay. Ich … Lass sie uns in ihr Bett schaffen.«

»Aber Dad! Sollten wir nicht einen Krankenwagen rufen?«

Tim zögerte. Die Fliesen unter seinen Füßen waren kalt, und sein Herz schien diese Kälte mit jedem Schlag in seinen Körper zu pumpen. Er zitterte, genau wie seine Tochter, und jeder Gedanke fiel ihm schwer. Er sah Mia in die Augen. Sah die Tränen der Angst darin schimmern.

Entschlossen hob er Lauren hoch.

»Nein. Wir kriegen das hin«, sagte er und trug sie ins Schlafzimmer. Sanft legte er sie ins Bett und öffnete ihre Kleidung so weit, dass sie gut atmen konnte.

Dann deckte er sie mit einer leichten Decke zu.

»Was ist mit Mama?«, fragte Alyssa von der Tür her. Sie hatte ihren Elefanten unter dem Arm und den Daumen im Mund.

»Wir wollten dich nicht aufwecken, Süße. Aber Mummy geht es nicht gut. Willst du dich nicht noch etwas aufs Sofa legen?«, versuchte Tim seine Jüngste zu beruhigen.

»Nein. Ich kann mich doch zu Mama legen«, überlegte Alyssa und kroch auf Tims Bettseite. Sie küsste die fahle Wange ihrer Mutter und kuschelte sich an sie.

Tim wollte schon Einspruch erheben, da stieg auch Mia neben ihrer Schwester ins Bett und legte die Arme um sie und Lauren. Es hätte ein schönes Bild seiner drei Mädels sein können, wenn Lauren doch nur gelächelt hätte. Mit unnatürlicher Ruhe schlüpfte er aus seinen Schuhen und tat es ihnen nach. So lagen sie noch immer da, als Lauren eine Stunde später die Augen aufschlug.

Sofort kam Tim zu ihr und strich ihr liebevoll die Haare aus dem Gesicht.

»Wie geht es dir?«, fragte er besorgt.

»Ich ...« Lauren hatte Schwierigkeiten, die Worte auszusprechen. Sie fasste sich an die Kehle, als läge das Problem dort – aber das tat es nicht, und sie beide wussten es. Es war ein weiterer Ausfall des Sprachvermögens. »... ich bin müde«, brachte sie mühsam heraus und schloss erneut die Augen.

Lange saß Tim an ihrer Seite und dachte nach. Alyssa ging irgendwann spielen, Mia versuchte sich nützlich zu machen und schnippelte einen Obstsalat für sie alle.

Als Lauren das nächste Mal aufwachte, ging es ihr etwas besser. Sie konnte sich aufsetzen und ein Schüsselchen des inzwischen leider braun angelaufenen Ostsalats zu sich nehmen. Tims sorgenvoller Blick war das Einzige, das ihr zeigte, wie schlimm ihr Anfall gewesen sein musste.

»Weißt du, was los war?«, fragte Tim, und Lauren dachte angestrengt nach.

»Ich weiß nicht. Ich … ich kannte mich nicht mehr aus. Wusste nicht mehr, wo ich bin«, erklärte sie. Dabei sah sie sich in ihrem Zuhause um. Es war ihr vertraut. Alles war da, wo es sein sollte. Nur sie selbst schien hier nicht mehr herzugehören.

Sie atmete tief ein und versuchte den Raum zu erspüren. Ihr Zuhause in sich aufzunehmen.

»Die Kinder waren hier, oder?«, fragte sie, denn sie fühlte noch deren Nähe.

»Ja. Wir haben alle bei dir gelegen. Es war schön.«

Lauren nickte wortlos.

»Tim, ich …«

Sie sah ihn an, und ihr Blick bestätigte, was er befürchtet hatte, seit er sie auf den Fliesen hatte liegen sehen.

»Ich möchte gerne ein Fest feiern, Tim. Unten am Seehaus. Mit all unseren Freunden.«

»Ich bin so froh, dass wir alle zusammen diesen Abend … diese unvergessliche Sommernacht … erleben durften«, erklärte Lauren nun mit tränenerstickter Stimme. »Ich bin so froh, euch immer an meiner Seite gehabt zu haben. So froh, dass eure Liebe und Freundschaft immer ein Teil meines Lebens waren.«

Ein Silberstreifen am Horizont kündigte den Morgen an, und Lauren wusste, es war Zeit, Abschied zu nehmen.

Sie schluckte in dem vergeblichen Versuch, den Kloß aus ihrer Kehle zu bekommen, aber daraufhin stiegen ihr nur die Tränen in die Augen.

»Lasst euch umarmen«, bat sie und blickte in jedes einzelne der geliebten Gesichter vor sich, »denn ich denke, es ist Zeit.«

Als die Nacht dem Tag wich und die ersten Sonnenstrahlen den Himmel glutrot aufflammen ließen, konnten sie alle ihr Versprechen nicht länger halten – die Tränen rannen über ihre Wangen, noch lange nachdem Lauren mit ihrer Familie im Seehaus verschwunden war.

Der Tag brach an, aber Rachel, Mason und Chris gingen nicht. Sie blieben und teilten Celestes und Peters Schmerz. Mit dem Rücken zum Seehäuschen – und dem, was darin passieren mochte – hielten sie Wache. Wache für Lauren.

Auf der Oberfläche des Sees schimmerten die Sonnenstrahlen, doch in ihren Herzen würde diese lichtblaue Sommernacht niemals enden.

Ein neuer Tag bricht an.

Lange saß Lauren am Bett ihrer Kinder. Hier im Seehaus teilten sich die Mädchen ein Bett, und es erfüllte Lauren mit Glück, die beiden so nah beieinander zu sehen. Sie waren nicht allein. Würden es nie sein.

Alyssa blinzelte, und ein Lächeln zuckte über ihre Wangen, ehe sie müde wieder die Augen schloss.

»Ich hab dich lieb, Mummy«, murmelte sie, und ihr leises Seufzen trieb Lauren die Tränen in die Augen. Sie beugte sich über ihr halbschlafendes Kind und küsste die blonden Locken.

Wieder und wieder atmete sie den vertrauten Kinderduft, bis sie glaubte, dieser Duft sei das Einzige, was noch Bedeutung hatte.

Mia hielt ihre Hand umklammert, wollte sie nicht gehenlassen. Lauren suchte nach Verständnis in ihrem ängstlichen Blick.

»Mia, mein Schatz! Mein lieber Schatz … du weißt ja nicht, wie … wie leid es mir tut, dass ich nicht … nicht für dich da sein kann«, weinte Lauren und strich ihrer Großen über die dunklen Strähnen. »Ich wünschte …« Ihre Stimme brach, und ein heiseres Schluchzen entstieg ihrer zugeschnürten Kehle.

»Ich weiß, Mom«, entgegnete Mia und umarmte sie. »Du sollst dein gutes Ende haben«, flüsterte sie und löste langsam ihre Finger. »Aber kannst du bitte bleiben, bis … bis wir eingeschlafen sind?«

Lauren weinte und nickte nur, denn sie war nicht in der Lage, noch ein Wort zu sagen, ohne das Schicksal zu verfluchen, das ihr und ihren Kindern diesen unerträglichen Schmerz zufügte.

Auch Tim hinter ihr weinte, und seine Tränen tropften auf die weiche Decke. Draußen ging die Sonne auf, als sich Lauren zu einem letzten Kuss zu ihren Kindern hinabbeugte.

Tim musste sie die Treppe hinaufführen, so sehr setzten die Kopfschmerzen ihr zu. Es war der schwerste Gang seines Lebens.

Aber es war Zeit, loszulassen.

»Es war ein schönes Fest«, flüsterte Lauren und ließ matt den Kopf in das weiche Kissen sinken. Der Jasminduft des Weichspülers stieg ihr in die Nase, und sie atmete tief ein. Sie war ruhig. Alles war gut, jetzt.

Der leichte Windhauch, der durch die Fenster hereinwehte, blähte die weißen Vorhänge, die sie sich für diesen Moment gekauft hatte. Sie passten perfekt zu der Gaze, mit der sie die Wand hinter sich bespannt hatte. Sie blickte durch das Oberlicht in den leuchtenden Morgenhimmel und fühlte sich wie auf Wolken gebettet. Genau so hatte sie es sich vorgestellt.

Tim bewegte sich neben ihr und stützte sich auf den Ellbogen. Er sah sie an und lächelte. Seine Wärme übertrug sich auf sie, und Lauren genoss das Gefühl, ihm so nahe zu sein. Seine himmelblauen Augen glänzten, und seine Lippen zitterten leicht. Sie sah die Anspannung in dem schönen und doch markanten Gesicht, das sie so liebte.

Trotzdem lächelte er. Lauren wusste, es ging ihm nicht gut, aber er gab sich große Mühe, ihr das nicht zu zeigen. Sie hob die Hand an seine Wange, um ihn zu beruhigen. Sein Gesicht war kalt – so ganz anders als sein Körper, der sich an sie schmiegte.

»Ich liebe dich, Lauren«, flüsterte er und beugte sich zu einem sanften Kuss zu ihr hinunter. Weich und warm legten sich seine Lippen auf ihre, und sie spürte seinen Atem auf ihrer Haut. Es war wie im Himmel. Lauren war glücklich. Egal, was kommen würde. Jetzt in diesem Moment war sie glücklich. Und etwas anderes hatte sie nie gewollt.

Zitternd atmete sie aus und wischte sich eine Träne aus dem Gesicht. Das war gelogen – natürlich hatte sie etwas anderes gewollt. Aber das war zu einer anderen Zeit, in einem anderen Leben gewesen.

Auch Tim hatte etwas anderes gewollt. Das wusste sie. Müde erinnerte sich Lauren an all die vielen Pläne … aber so war das mit den Plänen. Sie hatten das nicht zu entscheiden.

»Ich liebe dich auch«, hauchte sie an seinen bebenden Lippen. »Ich bin froh, dass du bei mir bist.«

Das Blau seiner Augen war so klar wie der Himmel über dem Lake Champlain an einem Sommertag, und aus seinem Blick sprach grenzenlose Liebe.

»Ich bin bei dir – solange du mich brauchst, Lauren. Ich gehe nicht weg, das verspreche ich dir.«

Er wusste nicht, was ihr das bedeutete – oder vielleicht wusste er es doch, denn er war ihr Seelenverwandter. Ihr Geliebter. Ihr Mann.

Erschöpft schloss Lauren die Augen und griff nach seiner Hand.

Es war Zeit zu schlafen.

Sie atmete tief ein, und der Duft des Jasmins trug sie davon, und Tims Kuss auf ihrer Schläfe begleitete sie.

EPILOG

Der Geburtstag

»Kann's losgehen?«, fragte Tim, und Mia nickte.

Alyssa sprang auf und legte Rowdy die neue und natürlich pinkfarbene Leine an.

»Bin bereit!«, rief sie und rannte aus dem Garten. »Mom wird vielleicht Augen machen, wenn sie Rowdy sieht!«

Tim schluckte hart, bemühte sich aber um ein Lächeln, als Mia nach seiner Hand fasste.

»Na komm. Lass uns gehen«, ermutigte sie ihn, und er legte seinen Arm um ihre schmalen Schultern.

»Schöner Pulli!«, bemerkte er, als sie durch das Gartentor gingen und die Straße hinunterspazierten. Alyssa und Rowdy sprangen vor ihnen her, und Tim war froh, dass die Kleine endlich wieder lächelte.

Mia errötete unter ihren schwarzgefärbten Haaren und strich sich verlegen über den fliederfarbenen Pullover und ihre Umhängetasche.

»Ich … ich hab gedacht, es … es würde Alyssa gefallen«, gestand sie.

Tim sah seine Tochter an, und ihm wurde leichter ums Herz. Sie würden klarkommen. Irgendwie, irgendwann … aber ja, wenn selbst Mia wieder zu Farben griff, würden sie irgendwann klarkommen.

Alyssa und Rowdy bogen vom Gehweg ab und rannten auf das schmiedeeiserne Tor zu. Es quietschte, als sie sich hindurchquetschten. Hohe Ahornbäume und Tannen warfen ein Muster aus Licht und Schatten auf den Weg und schluckten die Geräusche der wenigen Menschen, die hier ebenfalls unterwegs waren. Es roch nach nasser Erde und frühlingsfrischem Gras, und eine Klarheit lag in der Luft.

Mias Schritte wurden langsamer. Tim drückte ihr ermutigend die Hand. Ihm selbst fiel der Gang hierher schwer, darum verstand er ihr Zögern. Aber für Alyssa war es wichtig herzukommen. Sie brauchte es. Vollkommen unbefangen hüpfte sie zu dem weißen Grabstein mit den eingemeißelten Rosenranken.

»Hallo, Mom!«, rief sie und hob Rowdy ächzend hoch. Der kleine Welpe hing wie ein nasser Sack in ihren Händen. »Schau, was ich bekommen habe! Ist der nicht süß? Er heißt Rowdy und kann schon eine Rolle machen, wenn ich es ihm vormache!« Sie ließ den Hund los, der sich sofort zu ihren Füßen auf den Rücken warf. »Und schau, was ich von Mia bekommen habe! Eine Kette!« Sie holte die hölzerne Perlenkette mit den rosafarbenen Blüten und der silbern glänzenden Elfe unter ihrem Pulli hervor. »Mit einer echten Elfe!« Sie strahlte übers ganze Gesicht und streichelte den Stein. »Wir feiern gleich eine Party, und alle meine Freunde kommen! Dad hat Kuchen gebacken, und ich hab ihm geholfen.«

Tim hielt noch immer Mias Hand, als diese sich nach Rowdy bückte und über sein struppiges Fell strich.

»Du hast mir überhaupt nicht geholfen, du kleiner Fratz«, erklärte Tim. »Du hast mir alle Blaubeeren weggefuttert.« Es fiel ihm immer noch schwer, sich zu beherrschen, wenn die kleine Alyssa zu ihrer Mutter sprach. Einer Mutter, die sie nie wiedersehen würde. Einer Mutter, die nicht mehr bei ihnen war und nicht mehr mitbekam, was für ein wichtiger Teil ihres Lebens sie immer sein würde. Tims Hals schmerzte. Der Kloß saß so fest, dass selbst mehrmaliges Schlucken nicht half.

Alyssa stemmte erschüttert die Hände in die Hüften.

»Stimmt nicht!«, rief sie, und Mia lachte.

»Alyssa hat recht, Dad!«, kam sie ihrer kleinen Schwester zu Hilfe. »Sie hat genug für die Muffins übrig gelassen.«

Mit einem breiten Grinsen holte sie einen Muffin aus ihrer Umhängetasche und stellte ihn auf den grasbewachsenen Hügel vor dem Grabstein.

»Du hast Mom einen Muffin mitgebracht!«, rief Alyssa erfreut, und Tim wischte sich verstohlen eine Träne aus dem Auge. Das war also aus dem Muffin geworden, der auf dem Teller in der Küche gefehlt hatte. Er legte Mia von hinten die Arme um die Schultern und gab ihr einen Kuss auf den Scheitel. Ihre lila geschminkten Lippen verzogen sich zu einem verlegenen Lächeln, und als sie zu ihm aufsah, bemerkte er, dass auch in ihren Augen Tränen schwammen.

»Schade, dass du nicht hier bist, Mom«, flüsterte Alyssa und griff nach der Hand ihrer großen Schwester.

Mit jedem Atemzug spürten sie, dass etwas nicht stimmte. Dass etwas nicht richtig war – weil etwas fehlte. Sie versuchten noch immer, festzuhalten, was sie längst verloren hatten, doch allmählich gelang ihnen das mit einem Lächeln. Es war ein bitteres Lächeln, aber immerhin ein Lächeln. Sie alle schwiegen, blickten auf den Stein, und Tims Lippen lasen stumm die Inschrift vor:

Lauren Parker, geliebte Tochter, Ehefrau und Mutter, die viele glückliche Momente lebte, in einem glücklichen Moment starb und damit ihren Liebsten Hoffnung hinterließ

Sie alle fühlten ein wenig von dieser Hoffnung, als sich Rowdy unter Alyssas Protestschrei und Mias lautem Lachen auf den Muffin stürzte.

Ende